Levi: Einweihungsbriefe

28.3.07
12:36 h
Abflug nach
Shanghai!
Konrad K.

Eliphas Levi
alias
Alphonse Louis Constant
1810 - 1875
(siehe Beschreibung in Brief 85)

Bibliotheca Hermetica

Eliphas Levi

Einweihungsbriefe

in die Hohe Magie und Zahlenmystik

Briefe an Baron Spedalieri (1861–1863)

Dritte Auflage

ANSATA-VERLAG
Paul A. Zemp
Rosenstraße 24
CH-3800 Interlaken
Schweiz
1993

Titel der französischen Ausgabe: *Cours de Philosophie Occulte – Lettres au Baron Spedalieri,* 1. Auflage Paris 1932, 2. Auflage Paris 1977. Erstübersetzung ins Deutsche von Agnes Klein.

Nachdruck der Ausgabe Schwarzenburg 1980

Umschlagbild: Robert Wicki
Satz: Adeline Bronner
Druck: Kösel, Kempten

ISBN 3-7157-0129-3

INHALT

Brief Nr.

III. Die Dreiheit

Brief Nr.

Brief Nr.

Brief Nr.

VI. Die Sechsheit

Brief Nr.

VII. Die Siebenheit

Brief Nr.

VIII. Die Achtheit

IX. Die Neunheit

Brief Nr.

Brief Nr.

EINFÜHRUNG

Wenn bisher Eliphas Levi alias Abbé Alphonse Louis Constant (12.2.1810 – 31.5.1875) und dessen Bücher bei vielen Esoterikern umstritten waren, und zwar vor allem außerhalb Frankreichs, so dürften diese Einweihungsbriefe an den italienischen Baron Spedalieri, die hiermit der deutsch-sprechenden Öffentlichkeit zum ersten Mal vorgelegt werden, von Grund auf Klarheit schaffen. Der hier übersetzte Teil der Briefe wurde in der Zeit vom Oktober 1861 bis April 1863 verfaßt. Wie Papus im Anhang zur nachtodlichen Veröffentlichung von Levis: *Le Livre des Splendeurs – das Buch des Glanzes* (nicht mehr wiedergegeben in der französischen Ausgabe von 1979, wohl in der englischen Übersetzung: *The Book of Splendours* von 1973) bekanntgibt, hat Baron Spedalieri ihm und seinem Verlegerfreund Lucien Mauchel persönlich zunächst einen Teil und schließlich alle neun Bände seiner Korrespondenz mit Levi zur Veröffentlichung übergeben. (Seite 144) Bei diesen Unterlagen war auch das Foto, welches der Baron für diese Korrespondenz von Levi erhalten hatte. (Brief 6, 7 und 85) Wohl enthalten ist in beiden Ausgaben das sog. Glaubensbekenntnis von Levi aus der Korrespondenz mit dem Baron (französische Ausgabe Seite 217–226; englische Übersetzung Seite 122–126); es ist nicht in der vorliegenden Ausgabe der Briefe wiedergegeben.

Aus verschiedenen Hinweisen in der Korrespondenz ist zu entnehmen, daß es sich bei der Neuauflage nur um eine Auswahl von Briefen handelt, die nach Laarss und Miers zunächst 1921 in der okkulten französischen Zeitschrift *Le Voile d'Isis – der Schleier der Isis*, dann 1932 in Paris in Buchform und nun 1977 noch einmal in Paris mit neuen Anmerkungen herausgekommen ist: Grundlage der jetzigen Übersetzung ins Deutsche.

Über den Baron Nicolas-Joseph Spedalieri (geb. 1812) konnte nicht viel mehr ermittelt werden, als was sich aus Levis

Briefen ergibt. Er wohnte in Marseille, hatte aber wohl ein Landgut in Italien, von dem er Levi ab und zu Früchte geschickt hat. (Brief 16, 35 und 61). Doch es müssen ihn auch körperlich und seelisch kranke Menschen um Hilfe gebeten haben, deren Probleme Spedalieri dann Levi zur Stellungnahme geschrieben hat. Antworten darauf sind z.B. in den Briefen 5, 7, 9, 19, 21, 39 und 161 wiedergegeben. Sie beweisen für unseren Autor, daß er selbst profunde Kenntnisse auf dem Gebiet der Krankenheilung besaß. Nach Frick: *Licht und Finsternis,* Teil 2, Seite 401, stammen die Spedalieris aus Sizilien und soll der Baron ein überzeugter Martinist gewesen sein.

Darum handelt es sich bei Spedalieri um einen fortgeschrittenen Esoteriker, bei dem Levi bestimmte Kenntnisse bereits voraussetzt. Er ermahnt ihn aber, besonders folgende Bücher immer wieder zu lesen: seine eigenen bis dahin erschienenen Bücher, ferner Kabbala, Sepher Jesirah, Sohar, die Rosenkreuzerschriften und ganz speziell von Karl von Eckartshausen: *Die Wolke über dem Heiligtum.* Weitere Literatur nennt Levi jeweils bei deren Besprechung im Verlaufe der Korrespondenz. Zum Studium der Tarotsymbole beschafft er ihm eigens den Tarot von Marseille. (Brief 5)

Wenn Levi in der Anrede des 13. Briefes – und ab 16. Brief fortlaufend – die drei Punkte .·. als das heute noch übliche Ordenssymbol der Freimaurer setzt, so möchten wir hier eher ihrer speziellen Sinndeutung durch Oswald Wirth (1860–1943) folgen, wiedergegeben von Hans Biedermann in seinem *Buch der Zeichen und Symbole* Nr. 1154: es handele sich *«um die Dreieinigkeit aller Dinge, das grundlegende Mysterium jeder geistigen Initiation ...»* – mit anderen Worten: endgültig ab Brief 16 beginnt die eigentliche Einweihung. Die drei Punkte sind also nicht das Bruderzeichen eines gemeinsamen Ordens. Was Levi unter der wahren Gemeinschaft der Eingeweihten versteht, deutet er in Brief 6 (Anfang) und Brief 32 (Schluß) an, wo er Baron Spedalieri als Bruder des Rosenkreuzes begrüßt.

Daß diese Einweihung von Meister zu Jünger in Form eines Dialogs geschieht, ist uralt und besonders bezeugt von Buddha, Sokrates und Jesus. Das Wissen als solches wird dabei vorausgesetzt: hier geht es darum, einem aufgeschlossenen

Jünger zwar nach einem bestimmten Plan (Brief 4, 16 und 161), aber doch unterbrochen durch gezielte Rückfragen des Aufnehmenden, das Verständnis für die universelle Wahrheit und die Basis für den Bereich des Glaubens zu übermitteln. Wir erfahren die Fragen selbst nicht, erleben aber in der Beantwortung jeweils, wie klug oder wie dumm sie gestellt wurden: Levi weist bestimmte Fragen direkt zurück als unwürdig eines fortgeschrittenen Jüngers (Briefe 25, 41, 140). Man spürt dabei, mit welchem Temperament und Schwung Levi bei der Sache ist. Dies gilt insbesondere für Brief 107, in welchem er von seinem Schüler wohl gedrängt wurde, zeitliche Voraussagen über das kommende Reich des Messias zu machen. Er tut es mit symbolischen Zahlen – wie könnte er anders! – und nennt sich dann «einen armen, alten, unwissenden und kranken Mann», der nicht weiß, was er sagt.

Levi erfährt durch diese Korrespondenz den Unterschied zwischen Buchschreiben – wie er es in Brief 149 charakterisiert als «ununterbrochen ablaufend» – und Dialog, bei dem der Meister bei zu weit abschweifenden Fragen seinen Jünger immer wieder auf den richtigen Weg zurückführen muß. Auf gezielte Fragen aber geht er ausführlich ein: Trennung von Kirche und Staat in Brief 33 und 62, Talismane Brief 43 und 74, Sünde Brief 23, Gold Brief 38, Reinkarnation Brief 106, Todesstrafe Brief 62 und 137, Gerechtigkeit Brief 138 und 173, Geistesgestörtheit Brief 135 und 142, Bekehrungsversuche Brief 155, neue eigene Bücher Brief 55, 56, 109 und 152. Aus diesen Antworten erfährt der Jünger auch, wie der Meister selbst bestimmte Probleme bewältigt hat. Levi bringt zunächst – wie in seinen Büchern – die Theorie; dann zwingt ihn der Jünger, die Praxis aus eigener Erfahrung einzuflechten. Aber er geht auch auf die Fortschritte seines Jüngers ein (Brief 132) und ermutigt ihn immer wieder, bei jedem Buchstaben bis zur restlosen Ausdeutung durchzuhalten, ehe der Kursus weitergeht.

In diesem Wechselspiel beweist sich für Levi das Gleichgewicht, das er besonders in der Zahl Acht symbolisiert sieht und das für ihn das Ziel des Lebens überhaupt ist (ab Brief 133). Er führt dazu immer wieder die Parallelen im ägyptischen Tarot an – eine symbolische Darstellung, wie sie in den ägyptischen Einweihungstempeln viele Male entdeckt werden kann. Eine vorgesehene Expedition dorthin im Herbst 1862 konnte Levi wegen seiner Pockenerkrankung (Brief 135) nicht mitmachen. Er wollte auf dem Rückweg Spedalieri in Marseille besuchen. (Brief 64) Daß zur Entwicklung des vollständigen Menschen wie auch zum Abbau von Streßsituationen die Erlangung des inneren Gleichgewichts notwendig ist, haben inzwischen Psychologen aus der ganzen Welt herausgefunden. Näheres darüber ist in dem neuen Buch von Ostrander/Schroeder: *Super Learning* zu finden. Es geht dabei um die Ausgewogenheit der rechten und linken Hemisphäre unseres Großhirns in Zusammenarbeit mit dem Körper des Menschen – also auch wieder eine Dreiheit.

Übrigens hat Levi eine ganze Reihe von Briefschülern gehabt (Brief 22 und 57). Zehn Briefe über die Lehren der Kabbala an einen gewissen M. Montant erschienen bereits 1891 in der Zeitschrift: *L'Initiation – die Einweihung* und sind dann in Papus: *Die Kabbala* aufgenommen worden (Seite 25–40).

Doch wir erfahren gerade durch die Korrespondenz mit Spedalieri auch Privates über Levi (Brief 28, 51, 57 und 162), über seinen Sohn in Brief 165, seine Wohnung in Brief 59, seine Freizeitbeschäftigung als Restaurator etruskischer Vasen und indischer Pagoden in Brief 51, sein dreifaches Pantakel in Brief 43. Vor allem aber sollten wir nicht unterschätzen seine eingestreuten Bemerkungen über sein Verhältnis zum innereigenen Gott (Brief 9, 21, 22 und 27) oder die Stimme Gottes, die ihn verändert hat, wie es allen Gottfindern ergangen ist. (Brief 165)

Auf einen besonderen und in der Korrespondenz immer wiederkehrenden Ausdruck sei noch hingewiesen: er wünscht seinem Jünger in schwierigen Situationen den «Tiefen Frieden» (Brief 9, 27, 32, 56, 58, 96, 141), den die Engel in Bethlehem allen Menschen guten Willens gewünscht haben. (Luk. 2,14) Doch auch Jesus begrüßt nach der Auferstehung seine Jünger: «Friede sei mit euch!» (Luk. 24,36; Joh. 20,19 und 21,26) Es war aber auch der Segenswunsch der alten Katharerbruderschaft und der Rosenkreuzer, wie es Levi dazu sagt.

Eine der wesentlichen Aussagen Levis aber ist gut eingepackt

(Brief 65): es gibt prinzipiell keinen Unterschied zwischen der Religion des Judentums und der des Christentums. Beide sind ausgerichtet auf den Erlöser = Messias, was Levi durch die Religion der Zukunft oder den Messianismus mehrmals zum Ausdruck bringt. (Brief 25, 27, 81 und 107) Judentum wie auch Christentum haben «Propheten» und «Heilige», die in den «Himmel» aufgefahren sind. Wir aber müssen «Nachfolger» werden, um denselben Zustand zu erreichen. Dazu verhelfen uns sowohl die Lehren des Alten wie auch des Neuen Testamentes als die Erfüllung des Alten.

Als Levi die Briefe 123 und 124 schrieb, konnte er nicht ahnen, daß die Judenverfolgung erst vor ihrem Höhepunkt stand. Ihr liegt bis heute das tiefe Mißverständnis um Messias und Christus zugrunde, das nur durch die Chymische Hochzeit zwischen Altem und Neuem Testament überwunden werden kann. Solche Parallelen sind bereits von Jesus gezogen worden, wie es auch Levi in diesen Briefen immer wieder tut. Insbesondere aber erläutert er diese «Hochzeit» am apokryphen Buch Tobias: der junge Tobias als Symbol des Neuen Testamentes wird eines Tages mit Abrahams Sara vermählt! Dann werden die Magier der antiken Wissenschaft, die damals freiwillig zur Wiege des Christentums gekommen waren, nicht wieder auf Umwegen ins Heidentum zurückgeschickt. (Brief 148)

Immer wieder aber verweist Levi auf das Oedipusrätsel des ägyptischen Sphinx vom hunderttorigen Theben: der Überwinder steht aufrecht auf dem kubischen Stein neben zwei Sphingen, dem Zeichen der wiedergewonnenen Androgynität, hier ausgedrückt als «König von Jerusalem und Theben». (Brief 108) Der Doppelsphinx Aker ist auch in den ägyptischen Unterweltsbüchern das größte Geheimnis der Wiedergeburt. Eine besonders symbolreiche Darstellung mit Nachzeichnung aus den Gräbern bringt darin das Buch von der Erde. (Hornung, Seite 430)

Das größte Mißverständnis und Ärgernis um Levi aber hat sich aus seiner sog. Rückkehr in den Schoß der katholischen Kirche vor seinem Tode ergeben; nach Laarss (Seite 21) war er als junger Priester wegen seiner esoterischen Studien ausgeschlossen worden. Doch müssen wir nicht viel eher aus seinen eigenen Aussagen schließen, daß er zwar das Priesteramt in der Kirche nicht mehr ausüben durfte, aus der Kirche selbst aber nicht ausgetreten ist? In Brief 14 sagt er mit Bezug zur Kirche eindeutig: *«Wenn meine Mutter aussätzig und krank wird, ist sie dann weniger meine Mutter?»* Und von Jesus sagt er, er habe sich nicht von der Synagoge getrennt; *«exkommuniziert von ihr, habe er sie nicht exkommuniziert»*, sagt er in Brief 180 wörtlich. Levi hat die Evangelien und Dogmen immer bejaht, aber eine scharfe Trennung zwischen Wissen und Glauben gemacht. (Brief 92) In deren Verwirrung nämlich sah er das eigentliche Übel des Christentums, vor allem im Glauben oder Wissen um die Eucharistie, wo er das harte Wort vom Kannibalismus (Brief 89) benutzt hat, wie es auch bei der Deutung desselben «Verspeisens eines Gottes» in der altägyptischen Religion geschehen ist. Den Vorgang selbst hat es auch im Alten Mexiko gegeben, wie Krickeberg berichtet hat. (Siehe Näheres in Anmerkung 115)

Keineswegs aber hat es sich bei dieser angeblichen Rückkehr zur «katholischen» Kirche um eine «haute convenance», eine Pseudo-Ritterlichkeit, gehandelt, wie Laarss meint (Seite 35), sondern höchstens um ein äußeres Zeichen für die Zukunft (Brief 25, 27, 81): von der katholischen Kirche müsse nach seiner Überzeugung die Aussöhnung mit den anderen großen Glaubensbekenntnissen – ganz gleich ob Judentum, Orthodoxie oder Islam, die alle aus derselben Quelle schöpfen – in der Zukunft ausgehen (Brief 24): zur wahren Ökumene oder Katholizität, damit auch die Kleinen und Schwachen diesen Weg in die Freiheit und Ausgewogenheit sicher gehen können. (Brief 104) Erst in dieser Zukunft könne dann auch die Tiefe seiner eigenen Bücher beurteilt werden, die bereits auf diesem Weg ein Stück vorausführen würden, wie er am Schluß von Brief 104 erklärt.

Daß die katholische Kirche seine Bücher als Kritik eines *«Extra-vaganten»* – wörtlich: außerhalb gehend – nicht auf den Index der verbotenen Bücher gesetzt hat (Brief 14), bestätigt ebenfalls unsere Überzeugung, daß er nie aus der Kirche ausgetreten ist. Er konnte allerdings wegen seiner Heirat kein

Priester der Kirche mehr sein. In diesem Zusammenhang erinnern wir besonders an seine positive Einstellung zur Kirche in Brief 29 und 62: er verbindet den Begriff Kabbala (wörtlich: Überlieferung) direkt mit der katholischen Theologie.

DER SEPHIROTHBAUM

(siehe auch Tabelle 2 zu Brief 46)

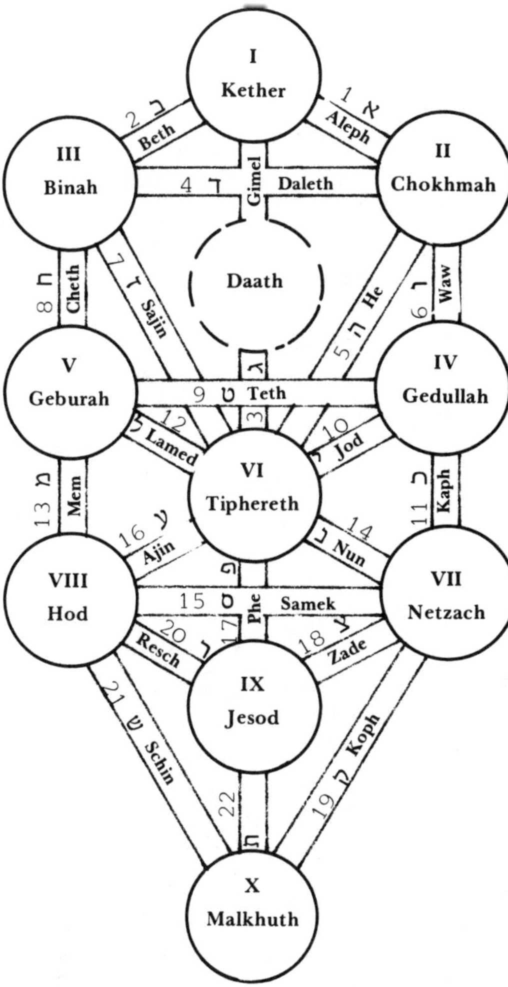

Tabelle I

DIE 22 BUCHSTABEN

Nr.	Bild	Name	Tarotkarte	Wertigkeit
1	א	Aleph	Magier	Mutter
2	ב	Beth	Priesterin	Doppelt
3	ג	Gimel	Kaiserin	Doppelt
4	ד	Daleth	Kaiser	Doppelt
5	ה	He	Hierophant	Einfach
6	ו	Waw	Liebe	Einfach
7	ז	Sajin	Wagen	Einfach
8	ח	Cheth	Gerechtigkeit	Einfach
9	ט	Teth	Eremit	Einfach
10	י	Jod	Glücksrad	Einfach
11	כ	Kaph	Stärke	Doppelt
12	ל	Lamed	Gehenkter	Einfach
13	מ	Mem	Tod	Mutter
14	נ	Nun	Mäßigkeit	Einfach
15	ס	Samek	Teufel	Einfach
16	ע	Ajin	Haus Gottes	Einfach
17	פ	Phe	Sterne	Doppelt
18	צ	Zade	Mond	Einfach
19	ק	Koph	Sonne	Einfach
20	ר	Resch	Gericht	Doppelt
21	ש	Schin	Narr	Mutter
22	ת	Thau	Welt	Doppelt

Wir geben keine Lebensbeschreibung unseres Autors. Das haben ausführlich Laarss und stichwortartig Miers besorgt (siehe Bibliographie). Beide enthalten unbedeutende Fehler. Es geht da z.B. um den Briefwechsel zwischen Papus und Levi, der in Wirklichkeit nicht stattgefunden hat. Als Papus einundzwanzigjährig während seines Medizinstudiums wohl wegen des Biometers von Louis Lucas an Levi schrieb – das war am 11.1.1886 –, war Levi bereits über zehn Jahre tot. Dennoch ist Papus der geistige Schüler von Eliphas Levi geworden, wie aus dessen Büchern hervorgeht. Wir verweisen in diesem Zusammenhang auf den bereits erwähnten Bericht von Papus im Anhang zum *Book of Splendours* von Levi, wo Papus über den

Nachlaß von Levi schreibt. Zuverlässiger ist die Lebensbeschreibung von Frick: *Licht und Finsternis, Teil 2:* Seite 393-401.

Erwähnt sei auch der «Versuch einer Biographie» von Fritz Werle als Anhang seiner deutschen Ausgabe von Eliphas Levi: Das Buch der Weisen, Seite 153–237, welches Buch auch zwei Porträts Levis enthält, eines als junger Abbé von 1836 und eines als Büste von 1852. Übrigens hat Levi dieses Buch seinem Freund Baron Spedalieri gewidmet.

Tatsache ist auch, daß Levi am 14.3.1861 Freimaurer wurde, und zwar in einer Schwesterloge des Großorients von Frankreich: *Die Rose des vollkommenen Schweigens,* wo er bereits am 21. August desselben Jahres den Meistergrad erhielt. Da er aber in seiner Antrittsrede: *L'Etoile flamboyante – der flammende Stern* auf das Thema der Versöhnung zwischen Kirche und Freimaurerei einging – Auszug daraus im 3. Teil des *Livre des Splendeurs,* Seite 159 –, wurde er persönlich angegriffen und nahm daraufhin wenige Tage später seinen Abschied mit eben derselben Begründung, wie er sie von Jesus und der Synagoge berichtet hat: Wenn auch der Papst die Freimaurer exkommuniziert habe, so müsse man doch den Katholizismus als solchen weiter anerkennen. Um seine Gewissensfreiheit zu wahren, habe er sich von der Freimaurerei wieder getrennt. Näheres darüber kann im Vorwort zum *Livre des Splendeurs* von Christiane Buisset, Präsidentin des Zirkels Eliphas Levi in Paris, nachgelesen werden. In unseren Tagen aber ist der Dialog zwischen Kirche und Freimaurerei wieder aufgenommen worden. Wir nennen dazu einige Schriften:

Nagy, Dr. Töhötöm: Jesuiten und Freimaurer, Buenos Aires, 1963

Rittmeyer, Charles: Jesu Lehre und die freimaurerischen Standpunkte – ihre überraschende Ähnlichkeit, 1967

Appel/Vorgrimler: Kirche und Freimaurer im Dialog, 1975

Die Verhandlungen mit der katholischen Kirche 1968-1972: Berichte – Dokumente, 1976

Kehl, Dr. Alois: Warum Dialog zwischen Katholiken und Freimaurern? 1978

Zum besseren Verständnis dieser Einweihungsbriefe haben

wir eine Zusammenstellung der wichtigsten, immer wieder vorkommenden Begriffe aus der Kabbala hier eingefügt als Tabelle 1: die zehn Sephiroth, die 22 hebräischen Buchstaben und die entsprechenden 22 großen Arkana des ägyptischen Tarot. Alle übrigen Namen und Titel haben wir in den Anmerkungen erklärt und auch auf weiterführende Literatur so weit wie möglich hingewiesen. Zu diesen Anmerkungen möchten wir noch sagen: Wo ein Autor nur mit einem Werk zitiert wurde, ist das Werk nicht immer genannt; es befindet sich jedenfalls eindeutig in der Bibliographie unter seinem Namen. Wo mehrere Werke eines Autors vorkommen, haben wir so kurz wie möglich den betreffenden Titel angegeben. Wo Namen offensichtlich das Jahrhundert nicht überdauert haben (Baron Szapari Brief 39 und 41, Charrot Brief 131 und 136, Lesurques Brief 137), haben wir nichts vermerkt, andernfalls aus der neuesten Ausgabe der Brockhaus Enzyklopädie zitiert. Die Anmerkung zu einem Namen oder Begriff steht möglichst bei seiner ersten Erwähnung.

In der französischen Ausgabe dieser Briefe sind die lateinischen Zitate von Levi nicht übersetzt. Wo es sich dabei um Bibelzitate handelt, haben wir nur den deutschen Text wiedergegeben unter Hinweis auf die betreffende Bibelstelle; auch diese Hinweise auf die Quelle der Zitate fehlen im Französischen. Nur wenn es sich um eine abgeänderte Stelle oder eigene Formulierung nach der Bibel handelt, haben wir die lateinische Fassung stehen lassen, aber eine deutsche Übersetzung hinzugefügt. Als Unterlage für die Bibelzitate haben wir die einbändige Bremer Biblische Hand-Konkordanz und die dreibändige Zürcher Bibelkonkordanz benutzt, in der auch einige Apokryphen – wie das Buch Tobias – enthalten sind.

Möge Levis Wunsch in Erfüllung gehen, daß seine Lehrbriefe heute von Vielen verstanden werden, damit der TIEFE FRIEDE bald «ist».

Agnes und Reinhold Klein

13. März 1980

Brief 1

Die Bedeutung der großen und kleinen Schlüssel Salomos

24. Oktober 1861

Verehrter Herr Baron,

Sie müssen entschuldigen, wenn ich nicht oft an meine Freunde schreibe; ich habe so viel zum Wohle aller zu arbeiten und zu schreiben, daß kaum zwei Existenzen wie die meinige zur Erledigung ausreichen würden.

Um gründlich die Mysterien der Wissenschaft und besonders diejenigen des Spiritismus zu verstehen, ist es unerläßlich, die Schlüssel Salomos[1] zu besitzen, das heißt: die großen Schlüssel und die kleinen (= *Clavicula Salomonis*). Ich habe sie in ihrer Unversehrtheit wiedergefunden und werde sie nicht veröffentlichen, sondern davon einige Kopien anfertigen lassen für diejenigen meiner Schüler, die ich dessen würdig erachte.

Diese Kopien sind mit zahlreichen Zeichnungen ausgeschmückt. Sie werden dort die 72 Abdrucke der 36 Talismane und das große hieroglyphische Alphabet der Kabbala mit Erklärungen finden, die für Sie keine Frage mehr offenlassen werden.

Glauben Sie, verehrter Herr Baron, meiner vollen Anerkennung und Dankbarkeit für die aufschlußreichen Dinge, die Sie mir mitteilen, und meiner ganzen Ergebenheit.

Brief 2

Die Zahlen 24, 36 und 72 – Tischrücken

11. November 1861

Verehrter Herr Baron,

Ich habe Ihre Sendung erhalten, und Sie erhalten die meinige. Ich habe heute die Kopie der Heiligen *Clavicula* in den Kamin geworfen.

Die Talismane der Zahl 36 entsprechen den neun Hierarchien oder vielmehr den neun Ordnungen der Engel, aufgeteilt in vier hierarchische Grade; sie versinnbildlichen Stäbe, Becher, Schwerter und Scheiben entsprechend den Hieroglyphen des Tarot.

Die 72 Namen, die ihnen entsprechen, sind die Dreistrahlen der 24 Perlen, welche die Buchstaben des heiligen Tetragramms bilden[2]; sie sind die Blumen der apokalyptischen Krone der 24 Ältesten. (Offb. 4,9-10)

Der Inhalt dieser Namen gibt die Bedeutung der Figuren an. Jeder Talisman drückt eine relative Synthese aus und kann zur Fixierung des Geistes und zur Festigung des Willens dienen.

Da die durch diese Zeichen ausgedrückten Wahrheiten absolut sind, kommt man durch sie in Verbindung mit allen Lichtgeistern, welche durch die in dem Begleittext zu den Figuren angegebenen Mittel beschworen werden können.

Was die fluidischen Wirbel betrifft, welche die Tische bewegen, so müssen Sie verstehen, daß sie nichts mit dem Licht der Herrlichkeit zu tun haben und nur blinden Schicksalsmächten des Astrallichtes gehorchen.[3]

Sie bitten mich um schriftliche Lektionen. Es wird mir immer ein Vergnügen sein, Ihnen jegliche Aufklärung zu geben, um die Sie mich bitten, und Sie schicken mir von Zeit zu Zeit, was Sie wollen und können, damit die Lampe des armen alten Magiers nicht mangels Oel erlischt.

Ich bin Ihr sehr ergebener.

Brief 3

Beantwortung von Fragen aus dem Geisterreich – Desbarrolles – Saint-Martin – Karl von Eckhartshausen

17. November

Verehrter und geliebter Schüler,

Sie können sehr glücklich sein, daß Sie Hunger und Durst

nach diesem lebendigen Licht haben, welches zur Gerechtigkeit führt; denn Sie werden vollständig gesättigt werden. (Matth. 5,6) Aber man muß suchen, um zu finden; ich habe Ihnen die Schlüssel gegeben – Sie müssen versuchen zu öffnen.

Jeder Talisman hat eine Vorder- und eine Rückseite; es gibt zwei Namen für jeden Talisman; 72 Namen gehören also zu 36 Talismanen.

Um die 21 Schlüssel der Buchstaben und die vier Reihen der dargestellten Zahlen zu verstehen, müßten Sie sich einen *alten* italienischen Tarot besorgen; Sie werden ihn leicht in Marseille finden. Wenn Sie einen bekommen haben, schreiben Sie mir: ich werde Ihnen dann die Anwendung beibringen.

In der Zwischenzeit lesen Sie immer wieder, was ich in meinen Büchern geschrieben habe, und entdecken Sie, ob ich darin nicht einige Figuren wiedergegeben habe, die denen der großen Schlüssel und der Clavicula entsprechen. Geduld und Ausdauer, alles wird Ihnen erklärt werden.

Nun beantworte ich Ihre Fragen:

1. Die unterschiedlichen Reinheitsgrade der Geister entsprechen ihren Verdiensten und ihrem Einsatz, auf die Gnade zu reagieren. Die Ursünde ist eine moralische Verfehlung des ganzen Menschengeschlechts gewesen.

2. Die Geister erheben sich von Stufe zu Stufe durch den freiwilligen und vollständigen Verzicht auf alle egoistischen Neigungen der niedrigeren Stufe.

3. Das Königtum der Menschheit, das heißt der kämpfenden menschlichen Rasse, ist die Verwirklichung der ganzen menschlichen Vollkommenheit in einem einzigen Menschen.

5. Moses muß mit Elias wiederkehren, da sich darin das Mysterium der Transfiguration von Jesus Christus verwirklichen wird.

6. Jesus unterscheidet sich von Moses und Henoch[4] wie die Synthese von der Analyse. Aber da die katholische Lehre exoterisch ist, machen sich die meisten Christen eine falsche Vorstellung von der Göttlichkeit, welche diejenige des vollkommenen Wortes ist.

7. und 9. Desbarrolles[5] ist kein aufrichtiger Meister; er ist ein geistreicher Mensch, der mit den Begriffen der Wissenschaft spielt, aber niemals in ihre Tiefen eindringen wird.

8. Man setzt sich Halluzinationen und Nervenkrisen aus.

10. Der Antichrist ist eine Lehre. Eine Lehre jedoch wird immer von einem Menschen aufgestellt.

11. Die neue Schöpfung wird die Vervollkommnung und Vervollständigung der unsrigen sein.

Ich liebe Saint-Martin[6] und betrachte ihn als einen Adepten der wahren Wissenschaft, der aber ein wenig zu abstrakt und mystisch geschrieben hat.

Versuchen Sie, von Hofrat Karl von Eckhartshausen sich das Büchlein zu besorgen und zu lesen: *Die Wolke über dem Heiligtum* [7] oder etwas Ähnliches, was die Philosophen unserer Tage nicht in Zweifel ziehen.

Alles in der Heiligen Wahrheit für Sie.

Brief 4

Tarot von Marseille – Reinkarnation – Tod des Paracelsus

Bruder und Freund,

Ich werde mich darum bemühen, Ihnen einen Tarot zu besorgen und dann zuzuschicken.

Gott sei Dank für alles, was Sie schon gesucht und gefunden haben! Das heilige Buch des Schema Hamphorasch[8] spricht schon zu Ihrem Herzen; bald wird es Ihre Intelligenz mit seinem wunderbaren Glorienschein erleuchten.

Nun antworte ich auf zwei Fragen, die Sie mir zum zweiten Mal gestellt haben:

1. Ein Fixstern könnte zum Planeten werden, wenn er sich von einem solchen Wandelstern treffen oder zerbrechen ließe; es ist dasselbe bei den Geistern.

2. Die Reinkarnationen, die keine Sendungsaufträge sind, können von den Geistern als Strafe oder zur Bewährung angenommen werden.

Nun etwas über die Gefahr der Mediomanie: Ist es gefährlich, eine Reihe von Versuchen zu machen, um einen Teil unseres Lebenslichtes in Spektrallicht zu verwandeln? Offensichtlich ja!

Es wäre dasselbe, als wenn Sie Ihr Blut daran gewöhnen wollten, außerhalb Ihrer Adern zu zirkulieren: es würde nicht ohne schlimme Verluste dahin zurückkehren.

Es wäre dasselbe, als wenn Sie von der Trunkenheit und ihren Folgen eine besondere Hellsichtigkeit verlangen würden.

Paracelsus (1493-1541) hat diese gefährliche Anrufung des Astrallichtes durchgeführt, und er ist vom Blitz getroffen untergegangen. Er aber war ein großer Meister.

Kommen wir zu unseren Lektionen. – Ich gebe meinen Jüngern nach den Erfordernissen ihrer Intelligenz, was mir der Geist für sie gewährt.

In meinem nächsten und den folgenden Briefen werde ich den Plan für unsere Einweihungslektionen ausarbeiten.

Sie antworten mir von Zeit zu Zeit, um mir zu sagen, wie Sie mich verstehen und welche weiteren Erklärungen über die schon mitgeteilten Einzelheiten Sie noch haben möchten.

Ich gebe ihnen die zu lesenden Bücher an und werde Ihnen, soweit es mir möglich ist, bei deren Beschaffung helfen.

Ich werde damit beginnen, wie ich es Ihnen schon gesagt hatte, mich mit Ihrem Tarot zu beschäftigen.

Tausend gute und brüderliche Grüße.

Brief 5

Astrallicht – nochmals Reinkarnation – Besessenheit

30. November

Bruder und Freund,

Ich habe heute per Eisenbahn eine Kiste an Ihre Adresse abgeschickt. Sie enthält:

1. Einen italienischen Tarot, korrigiert und rektifiziert. (Sie werden feststellen, daß er in Marseille herausgekommen ist.)

2. Die kostbare Sammlung über Kabbalisten von *Pistorius*[9], vollständige Ausgabe in einem Band – der einzige, der erschienen ist, obgleich der Herausgeber weitere angekündigt hatte.

3. Den *Schlüssel der zweiten Ursachen* von Trithemius[10], mit einem eingeschlossenen Manuskript, das wie ein geheimer Kommentar zu den Clavicula des Salomo klingt.

4. Die Ausfertigung eines Buches, dessen Verfasser ich selbst bin und das ich vor meiner Weihe geschrieben habe. Es wird Ihnen zeigen, von wo ich ausgegangen bin, um am Heiligen Berg anzukommen.[11]

Sie sind überrascht über die Gabe der Sprachen, die das Astrallicht zu haben scheint. Aber da es das gemeinsame Spiegelbild der Imaginationen und Erinnerungen ist, sollten Sie es nicht merkwürdig finden, daß ein Malaie in seiner Heimat die Antworten lesen kann, von denen Sie hier träumen. – Ich bin Zeuge eines absolut gleichen Phänomens gewesen, wobei das Medium in Lateinisch eine unbedeutende Antwort niedergeschrieben hat, über die ich gerade nachdachte, ganz ausgerichtet auf die gestellte Frage.

Die Reinkarnation als Strafe ist eine Gnade der Vergebung und setzt immer eine vorherige Zustimmung voraus. Die Erinnerung an die Vergangenheit ist dabei überflüssig und würde sogar das Leiden beim Opfer weniger verdienstvoll machen.

Schreiben Sie mir mehr Einzelheiten über Ihren Kranken – könnte er nicht irgendeine große Furcht haben? Hat er nicht geheime und abartige Neigungen? Das zu wissen ist dringend erforderlich.

Wenn es sich in seinem Fall nur um eine fluidale Besessenheit handelt, bin ich sicher, ihn heilen zu können. – Sagen Sie mir, woran er leidet, wie sein Geisteszustand ist. Gehört er einer Religion an, und wie faßt er sie auf? Liebt oder fürchtet er Personen des anderen Geschlechts? Hat er Visionen, sei es im Traum oder sonstwie? usw. usw.

Ich empfehle Ihnen die Lektüre des Sepher Jesirah[12], den Sie in der Sammlung des Pistorius finden werden. Dieses Werk ist die Nummer Eins aller heiligen Bücher der okkulten Philosophie.

Bis zum baldigen Beginn unserer regelmäßig fortgesetzten Gespräche.

Brief 6

Gemeinschaft der 7000 – Fragenbeantwortung: Caesar – Louis-Philippe – Napoleon – Kenneth Mackenzie

13 א מ ת

Die Gemeinschaft, der ich angehöre, ist diejenige der Siebentausend, von der in der Bibel gesagt wird: *Doch siebentausend will ich in Israel übriglassen, alle, deren Kniee sich vor Baal nicht gebeugt und deren Mund ihn nicht geküßt hat. (1.Kön.19,18)* Von Eckartshausen spricht sehr weise von ihnen in seinem prächtigen Werk: *Die Wolke über dem Heiligtum*, und sicher werden Sie auch einer davon sein, da Sie zu mir gekommen sind.

Ich lasse Sie noch ein paar Tage lang suchen und finden. Sie sind an den Quellen, und Sie haben Durst; es ist ganz sicher, daß Sie trinken werden. Mein Gedanke ist bei Ihnen und leitet Sie; das Wort wird das vom Geist begonnene Werk aktivieren.

Sie haben mir geschrieben: *Mach, daß ich sehe! (Mark.10, 51)* – und ich habe Ihnen mental geantwortet: «Sehen Sie!» Bevor der regelmäßige Kursus beginnt – denn die eigentlichen Lektionen haben angefangen, seit wir uns schreiben – machen Sie mir bitte eine große Freude: Lassen Sie auf Papier oder Leinen von sich eine kleine Fotografie machen, die Sie mir in Ihrem nächsten Brief schicken; umgekehrt werde ich Ihnen ein Foto von mir übersenden. Wenn ich Ihnen dann wieder schreibe, stelle ich diese Licht-Evokation vor mich hin. Sie können dasselbe tun, wenn Sie etwas von mir lesen, und so sind wir beieinander, sogar physisch. Wir werden miteinander sprechen, und wir werden uns sehen.

Ich antworte auf Ihre letzten Fragen wie folgt:

Caesar war ein großer Mensch und gleichzeitig ein Wüstling; er hatte die Eitelkeiten und Schwächen seiner Laster. Wenn er sich nicht der Verachtung ausgesetzt hätte, würde niemand es gewagt haben, ihn anzugreifen oder umzubringen.

Wenn Louis-Philippe (1773-1850) mehr Charaktergröße und nicht so niedrige und bürgerliche Gewohnheiten gehabt hätte, wäre er nicht einem Aufruhr der Verachtung anheimgefallen.

Wenn Napoleon weniger als nebuloser und unseliger Held

nach dem Beispiel der Helden des *Ossian*[14] aufgetreten wäre, hätte er nicht sein Schicksal so poetisch dem schrecklichen und kalten Positivismus Englands anvertraut.

Der gute Pfarrer Vianney war kein Adept: er war ein natürlicher Hellseher, dessen Fähigkeiten durch den Glauben überspannt wurden. [14a]

Ich hatte heute die Ehre, einen Wissenschaftler aus England zu empfangen, der eigens aus London gekommen war, um mich zu sprechen.[15] (*Kenneth Mackenzie*)

Brief 7

Theorie und Praxis der hohen Wissenschaft – Zahl 1 als Aleph und Magier – Sepher Jesirah – Epileptiker

Universalität	Mutation	Einheit	
ת	מ	א	= Ameth: Friede
Ende	Mitte	Anfang	und Wahrheit

Bruder und Freund,

Sie arbeiten mit Erfolg; denn schon fragen Sie mich nach Lösungen, die Sie sehr gut selbst finden können. Beruhigen Sie die Ungeduld Ihres Geistes, und schreiten Sie ordnungsgemäß voran: Sie werden Ihr Ziel erreichen.

Die Hohe Wissenschaft umfaßt zwei Dinge: das Wort oder das Verbum einerseits und die Werke, welche die letzte Form oder die Ergänzung des Wortes sind, andererseits.

Die Wissenschaft der Zeichen und ihrer Entsprechungen führt in die Wissenschaft der Sprache ein: die Wissenschaft des Lichtes und des Feuers aber ist das Geheimnis der Werke.

Die Wissenschaft von den Zeichen und ihrer Entsprechungen, das ist die Kabbala.

Die Wissenschaft des Lichtes, das ist die Magie; die Wissenschaft des Feuers, das ist der Hermetismus.

Die Wissenschaft der Zeichen beginnt mit der Wissenschaft der Buchstaben. Die Buchstaben sind absolute Ideen. Die absoluten Ideen sind die Zahlen. Die Zahlen sind vollkommene Zeichen.

Durch Vereinigung von Idee und Zahl kann man mit den Ideen wie mit den Zahlen operieren und zur Mathematik der Wahrheit kommen.

Der Tarot ist der Schlüssel der Buchstaben und der Zahlen; die sechsunddreißig Talismane sind der Schlüssel des Tarot.

Der erklärende Text für die Talismane, die Buchstaben, die Zahlen und den Tarot ist der Sepher Jesirah.

Dies alles wird Ihnen noch bewiesen werden.

Ich danke Ihnen für die Übersendung Ihres ernsten und edlen Gesichtes. Ich schicke Ihnen den Abdruck des meinigen, und von nun an werden wir uns sehen.

Die Methode, die Sie wissen wollen, besteht darin: Studieren Sie nicht alles auf einmal, und seien Sie so geduldig, als ob Sie ewig wären.

Beginnen Sie mit der Zahl 1 und dem Buchstaben Aleph, dem Magier des Tarot, dem As von Stab oder dem Stab des Moses, dem ersten Kapitel meines Dogmas und meines Rituals der *Transzendentalen Magie,* dem ersten Kapitel des Buches von Saint-Martin: *Tableau naturel des rapports etc.*[6], der ersten der Sephiroth oder Kether, und schreiben Sie darüber einen Aufsatz, den Sie mir schicken; ich werde Sie wieder auf den Weg führen, wenn Sie sich verirrt haben. Wir gehen auf die gleiche Weise bei den anderen Zahlen vor.

Der Kranke, von dem Sie mir berichtet haben, ist einfach geisteskrank durch Epilepsie. Wie ich vermutete, hat er große Furcht gezeigt, ausgelöst durch eine extreme Sensibilität des Nervenapparates. Eine solche übermäßige Sensibilität entsteht oft aus frühreifen und verborgenen Gewohnheiten oder törichten Kunstgriffen der Ammen, die die Kinder einschläfern, indem sie deren Geschlechtsorgane kitzeln; aber ich sehe in allem, was Sie mir geschrieben haben, nicht das geringste Zeichen für Besessenheit von außen.

Ich kann Ihnen auch nicht mehr über das Wunder des heiligen Januarius sagen, als Sie selbst schon darüber herausgefunden haben; es ist ein Wunder der Elektro-Biologie und der enthusiastischen und fluidalen Sympathie.

Ich werde Ihre Übersetzung des Sepher Jesirah durchsehen und mit Sorgfalt korrigieren. Der Sohar[16] ist sozusagen unauffindbar, sonst hätte ich ihn für Sie gekauft. Aber da ich ihn besitze und damit beschäftigt bin, ihn zu übersetzen, werde ich Ihnen die wichtigsten Stellen daraus mitteilen.

Alles für Sie in der heiligen Chokhmah.

Brief 8

Alle Vorstellungen der Eins erfassen – «Ameth»

Wahrheit	Gerechtigkeit	Friede
ת	מ	א

Bruder und Freund,

Bemühen Sie sich, von jedem Buchstaben eine universelle und absolute Vorstellung zu erhalten, nur ausgedrückt durch die Zahl, die der Buchstabe darstellt.

Sehen Sie auf diese Weise in Aleph alles, was eins ist – das in seiner Universalität empfangene Sein – den Geist Gottes – den Geist des Menschen – das Prinzip des Gedankens – das der Harmonie usw.

Die Buchstaben sind geometrische Hieroglyphen.

Diejenigen des hebräischen Alphabets wurden aus einem Pantakel entwickelt, das man den Plan des irdischen Paradieses nennt und vier Kreise darstellt, eingeschrieben in ebenso viele Quadrate, konzentrisch die einen in den anderen.

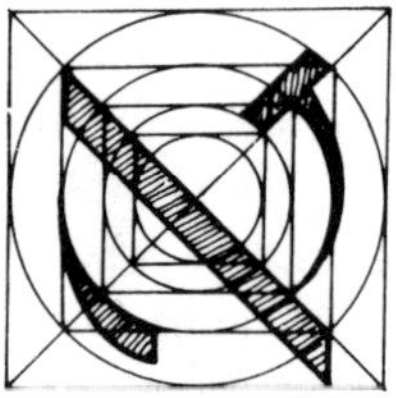

Sie erkennen, daß Aleph gleichzeitig den Durchmesser und den Umfang in zwei Richtungen darstellt, aufsteigend und absteigend, um die Einheit des Seins, der Bewegung und des Gleichgewichts anzuzeigen. Ist die Deutlichkeit dieser Figur nicht etwas Wunderbares? Ich werde Ihnen nach und nach alle anderen geben.

Im Aleph findet man einen . . . .

Man findet zwei . . . .

Man findet drei

und schließlich vier . . . .

folglich zehn, das heißt alle Zahlen.

Schreiben Sie nun den Namen des Buchstabens Aleph mit den Schlüsseln des Tarot:

ף ל א (Schluß-Phe – Lamed – Aleph)

Sie haben Gott ל א und die Natur ף.

Sie haben das Sein – 1,

die vollkommene Bewegung 12 und das vollständige Leben 17.

Der Magier oder πανυργος – panurgos, der Mensch mit dem universellen Wissen;

der Gehenkte oder das Opfer und der glänzende Stern oder die Intelligenz der Natur, und Sie verstehen die Symbolik dieses Kopfes mit drei Gesichtern, den man unter den Figuren des Enchiridion [17] von Leo III. mit dieser dreifachen Erklärung sieht:

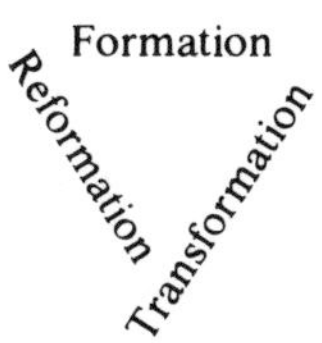

Suchen Sie jetzt im Buch der Psalmen die alphabetischen Psalmen; es gibt davon vier, und meditieren Sie die vier Strophen, die mit Aleph beginnen.

Sie wissen aus dem Sepher Jesirah, daß die drei Mütter heißen: Aleph, Mem, Schin oder Aleph, Mem, Thau; denn das Schin und das Thau sind zwei entgegengesetzte und analoge

Buchstaben, die das Sein und das Leben darstellen, wie wir es später noch sehen werden. Daraus wird das Wort *Ameth* gebildet, das sich am Anfang von Brief 6 und 7 befindet und bedeutet: *Friede, Gerechtigkeit und Wahrheit.*

Sie sehen, mein Freund, was für Dinge man auf vier kleinen, ein wenig eng beschriebenen Seiten festhalten kann; meditieren Sie über dies alles und bis bald.

Ihr Bruder.

Brief 9

Die Geistbeziehung zu uns – Gedächtnis beim Tode – Hölle – Homöopathie

Bruder und Freund,

Mein letzter Brief war schon zur Post gegeben, als ich Ihr Schreiben erhielt. Ich antworte auf Ihre Fragen.

Der göttliche Geist, der in uns ist, gehört uns nur oder vielmehr teilt sich uns nur mit zum Zeitpunkt unserer vollständigen Rechtfertigung. Dieser Geist verläßt uns, wenn wir die Augen unseres Inneren vor seinem Licht verschließen, und kehrt zurück, wenn wir die Augen wieder öffnen; er ist das Leben der Seele.

Zu sagen, daß er zum Himmel zurückkehrt, ist bildliches Sprechen; es wäre dasselbe, als wenn man sagen würde, daß das Licht zur Sonne zurückkehrt.

Das Gedächtnis geht bei den Lebenden niemals verloren; es wird bei den Toten gelöscht. Verstehen Sie dieses gut: *Die Toten preisen den Herrn nicht, keiner von allen, die zur Stille hinabgefahren. Ps. 115,17.*

Man hat viel über die Hölle diskutiert, aber eine Definition dieses Zustandes enthält mehr Schrecken und Schreckliches als alle von den Mönchen des Mittelalters erträumten Torturen: die Hölle, das ist das Vergessen Gottes!

Sie fragen mich, ob die Bindungen, in diesem Leben auch im anderen andauern. Es wäre das Gleiche, als wenn Sie mich fragen würden, ob wir die Nähte von einem abgelegten Kleid aufbewahren können.

Das Alte ist vergangen, siehe, es ist neu geworden. (2.Kor.5,17)

Ich sehe übrigens mit Vergnügen, daß Sie meine Antwort vorausgesehen haben.

Meine Meinung ist dieselbe wie die Ihrige zum Thema der homöopathischen Medizin; sie heilt, wenn man daran glaubt; sie wirkt auf die Imagination durch die kräftigen Namen ihrer Heilmittel und vereinigt mit diesen Vorzügen diejenigen der Diät und der Hydrotherapie. Aber es gibt eine Medizin, die darüber steht: das ist die vorsorgende Medizin, die in einem vollkommen ausgeglichenen Leben besteht und in der Flucht vor allen Exzessen, sogar geistigen und moralischen: Tiefer Friede, meine Brüder! So sagten unsere Vorgänger, die alten Rosenkreuzer.

Eine große Ruhe des Geistes, eine große Sauberkeit des Körpers, eine immer gleiche Temperatur, eher ein wenig kalt als zu warm, eine gut durchlüftete und ganz trockene Wohnung – wo nichts herumliegt und an die groben Arbeiten des Lebens erinnert (ich würde mich genauso schämen, wenn man bei mir etwas Unaufgeräumtes entdeckte, als wenn ich auf der Straße ohne Schuhe laufen würde), regelmäßige und dem Appetit angepaßte Mahlzeiten, nicht anregend, aber ausreichend. Eine einfache und gehaltreiche Ernährung; die Arbeit vor der Ermüdung verlassen, mäßige und geregelte Körperbewegung machen; sich am Abend niemals erhitzen oder übermäßig erregen, damit die größte Ruhe dem Schlaf vorausgeht. Mit einem solchen Leben kann man alle Krankheiten vermeiden, die sich immer in der Form von Unwohlsein ankündigen, das sich leicht mit den einfachsten und sanftesten Mitteln bekämpfen läßt ... ein Glas warmen Wein bei einer Entkräftung oder einer Erkältung – einige Glas Met als Abführmittel – ein Aufguß Borretsch und Milch gegen Rheuma – viel Geduld und Frohsinn schaffen den Rest.

Das sind, mein lieber Freund, alle Arkana meiner Medizin, und seit mehr als dreißig Jahren befinde ich mich wohl dabei.

Alles für Sie.

Brief 10

Vier Arten, die Einheit zu verstehen = vier Tarotsymbole

Bruder und Freund,

Es gibt vier Arten, wie die Einheit verstanden werden kann:

1. als universell, alle Zahlen hervorbringend und umfassend, die daher kein Zweites hat; diese Einheit ist unzählbar, unbegreiflich, unendlich, universell, absolut notwendig und absolut unverständlich;
2. als relativ und manifest, die ein Zweites hat, der Anfang der Zahl und sie wiederholend, indem sie sich immer mehr vergrößert, was sie progressiv unbegrenzt macht;
3. als lebendig und in sich die Bewegung und das Leben befruchtend;
4. als sichtbar und durch die universelle Form offenbart.

Diese vier Beschreibungen der Einheit werden durch das göttliche Tetragramm dargestellt, dessen hieroglyphische Gestalt das Kreuz ist.

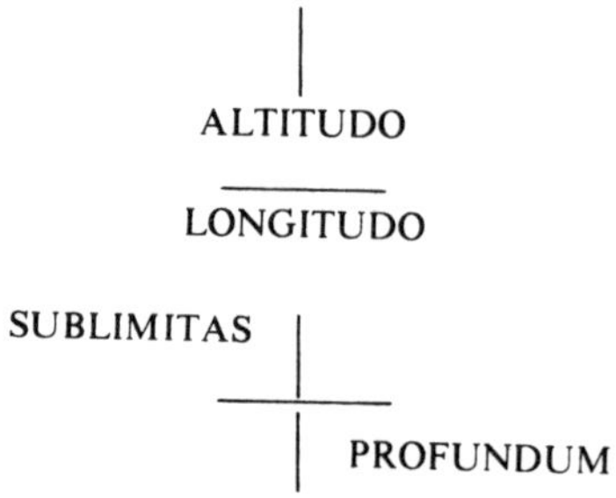

Merken Sie sich, daß diese Figur analog unserem Aleph א ist. Aber im Aleph ist die Höhe geneigt, weil Gott sich, als er die heiligen Buchstaben erschuf, sozusagen uns zugeneigt hat. Das ist der Baum der Erkenntnis, der sich zu den Menschen hinneigt und um den sich die Schlange des Lebens windet.

Diese Stellung der Figur des Aleph hat ferner zum Ziel, die Kreisbewegung des Kreuzes anzuzeigen, welches das Leben der Sonnen ist und den Kreis durch die ewige Bewegung des Quadrates bildet – die einzigartige und alleinige, wirkliche Quadratur des Kreises.

Die universelle und unbegreifliche Einheit – das ist Gott.

Die offenbarte Einheit und Offenbarerin der Zahlen – das ist sein Wort.

Die lebendige Einheit – das ist der Heilige Geist.

Die in der universellen Harmonie sichtbare Einheit – das ist die Vorsehung.

Die höchste Einheit hat als Hieroglyphe die senkrechte Linie, das Zepter, den Stab des Tarot |

Die offenbarte Einheit hat als Symbol die horizontale Linie — oder den Halbkreis ◡, zusammen ist es der Becher ⌓

Die lebendige Einheit verbindet die beiden vorstehenden und bildet das Kreuz oder das Schwert: † ↓

Die vierte wird dargestellt durch die Scheibe: ○

Brief 11

Äußere Formen der Einheit – Zusammenhang mit der Zehn

Bruder und Freund,

Tausend Dank für die Übersendung Ihres neuen Porträts. Sie müssen wissen, daß ich mich für einen großen Magier halte und mir schmeichle, daß ich allein durch meine Gedanken Sie um wenigstens zehn Jahre jünger gemacht habe.

Sie haben zu wenig Selbstvertrauen und gleichen manchmal ein wenig jenen Kindern, die Ihnen versichern, sie könnten dieses oder jenes Wort einer fremden Sprache nicht richtig aussprechen, wobei sie es aber schon vollkommen richtig ausgesprochen haben.

Haben Sie nur Geduld und Einsicht, nicht alles auf einmal verstehen zu wollen. Man liest eine Seite auch nicht mit einem Blick, sondern muß unbedingt Zeile für Zeile und Wort für Wort vorgehen.

Wir sind immer noch bei der Einheit und beim ersten Buchstaben; beschäftigen wir uns ausschließlich damit, bis wir alles darüber gut wissen.

Das Zeichen der absoluten Einheit I , das die Zahl 1 darstellt, verschmilzt mit dem ersten Buchstaben des Alphabets in den Sprachen:

arabisch / kufisch l

altsyrisch J runisch 1

Im Hebräischen befindet sich die absolute Einheit, als Synthese der Zahlen genommen, nur in der Zahl 10, das ist das Jod, woraus unser «J» wurde, das absolut dem ersten Buchstaben der altsyrischen Schrift gleicht.

In der estrangelischen oder urchaldäischen Schrift wird Aleph dargestellt durch ein Kreissegment, das auf zwei rechten Winkeln zu marschieren scheint, und das Jod stellt etwas dem indischen Lingam Analoges dar, aber mit einer größeren Ausdehnung der passiven Einheit.

ALEPH

JOD

Es ist erforderlich, im Sepher Jesirah nachzulesen, was sich auf den ersten und den zehnten Weg bezieht, darüber zu meditieren und zu versuchen, es zu verstehen.

Man muß ebenfalls in der Genesis (1. Buch Mose) das Werk des ersten Tages studieren.

Es gibt also sehr viel zu lesen, um den ersten Buchstaben zu verstehen; aber man muß mit dem Christus der Legende sagen: *Ich werde nur dann Beth sagen, nachdem ich Aleph vollständig verstanden habe.*[18] – Haben Sie die apokryphen Evangelien gelesen?

Tausend Grüße und bis bald.

Brief 12

Das göttliche Tetragramm – der Magier – der Plan von Eden und der von Theben

Bruder und Freund,

Die vier Einheiten, die nur eine sind, werden durch die vier Buchstaben des göttlichen Tetragramms ausgedrückt und hieroglyphisch dargestellt durch den Stab, den Becher, das Schwert und die Scheibe des Tarot.

Die numerische Einheit oder der Buchstabe Aleph, der sich auf den elften Weg des Sepher Jesirah[19] bezieht, wird im Tarot durch das Symbol des Magiers dargestellt.

Das Bild dieses Magiers ist das gleiche wie das des Buchstaben Aleph; gekrönt ist er mit einem Nimbus in der Form einer liegenden Acht wie die Schwingen eines großen Hutes; er hat auf einem Tisch vor sich den Becher, die Scheiben, die Schwerter und hält den Stab in der Hand. Dies ist die erste Intelligenz der Symbole und Zahlen. Der Nimbus, der den Magier krönt, ist das Licht des Lebens, ausgewogen wie die Schlangen des Hermes durch die harmonische Gegenbewegung.

Der Buchstabe Alpha der griechischen Sprache A ist gleich dem Buchstaben A unseres Alphabets nicht weniger merkwürdig. Er besteht aus dem Zeugungspunkt des Winkels mit der parallelen und ausgewogenen Bewegung von zwei Linien, deren proportionale und ins Unendliche wachsenden Abschnitte im voraus durch einen ersten Querstrich geregelt sind, während die beiden Linien sich unendlich verlängern, so daß auf diese Weise der Buchstabe notwendigerweise geöffnet bleibt, wie der Raum: A.

Die hebräischen Buchstaben werden geometrisch durch ein Pantakel bestimmt, das der Plan von Eden genannt wird, dessen Figur ich Ihnen nachstehend aufzeichne. Die griechischen und lateinischen Buchstaben, die auch die französischen und deutschen sind, formen und berechnen sich nach einem anderen Pantakel, welches der Plan von Theben genannt wird, dessen Figur Sie in meinem *Schlüssel zu den großen Mysterien*[20] finden.

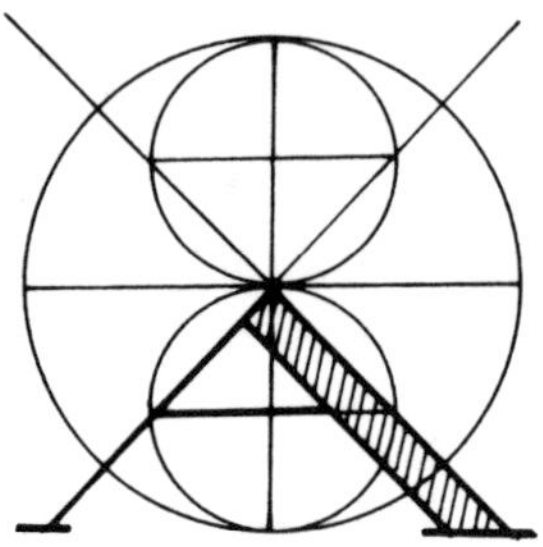

Dieses Pantakel gibt ihnen die Bedeutung in geometrischen Hieroglyphen nicht nur aller unserer Buchstaben, sondern auch unserer Zahlen.

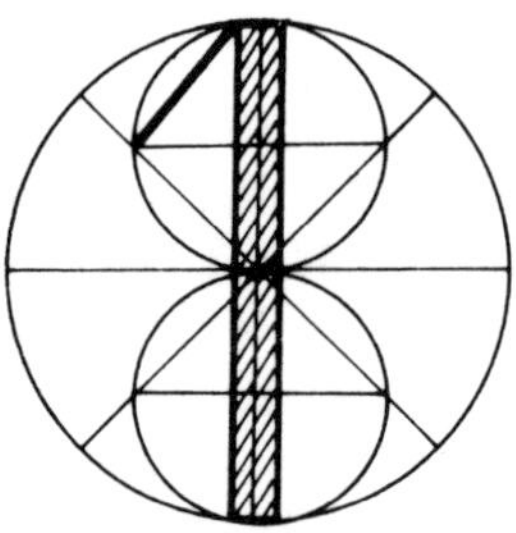

Sie werden nach diesen Beispielen leicht alle übrigen Alphabet- und Zahlzeichen herausfinden.

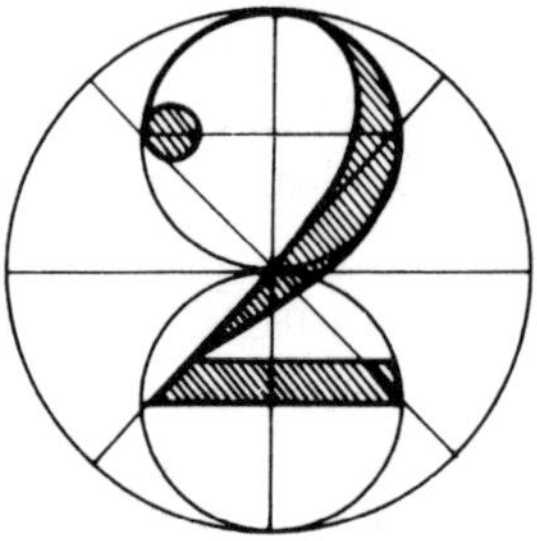

Sie erkennen, daß alle Zahlen und alle Buchstaben einmal ganz absolute und ein andermal relative Vorstellungen ausdrücken. Wahrheit und Gewißheit sind also dort verknüpft, wie ich es Ihnen bald beweisen werde.

Brief 13

Der Schatten der Einheit – das Yin-Yang-Symbol des Konfuzius

25. Dezember 1861

א מ ת

Bruder.·. und Freund.·.,

Die große und unteilbare Einheit ist durch unseren Geist auf zweierlei Art erfaßbar:
als spirituell und als materiell –
als geheim und als manifestiert.

Die Materie ist unermeßlich wie der Raum; sie wird nur sichtbar und greifbar in den Aggregaten und Kombinationen, andererseits teilt sie sich immer weiter bis ins Unendliche und entweicht wie der Geist aus unseren Gefängnissen und unseren Analysen.

Es gibt also zwei Aleph: das weiße Aleph und das schwarze Aleph; das schwarze ist der Schatten des weißen, und das weiße ist das Licht des schwarzen. Der Geist reflektiert sich in der Materie, und die Materie zeigt sich nur, um den Geist zu offenbaren. Die Materie ist der Buchstabe des Geistes; der Geist ist der Gedanke der Materie.

Wenn es keinen Schatten gäbe, würde das Licht nicht sichtbar sein; wenn es kein Licht gäbe, wäre der Schatten nicht erkennbar und gestaltlos.

Gott schreibt auf die schwarze Seite der Nacht mit dem Glanz der Sterne und auf die weiße Seite des Tages mit der Schwärze der Erde.

Das eine Leben schlängelt sich zwischen dem Tag und der

Nacht hindurch und erhält sich durch deren Gleichgewicht. Das drücken die Chinesen durch das Pantakel des Konfuzius aus:[21]

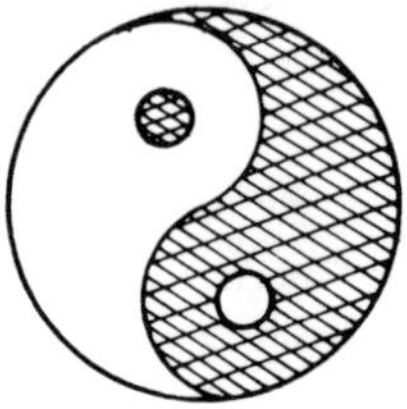

Dieser Schatten und dieses Licht existieren auch im Gedanken. Der unaussprechliche Gedanke ist der Schatten – der dem Wort zugängliche Gedanke ist der Tag.

Sie können schon jetzt verstehen, daß unser Schatten der Tag Gottes und das Licht Gottes für uns ein unendlicher Schatten ist.

Der Name Jehova kennzeichnet diese beiden intellektuellen Formen der unsichtbaren Einheit durch HE – JOD und die beiden Formen der sichtbaren Einheit durch – HE VAU. Diese beiden zweiten Buchstaben sind die Spiegelung der ersten beiden, und im ersten wie im zweiten Paar ist die eine Form die Spiegelung der anderen.

Es gibt also eigentlich im heiligen Tetragramm nur einen einzigen Buchstaben, das Jod י, zunächst nicht manifestiert und aus sich selbst existierend, dann manifestiert durch seine Spiegelung und in der direkten Vereinigung mit der Spiegelung den Partnerbuchstaben bildend, das Vau ו.

Die Zahlen existieren nur durch die Einheit und sind selbst keine Dinge, sondern Arten oder Modifikationen der Einheit; nur die Einheit existiert; sie allein teilt sich oder vervielfältigt sich.

Durch die gegebene Einheit und die Bewegung, die sie zur Reproduktion zwingt, haben Sie die ganze Mathematik mit all ihren Kombinationen.

In diesem Augenblick läuten die Glocken, und gleich schlägt die Stunde der Geburt des Emanuel.

Brief 14

Die Einheit von Religion und Kirche, dargestellt durch die Vier

Bruder. . und Freund.·.,

Genauso wie es nur einen Gott, nur eine Substanz, nur ein Universum, nur ein Gesetz, nur ein Leben gibt, so gibt es auch nur eine Religion und eine Kirche.

Die Religion setzt sich aus vier Dingen zusammen, die eins sind:

1. der unendliche Gegenstand des Glaubens – Jod י;
2. das unendliche Gesetz als dessen Gegenstand – He ה;
3. der Kult, der den Glauben befruchtet – Vau ו;
4. das gläubige und den Glauben praktizierende Volk – He ה.

Die Kirche ist die äußere Form der Religion; die Religion macht die Kirche, indem sie sich nach außen manifestiert, wie das Jod י das He ה hervorbringt.

Die Kirche macht die Religion, indem sie sie manifestiert. Die Vereinigung der beiden wird durch das Kreuz + dargestellt, und die Kraft des Kreuzes wird ausgeströmt in den Kelch (zweites He).

Die Kirche lebt nicht ohne vier unauflösliche und untrennbare Dinge:

1. ein Haupt, immer dasselbe gemäß dem Geist und daher geheimnisvoll und göttlich – Jod י;
2. ein unveränderliches Symbol – He ה;
3. ein ständiges Opfer – Vau ו;
4. eine unfehlbare Schule der Unterweisung – He ה.

Die Kirche hat wie wir einen Geist und einen Körper: einen unverderblichen Geist und einen verderblichen Körper. Aber der Geist erneuert bei ihr den Körper, wenn der Körper verdorben ist.

Das augenblickliche Übel, das den sichtbaren Körper der römischen Kirche verletzt, ist die spirituelle Anarchie; ich habe es oft genug in meinen Werken gesagt. Aber wenn meine Mutter aussätzig und krank wird, ist sie dann weniger meine Mutter?

Sie brauchen nicht zu fürchten, daß Rom mich verdammt.

Ich habe meine Bücher schon dem Offizialamt in Paris vorgelegt, das im Notfall der römischen Kirche Entscheidungen diktieren würde; hier ist die Antwort:

«Wir stimmen weder zu noch lehnen wir ab; Ihre Bücher sind weder häretisch noch gottlos; sie sind extravagant.»

Nehmen Sie gut zur Kenntnis, daß in der theologischen Sprache *extravagant* nicht unsinnig bedeutet, da eine ganze Körperschaft päpstlicher Konstitutionen den Namen der *Extravaganten* trägt, was besagen soll: derjenigen, die frei außerhalb der festgelegten Linie gehen: *extravagant.* Lesen Sie noch einmal die große Einführung zur zweiten Auflage meiner *Transzendentalen Magie:* Dogma, Seite 7-48; dann werden Sie mich besser verstehen.

Du Kleingläubiger, warum hast du gezweifelt? (Matth.14,31)

Die Wahrheit ist eine, sie nennt sich weder Joseph de Maistre noch Saint-Martin, noch Jakob Böhme. Diese großen Männer sind wie ich nur *Extravagante* in der Theologie, *extra vagantes.*

Ecclesia autem non extra vagatus, sed regnat intra et extra. (Die Kirche aber geht nicht nach draußen, sondern herrscht innen und außen.)

Deshalb halte ich, wenn ich frei außerhalb marschiere, um den Weg zu erforschen und zu ebnen, den Leitfaden fest, der mich mit dem Heiligtum verbindet. Wieso haben Sie mich noch nicht verstanden?

So lange Zeit bin ich bei euch, und du hast mich nicht erkannt, Philippus? (Joh. 14,9)

Ich vergaß hier ganz, daß es kaum einen Monat her ist, seit ich Ihnen Unterricht erteile – aber dennoch, was für Dinge in einem Monat!

Brief 15

Der Mensch als Einheit und Vierheit

Bruder und Freund,

Der Mensch ist vier in einem: Geist und Seele, Licht und Körper; seine Seele ist ebenfalls vierfach: ihr Gedanke, ihr

Wille, ihre Liebe, ihr Wort – ihr aktiver Gedanke Jod י, ihr passiver und reaktiver Wille He ה, ihre Liebe Vau ו, ihr Wort He ה.

Der Mensch ist die Synthese des Lebens in der ausgewogenen Substanz. Die eine Substanz hat vier Formen: aktiv JOD י, passiv HE ה, ausgewogen VAU ו, erzeugt HE ה. Elementarisch gewordene Substanz: warm, kalt, feucht und trocken, wird zu Feuer, Luft, Wasser und Erde oder, um wie die Modernen zu sprechen: Sauerstoff, Stickstoff, Wasserstoff und Kohlenstoff; aber vor all diesem war sie Licht, und sie bleibt auf immer durchdrungen und lebendig von universellem Licht.

Das Licht ist einfach und vierfach in seinen Manifestationen.

Es ist aktiv oder passiv, sichtbar oder latent.

Es ist weder ein Strom noch eine Vibration; es ist die erste Substanz, wirklich und lebendig, die in sich selbst das Prinzip ihrer Bewegung hat.

Substanz, deren Sichtbarkeit, Greifbarkeit usw. nur bedingte Zufälligkeiten sind.

Substanz, deren Moleküle man nur erzeugen kann, auch hypothetisch primitiv, wie Aggregatzustände und äußere Modifikationen, da jeder Körper Teile hat, da jeder Teil Körper ist und daher teilbar usw.

Substanz, die auf ewig das Resultat ihrer eigenen Zeugungskraft ist.

Schlange, die sich selbst verschlingt und aus sich heraustritt.

Was Gott ewig am ersten Tag und selbst vor dem ersten Tag erschafft.

Denn die Genesis ist nicht die Geschichte der Vergangenheit, sie ist die Offenbarung des ewigen Werkes.

Das Licht ist, weil Gott will, daß es ist, und alles beginnt und erfüllt sich darin.

Gott ist die Seinsursache des Lichtes; das Licht ist die äußere Manifestation des ewigen Wortes Gottes.

Das Licht ist von Intelligenz schwanger, und es gebiert die Vernunft, weil es vom Geist befruchtet ist.

Das universelle Licht ist Astrallicht in den Sternen, Lebenslicht oder magnetisches Licht in den Wesen, welche die Sterne erzeugen.

Es verbindet alle Wesen miteinander, weil sie alle aus ihm hervorgehen und aus ihm leben.

Es ist darin weder ein besonderes Fluidum noch eine spezielle Vibration; es ist in jedem eine besondere Art der universellen Lebenskraft.

Alles für Sie in der Heiligen Wissenschaft.

Brief 16

Der Anfang ohne Anfang – ICH BIN – die spirituelle Krone

2. Januar 1862

Bruder.·. und Freund.·.,

Tausend Dank für die guten Dinge, die Sie mir sagen, und für diejenigen, die Sie mir schicken: ich muß gut aufpassen, daß ich Sie nicht mit Ihren trockenen Früchten verwechsele; sie haben mit ihnen dennoch etwas gemein: sie sind hervorragend.

Nachdem ich Ihnen gedankt und Ihnen Komplimente gemacht habe, muß ich Sie ausschelten. Ihr Geist fährt immer mit Extrapost, und Sie wollen alles auf einmal sehen. Sie bitten mich, ich möchte Ihnen die Sephiroth[22] erklären! Aber warten Sie doch lieber, bis Sie Ihre Buchstaben und Ihre Zahlen kennen und bis wir das A verlassen haben, um zum B zu kommen.

Jenseits aller Einheiten oder vielmehr aller Vorstellungen über die Einheit zwingt uns eine notwendige Hypothese, die absolute und unbegreifliche Einheit zuzugeben, den Anfang ohne Anfang, die Ursache ohne Ursache: Was aus sich ist, ohne das Wesen noch eines der Wesen zu sein – die Einheit ohnegleichen und daher ohne Zweiheit.

Hier hören alle Vorstellungen auf, alle Vergleiche sind Gotteslästerung, alle Bilder sind Götzen. Dieses furchtbare Unbekannte hat keinen Namen, den wir buchstabieren könnten; denn selbst das Tetragramm läßt sich nur auf sein konventionelles und hieroglyphisches Bild anwenden. Aber es ist Aleph und Thau, Alpha und Omega in allen Wesen; wir können nur eines daraus bestätigen: es ist HE-JOD-HE-ALEPH – Eheihe – ICH BIN – אהיה.

Es manifestiert sich durch eine unveränderliche Weisheit und eine immer aktive Intelligenz.

Die Übereinstimmung zwischen dieser Weisheit und dieser Intelligenz bewirkt die höchste Macht, mehr als die Macht; die spirituelle Krone, die Essenz des höchsten Königtums, das Sein – Wahrheit – Wirklichkeit – Vernunft – Gerechtigkeit: die Göttlichkeit.

Nun ist die Göttlichkeit eins, weil sie zahllos ist; unpersönlich, weil sie unqualifizierbar und unvergleichlich ist, ganz unaussprechlich, ganz unbegreiflich in sich selbst.

Alles, was man sagt, sagt man aus der Vorstellung, die man sich davon macht, gemäß ihren Werken: Idee begrenzt wie wir, Idee geschaffen nach unserm Bild und unserm Gleichnis, Phantom des Menschen, vergrößert durch ein Sonnenmikroskop.

Dem, der allein Unsterblichkeit hat, der in unzugänglichem Lichte wohnt, den kein Mensch gesehen hat noch sehen kann, gebührt Ehre und ewige Macht. (1.Tim.6,16)

Hier sind wir unter der furchtbaren Wolke – beugen wir die Kniee und beten an!

Brief 17

Hermetik: Schwefel – Quecksilber – Salz – das Große Werk

Bruder.·. und Freund.·.,

Die alten hermetischen Philosophen sagten, daß die universelle Substanz bei der Vergegenständlichung drei Formen und drei Arten annimmt:

1. eine aktive und antreibende Form: Schwefel (darunter verstanden sie nicht den Schwefel der Erde);

2. eine passive und veränderliche Form: Quecksilber (nichts gemein mit dem gewöhnlichen Quecksilber);

3. eine ausgewogene und gemischte Form: Salz, fixe und unzerlegbare Substanz, wenn auch aus zwei Kräften zusammengesetzt.

Die Arten aber bezeichneten Sie als die vier Elemente, wie ich sie Ihnen schon genannt habe als Sauerstoff, Wasserstoff, Stickstoff und Kohlenstoff. Sie vertraten als Prinzip, daß die *eine* Substanz sich durch die Bewegung verändert und verschiedene Erscheinungen entsprechend den Winkelbildungen ihrer polaren Anziehungskräfte zeigt (jedes Molekül der Substanz wird magnetisiert und polarisiert wie die Welten). Sie glaubten an die ewige Bewegung, die das höchste Arkanum (= Geheimnis) der Physik ist und dachten mit Recht, daß man durch die künstliche Ausrichtung der Naturkräfte in einem bestimmten Kreis und entsprechend einem bestimmten Maß diese Bewegung beschleunigen oder verzögern kann.

Dieses Geheimnis aber ist ganz einfach dasjenige der Schöpfung.

Das Große Werk[23] ist also nicht die trügerische Kunst, Gold zu machen; es handelt sich um die Kunst, das natürliche Feuer auszurichten, wie der Gärtner das Wasser leitet, damit die Pflanzen Frucht bringen. – Mit Hilfe dieser Ausrichtung erzeugt man keine Mineralien, man läßt sie reifen.

Das Absolute in Physik und Chemie existiert notwendigerweise wie das Absolute in der Philosophie und der Religion.

Jede dieser drei Arten des Absoluten benötigt die beiden anderen.

Der weise Karl von Eckhartshausen hat daher nicht geträumt, als er mit Jakob Böhme in den Dogmen der Religion das Symbol und das Bild der Geheimnisse der Natur gesehen hat.

Unsere Vorgänger, die Brüder des Rosenkreuzes[24], sind daher keine Narren gewesen, als sie versicherten, daß sie den Schlüssel zum Großen Werk hätten. Dieser Schlüssel ist die universelle Medizin für Seele und Körper.

Sie ist die Aureole des Adam und das Zepter des Salomo.

Sie ist die irdische Verwirklichung des *Sanctum regnum*, des Heiligen Reiches.

Hier ist das zu Ende, was ich Ihnen über die Einheit zu sagen hatte.

Sie kennen den ersten Buchstaben.

Brief 18

Die Zweiheit: schrecklich und glorreich zugleich – Sifra di-Zeniutha

Bruder.·. und Freund.·.,

Wir feiern heute das Fest der Epiphanie.

Die Epiphanie ist die Manifestation des Lichtes – jenes Lichtes, das die Vernunft der Seelen hervorbringt und den Genius der Nationen offenbart.

Ein Licht zur Erleuchtung der Völker. (Luk.2,32)

Dieses Licht geht aus der göttlichen Weisheit hervor. Aus ihr kommt alles Wissen, und sie läßt die Freiheit erstehen.

Wir erörtern die schreckliche und glorreiche Zweiheit, schrecklich, weil der Antagonismus beginnt, der Schatten sich projiziert, das Fleisch sich durchsetzt, die Hölle notwendig wird.

Glorreich, weil das Gesicht des Menschen sich in den Strahlen Gottes erhellt, weil der Mensch und Gott miteinander sprechen und diskutieren. Nun ist Adam einem von uns ähnlich geworden, sagt Gott in der Genesis; was die chaldäische Auslegung wie folgt erklärt: Nun bin ich allein im Himmel, und der Mensch ist allein auf der Erde!

Erinnern Sie sich dieser beiden Gesichter, die sich betrachten und von denen sich das eine im anderen spiegelt: das eine schwarz, das andere weiß; das eine aufrecht, das andere umgekehrt und eingeschlossen in den beiden Dreiecken, die den Stern Salomos bilden. Ich habe diese Figur zweimal in meinen Werken wiedergegeben;[25] sie stellt die Erschaffung der Zweiheit dar.

Das Sifra di-Zeniutha oder das Buch der Verborgenheit[26], welches das erste Buch und der Schlüssel des Sohar ist, beginnt mit den folgenden Worten:

Das Buch der Verborgenheit ist jenes, welches das Gleichgewicht der universellen Waage beschreibt. Vor der Manifestation der Waage sahen sich die beiden Gesichter nicht.

Daher wurden die Könige der alten Welt vernichtet, weil die Natur sich weigerte, ihnen Nahrung zu verschaffen.

Und die Welt blieb verlassen bis zur Erscheinung des ehrwürdigen Kopfes.

In diesem bemerkenswerten Abschnitt ist die ganze Theorie der beiden Formen der Zweiheit enthalten.

Die nicht ausgewogene Zweiheit, die Aktionen und Reaktionen erleidet, wo ihre Kräfte sich aufzehren aus Mangel an Nahrung oder dem erhaltenden Element, und die ausgewogene Zweiheit, die ihren Kopf zum Herrn über die Harmonie der Glieder macht.

So existiert die böse Zweiheit nur, um die gute Zweiheit zu manifestieren. Das Unreine existiert nur für den Triumph des Reinen.

Bevor Jakob sich Israel nennt, muß er mit dem Engel kämpfen und in diesem Kampf gelähmt werden, wofür Adonai ihn gleichzeitig belohnt und bestraft.

Der Triumph ist der Preis der Kühnheit; aber die Kühnheit zerbricht an der ewigen Vernunft, wenn sie sich nicht in Demut vor ihrem Sieger niederwirft und sagt: *Segne mich! (1.Mos.32,25-26)*

Brief 19

Sündenfall und Engelsturz

9. Januar 1862

Bruder. . und Freund. .,

Lassen wir diese poetischen und dunklen Dichtungen in Indien, die durch den andersdenkenden Gnostizismus umgestaltet wurden.

Paulus will nicht, daß wir uns zu viele Gedanken machen über das, was er *«heillose und für alte Weiber passende Fabeln» (1.Tim.4,7)* über die Abstammung der Engel nennt.

Nichts davon, was weder zum Wissen noch zum Glauben gehört, sollte überhaupt von der vernünftigen Dichtkunst angenommen werden.

Der Sündenfall ist nur eine moralische Degradierung gewesen, vergleichbar dem falschen Schritt eines Kindes, das zu gehen versucht; und wegen des Engelsturzes denken Sie daran, daß abgesetzte Könige keine Könige mehr sind und daß Räuberchefs in gut regierten Staaten nicht geduldet werden.

Niemand kann das Böse um des Bösen willen lieben. Man liebt das Böse, weil man es fälschlicherweise für etwas Gutes hält. Die Lichtsöhne haben die Nacht nur in der Hoffnung lieben können, sie zu befruchten und ein neues Licht zu gebären. Die rebellischen Engel sind auf Gott eifersüchtig gewesen: sie wollten Schöpfer sein.

Das Weib war eifersüchtig auf das Wort – es hat wissen wollen.

Der Mann war eifersüchtig auf den Parakleten – er hat lieben wollen.

Alle wollten ihren Weg allein gehen, und Gott hat seine Hand zurückgezogen –

Nicht im Zorn, sondern aus Achtung vor dem freien Willen seiner Kreaturen!

Daher hat er die Verantwortung für ihre Sünde auf sich genommen und in der Person seines Sohnes die Unermeßlichkeit der Sühne allein übernommen.

O *glückliche Schuld!* heißt es in der Vigilfeier der Osterliturgie.

Wenn der Engel nicht bereut hat, da seine so vollkommene Natur unsere Schwächen ausschließt, mußte seine Wahl, da überlegt, unwiderruflich sein.

Es ist nicht Gott, der ihm nicht verzeiht, sondern er selbst ist es, der Gott nicht verzeiht.

Aus Verachtung für das Unvollkommene und aus Liebe zur Kraft sucht er alles zu zerbrechen, was schwach ist.

Aber er hat nur Kraft im Verhältnis zu seinem Recht. Er kann nichts gegen das Gute ausrichten: er schafft daher niemals das Böse.

Das ist Samael[27] als Würgengel, und sein Platz steht fest im Kreis der Engel! *Auch der Satan war in ihrer Mitte! (Hiob 1,6)*

Dieser Engel, dessen Name auch Legion ist (Mark. 5,9), weil sie eine große Menge sind, ist keine Persönlichkeit, sondern ein Geist oder vielmehr eine Möglichkeit, Geister zu sein. Sein wirklicher Name ist Stolz, der Genius des antiken Prometheus.

Bevor ich meinen Brief zusammenfalte, lege ich ein Blatt des sibirischen Stachys[28] bei, damit Sie verstehen, wie die Pflanzen von der Insel Kreta durch Geister davongetragen werden können. Dieses Blatt befand sich in einem meiner Bücher, und ich weiß absolut nicht, wer es hineingelegt haben kann ... Was beweist das?

Brief 20

Vom Mittelpunkt – hierarchische Ordnung – das Feuer der Hölle – Hüllen – Dämonen – Teufel

12. Januar

Bruder.·. und Freund.·.,

Die Natur hat keinen Mittelpunkt; jeder vorstellbare Punkt ist Mittelpunkt von vielen Kreisen bis ins Unendliche.

Die Welten drehen sich um Sonnen, die Sonnen um Erzsonnen, und so weiter bis zur Unendlichkeit, ohne daß es einen gemeinsamen Mittelpunkt gäbe; sonst würde es einen gemeinsamen Umfang geben, und die Unendlichkeit wäre die Einheit.

Alles, was lebt, hat gelebt und wird leben, und die Geister sind wie die Sterne hierarchisch geordnet. Jedes Einzelleben, das aufhört, kehrt in das universelle Leben zurück. Kadaver lösen sich nur auf, weil sie lebendig sind.

Was oben ist, ist wie das, was unten ist.[164]

Die Geister sind unendlich – an Zahl wie auch an Hierarchie – wie die Sterne, und wenn sie sterben, indem sie ihren freien Willen aufgeben, absorbiert sie das universelle spirituelle Leben wieder und löst sie auf; dort liegt das wirkliche Feuer der Hölle.

Es ist ewig und ohne Mitleid, weil es das Leben ist, das nicht zu einer Übereinkunft mit dem Tod kommen konnte.

Gott allein ist reiner Geist, der über alle Hüllen verfügt und keine Hülle hat.

Der begrenzte Geist würde sich vernichten, wenn er keine

Hülle hätte. Er würde tatsächlich überall sein, aber so minimal wie nichts.

Die Hüllen der Geister stehen im Verhältnis zur Umgebung, die sie bewohnen, und hängen von ihr ab.

Ein von einem irdischen Körper gelöster Geist könnte also auf der Erde nicht leben und atmen.

Das Astrallicht, das in den Lebenden zu Lebenslicht oder Magnetismus wurde, ist ein Magnet von großer Kraft: er zieht an und stößt alles ab, was ihm mehr vom Instinkt als vom Willen bezeichnet wird.

Medien sind gestörte Magneten. Da sie meine Bücher durchgearbeitet haben, werden Sie dies alles wissen und verstehen. Es sind die hierarchischen Gesetze, ohne die nichts auch nur einen Augenblick in der Natur existieren könnte.

Die Dämonen, *Dei-monas (= Einzelgötter),* sind isolierte Götter, wie ihr Name sagt; es sind einzelgehende und ungesellige Geister. Die Teufel (von Diabolus) – griechisch und βαλλω [29] – sind Geister, die quer durch die Harmonie geschleudert werden; sie können in unserer Atmosphäre nicht ohne grobe Hüllen existieren. Die Kabbalisten selbst nennen sie Hüllen, Krusten, lat. *cortices*[30], weil sie kein inneres Leben haben.

Es sind ohnmächtige und keineswegs mächtige Kräfte.

Die ewige Gerechtigkeit hält sie im Gleichgewicht, treibt und drängt sie, wie sie gerade gebraucht werden.

Wir kommen bald auf die Zweiheit zurück.

Brief 21

Beantwortung von Fragen aus dem Geisterreich (2) – Aufgabe des Menschen durch Jesus Christus erläutert

13. Januar

Bruder∴ und Freund∴,

Womit habe ich verdient, daß Sie mich fragen, ob Ihre Briefe mir eine Last bedeuten? Halten Sie mich manchmal für etwas kurz angebunden in meinen Antworten? Wenn es das ist, so geschieht es unbeabsichtigt: deshalb, mein Freund, müssen Sie mir verzeihen. Sie haben mich als Meister angenommen, und ich spreche ein wenig als Meister: das ist schließlich Ihr Fehler, und es wäre unrecht von Ihnen, mich dafür zu bestrafen.

Ich wundere mich, mit welchem ehrbaren Mißtrauen gegen sich selbst Sie mir, ohne es zu wissen, die Lösungen geben, nach denen Sie fragen.

«Daraus, daß sich dieses Blatt ohne Ihr Wissen in einem Ihrer Bücher befunden hat, läßt sich nicht schließen, daß es ein Geist hineingelegt hat.»

Das stammt von Ihnen und ist sehr gut. Ich habe daher zum Thema Ihrer Pflanze von der Insel Kreta nichts Besseres zu sagen.

Nun aber prinzipiell:

1. Ich verneine, daß ein Geist ohne Körper auf andere Körper einwirken kann; sonst wäre jede körperliche Schöpfung unnütz.

2. Ich verneine, daß die Geister der einen Stufe sich mit denen einer anderen vermischen können; denken Sie über die Worte des Gleichnisses vom bösen Reichen und dem armen Lazarus nach (Luk. 16, 19-31): *das große Chaos hat sich derart verdichtet, daß diejenigen von hier nicht zu denjenigen von dort gelangen können.*

Studieren Sie den Mechanismus der Verdauung und den des Kreislaufs; erkennen Sie daraus, mit welcher Sorgfalt die Natur die Türen hinter den Substanzen schließt, die sie vorantreibt, und denken Sie an die universellen Analogien, die so hervorragend die Einheit des Großen Werkes[23] beweisen. So muß man auch die Türen hinter überwundenen Illusionen schließen, damit sie niemals wiederkehren. Wir haben vor uns eine Unzahl erhabenster Realitäten, die uns daran hindern sollten, daß wir es bedauern, Illusionen aufgeben zu müssen.

Die Aufgabe des Menschen in dieser Welt wird sehr klar durch diejenige von Jesus Christus selbst erläutert, welcher das lebendige Urbild der Menschheit ist.

Denken Sie gut über folgenden Ausspruch nach: *Ich bin gekommen, damit sie Leben und reiche Fülle haben. (Joh.10,10)*

Also: Das Leben entfalten und verbreiten, das vollständige Leben, und dadurch den Tod vermindern und vernichten.

Durch alles Neue wird der feindliche Tod zerstört.[31]

Sie tun gut daran, Vertrauen in mich zu setzen, wie ich in unserm Kursus vorgehe, gestützt auf die ewige Vernunft und auf das sichere Wissen, das sie beweist; denn dabei kann ich wie der Meister sagen, daß ich kein Mensch bin, sondern ein Prinzip, das spricht. (Joh. 8,25)

Ein Prinzip, das auch zu Ihnen spricht!

Jetzt aber bitte ich Sie, in Ihrem Durst nach der Wahrheit geduldig zu sein und mir zu glauben, daß die ewige Quelle sich nie erschöpft.

Schreiben Sie mir also weiter; ich bin glücklich, Ihre Briefe zu lesen, aber lassen Sie sich so wenig wie möglich von dem Thema ablenken, das wir gerade behandeln; andernfalls werden wir nie zu Ende kommen.

Bis bald zur Fortsetzung des Buchstaben Beth - ב.

Brief 22

Mittelpunkt des Glaubens ist die Lehre der Kirche – Urteil über Kenneth Mackenzie – Übermaß an Arbeitspensum Levis

Bruder∴ und Freund∴,

Sie bedauern Ihre Hypothesen, die ich Ihnen dennoch lasse, wenn Sie mit mir darin übereinstimmen, in ihnen nur Allegorien zu sehen und Doktrinen nur etwas Gelehrtes (= *doctes)* zu nennen – das heißt dasjenige, was sowohl durch den Glauben bestätigt als auch für die Wissenschaft solide ist, und umgekehrt. Außerhalb des Wissens und des Glaubens breitet sich das unendliche Gebiet der freien Hypothesen aus, von denen die einen durch Analogie annehmbar, die anderen absolut unwahrscheinlich sind.

Der Mittelpunkt des Glaubens ist die Lehre der Kirche; von dort strahlt sie in die Wissenschaft aus und macht sich dort breit, aber kreisförmig und nach Maßgabe von zwei Kräften, analog denjenigen der Sterne: Zentripetalkraft und Zentrifugalkraft.

Betrachten Sie aufmerksam und studieren Sie die vier Sterne, von denen ich Lithographien habe anfertigen lassen: den ersten am Anfang meines Buches: *Geschichte der Magie*[32] und die drei anderen in meinem Buch: *Der Schlüssel zu den großen Mysterien*[33]; lesen Sie, indem Sie vom Mittelpunkt ausgehen und jedem Strahl folgen, wie es dort beschrieben ist. Das sind Doktrinen, und zwar absolute Doktrinen, weil sie unbestreitbar sind sowohl für die Wissenschaft als auch für den Glauben.

Ich habe einige Ihrer Fragen unbeantwortet gelassen, und zwar aus Vergeßlichkeit. – Sie haben mich gefragt, ob ich mit meinem englischen Besucher zufrieden war. (Brief 6) Ich fand ihn sehr intelligent, aber etwas zu sehr begeistert über magische und magnetische Erfahrungen: das ist ein Zeichen der Nation. Die Engländer sind neugierig bis zur Kinderei und verstehen ausschließlich äußere Tatsachen und Verwirklichungen.

Sie haben mich nach meinem Alter gefragt: ich bin 52 Jahre alt, was mich aber nicht hindert, mich so alt wie Methusalem zu fühlen.

Ich habe so wenig Zeit für mich, daß ich mich noch nicht mit dem Buch beschäftigen konnte, auf das Sie mich aufmerksam machten. Ich arbeite weniger, als ich möchte, aber vielleicht noch ein wenig mehr, als sein muß. Stellen Sie sich einen Menschen vor, der eine unterirdische Welt entdeckt hat und, da er die Öffentlichkeit nicht zum Mitgraben mobilisieren kann, gezwungen wäre, allein zu graben, um seine Entdeckung ans Licht zu bringen!

Man schreibt mir aus ganz Europa und manchmal aus noch ferneren Ländern ... Ich versuche, jedem zu antworten. Arme und Kranke kommen zu mir – ich kann sie doch nicht abweisen.

Brief 23

Sünde ist moralische Geburt des Menschen – Engel sind keine Menschen – keine Seelenwanderung als Strafe in Tierkörper

19. Januar

Bruder.˙. und Freund.˙.,

Ja, wahrlich geschehen mußte die Sünde des Adam! So singt die Kirche in der Vigilfeier der Osternacht. Tatsächlich ist die Sünde erst die moralische Geburt des Menschen gewesen, indem sie seine Freiheit bewies und ihn von Gott trennte – wie das Kind beim Durchschneiden der Nabelschnur von der Mutter getrennt wird.

Dieses ganze Geheimnis wird großartig in dem Gleichnis vom verlorenen Sohn erklärt. (Luk. 15, 11-32)

Seit Gott zugelassen hat, daß sich der Mensch auf die Erde stürzt, bemüht er sich, ihn dort zu suchen, und so steigt der Mensch wieder zum Himmel, gestützt auf das Kreuz desjenigen, der davon herabgestiegen ist. *O glückliche Schuld, gewürdigt eines Erlösers, so hehr und erhaben! (Osterliturgie) Niemand steigt zum Himmel auf, der nicht vom Himmel herabgestiegen ist. (Joh. 3,13)*

Alle Menschen haben im ersten Menschen gesündigt, und alle Engel hätten im ersten Engel gesündigt, wenn die Engel der fleischlichen Zeugung unterworfen wären. Aber das Geheimnis des Engelsturzes und das noch viel tiefere der Möglichkeit ihrer Rückkehr stehen außerhalb unserer intellektuellen Fassungskraft. Alles, was wir sagen können, gipfelt darin, daß wir von der Barmherzigkeit Gottes ganz falsche Vorstellungen haben, weil wir glauben, daß er eine nicht gebüßte Sünde vergeben würde. Wenn Gott verzeiht, heißt das soviel, daß die Sünde nicht mehr existiert und sich in Gutes transformiert hat. Die Engel können sich nicht zu Menschen machen, genauso wie Gold sich nicht in Blei verwandeln kann. Racine (1639-1699) läßt Joas eine Absurdität aussprechen, wenn er ruft: *«Wie hat sich in gemeines Blei das reine Gold verwandelt?»*[34]

Die Heilige Schrift, die er hier sehr schlecht übersetzt hat, sagt nur: *Wie ist das Gold so gar verdunkelt, und das feine Gold so häßlich geworden! (Klag.4,1)* Man kann Gold schwärzen, aber es bleibt immer Gold, auch wenn es seine königliche Farbe verloren hat.

Deshalb muß man die Fabel der Inkarnation von Engeln zurückweisen, sei es, um die Töchter der Menschen zu lieben (1.Mos.6,2), sei es sogar, um sich an den lebendigen Quellen der Erlösung durch das Blut zu kräftigen, wie man auch die Absurditäten der Metempsychose (= Seelenwanderung) verwerfen muß, nach der die Menschen zur Strafe in Tierkörper reinkarnieren müßten.

Das jüdische Dogma, welches durch das katholische Dogma vervollständigt wurde, ist als Religion die unerschütterliche Basis der Wahrheit.

Dieses Dogma ist eine finstere Nacht für die Ungläubigen und für die blinden Gläubigen – bis zur Ankunft jenes Geistes der Wahrheit, der das Gesicht der Erde erneuern wird und der schon in der Welt ist.

Hier, mein Freund, gebe ich Ihnen etwas zu meditieren, um Sie zu trösten, weil Sie einige poetische Illusionen verloren haben.

Brief 24

Der Buchstabe tötet – der Geist macht lebendig – Pharisäer – Zukunft der Kirche

21. Januar

Bruder.·. und Freund.·.,

Der Buchstabe tötet, der Geist aber macht lebendig, (2.Kor.3,6), und die ihn anbeten, müssen ihn im Geist und in der Wahrheit anbeten. (Joh.4,24) Diese Worte stammen, wie Sie wissen, aus der Heiligen Schrift. Sie sollen daraus lernen, daß das Dogma der universellen Kirche seine leuchtende und seine dunkle Seite hat. Viele Katholiken nach dem Buchstaben sind einfältige Götzendiener, während wir uns der Katholizität nach dem Geist verbinden müssen.

Der heutige Klerus ist allgemein in die Dunkelheit des Buchstabens gestürzt; daher ist auch seine Hierarchie dorthin zurückgekehrt. Die Unwissendsten und die am meisten dem toten Buchstaben Verhafteten sind die Vorsteher; und diese blinden Führer von Blinden werfen sich mit ihrer Herde in die Grube.

Sollte man sich deshalb aus ihrer Gemeinschaft entfernen? Ganz gewiß nicht; denn sie sind die Hüter des Buchstabens, welcher der Hüter des Geistes ist. Sie sitzen auf dem Stuhl des heiligen Petrus, wie die Pharisäer auf dem Stuhl des Moses saßen. (Matth. 23,2) Man muß an ihrem Weizen teilnehmen, aber sich hüten vor dem Sauerteig, den sie daruntermischen.

Hütet euch vor dem Sauerteig der Pharisäer! (Matth. 16,6)

Ich schreibe Ihnen alle diese Dinge, weil ich sehe, daß Sie sich quälen, und weil ich die Ruhe in Ihren Geist zurückbringen möchte, bevor wir die große Erklärung unserer heiligen Buchstaben fortsetzen.

Es wird ein Tag kommen, an dem ein vom Heiligen Geist inspirierter Papst erklären wird, daß alle Exkommunikationen aufgehoben sind, daß alle Bannflüche widerrufen sind, daß alle Christen in der Kirche vereinigt sind, daß die Juden und die Moslems gesegnet und von ihr gerufen werden, daß sie unter Erhaltung der Einheit und Unverletzlichkeit ihres Dogmas allen Kulten erlaubt, sich ihr schrittweise zu nähern, indem sie alle Menschen in der Gemeinschaft ihrer Liebe und ihrer Gebete umarmt. Dann braucht es keine Protestanten mehr zu geben. Wogegen sollten sie protestieren? Der höchste Pontifex wird dann wahrhaftig der König der religiösen Welt sein, und er wird selbst das tun, was er von allen Mächten der Erde verlangt.

Um den Geist der universellen Nächstenliebe zu verbreiten, muß man die Heraufkunft dieses großen Jubiläums vorbereiten; denn es ist der Geist der Nationen, der den Genius von Fürsten erschafft.

Mut also, Bruder und Freund, und lassen Sie sich von den Schwierigkeiten dieser Übergangszeit nicht unterkriegen. Wir leiden, aber wir marschieren voran.

Brief 25

Levis Buch: Gottesmutter – Einweihung immer nur für wenige – Religion der Zukunft – Trithemius – Savonarola

24. Januar

Bruder.·. und Freund.·.,

Ich hatte fast meine Antwort auf Ihren letzten Brief schon fertig, bevor er einging; denn ich hatte gleichgestimmt mit Ihnen Ihre Unruhe erraten. Ich habe nur Weniges über den Marianismus hinzuzufügen, der nach Ihrer Meinung den Christianismus ersetzt hat.

Die Vorsehung unter dem Symbol einer Mutter zu verehren, die Reinheit der Liebe in Gestalt einer Jungfrau zu lieben, die Frau, deren Name denjenigen der *Familie* gebildet hat, bis zu Gott zu erheben, diese Maria, die die *Hochzeit* heiligt, als makellos zu erklären, ist mehr als christlich: es ist katholisch, da die Familie universell ist.[35]

Lesen Sie mein Buch mit dem Titel: *Die Gottesmutter*[11]. Es ist noch nicht das erste Wort der Einweihung, wohl aber das letzte Wort des Katholizismus; und da es Einweihung immer nur für eine sehr kleine Zahl geben wird, stellt dieses Buch die Religion der Zukunft dar. Sie sind Protestant, ohne sich darüber klar zu sein, weil Sie zu sehr am Buchstaben der Schrift hängen. Lesen Sie noch einmal das kleine rituelle Manuskript, das zwischen den von Trithemius abgedruckten Seiten eingeschoben ist, und entdecken Sie dort am Ende, was ich über die Sakramente sage; Sie werden verstehen, daß es sieben gibt und sieben geben muß.

Die Wirkung, die ich für Sie aus meinen brieflichen Lektionen erwarte, wird das Verständnis meiner Bücher sein, welche die ganze Doktrin enthalten, aber in einer gekürzten und gedrängten Art.

Sie fragen mich, ob meine Theorien über die Engel Doktrinen sind. Antworten Sie darauf selbst, nachdem Sie untersucht haben, ob meine Hypothesen sich auf die Analogien der Wissenschaft und auf die Erfordernisse des Glaubens gründen. Ich gebe mich weder als einen Inspirierten noch als einen neuen Verkünder aus. Gott hat mir den Geist der Intelligenz gegeben, den er der Welt versprochen hat, und dieser Geist will keinen blinden Glauben. Er berührt im Gegenteil die Augen der Blinden und sagt zu ihnen wie der Heiland: *Eph' phéta! Öffnet euch! (Mark.7,34)*

Geduld und Sanftmut! Beten wir für jene armen Priester, die mich, wenn sie es könnten, auf dem Scheiterhaufen des Savonarola (1498) und des Urbain Grandier[36] verbrennen würden, während ich mit dem größten aller Meister sagen würde: *«Mein Vater, vergib ihnen, sie wissen nicht, was sie tun!» (Luk.23,34)*

Brief 26

Form des Beth – Abba – das innere Auge – Osiris ist ein dunkler Gott

26. Januar

Bruder. . und Freund. .,

Der Buchstabe BETH ב wird aus der Vereinigung zweier Linien gebildet, die eine gebogen, die andere horizontal gerade. Diese beiden Linien stellen die Bewegung und das Leben dar.

Die horizontale gerade Linie ist das hieroglyphische Bild des passiven Erzeugerprinzips, des *substratum (= Substrat)*, der idealisierten Materie. Sie ist die Veräußerlichung, der Buchstabe, das Thema des Wortes.

Oft hat der Buchstabe BETH ב auch die Form von zwei horizontalen Geraden, vereinigt durch einen Kreisabschnitt, um anzudeuten, daß das Leben und die Materie sich durch die Bewegung reproduzieren.

Der Name Abba = Vater, woraus der Name *Abbé* (Titel der Geistlichen in Frankreich) sich ableitet, enthält das vollständige Mysterium der großen Zweiheit: es ist eine Veräußerlichung, ein Ausdruck des heiligen Tetragramms.

Aleph-Beth erklären *Jod-He.* Geben Sie diesem Wort durch Umkehrung seinen Spiegel, seinen Schatten: *Beth-Alpha,* und Sie erhalten das Wort ABBA.

Wenn Sie Beth von Aleph trennen, machen Sie daraus eine simple Eins. Das ist die erste äußere Zahl; und anstelle des Prinzips der Einheit erhalten Sie die zahlenmäßige Einheit: die Eins.

Aber das ist die enthauptete Einheit: *Truncatio regni (wörtlich: Verstümmelung des Reiches),* wie die Kabbalisten sagen, und wenn man sie nicht auf *Aleph* bezieht, nimmt man die Wirkung für die Ursache.

So entsteht die böse Zweiheit oder der Kult der Natur ohne den Schöpfer.

Das ist das Verbrechen des Typhon, der Isis zur Witwe macht und die Glieder des Osiris verstreut.[37]

Die Natur selbst – Isis – wird die Glieder ihres Gemahls wiederfinden, ausgenommen das Zeugungsorgan, das unaussprechbare Jod, das im Schilfkörbchen des Moses (2.Mos.2,3) versteckt ist und nur durch die höhere Offenbarung der Natur erkannt werden kann.

Daher wird in den heiligen Hieroglyphen Ägyptens das Organ des Osiris durch ein geöffnetes Auge dargestellt, begleitet von den Zeichen der Männlichkeit; denn das göttliche Jod

ist Intelligenz und Licht, und die Natur erklärt nicht Gott, sondern gibt dem Menschen ein inneres Auge, das sich öffnen kann, um die Wahrheit zu schauen.

Deshalb ist Osiris weder ein Mensch noch ein Gott, sondern ein Abbild, ein Schatten.

Aus diesem Grunde war das letzte Wort der alten Mysterien, das beim rituellen Lauf dem Neophyten ins Ohr gerufen wurde: *«Osiris ist ein dunkler Gott!»*[38] Das ist so bei jedem menschengestaltigen Gott.

Zwischen Gottheit und Menschheit ist nur eine Verbindung möglich. Das ist die hypostatische Vereinigung des wahren Gottes mit einem wirklichen Menschen.

Brief 27

Unauflösbarkeit der Ehe – Katholizismus der Zukunft – Levi ist nur «Instrument des Lichtes»

1. Februar

Bruder.˙. und Freund.˙.,

Prinzipiell ist die Ehe unauflöslich – *excepta fornicationis causa (= ausgenommen wegen Hurerei).* Das sind die Worte des Christus. (Matth. 5,32)

Die Frau, deren Gatte mit anderen Frauen verkehrt, ohne daß sie daran zweifelt und ohne daß er darauf verzichtet, wenn er zu ihr kommt, würde einen Akt der Unzucht begehen, wenn sie sich ihm hingibt. Mehr noch: eine Frau, die Mutter ist, gehört mehr ihren Kindern als einem unwürdigen Mann. Es muß um jeden Preis vermieden werden, daß Kinder in einer solchen Hölle aufwachsen, wie man eine zerstörte Ehe nennen kann. Aber die Frau muß, wenn sie sich getrennt hat, immer bereit sein, ihrem Gatten zu verzeihen, wenn er sich bessert.

So viel zu der sehr delikaten Frage, die Sie mir zum Thema Ihrer Frau Nichte gestellt haben.

Zu Ihrer Schwierigkeit beim Thema «Osiris» antworte ich: Ja, Osiris ist ein schwarzer Gott, weil er menschengestaltig ist. Ja, die großen Hierophanten Ägyptens kannten die Wahrheit.

Sie sind ein Christ nach dem Geist, ein messianischer Katholik, und ich verstehe Ihre Unruhe nicht, die durch den Buchstaben der Schriften verursacht wird. Ich wiederhole, daß der Buchstabe tötet und allein der Geist lebendig macht. (2. Kor. 3,6)

Mein Buch über die «*Gottesmutter*» hat drei Teile, die dem Pantakel des *Enchiridion*[17] von Leo III. entsprechen: (*Haben Sie das Enchiridion?*) Formation, Reformation, Transformation; oder: der Katholizismus so, wie er ist – die Revolution, die er durchmachen muß – und seine neue Form in der Zukunft.

Das ist der Hintergrund des ersten Teiles, an dem Sie Anstoß nehmen. Er ist, wenn ich so sagen darf, die Raupe, dann kommt die Puppe und schließlich der Schmetterling.

Lesen Sie dieses Buch immer wieder. Lesen Sie auch mein *Lexikon der christlichen Literatur*[39]; ich besorge es Ihnen, wenn Sie es nicht haben. Da Gott uns zur Gemeinschaft des Geistes geführt hat, ist es notwendig, daß Sie das ganze Wort kennen, das Gott mir gegeben hat.

Haben Sie Vertrauen zu Gott, der mich erleuchtet, aber berichten Sie davon nichts den Menschen. Eine arme, alte Kerze aus schwelendem Talg kann leuchten; sie ist nicht das Licht, sondern das Instrument des Lichtes. Ich bin oftmals der erste, der bewundert, was ich schreibe. Damit will ich sagen, daß ich mir selbst davon nichts zuschreibe.

Möge das Wort der Wahrheit Ihnen den *tiefen Frieden* der Kinder Gottes geben!

Brief 28

Vernunft und Glaube – Beispiel der Nächstenliebe

4. Feburar

Bruder.·. und Freund.·.,

Indem ich Ihnen die wahre Lehre der Kirche über die Beichte enthülle, glaube ich Ihnen das Mittel gegeben zu haben, Ihre Gewohnheiten vollkommen mit Ihren Prinzipien in Übereinstimmung bringen zu können. Denn Sie wissen es: die wahre Vernunft steht niemals im Krieg mit dem wahren Glauben. Das soll auch die *vernünftige Nachfolge* bei Paulus bedeuten. (Röm. 12, 1) Es ist die gehorchende Vernunft, und wenn der Gläubige ausruft: *Credo quia absurdum! (Ich glaube, weil es absurd ist!)*, so vollendet der Sehende den Satz und sagt: *Credo quia absurdum non credere. (Ich glaube, weil es absurd ist, nicht zu glauben.)*[40]

Die Frau Baronin hat unrecht, wenn sie mich ihr gegenüber der Schmeichelei beschuldigt. Die Geschenke Gottes sind bewunderungswürdig, und das wunderbarste von allem ist die Nächstenliebe. Wenn ich ihr also meine Bewunderung ausgedrückt habe, so habe ich dieses ganz legitime Gefühl an die Nächstenliebe adressiert. *Bewundernswert ist Gott in seinen Heiligen! (Ps.67,36)*

Nun etwas über die Unglücklichen, die mich in diesem Augenblick beschäftigen.

Zwei junge Mütter, von denen eine Witwe ist, deren Kinder schon entwöhnt sind; es würde sich also nicht um Wickelzeug handeln, sondern um Kleidung für Kinder von ein bis zwei Jahren.

Ein Vater, Handwerker ohne Arbeit oder vielmehr ein Künstler; denn er ist ein hervorragender Dichter, aber noch unbekannt: er hat vier kleine Töchter, sehr intelligent wie er, die von der Arbeit ihrer Hände nicht leben können, sofern sie Arbeit finden. Diese jungen Mädchen würden eher vor Hunger sterben als nichts zu tun, was ihre Unverdorbenheit beweist; sie sind 15 bis 20 Jahre alt.

Ich habe gegeben, was ich geben konnte, und gestern abend habe ich diese ganze kleine Familie zu mir zum Abendessen eingeladen; sie haben einen Augenblick ihr tiefes Elend vergessen; ich habe sie zum Lachen gebracht, und sie haben mir das Herz zerrissen.

Mein lieber Freund, verachten Sie die Reichtümer dieser Welt nicht zu sehr. Ich leide ziemlich oft darunter, daß ich nicht reich bin, und abgesehen von allem Unehrenhaften scheint es mir manchmal, daß ich alles in der Welt tun würde, um Geld zu bekommen.

Am ersten Januar galt mein erster Besuch einem alten Tagelöhner, der an einen meiner Freunde geschrieben hatte. Ich habe in einer Dachkammer ohne Feuer eine kranke Frau gefunden, die einem armen kleinen Kind Milch gab. Ich mußte meinen Mantel hergeben, um sie zuzudecken; glücklicherweise hatte ich 15 Franken in der Tasche; alles blieb dort, wie Sie sich wohl denken können. Dann habe ich an Freunde geschrieben, und Hilfsgüter sind gekommen: Kleider, Wäsche, Brot für einen Monat. Der leidende Jesus hat seine Weihnachtsgeschenke bekommen.

O überglücklich tausendmal derjenige, der alle Schmerzen hat heilen und der ganzen Menschheit sein Fleisch zu essen und sein Blut zu trinken hat geben können. Er verdiente wahrlich, unsterblich zu werden.

Brief 29

Jesus Christus ist Gott – katholische Theologie hat Autorität

9. Februar

Bruder.·. und Freund.·.,

Ein Ungläubiger und eine fromme Frau unterhielten sich eines Tages und sprachen von Jesus Christus. «Das war ein großer Mensch», sagte der Ungläubige. «Ja», antwortete die Gottesfürchtige, *«und ein großer Gott.»* Ich habe gehört, wie Priester diese Entgegnung bewunderten. Diese wie auch die Frau waren Götzendiener. Jesus Christus ist Gott, aber nicht *ein Gott.* Er ist Gott durch persönliche oder hypostatische Vereinigung mit der alleinigen und unteilbaren Gottheit, des einzigen und unveränderlichen Vaters. Wenn man Jesus Christus als einen bestimmten und getrennten Gott verehrt, macht man aus ihm einen menschengestaltigen Gott, einen schwarzen Gott wie Osiris.

Die hypostatische Vereinigung ist eine spirituelle und vollständige Adhäsion der beiden Naturen, ohne Verschmelzung jedoch und besonders ohne Vermischung, was die menschliche Natur zum Spiegelbild der göttlichen Natur und zur Teilnehmerin durch Erleuchtung und Durchdringung mit dem göttlichen Licht macht, das sie sich aneignet durch die Identifizierung ihres ganzen Willens mit dem göttlichen Willen. Alle beide bleiben indessen vollkommen unterschieden, wenn auch vollkommen vereint. Sie sehen, daß sehr viele Menschen sich täuschen, wenn sie von der Göttlichkeit Jesu Christi sprechen. Als ob es eine andere Göttlichkeit als die Gottes geben könnte, desjenigen, den Jesus Christus nannte: *Euer Vater und mein Vater, euer Gott und mein Gott. (Joh.20,17)*

Daß Jesus Christus vermenschlichter Gott und vergöttlichter Mensch gewesen ist, das ist nicht zu bezweifeln; daß in ihm Absorption der menschlichen Person in der göttlichen Person stattgefunden hat, und zwar derart, daß man in ihm nur eine göttliche Person mit zwei vollkommen vereinten Willen erkennen kann, ist gewiß. Aber deshalb ist er kein menschengestaltiger Gott, seine menschliche Gestalt gehörte ausschließlich dem wahren Menschen – wie das göttliche Licht dem wahren Gott.

Alles dies, mein Freund, ist streng orthodox, und wir verlassen nicht die heilige katholische Theologie, die einzige, die Autorität hat, weil sie kabbalistisch, das heißt traditionell, apostolisch und universell ist. Eine tiefe Unwissenheit bedeckt mit ihrer Finsternis zur Zeit das Heiligtum. Die heilige Lampe ist verschleiert, aber sie brennt immer, und wie könnte sie auch ausgehen, da sie das Licht Gottes ist!

Brief 30

Bereschit – Tarot: Priesterin – Gleichgewicht durch Elohim – Zweiheit gleich Spiegelbild Gottes – die heilige Teresa – Dante

10. Februar

Bruder.·. und Freund.·.,

Der Buchstabe BETH ist der erste der Bibel: sie beginnt mit dem Wort *Bereschit,* welches Genesis oder Erschaffung bedeutet. Er stellt also die Einheit dar, die sich schöpferisch veräußerlicht. Als eine Art Erklärung oder Gleichnis übersetzt man das Wort *Bereschit* durch die folgenden Begriffe: *Im Ursprung* oder *durch den Ursprung* oder noch unvollkommener: *Im Anfang,* weil alles im Ursprung beginnt und auch, weil jede Schöpfung den Anfang der gezeugten Sache voraussetzt. Das BETH ist also hier das hieroglyphische Bild jener göttlichen Mutter, welche die Kabbalisten *Imma*[41] nennen.

Die diesem Buchstaben entsprechende Figur des Tarot stellt eine große Priesterin oder die Göttlichkeit selbst mit weiblichen Zügen dar; sie öffnet ein Buch, das sie halb verschleiert.

Denn dies ist die menschliche Göttlichkeit, erschaffen nach dem Bild unserer Leidenschaften; sie ist die menschliche Vorstellung von der Vorsehung; sie ist die göttliche Gnosis; sie ist die geheimnisvolle Isis der Ägypter, deren symbolische Hörner sie trägt, die man an den beiden Seiten ihrer ersten Krone hervorsprossen sieht.

Die Zweiheit ist auch die Zahl der Elohim oder der Kräfte, die das Gleichgewicht der universellen Waage herstellen. *«Das Buch der Geheimnisse ist dasjenige, welches die Ausgleichung der beiden Schalen beschreibt.»* Dies sind die ersten Worte des Sifra di – Zeniutha[26], des Buches der Verborgenheit, der okkulten Theogonie des Sohar. *Ehe nämlich Gleichgewicht war, erblickte das Gesicht nicht das Gesicht.*

Wir verstehen hier, was dieser symbolische Ausdruck bedeutet: Gott sehen von Angesicht zu Angesicht (1. Kor. 13, 12) oder mit anderen Worten: die intuitive Vision von Gott. Es ist die vollkommene Erkenntnis der Zweiheit. Es ist die Menschheit, die sich durch die Spiegelung Gottes erleuchtet und in ihrem eigenen Schatten ein leuchtendes Spiegelbild projiziert, welches die göttliche Idee ist. Es ist der Mensch, der sich in Gott spiegelt, der seinerseits sich symbolisch im Menschen spiegelt. Das ist der Sinn jenes geheimnisvollen Wortes, welches in den Ekstasen der heiligen Teresa ertönt: *«Suche dich in mir, und du wirst mich in dir finden.»*[42] Das ist auch das letzte Wort der Göttlichen Komödie von Dante (XXXIII, 115-122), als das dreifache Licht aus der Mitte der himmlischen Rose in einem einzigen Glanz aufgeht, der die menschliche Gestalt widerspiegelt.

Brief 31

Gott nur nach unserm Vermögen vorstellbar – Chokhmah – Glanz des Sohar

13. Februar

Bruder.·. und Freund.·.,

Gott ist weder der Zeit noch der Form, noch der Zahl

unterworfen. Wir kennen ihn nicht. Wir machen uns eine gewisse Vorstellung von ihm entsprechend unserem Vermögen, und diese Vorstellung von der höchsten Einheit widerspiegelt sich in der Zweiheit. Alles, was wir über Gott sagen, beziehen wir aus unserem göttlichen Ideal. *Wir sehen ihn als Rätsel sozusagen durch einen Spiegel,* sagt Paulus. (1.Kor.13,12) Diesem Bild geben wir die drei intellektuell hypostatischen Formen von Vater, Sohn und Heiligem Geist. Dieses Bild ist die erste Einheit unserer Vorstellungen. Dennoch ist es eine Zweiheit, da es eine Spiegelung ist.

Gott befruchtet den menschlichen Gedanken wie ein Gatte, und dieser Gedanke ist seine Gattin. Alles, was wir zählen können, beginnt erst nach dem Unzählbaren: *praeter ineffabile (= jenseits des Unaussprechlichen),* wie die Kabbalisten sagen, wenn sie von Gott sprechen.

Die Figuren der Zweiheit sind: der Sohn, welcher der Abglanz des Vaters ist, das Wort, welches die Form des Gedankens ist, oder um den Worten die Ordnung zu geben, die ihnen zukommt: es ist das Wort, das vom Geist befruchtet wird, der Mond, der die Sonne reflektiert, das Weib, das den Mann reflektiert, das Wasser, das den Himmel reflektiert. Die Zweiheit Gottes ist Chokhmah (siehe Tabelle 1 und 2), welche für uns die Einheit ist, die als Zweiheit BINAH hat. Mit anderen Worten: Gott spiegelt sich in seiner höchsten Weisheit, und wir erkennen ihn im Bild seines Bildes; denn Chokhmah spiegelt sich in uns. Aus der Vorstellung dieser Weisheit entspringt die Idee der Intelligenz: *In deinem Licht sehen wir das Licht. (Ps.36,10)*

Chokhmah und Binah sind die beiden Stützen der höchsten *Krone,* die für uns das Königreich des Unsichtbaren darstellt. Sie sind die beiden Säulen des Thrones; sie sind die beiden Obelisken Salomos; sie sind die beiden Füße des apokalyptischen Engels (Offb. 10,1): sie sind die Elohim. Sie sind die beiden Pfeiler, welche die Bekrönung oder den Giebel des Tempels stützen, und die Harmonie der Elohim hat gesagt: Es werde Licht, und es ward Licht: (1.Mos.1,3) *Oïamar Elohim iaï aour! Ouïïaï aour.*

Die Zweiheit ist also auch das manifestierte Licht, der Glanz des Sohar, die Ausstrahlung der *Schechina*[43]. (*Schechina* bedeutet das Licht des Ruhmes.) Aber wenn wir dieses Licht als Einheit betrachten, wird seine Zweiheit zum Schatten, und wir erhalten die schwarze Zweiheit, welche ist Schale, Schatten, Schleier, Undurchsichtigkeit, Materie, Trägheit, Unintelligenz, Dummheit, Sünde, Hölle. Die Hölle und der Himmel haben ihre Genesis und nehmen die ganze Zweiheit auf; sie sind Alpha und Omega – der Anfang und das Ende.

Brief 32

Nochmals Nächstenliebe – Büchersendung – Umarmung als Brüder des Rosenkreuzes im «Tiefen Frieden»

14. Februar

Bruder.·. und Freund.·.,

Tausendmal Dank Ihnen und der Frau Baronin für Ihre prächtige und ganz mütterliche Sendung. Ich werde bald die Personen besuchen, für die ich diese guten und schönen Sachen bestimmt habe, und ihre Freude beim Empfang wird eine ganz sanfte Belohnung für die Frau Baronin und für mich sein.

Ich habe die arme, liebe Familie des Dichters aufgesucht, die auf Stroh schlief – ohne Decken gegen die beißende Kälte der letzten Tage. Ich habe die Matratzen meines Bettes mit ihnen geteilt und ihnen Decken gekauft. Ich bin sehr glücklich über die Ankündigung, daß Sie mir eine Unterstützung von 40 Franken für diese Familie geben wollen. Ich habe es ihnen schon mitgeteilt, und dieses Geld, zusammen mit einigen anderen Liebesgaben, die ich erhalten habe, wird sie wenigstens für einen Monat mit dem Allernötigsten versorgen. Während dieser Zeit werden sie hoffentlich irgendeine Arbeit finden.

Ich habe mir vorgenommen, Ihnen demnächst einige Bücher zu schicken: 1. die schöne Arbeit des Gelehrten Athanasius Kircher[44] über den berühmten Dr. Raymundus Lullus[45]. Sie ist eine großartige Einführung in den praktischen Teil der Kabbala, das heißt: in die Wissenschaft der exakten Kombinationen oder die Mathematik des Gedankens. Dieses Buch war mir sehr nützlich, und ich glaube, daß Sie es auch schätzen werden; es ist im übrigen sehr selten wie alle Arbeiten von Kircher; es trägt den Titel: *Ars Magna Sciendi (die große Kunst des Wissenden)* und hat Folio-Format.

2. Mein Lexikon der christlichen Literatur.[39]

3. *Der magische Schlüssel zu Fiktion und Wirklichkeit (Clef magique de la fiction et du fait)* von J.-A. Vaillant[46], neues Werk eines Weisen, der ein Eingeweihter sein würde, wenn er kein Entweiher wäre. Er will den Schleier von der großen Isis entfernen. Das ist Unsinn; aber er weiß sehr viel, und seine Arbeit gehört zu den wichtigsten für uns. Dieser Schriftsteller ist einer unserer Gegner. Ich habe ihn schon in meinen Büchern zitiert; denn abgesehen von seiner Uneinsichtigkeit über die Hierarchie halte ich große Stücke auf seine Forschungen. Sein Buch ist mit den seltsamsten Figuren geschmückt.

Sehr tief haben mich die Dinge berührt, die Sie mir über Ihre innere Zufriedenheit und über jenen Frieden der Seele gesagt haben, den Sie gefunden haben, nachdem Sie nur noch das Reich Gottes und seine Gerechtigkeit suchen. (Matth.6,33)

Wir können uns also jetzt im Namen Emanuels als Brüder des Rosenkreuzes umarmen und uns jenes Wort der wahren Adepten zurufen: *Tiefer Friede, mein Bruder!* Möge dieser Friede immer mit Ihnen und mit Ihrer würdigen Gefährtin sein!

Brief 33

Clemens I. über das Reich des Messias und die ausgewogene Zweiheit – Ausgleich von Mann und Frau

16. Februar

Bruder.·. und Freund.·.,

Einmal antwortete Christus auf die Frage nach der Zeit seines Königreiches mit diesen geheimnisvollen Worten: «*Wenn zwei eins sein werden, wenn das, was innen ist, außen sein wird und wenn der Mann mit der Frau weder Mann noch Frau sein werden.»*

Dieses Orakel des Meisters findet sich nicht in den Evangelien; aber es ist von einem der apostolischen Schriftsteller wiedergegeben: dem heiligen Papst Clemens I.[47]

Das ist die Harmonie in der Zweiheit oder die schöpferische Verwirklichung des universellen Gleichgewichtes, die Manifestation der ganzen Idee durch die ganze Form und die Identifikation der Geschlechter in einer wirklich einsmachenden und unauflöslichen Hochzeit; so muß tatsächlich der Messianismus oder das Reich des Christus als Messias sein – jenes Reich, nach dessen Ankunft wir täglich in unseren Gebeten verlangen: *Adveniat regnum tuum! (Dein Reich komme!) (Matth.6,10; Luk.11,2)* Der Messianismus ist das erfüllte Christentum, das auch den Antagonismus der Zweiheit beenden wird. Bis jetzt haben wir versucht, uns mal auf dem einen Bein, mal auf dem anderen zu halten und nur mit einem einzigen Fuß zu marschieren.

Die einen wollen als Führer eine Vernunft ohne Autorität haben, die anderen eine Autorität ohne Vernunft. Das Wissen und der Glaube schließen einander aus und verachten sich gegenseitig; die Mathematik verdammt die Poesie, und der Poesie mangeln die Regeln der Mathematik. Der Papst und der Kaiser sind immer zwei rivalisierende Mächte, die versuchen, sich gegenseitig zu absorbieren, ohne zu verstehen, daß Samson, indem er in seinen Armen die beiden Pfeiler des Tempels vereinigte, das ganze Gebäude zum Einsturz gebracht hat. (Richter 16,29-30)

Die gute Zweiheit ist die harmonische und ausgewogene Zweiheit. Unsere Aufgabe besteht darin, sie zur Basis des Rechtes zu machen, nämlich desjenigen Rechtes, das durch die Aufgabe garantiert wird; es ist das Gesetz, das die Freiheit schützt. Es ist die Freiheit, die sich freiwillig dem Gesetz unterwirft. Es ist die Frau als Liebe des Mannes; es ist der Mann als Intelligenz der Frau. Dann sind die beiden eins; dann wird das Innere zum Äußeren; dann gibt es weder Mann noch Frau; es ist das vollständige und einzigartige menschliche Wesen in zwei unzertrennlichen Hälften.

Das will uns sogar die Natur zu verstehen geben, indem sie dem Mann die Zeichen der Frau und der Frau die Zeichen des Mannes gibt: dem Mann rudimentäre Brustwarzen, der Frau entsprechende, sehr geheimnisvolle Zeichen.

Brief 34

Inkarnation der Göttlichkeit im Menschen – Basis der Religion – Rätsel des Sphinx: Gott – Mensch – Gottmensch

18. Februar

Bruder.·. und Freund.·.,

Der höchste Ausdruck der Zweiheit im göttlichen Sinne ist das Mysterium der Inkarnation: die Identifizierung ohne Verschmelzung und ohne Vermischung der Göttlichkeit mit der Menschlichkeit. Gott, der sich im Menschen offenbart, damit der Mensch sich zum göttlichen Leben erhebt: die direkte Kindschaft anstelle der einfachen Schöpfung; die göttliche Idee, die aufhört, unbestimmt zu sein und sich im sterblichen Leben verwirklicht, das sie unsterblich macht – das ist dieses Mysterium.

So wird Gott in uns sein, sozusagen wir selbst sein, ohne wir allein zu sein. Das göttliche Spiegelbild wird das menschliche Antlitz erleuchten; Gott und Mensch kommen auf irgendeine Weise dazu, sich von Angesicht zu Angesicht zu betrachten. (1.Kor.13,12) Der erste der vollkommenen Menschen, der Christus, Priester und König im wahren Sinne des Wortes, wird uns auf immer sein ganzes Blut und sein ganzes Leben geben. Wir werden er sein, wie er Gott ist, und zwar ohne daß die Göttlichkeit sich teilt, sich erniedrigt oder herabsteigt. Steigt etwa die Sonne vom Himmel herab, um die Erde zu beleuchten? Jedoch sagt unser Gleichnis: *Descendit de Coelis. (Er steigt herab aus den Himmeln.) (Joh. 6 und viele weitere Bibelstellen)*

So scheint auch der Sonnenstrahl durch die Wolken herabzusteigen, die er durchbricht und zerstreut; aber das Zentralfeuer des universellen Lichtes wendet für die Täler nicht mehr auf als für die Berge. Es ist die Erde, die steigt, und die Sonne, die herabkommt.

Johannes drückt das ganze Mysterium der Religion durch diese Worte aus: *Wer Christus leugnet, der ist der Antichrist. (1.Joh.2,22) (Siehe auch Levi: Geschichte der Magie, Seite 33)*

Ein Gott ohne Menschheit oder eine Menschheit ohne Gott können keine Religion stiften. Wer das menschliche Wort abschaffen will, lästert Gott genauso wie diejenigen, die das göttliche Wort leugnen. Die Autonomie des Menschen ist notwendig für seine göttliche Zweiheit. Um Gottes wirklich würdig zu sein, muß er Gott gehorchen. Aber um gehorchen zu können, muß er einen unabhängigen Willen haben. Ein Sklave gehorcht nicht, sondern erträgt. Diese göttliche und menschliche Zweiheit ist in gewisser Weise von Voltaire (1694-1778) erraten worden, als er seine unbestimmten und zweiflerischen Ansichten durch folgende beiden Worte ausgedrückt hat: *Gott und die Freiheit.*

Die revolutionäre Bewegung, die in der Welt umgeht, bringt die Geburt der Menschenrechte, die allein ermöglichen, das Recht Gottes zu akzeptieren und anzuerkennen. Sie finden dies ausführlich entwickelt in meiner Einführung zum Ritual (Band II der Transzendentalen Magie, Seite 5-27).

Das Rätsel des Sphinx hat zwei Worte, die nicht ohne ein drittes wahr sind. Das erste ist Gott, das zweite ist der Mensch, und das dritte ist der Gottmensch.

Brief 35

Agrippa von Nettesheim – Athanasius Kircher – Trithemius – Paracelsus – Guillaume Postel und seine Ähnlichkeit mit Levi

21. Februar

Bruder∴ und Freund∴,

Indem ich meiner lieben, guten Schwester, der Frau Baronin, für die *guten* und die hübschen Sachen dankte, habe ich auf die kleine Dose angespielt: wie können Sie annehmen, daß ich die kleinen Leckereien der Freundschaft schlecht finden könnte? Ihre Orangen aus Marseille sind wirklich köstlich, und der Süden unseres schönen Frankreichs scheint der wahre Garten der Hesperiden mit seinen wunderbaren Goldäpfeln zu sein.[48]

Sie lesen Agrippa[49], und Sie haben, wie Sie mir schreiben, darin etwas Falsches entdeckt; Sie halten ihn wohl für einen Meister? Agrippa war nur ein wagemutiger Entheiliger, glücklicherweise sehr oberflächlich in seinen Studien. Niemals hat er die Schlüssel zum *Sepher Jesirah* und zum *Sohar* besessen. Agrippa war eine kühne Seele, unruhig und seicht. Sein Buch ist dennoch das erste, welches das Studium der hohen Wissenschaften ein wenig verbreitet hat. Zu oberflächlich, um Meister zu werden, liebte er es aber, sich als Magier und Zauberer auszugeben. Man beschuldigt ihn sogar, manchmal falsches Geld unter dem Vorwand der hermetischen Wissenschaft gemacht zu haben, und er konnte wohl auch kaum etwas anderes hervorbringen, da ihm die einfachsten Elemente der Naturphilosophie des Hermes fehlten. Es lohnt sich aber, seine Werke zu lesen, wenn man genau weiß, was er nicht wußte. Er war ein Sucher wie Pater Athanasius Kircher, ein etwas größerer Scharlatan und weniger eingeschränkt durch die vorgefaßten Meinungen, weil dieser Jesuit war. Trithemius war stärker als Agrippa.

Paracelsus war in seinen lichten Augenblicken hellsichtiger als Trithemius. Der gute und liebe Guillaume Postel[50], unser Vater in der heiligen Wissenschaft, da wir ihm die Kenntnis über den *Sepher Jesirah* und den *Sohar* verdanken, wäre der größte Eingeweihte seines Jahrhunderts geworden, wenn der asketische Mystizismus und das erzwungene Zölibat in seinem Kopf nicht berauschende Dämpfe des Enthusiasmus hätten aufsteigen lassen, die manchmal seine hohe Vernunft verwirrt haben.

Ich habe von diesem heiligen und weisen Menschen ein altes Bild gefunden, das mir ganz außerordentlich ähnelt, was mich nicht erstaunt; denn er und ich sind spirituell von derselben Familie.

Brief 36

Darstellung der Zweiheit – Firmament – Stier – Mithras

22. Februar

Bruder.·. und Freund.·.,

Die durch eine Kurve und eine horizontale Gerade dargestellte Zweiheit ist auch das hieroglyphische Zeichen der fluidalen Zweiheit: der Luft und des Wassers; denn sie erinnert an die Form eines Schwanes, der fliegen und schwimmen kann.

arabisch kufisch mauretanisch

Als Buchstabe ist er im Griechischen und im Lateinischen sehr weise dargestellt durch zwei Halbkreise, die an der geraden Linie hängen: B. Im runischen Alphabet stellt er das Wasser dar, das vom Himmel kommt: 

Er wird auch durch die Sicheln des Mondes und die Hörner des Widders Ammon dargestellt. In der estrangelischen Schrift, die das alte Chaldäische ist, gleicht der Buchstabe dem hebräischen Beth,  aber mit den Unterschieden, die ihn einer Barke mit aufgerichtetem Mast und seinem Segel im Wind gleichen lassen (immer wieder die Luft und das Wasser). Im Syrischen bildet der Buchstabe einen Winkel, der aus zwei Bogen gebildet wird, und gleicht so einer Schere oder einer Zange, dem Instrument des Demiurgen, dem manchmal heftigen Geburtshelfer der Natur: 

Der physische Ausdruck der Zweiheit ist das Firmament, das die Wasser von den Himmeln trennt, das heißt der fixe Punkt, der die Bewegungen der Materie reguliert. Dieser Punkt liegt zwischen den beiden entgegengesetzten Kräften; man sollte sich also nicht einbilden, daß Moses an einen Himmel aus

Kristall gedacht hätte. Das Firmament existiert zwischen allen Welten und zwischen allen Teilen der Welten. Es gibt nicht ein einziges Molekül der belebten Substanz, das nicht sein Firmament hätte, wie alle auch ihre Atmosphäre haben: *firmamentum,* das, was den Fixpunkt von Kohäsion und Gleichgewicht firm = fest macht.

Das himmlische Zeichen der Zweiheit ist der Stier ♉, Symbol der sichtbaren Substanz oder der Materie, wie wir ihn auf den allegorischen Darstellungen des Mithras sehen, wo der Geist triumphiert, indem er die Materie opfert. Man sieht einen jungen Gott, der die Freiheitsmütze trägt, wie er ein Schwert in die Flanke des Stieres stößt, dessen Blut die Quelle der neuen Fruchtbarkeit wird.

Brief 37

Jesus kein Engel – spirituelle Dinge nicht mit materiellen vergleichen: jüdische Stellungnahme in «schrecklichen Versen»

23. Februar

Bruder.·. und Freund.·.,

Doch wer unter seinen Zeitgenossen bedachte es, daß er vom Lande der Lebenden abgeschnitten war? (Jes.53,8)

Niemand steigt zum Himmel auf, der nicht vom Himmel herabgestiegen ist. (Joh. 3,13)

Der für kurze Zeit unter die Engel erniedrigt ist, den sehen wir wegen seines Kreuzesleidens mit Herrlichkeit und Ehre gekrönt. (Hebr.2,7)

In Jesus Christus ist Gott Mensch geworden, und der Mensch ist Gott geworden.

Barmherzigkeit und Strenge begrüßen sich; Gerechtigkeit und Frieden küssen sich. (Ps. 85,11)

Aufgestiegen in die Höhe, hat er Gefangene weggeführt und den Menschen Gaben verliehen. (Ps.68,19; Eph.4,8)

So ist Gott in den Menschen hinabgestiegen, und er ist wieder aufgestiegen, indem er den Menschen mitnimmt, wobei die Naturen verschieden bleiben. Wenn Jesus Christus ein Engel gewesen wäre, dann wäre es erforderlich gewesen, Gott zu einem Engel zu machen und dann den Engel zu inkarnieren. Aber ein solcher vergöttlichter Engel würde dann ein Zwischengott sein, ein spiritueller Götze. Nein! Jesus Christus ist ein Mensch, ein wahrer Mensch gleich uns, aber göttlich personifiziert durch die hypostatische Vereinigung.

Die Göttlichkeit, die wir seiner Menschlichkeit und sogar seinem Fleisch zuschreiben, ist eine Göttlichkeit nach Bindung und Teilnahme: Bindung, die er für uns hergestellt hat; Teilnahme, zu der wir alle gerufen sind, und zwar so, daß die Kirche der Christus ist und die Menschheit die Kirche, wie die Nation der Staat ist. Wir sind also wirklich und wahrhaftig Glieder von Jesus Christus, der auf der Erde immer gegenwärtig ist durch seinen Geist und sein Wort.

Unser Unglück ist es, daß wir innerlich immer die spirituellen Dinge mit den materiellen Dingen vergleichen, daß wir von Ortsveränderung Gottes, von Gefangennahme der Göttlichkeit im Fleisch träumen, schließlich alles das, was so legitim die Juden aufbringt, wenn sie sagen:

In das Fleisch und das Blut ist Gott niemals gefallen.
Und kann ebensowenig inkarniert wie beschmutzt werden.
Gott, der sich sterben läßt, um sich zu besänftigen,
Das ist eine Absurdität, wenn nicht gar eine Gotteslästerung.
Um Adam zurückzukaufen, ist Gott nicht herabgestiegen.
Absoluter Meister von allem, an wen hätte er sich verkauft?
In Gott Zeit, Maß und Zahl zuzugeben,
Heißt das Licht besudeln und den Schatten denaturieren.
Wie? Als Gott, da nehmt ihr einen Menschen! einen Verbrecher!
Und ihr trinkt das Blut eines ewigen Leichnams!

Diese schrecklichen Verse sind aus dem Hebräischen übersetzt und befinden sich in einem rabbinischen Buch, das ich besitze; sie sind der Ausdruck eines doppelten Irrtums und einer großen Wahrheit.

Brief 38

Artephius – Flamel – hermetische Kunst des Goldmachens ist Levi bekannt

26. Februar

Bruder. . und Freund. .,

Ich habe das Buch erhalten, das Sie mir zu schicken die Liebenswürdigkeit hatten. Ich besaß schon seinen Inhalt aus der *Bibliothek der chemischen Philosophen.*

Ich danke Ihnen aber nicht weniger herzlich dafür; denn wenn ich auch nicht die Freude hatte, ein Buch zu erhalten, das mir fehlte, so bin ich doch glücklich gewesen, von Ihnen diesen neuen Beweis guter und zuvorkommender Freundschaft zu erhalten.

Die Abhandlung des Artephius[51] wird sehr geschätzt wegen der Angaben, die er über das geheime Feuer oder das Feuer der natürlichen Fermentation macht, das von den anderen hermetischen Philosophen mit sehr viel Sorgfalt geheimgehalten wurde. Die dem Flamel[52] zugeschriebene Abhandlung, die anschließend kommt, gilt allgemein als apokryph, und die Figuren auf dem Friedhof der Unschuldigen (Paris) stellen ganz einfach ein Votivbild Flamels und seiner Frau dar, das Jesus Christus von Petrus und Paulus am Tag des Jüngsten Gerichts überreicht wird. Dieses Flachrelief existiert noch und befindet sich im Museum von Cluny (Paris). Ich besitze über die hermetische Kunst die seltensten Manuskripte und kenne jetzt gründlich alle Geheimnisse der Wissenschaft des Hermes. Ich habe gesehen, wie das geheime Feuer entsteht; ich habe gesehen, wie sich die beiden metallischen Samen bilden: der weiße, der dem Quecksilber gleicht, und der rote, der ein zähes Öl ist ähnlich dem Schwefel im Fluß. Ich weiß, wie man Gold macht, aber glauben Sie mir, ich werde es niemals machen.[53]

Das Gold ist das Zeichen der Arbeit und des Austausches unter den Menschen; es wird nicht hergestellt, sondern man verdient es. Wer sich aber eines anderen Goldes bedient als das des Handels, ist in meinen Augen ein Falschmünzer, was um so niederträchtiger ist, weil er sicher vor Bestrafung wäre; denn da sein Gold gediegen ist, könnte sein Betrug nur über sein Geheimnis aufgedeckt werden, dessen Kenntnis der universelle Untergang wäre.

Deshalb wird mit Recht die Existenz dieses Geheimnisses geleugnet, damit niemand es sucht. Man muß sich moralisch zu höchstem Priestertum erhoben haben, um es zu kennen und dennoch niemals zu mißbrauchen.

Dieses Geheimnis ist die chemische Produktion der Zweiheit im Metall- und Mineralreich. Aus einer Substanz macht man zwei Substanzen, und aus den beiden eine, die in nichts der ersten gleicht. Ich werde noch Gelegenheit haben, zu Ihnen ausführlicher darüber zu sprechen.

Brief 39

Nichts im Übermaß – okkulte Kirche – von Eckartshausen war Freimaurer – Messianismus der Polen Towianski, Wronski und Mickiewicz

27. Februar

Bruder.·. und Freund.·.,

Sie dürfen Ihren Geist nicht durch übermäßige Anspannung ermüden. Die Wahrheit ist eine reine Schönheit, die vor jeder leidenschaftlichen Erregung unserer Seele zurückschreckt.

Suchen wir sie ohne Eile und ohne Unruhe: sie wird uns niemals fehlen.

Ich muß zugeben, daß ich nicht verstehe, wie Sie befürchten können, daß Sie geschriebene Instruktionen vergessen, die Sie nach Wunsch immer wieder nachlesen können. Sie würden gut daran tun, für Ihren kranken Arm Elektrizität und damit Magnetismus anzuwenden, das heißt, indem Sie eine stärkere Behandlung dem gesunden als dem kranken Arm geben, dann eine Wechselübung mit beiden Armen machen, indem Sie von einer Hand in die andere ein mittelschweres Gymnastikgewicht gehen lassen. Machen Sie diese Übung morgens und abends; ziehen Sie am Abend vor dem Schlafengehen einen doppelten Handschuh oder eine Art Fausthandschuh an, der Holzkohle von der Erle, dem Lorbeer oder der Haselnußstaude enthält, zu ganz feinem Pulver gemahlen, und binden Sie sich auf Ihre Schläfen mit einem leichten Verband kleine Säckchen mit dem gleichen Inhalt. Wenn Sie das angegebene Holz nicht haben, nehmen Sie Holzkohle der Eiche.

Ich antworte jetzt auf Ihre Fragen wegen der Okkulten Kirche. Es gibt in Wahrheit nur eine Kirche, aber in der Kirche gibt es zwei Ämter: das geistliche Amt und das prophetische Amt – die Tiara des Aaron und den Stab des Moses. Sie wissen, daß Aaron nicht aufgehört hat, Hoherpriester zu sein, um das Goldene Kalb erhöhen und anbeten zu lassen. Die offizielle Priesterschaft hat immer die Priesterschaft des Geistes verfolgt, die äußerlich nicht weniger der offiziellen Priesterschaft untergeordnet ist: sie würde aber niemals einen Altar gegen einen anderen Altar errichten, was vor Gott verabscheuungswürdig ist.

Von Eckartshausen war Mitglied der geheimen Freimaurerei nach dem Misraim-Ritus[54], deren Großmeister er war. Dieser Ritus wurde in Frankreich durch die materialistischen Jünger des geheimnisvollen Cagliostro[55] profaniert. Der Misraim-Ritus wurde von den Johannitern oder Templern übernommen, deren augenblicklicher Großmeister Baron Szapari ist. Ihre Lehre wurde materiell und verdorben, wie ich Ihnen beweisen kann, indem ich Ihnen deren geheimes Buch zu lesen gebe, das sie *Levitikon* nennen.

Der Geist weht, wo er will. (Joh.3,8)
Auf welchen du den heiligen Geist herabsteigen siehst,
jener ist es, der tauft. (Joh.1,33)

Der jetzige prophetische Kreis ist der Messianismus. Er wurde zuerst durch die Polen Towianski[56], Wronski[57] und Adam Mickiewicz[58] manifestiert.

Brief 40

Der Papst ist Vertreter Jesu Christi – seine Mittlerschaft – Auflösung der «schrecklichen Verse» des Rabbiners

2. März 1862

Bruder∴ und Freund∴,

Könige heiraten manchmal durch Gesandte. Der Gesandte ist dann gleichsam mit der Person des Königs bekleidet, da das Sakrament, das er empfängt, vom König selbst empfangen wird.

Genauso ist Jesus Christus Gott. Er ist Gott so, wie der Papst Jesus Christus ist. Wenn man in dieser Gesinnung anbetet, sei es den Papst, sei es Jesus Christus, sei es das Sakrament Jesu Christi, dann ist man Christ und katholisch. Sonst ist man Götzendiener.

Hat Jesus Christus nicht gesagt: *Ich gehe zu meinem Vater und eurem Vater, zu meinem Gott und eurem Gott. (Joh.20,17)*

Steht nicht geschrieben, daß er am Ende aller Zeiten das Reich in die Hände seines Vaters zurücklegt? (1.Kor.15,28) Haben Sie nicht gelesen, wie er selbst die Göttlichkeit im Evangelium erklärt? Er zitiert die Verse der Psalmen, wo David von den Königen sagt: *Ihr seid Götter und werdet sterben wie Menschen. (Ps.82,6-7)* Und dann fügt er hinzu: Wenn David die Herren der Erde Götter nennen konnte, weil sie einen Teil der göttlichen Macht ausübten, warum sagt ihr, daß ich Gott lästere, weil ich Gottesssohn denjenigen genannt habe, den Gott geheiligt hat und den er auf die Erde geschickt hat (das heißt: mit einer Mission beauftragt)? (Joh.10,34-36)

Haben Sie nicht verstanden, was der Apostel sagt: daß *im Namen Jesu* jedes Knie sich beugen soll im Himmel, auf der Erde und unter der Erde? (Phil.2,10) In seinem *Namen,* verstehen Sie, durch ihn und mit ihm ... Aber allein vor Gott!

Ich bin nur dein Mitknecht ... Bete Gott an! (Offb.19,10)

Jesus Christus hat nicht gesagt: Alles, um was ihr *mich* bitten werdet, das werdet ihr von mir erhalten, sondern er hat gesagt: *Alles, was ihr von meinem Vater in meinem Namen erbitten werdet, das werdet ihr erhalten. (Joh.14,13)*

Aber er sagt auch: *Der Vater und ich sind eins. (Joh.10,30) – Wer mich sieht, der sieht den Vater. (Joh.10,15)*

Hier ist der Ausdruck der vollen Kräfte des Gesandten und Mittlers.

Von seiten Gottes Gesandter, von der Seite der Menschen Anwalt, als solcher aber gleichbedeutend mit seinen Klienten und Verteidiger der Verbrechen der Menschen, mit denen er sich solidarisch erklärt.

Deshalb verehren ihn die Menschen und liefert Gott ihn der letzten Todesstrafe aus. Ist das nicht wunderbar klar, und kann da noch der Schatten eines Zweifels auf Ihren Geist fallen?

Nun fallen die schrecklichen Verse des Rabbiners zur Erde wie Pfeile, die ihr Ziel nicht erreichen. Seien Sie darum ganz beruhigt, und kehren Sie in den tiefen Frieden der Kinder Emanuels zurück. Glauben Sie mir auch, daß Ihre geistigen Sorgen mich wohl bekümmern, aber niemals verletzen können.

Brief 41

Levi erhält viele okkulte Besucher – Szaparys Manifest blieb unbeantwortet – der große Prophet ist Levi unbekannt

Bruder∴ und Freund∴,

Ich werde sehr glücklich sein, die Reise nach Marseille zu unternehmen und mich in Ihrer Nähe einige Tage auszuruhen; aber im Augenblick ist das unmöglich. Ich bin durch meine Aufgabe an Paris gebunden und muß wenigstens bis zum nächsten Herbst hier bleiben. Dann werden wir sehen, was die Vorsehung verfügt.

Sie haben mir in Ihrem letzten Brief Fragen eines schläfrigen Kindes gestellt, dem man Geschichten erzählen soll. Wir alle sind Kinder zu gewissen Stunden, und ich schätze Sie darum nicht weniger; aber wenn ich mich daran machen würde, Ihnen phantastische Abenteuer zu erzählen, weiß ich nicht recht, wo ich aufhören sollte. Gehen wir Ihre Fragen der Reihe nach durch.

Sie möchten besonders gern wissen, ob ich nicht wie Cazotte[59] Besuch von irgendeinem finsteren Eingeweihten erhalten habe, eingehüllt in einen großen Mantel.

Ich erkläre zunächst, daß «der große Mantel» nicht dabei gewesen ist, aber daß ich eine ziemlich große Zahl von fremden Besuchern erhalten habe, besonders von einem, der mich achtzehn Monate gesucht hat, mein Buch unter dem Arm und einen Dolch in seinem Ärmel. Ich habe ihn nur sanft angesehen; ich habe ganz einfach mit ihm gesprochen, und er ist zitternd wieder davongegangen.

Alle mystischen Sekten haben mir ihre Boten geschickt. Der Großorient von Frankreich[60] hat mich um Anweisungen gebeten, und die fortgeschrittensten Freimaurerlogen haben mich ohne Geld und ohne Prüfungen aufgenommen. Warum fragen Sie mich nach solchen Einzelheiten? Wie können sie Ihr Vertrauen vergrößern, wenn das Wort, das Gott mir für Sie anvertraut, nicht ausreicht? ...

Machen wir dennoch weiter, da ich einmal angefangen habe.

Der Baron oder Graf von Szapary (ich erinnere mich nicht genau seines Titels) hat mir ein Manifest geschickt, welches das Angebot seiner freiwilligen Abdankung und seines Wiedereintritts in die offizielle Kirche enthält, das ich offiziell nicht berechtigt bin anzunehmen, so daß ich seine Mitteilung ohne Antwort lassen mußte.

Dann fragen Sie mich, ob ich den großen Propheten unserer Zeit kenne. Nein, mein Freund, ich kenne ihn nicht. Wenn ich ihn kennen würde, dann würde ich sofort alles verlassen, um ihn zu hören, und ich würde alle diejenigen zu ihm schicken, die sich an mich wenden.

Brief 42

Fragenbeantwortung: Towianski – Vintras – Wronski und seine Formel des Absoluten – fundamentale Wahrheiten gehören der ganzen Welt

7. März

Ich werde suchen und Ihnen mit den anderen Büchern die

Übersetzung des kleinen protestantischen Gebetbuches von Eckhartshausen schicken. Ich füge auch das *Levitikon* (siehe Brief 39 unten) bei, das Sie behalten können, solange Sie möchten; denn ich brauche es nicht mehr.

Towianski[56] hat nur einige kleinere Schriften verfaßt, davon eine sehr bemerkenswerte mit dem Titel: *Le Banquet;* Sie finden Auszüge daraus in meinem *Lexikon der christlichen Literatur.*[39] Er ist ein Enthusiast von großer magnetischer Kraft und ähnelt in vielen Dingen dem Halluzinanten Vintras[61], den ich in London gesehen habe. Es sind Menschen, betrunken von schlecht kontrollierten Wünschen, die die Wahrheit im Traum sehen, quer durch tausend Abschweifungen und tausend Phantome.

Wronski[57] war wohl ein ernsthafterer Mensch, aber weniger rein. Er hatte intensiv studiert und kannte die wahren Grundlagen der Wissenschaft, aber er wollte dieses Wissen verkaufen und schrieb nur, um es zu verheimlichen. Seine Bücher sind nicht lesbar, weil sie so viele Unklarheiten und absichtliche Auslassungen enthalten. Sein Genie ist eine Lampe, die künstlich unter dem Scheffel geblieben ist. Daher ist sie in der Finsternis und beinahe im Elend erloschen. Möge Gott seiner Seele Frieden geben!

Mein Vorwort zur zweiten Auflage der Transzendentalen Magie erklärt die prinzipiellen Ideen der Messianisten, die meine Vorgänger waren. Die Formel des Absoluten, die Wronski für 150000 Franken verkaufen wollte, findet sich in meiner *Geschichte der Magie* mit ihrer Ergänzung in jenem Stern, der die Existenz der Wahrheit, der Wirklichkeit, der Vernunft und der Gerechtigkeit bestätigt, und zwar auf eine ebenso unanfechtbare Weise wie diejenige des Seins. Diese Formel, die Wronski mir niemals anvertraut hat, die ich aber nach ihm wiedergefunden habe, ist genausowenig mein Eigentum wie das seinige. Die großen und fundamentalen Wahrheiten gehören der ganzen Welt. Es ist so einfach wie die Kindheit und tief wie das Greisentum des Alten der Tage.[62] Fügen Sie dem die Sterne hinzu, die im *Schlüssel zu den großen Mysterien*[32,33] wiedergegeben sind, koordinieren Sie, leiten Sie ab, vergleichen Sie – und Sie haben die ganze neue Wissenschaft.

Brief 43

Gedächtnisübungen – Nützlichkeit von Pantakeln – die drei Pantakel Levis

8. März

Bruder∴ und Freund∴,

Wenn ich Ihnen seit Anbeginn unserer Beziehungen den Titel Freund gegeben habe, glauben Sie mir, dann habe ich das nicht leichtfertig getan: ich zähle auf Ihre Freundschaft, wie Sie auf die meinige zählen können.

Sie haben mich um einen Talisman gebeten, um Ihr Gedächtnis zu stützen. Aber das Gedächtnis ist eine Fähigkeit, die sich durch Übung festigt und durch künstliche Mittel vergrößert. Die 36 Talismane des Salomo sind nichts anderes als Stützen des Gedächtnisses, weil sie sich aus der Synthese der Zeichen zusammensetzen, die der Synthese der Zahlen verbunden ist. Sie werden das später erkennen.

Wenn man einmal das Lesen gelernt hat, vergißt man die Buchstaben nicht mehr. Man muß ein wenig Geduld haben.

Dies ist keine Weigerung gegenüber Ihrer Bitte um einen Talisman, aber damit Ihnen ein Talisman nützen kann, müssen Sie zunächst das Wissen um die Talismane haben, und das kommt im Laufe unserer Lektionen.

Sie fragen mich, welches mein Pantakel ist?

Hier ist es:

Ich gebe es Ihnen zu erraten auf. Dies ist mein geheimes oder esoterisches Pantakel.

Mein exoterisches Pantakel oder Siegel stellt eine Sonne dar, die hinter einem ruhenden Löwen aufgeht. Es bedeutet, daß der Friede nach dem Sieg das Licht bringt. Es ist die Intelligenz, die in der Ruhe eines mächtigen Willens strahlt. Sie haben den Abdruck dieses Siegels auf den Stempeln sehen können, mit denen ich den Umschlag des Manuskripts der Schlüsselchen (= *Clavicula)* verschlossen habe. Dann habe ich noch ein kleines Siegel, das mir für meine Briefe dient: es stellt ein Pferd in Freiheit dar mit folgender Umschrift: *Freiheit, Freiheit, geliebte Freiheit* – also dreifache Freiheit aus Liebe zum Prinzip der Dreiheit.

Es ist das weiße Pferd der Apokalypse (Offb.6,2 und 19,11), das auf seinen göttlichen Reiter wartet, der das Wort ist; es ist schon losgelöst von den Fesseln der Erde. Es scheint bereit zu sein, sie zu verlassen, und sprengt schon himmelwärts.

Ich bedauere aufrichtig, daß einige Worte in einem meiner letzten Briefe Ihre empfindsame Seele haben verletzen können. Sie haben ihnen eine Bedeutung gegeben, die sie in meiner Vorstellung nicht hatten. (Siehe Brief 41)

Ich wollte nur die Notwendigkeit betonen, die Wahrheit um ihrer selbst willen zu lieben und ohne sich um das Instrument zu kümmern, dessen sich die Vorsehung bedient, um sie uns mitzuteilen. Von Ihrer Seite würde ich eher zuviel als zuwenig Vertrauen erwarten.

Brief 44

Vintras über Astrallicht – Kreuzzeichen – Monogramm Levis enthält die vier Tarot-Hieroglyphen – Hinweis auf Osphal – Hinrichtung von Geisteskranken ist Mord aus Unwissenheit

12. März

Bruder.·. und Freund.·.,

Ich habe Ihnen die Kiste mit Büchern zugehen lassen, die ich Ihnen versprochen hatte. Ich habe den Bänden, die ich bereits angekündigt hatte, *L'Evangile Eternel (das ewige Evangelium)* von Vintras[61] hinzugefügt – ein sehr seltsames, anziehendes Werk voller fremdartiger Beleuchtungen der Wissenschaft, welche den zügellosen Bewegungen des Astrallichtes gewidmet ist. Ich habe den Verfasser in London getroffen und das Buch von ihm selbst gekauft.

Dieser Mann ist an sich ein ungebildeter Arbeiter, aber mit einer ganz einmaligen Fluidalkraft begabt. Er reflektiert sofort den Geist der Personen, die sich ihm nähern, und gibt sofort die Gedanken derjenigen wieder, die er zum ersten Mal sieht. Als ich mich ihm näherte, sah ich einen Menschen mit schiefem Hals und frommer Miene. Sobald er meine Stimme vernommen hatte, erfuhr sein ganzer Körper eine Transformation; er richtete sich auf, hob den Kopf, sah mir frei ins Gesicht, nahm meinen Ton und mein Gebahren an und hat mit mir gesprochen, als wenn er vollständig alles wüßte, was ich weiß. Er sprach da also unter meinem Einfluß und vollständig als Nachtwandler. Am folgenden Tag habe ich ihn mit einem meiner Freunde zusammengebracht, der geglaubt hat, daß Vintras ihn nachahme und im voraus in Kenntnis gesetzt worden wäre, so daß er genau seine Art zu sprechen annahm; und bedenken Sie, daß mein Freund noch gar nichts gesagt hatte.

Ich glaube, daß Sie mit Interesse dieses recht merkwürdige Phänomen studieren werden; denn sein Buch ist ebenso erstaunlich wie er selbst.

Ihr Kreuzzeichen ist genau das des Meisters selbst; ich kann also nur ganz zustimmen.

Das Monogramm meines Pantakels entstammt dem Enchiridion von Leo III; es zeigt in griechischen Buchstaben das Wort Tarot,

im Lateinischen *rota*, im Hebräischen *Torah*. Es stellt auch die vier Hieroglyphen des Tarot dar:

— Stab, J Schwert, ∢ Becher, ⊕ Scheibe oder Goldkreis;

ich behalte mir vor, Ihnen eines Tages mit erhöhter Stimme die Umschrift zu erklären: *Venite ad patrem Osphal. (Siehe Anmerkung 167)*

Ich denke wie Sie an den unglücklichen Hingerichteten. Er war durch und durch geisteskrank, und die Gesellschaft begeht immer noch Morde aus Unwissenheit.

Auf die gleiche Weise hat man *Papavoine, Eliçabide, Verger* und viele andere getötet, die eigentlich von einem Arzt hätten behandelt werden müssen. *Dumollard* handelte wie im Traum, und die bärtigen Menschen existierten wirklich für ihn.

Brief 45

Analyse der Bibel – Buch der Tränen – Leo Hebraeus – Athanasius Kircher – Raimundus Lullus – Postel: 32 Pfade

15. März

Bruder∴ und Freund∴,

Ich gebe Ihnen zunächst die Aufgabe, in meinem *Lexikon*[39] die vollständige Analyse der Bibel zu lesen; suchen Sie zuerst den Artikel *«Bibel»*, das ist die Einführung; dann den Artikel «Genesis», und so weiter bis zur *«Apokalypse»*. Lesen Sie schließlich den Artikel «Allegorie» und dann alle diejenigen, die Sie interessieren.

Le Livre des Larmes (das Buch der Tränen)[63] wurde ohne mein Wissen gedruckt. Es enthält nur eine Reihe schlecht geordneter Fragmente und außerdem grobe Druckfehler; Sie finden dort auch gute Seiten, die zweifellos für Sie erfreulich und nützlich sein werden.

Sie werden gut daran tun, die Lektüre des *Leo Hebraeus*[64] in kleinen Abschnitten vorzunehmen. Das ist langwierig, aber weiser.

Wir nehmen Montag die Fortsetzung unserer Gespräche über die heiligen Buchstaben wieder auf. Wir sind noch immer beim zweiten, und wir müssen daran denken, daß noch zwanzig übrigbleiben.

Dann werden wir auf der glorreichen Leiter der Sephiroth auf- und absteigen. Schließlich werden wir die Wissenschaft der 32 Pfade wiederholen und unsere Kenntnisse auf die großen Prinzipien des *Bereschit* und der *Merkaba*[65] anwenden; dabei wird uns das kostbare Buch von Athanasius Kircher nützlich sein; denn die Kenntnisse von Raimundus Lullus sind auf diese 32 Pfade anwendbar. Raimundus Lullus, der das Geheimnis der «Schlüsselchen»[1] nicht kannte, hat es aber irgendwie erraten. Er versteht die Geheimnisse der Räder des Ezechiel (1,5-11) wie Postel[50] und bedient sich der Buchstaben des lateinischen Alphabets anstelle des hebräischen. Er war ein großer Arzt und ein großer Mensch.

Liebevolle Grüße an meine teure Schwester und Freundin.

P.S.
Die Rechnung, um die Sie mich wegen der Bücher fragen, beläuft sich auf vierzig Franken.

Brief 46

Jakin und Boas = die beiden Bäume in Eden – Symbole der Freimaurerlogen für Lehrlinge und Gesellen

17. März

Bruder∴ und Freund∴,

Die Zweiheit wurde am Tempel Salomos durch die beiden Säulen Jakin und Boas dargestellt, deren Namen bedeuten: *Stärke* in sich selbst und *Stärke* in einem anderen.

Diese beiden Säulen waren aus Marmor, die eine aus weißem und die andere aus schwarzem Marmor, beide mit Bronze verkleidet, gekrönt von einem Kapitell in der Form einer Lilie mit einem großen Granatapfel, gebildet aus einer Menge kleiner: Symbol der universellen Harmonie der Natur – Symbol auch der drei Welten durch die Säule, die Blüte und die Frucht: *Asiah, Jesirah und Briah*[66], multipliziert mit Zwei – wie die Einheit – in den Elohim.[67] Der Schaft der Säule ist das JOD, die Blüte ist das HE, die Vereinigung der beiden ist das VAU, der Granatapfel ist das zweite HE oder das HE des Malkhuth.

Diese beiden Säulen, so sagen die Legenden, waren hohl und umhüllten die Stämme der beiden Bäume von Eden: des Baumes der Erkenntnis und des Baumes des Lebens. Sagen wir nur, daß sie diese beiden Bäume symbolisch darstellten, von denen der eine das Leben oder den Tag bringt, der andere den Tod oder die Nacht. Aber der Tod bereitet das Leben vor, die Nacht kündigt den Tag an; das Aktive hat das Passive nötig, und das Passive leiht seine Kraft dem Aktiven.

Diese beiden Säulen waren wie die Obelisken vor den Pylonen der ägyptischen Tempel aufgestellt; sie sind auch in allen Freimaurerlogen dargestellt und beinhalten das Anfangsstudium von Lehrlingen und Gesellen.

In den Symbolen der hohen Freimaurer-Einweihung[68] sieht man den Lehrling nackt und knieend vor der ersten Säule mit dieser Umschrift: *Meine Stärke ist in Gott;* in der Nähe der zweiten Säule steht der Geselle, bekleidet und mit verbundenen Augen vor dieser Inschrift: *Ich harre aus im Guten.* So beginnt im Glauben, was die Intelligenz vollbringt. Wenn der Lehrling zum Gesellen wird, geht er von der einen Säule zur anderen.

Aber um Meister zu werden, muß er sie durch Winkelmaß und Zirkel vereinen: das unbewegliche Winkelmaß, Symbol des notwendigen und schicksalhaften Gesetzes; der bewegliche Zirkel, aber nur wenn er ihn in vollständige Übereinstimmung mit dem Winkelmaß gebracht hat, Symbol der freien und fortschrittlichen Intelligenz, die sich dem Gesetz anpassen muß unter Selbstmord- und Impotenzstrafe.

Hier hören unsere Gespräche über die Zweiheit auf.

Zusätzliche Erläuterungen zu Tabelle 2:

DIE ZEHN SCHEMOTH : (= Gottesnamen)				**DIE ZEHN SEPHIROTH**		
1.	אהיה	-	Eheihe	I	=	Krone
2.	יה	-	Jah	II	=	Weisheit
3.	יהוה	-	Jehova Elohim	III	=	Intelligenz
4.	אל	-	El	IV	=	Größe
5.	אלהימ	-	Elohim	V	=	Stärke
6.	יהוה	-	Jehova	VI	=	Schönheit
7.	יהוה	-	Jehova Sabaoth	VII	=	Sieg
8.	אלהימ	-	Elohim Sabaoth	VIII	=	Pracht
9.	אלהי	-	Elhoi	IX	=	Fundament
10.	אדני	-	Adonai	X	=	Königreich

	=	Aziluth
	=	Briah
	=	Jesirah
	=	Asiah

Daath hebr. Religion wird von Levi als der ‚Spiegel' in Brief 116 gezeichnet und besprochen

IV wird auch als Chesed = Liebe, V als Din = Gerechtigkeit bezeichnet

AUFSCHLÜSSELUNGEN DIESER KABBALISTISCHEN WELTEN :

1. die Welt der Emanation oder Aziluth
2. die Welt der Schöpfungen oder Briah
3. die Welt der Formen oder Jesirah
4. die Welt der Fakten oder Asiah

DIE KABBALISTISCHEN WELTEN

(zu Brief 46 und Anm. 66)

Nach Papus: Die Kabbala, S. 102-104

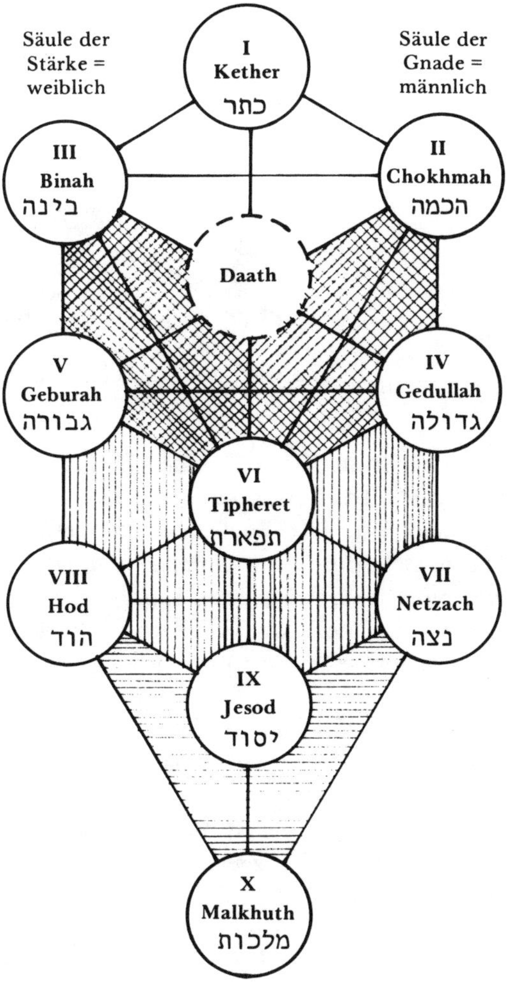

Tabelle II

Brief 47

Die Dreiheit: Gimel-Zeichen – Wesen der Dreiheit – Ameth – Lexikon Levis exoterisch – wahre Bedeutung des Messianismus

19. März

Bruder.·. und Freund.·.,

Nun nähern wir uns der erhabenen und geheimnisvollen Dreiheit. Wir betreten die Arkana des Buchstabens Gimel:

syrisch hebräisch estrangelisch

Der hebräische Buchstabe stellt einen Becher dar, der sich ergießt, oder eine Pflanzenkapsel, die – sich öffnend – ihr Samenkorn fallen läßt. Der Buchstabe des alten Chaldäisch oder Estrangelo stellt durch eine einfache und naive Hieroglyphe das Geheimnis des Gebärens dar. Im syrischen Buchstaben findet man schon das lateinische G, Hieroglyphe der Schlange, die sich in den Schwanz beißt – Ouroborus – Wahrzeichen der ewigen Schöpfung.

Tatsächlich ist die Dreiheit die Zahl der Schöpfung. Die Einheit ist der Vater, die Zweiheit ist die Mutter, und die Dreiheit ist das Kind. Eins ist Osiris, Zwei ist Isis, und Drei ist Horus. Eins ist das Sein, Zwei ist die Bewegung, und Drei ist das Leben. Eins ist der Geist, Zwei ist der Gedanke, und Drei ist das Wort. Eins ist der kubische Stein oder der Altar; Zwei sind die beiden heiligen Säulen; Drei ist der Giebel, der die beiden Säulen vereinigt: da haben wir den ursprünglichen Tempel.

Der Name Gottes ist mit drei Buchstaben vollständig, da der vierte den zweiten wiederholt. Drei stellen auch die Fülle der freimaurerischen Wissenschaft dar: L.·. D.·. P.·. Drei Buchstaben fassen die Weisheit Salomos zusammen: א מ ת = AMETH (siehe Brief 8).

L.·. D.·. P.·. bedeutet für die Laien: die Freiheit, hinüberzugehen, und man bringt diese Inschrift auf einer symbolischen Brücke an, welche die Erde des Exils mit dem Vaterland verbindet. Für die unteren Eingeweihten ist dies die Freiheit des Gedankens. Für die Eingeweihten der höchsten Grade bedeutet es:[69]

Debitio (= Pflicht)

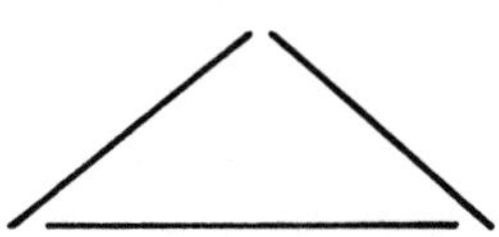

Liberalität (= Freiheit) Potentialität (=Können)

Aleph – Mem – Thau bilden ein Wort, das sich liest: AMETH und im Hebräischen bedeutet: Wahrheit und Friede.

Mein *Lexikon*[39] ist exoterisch geschrieben, und zwar im klerikalen Sinn. Glauben Sie aber nicht einfach, daß ich dort die Wahrheit verleugne. Ich will diejenigen, an die ich mich wende, sanft heranführen, und deshalb spreche ich ihre Sprache.

Sie haben sich getäuscht, wenn Sie glauben, daß ich ein gutes Geschäft mit dem Messianismus mache; denn das ganze Buch ist messianisch, wie Sie spüren werden, wenn Sie meine Arbeiten über die Bibel lesen. Ich urteile, wie diese es verdienen, beurteilt zu werden: *Towianski*[56], der sich als Messias aufbauen läßt und die Verehrer dieses lächerlichen Idols.

Der Messianismus ist seinem Wesen nach orthodox, hierarchisch und verabscheut besonders die Sekten und menschliche Götzen.

Brief 48

Dreiheit ist Licht manifestiert – Elohim – Pentagramm des Absoluten – 1. Lösung des Oedipusrätsels um das hieroglyphische Tier ist die Neunheit – der Plan von Theben erklärt

22. März

Bruder∴ und Freund∴,

Die Dreiheit ist das in seiner Fülle manifestierte Licht. Sie ist die strahlende *Schechina* der Kabbalisten: *«Lui, les Eloïm, il a dit: que la lumière soit, et la lumière fut.» (1.Mos.1,3) (Er, die Elohim, hat gesagt: daß das Licht sei, und das Licht war.)*[70] Und hier läßt die Dreiheit das Pentagramm ahnen: Er = 1, die Elohim = 2, hat gesagt = 3, daß das Licht sei = 4, und das Licht war = 5. Die Dreiheit ist hier positiv die Aktion des Wortes. *In ihm war das Leben, und das Leben war das Licht der Menschen, und das Licht leuchtet in der Finsternis. (Joh.1,4-5)* Erkennen Sie hier, daß der Anfang des Evangeliums nach Johannes die Genesis des Lichtes erklärt, wiedergegeben mit den Worten Moses. *Im Anfang* = 1 = Er! *war das Wort, und das Wort war bei Gott, und Gott war das Wort.* Hier sind die Elohim = 2. *In ihm war das Leben = 3, und das Leben war das Licht der Menschen= 4, und das Licht leuchtet in der Finsternis = 5.* Da haben Sie den leuchtenden Stern. Hier ist: Sein – Wahrheit – Wirklichkeit – Vernunft – Gerechtigkeit.

Das ist das Pentagramm des Absoluten.[32] So bringt die

Dreiheit die Zahl 5 hervor, indem sie der doppelten Zweiheit Eins hinzufügt. Die Gegenseitigkeit der Aktion in der Zweiheit gibt 4, das abwechselnd aktive und passive Prinzip. Die Analyse der Kräfte gibt 4, die ausgleichende Synthese gibt 2, der Mittelpunkt des Gleichgewichts gibt 3, und wir verstehen nun das hieroglyphische Tier, das am Morgen 4 Beine, am Mittag 2 und 3 am Abend hat. Zählen Sie die Beine aller drei Zeiten zusammen: Sie erhalten 9, welches die Dreiheit multipliziert mit sich selbst ist.

Die Figur der Zahl 3 in arabischen Ziffern ist wirklich wunderbar, wenn man sie auf dem Pantakel von Theben studiert:

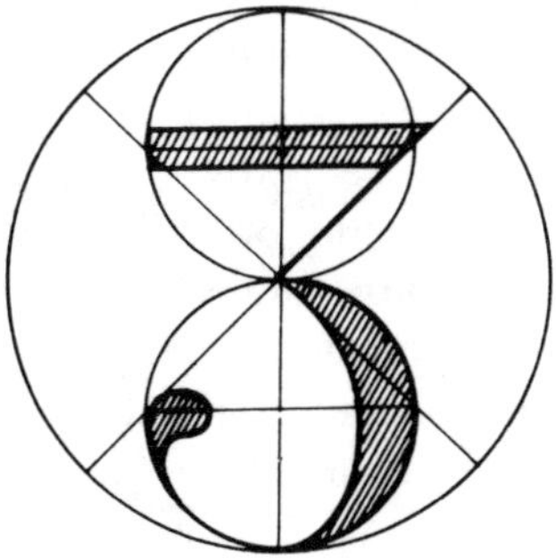

Das ist der waagerechte Durchmesser, folglich das passive Schöpferprinzip der Idee, verbunden mit dem Umfang der Norm durch den Kreis des Absoluten. Vergessen Sie nicht, daß der obere Kreis die Idee oder den Himmel darstellt, daß der untere Kreis die Form oder die Welt bildet, und daß die beiden Durchmesser des großen Kreises durch ihre Kreuzung das Winkelmaß und den Zirkel wiedergeben, das heißt das universelle Gleichgewicht und die Hierarchie der Proportionen.

Wir haben das Rätsel des Sphinx und den Plan von Theben. Der Sphinx ist erraten, Theben ist geöffnet.

Brief 49

Die göttliche Dreiheit ist Vater-Mutter-Liebe – christliche Kabbala hat Mutter durch Sohn ersetzt – Jesirah – Aziluth – Ich bin – Circum-Incessio

25. März

Bruder.·. und Freund.·.,

Die göttliche Dreiheit, ausgedrückt durch die drei ersten Buchstaben des Tetragramms, bedeutet Vater-Mutter-Liebe. Der Vater wird von den Kabbalisten *ABBA* genannt, die Mutter *IMMA;* die Liebe hat keinen Namen, sie ist unaussprechbar. Aber man symbolisiert sie durch den heiligen Atem, den man *Ruach-Elohim* nennt.

In der ursprünglichen christlichen Kabbala hat man die Mutter durch den Sohn ersetzt, um aus der göttlichen Idee alles auszumerzen, was an das Subjektive und das Passive erinnert. Wenn man ihn als Vorsehung oder als Mutter betrachtet, ist Gott tatsächlich immer aktiv. In ihm, so sagt der Sohar, gibt es keine linke Seite; alle Vorstellungen, die an das Weib erinnern, abgesehen von seinen mütterlichen Liebkosungen, müssen aus der Vorstellung von Gott entfernt werden.

Im übrigen ist hier das Fleisch nichts, alles ist Geist und Wahrheit. Der göttliche Gedanke befruchtet sein Wort, und dieses Wort ist sein mit-ewiger und mit-substantieller Sohn. Die sie verbindende Liebe ist der *Ruach-Elohim* der Kabbalisten; das ist der Heilige Geist der Christen. Außerdem ist in Gott alles absolut eins. Er läßt weder Quantität noch Zeit, noch Zahl zu. Die Personen oder göttlichen Hypostasen sind Sephiroth, das heißt göttliche Begriffe. Alle diese Begriffe, alle diese Unterscheidungen sind für uns. Daher wird auch der Name Jehova erst im zweiten Himmel geschrieben, derjenige der menschlichen Kenntnisse oder Jesirah. In Aziluth hat Gott keinen Namen, und man kennzeichnet ihn nur durch das Wort: איהיה = EHEIHE = Ich bin.

Sehen Sie nun alle unsere Halbgelehrten und unsere Schultheologen sich den Kopf zerbrechen, um zu verstehen, wie Drei nur Eins sind und wie in jedem der drei sich in Wahrheit die drei anderen befinden und existieren, was man die *«Cir-*

cum-Incessio»[71] der göttlichen Personen nennt, also neun Personen anstelle von drei; und es gibt tatsächlich in der Kabbala neun Sephiroth, die dreimal die drei vollkommenen Begriffe der Einheit darstellen. Dies alles ist nur Absurdität und Finsternis für die klügelnde Unwissenheit, aber das sanfteste Licht und die einfachste Erkenntnis für den wahren Glauben.

Brief 50

Die heilige Teresa – Mutter der Zahlen – drei intellektuelle Welten der Kabbala – Jakobsleiter

27. März

Bruder∴ und Freund∴,

Die menschliche Seele hat auch ihre Dreiheit, die sich dreimal wiederholt. Sie ist ganz in der Intelligenz, ganz im Willen und ganz in der Aktion, die ihr Wort und ihre Liebe ist. Der Mensch kann Gott nur in seinem eigenen Bild erkennen, und wenn das göttliche Tetragramm nicht in uns existieren würde, so würden wir es in ihm nicht verstehen.

«*Suche dich in mir, und du wirst mich in dir finden*», sagte der heiligen Teresa eine innere Stimme; und diese Worte enthielten die Offenbarung der höchsten Theologie.

Auf diese Weise ist die Vorstellung «Mutter der Zahlen» die direkte Vorstellung von Gott, die wir immer am Anfang aller Dinge wiederfinden werden. Vergessen wir nur nicht, daß das Licht Gottes sich in unserm Schatten versteckt und daß der Schatten Gottes unser Licht ist. *O Licht, das unzugänglich den Sterblichen Gott verborgen hält, beschütze mich unter dem Schatten deiner Flügel! (Ps.17,8)*

Wir finden die Dreiheit in den intellektuellen Welten der Kabbala wieder: Asiah, Jesirah und Briah (siehe Tabelle 2): die Welt der Formen, die Welt der Gedanken oder der Ideen und die Welt der Ursachen. So bringen die Ursachen die Formen *mittels des Wortes* hervor, und die Formen steigen zu den Ursachen wieder hinauf durch den Gedanken *mittels des Wor-*

tes. So begegnen sich das göttliche Wort und das menschliche Wort in der Welt Jesirah, und Jakob sieht auf derselben Leiter die Engel auf- und niedersteigen. (1.Mos.28,12)

Auch die Hierarchie wird durch die Dreizahl geregelt, und Sie verstehen, daß das so sein muß. Die Hierarchie der himmlischen Geister hat drei Ordnungen und neun Stufen, diejenige der Menschen ist das Abbild derjenigen des Himmels. Auf der Erde ist die Hierarchie pyramidenförmig, die Spitze ist oben, was den Frieden der Auserwählten erklärt. Im Himmel ist es umgekehrt: die höchsten Hierarchien sind an der Basis.

Im Mittelpunkt dieser beiden Pyramiden, die das Jakobsleiter genannte Pantakel bilden, ist ein einziger Mittler für den Himmel und für die Erde erforderlich. So steigt nichts vom Himmel zu uns herab und nichts von der Erde zum Himmel auf, ohne durch ihn zu gehen.

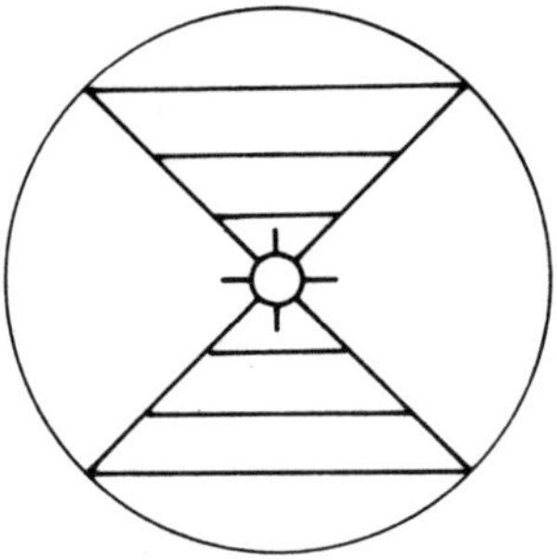

Hier sind Höhen und Tiefen, welche Engel schwindlig machen können. Bleiben wir am Fuß des Kreuzes stehen und beten an.

Brief 51

Vater = Aktivum – Mutter = Passivum – Kreuzbildung – Andreaskreuz – das Pantakel von Theben – Beschäftigung als Restaurator

28. März

Bruder. . und Freund. .,

Stellen wir hieroglyphisch die Elohim durch die Dreiecke A und B dar.

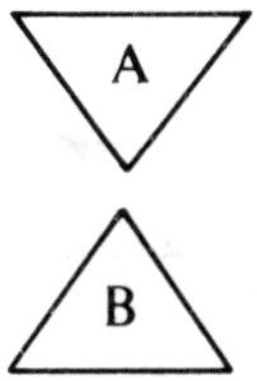

A soll der Vater oder das Aktive und B die Mutter oder das Passive sein.

Aufgrund der Circum-Incessio enthält jeder Elohim die drei Prinzipien: Vater, Mutter (oder Sohn) und Liebe oder Heiliger Geist –

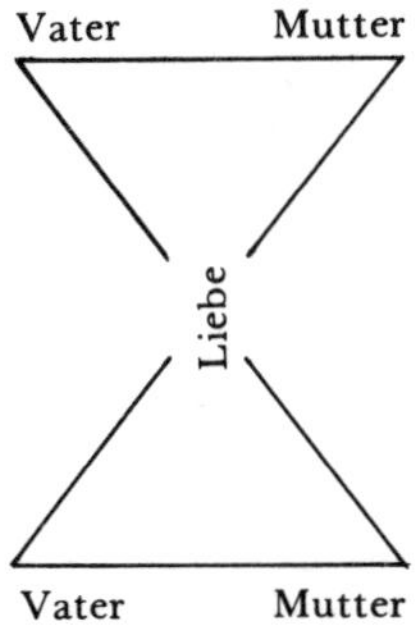

was Ihnen (in der hieroglyphischen Darstellung) zwei Väter und zwei Mütter gibt, also vier Begriffe, die sich zu zwei ergänzen, um drei zu ergeben.

So befruchtet die aktive Liebe im Sohn die passive Liebe im Vater. Und um den Begriff dieser Aktivität des Sohnes zu erhalten, setzt man ihn in der christlichen Symbolik für die Mutter. Es gibt also eine sich kreuzende Aktion vom Vater auf den Sohn und vom Sohn auf den Vater, weshalb das Andreaskreuz das Geheimnis des Heiligen Geistes ausdrückt.

Kreuz von Jesus Christus — Kreuz von Petrus — Kreuz von Andreas — Die drei vereinigt

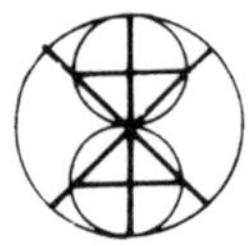

das Pantakel von Theben

Geben wir dann diesen Kreuzen noch ihren leuchtenden Nimbus, dann haben wir das Pantakel von Theben, das einer der größten Schlüssel der universellen theologischen Wissenschaft ist.

Ermüden Sie nicht Ihren Geist. Der Frühling macht müde und arbeitet im Blut. Man muß die Ermüdungen geduldig ertragen, ohne sie zu sehr beherrschen zu wollen. Ich habe auch meine trägen Zeiten und meine Erstarrungen. Dann verlasse ich meine geliebte Zelle, umgeben von Wald wie der Palast der Schönen im schlafenden Wald (= Dornröschen), gehe auf die Jagd nach alten Büchern oder zum Trödler. Ich fertige oder restauriere etruskische Vasen oder indische Pagoden. Ich habe schon ein ganz hübsches Museum, worin ich mich mit der Freude eines alten Kindes beschäftige.

Ich glaube nicht, daß Ihnen die Sammlung der *Revue philosophique (= philosophische Zeitschrift)* viel helfen kann. Sie haben im *Schlüssel zu den großen Mysterien* alles, was ich veröffentlicht habe. Die Artikel meiner Mitarbeiter sind so langweilig, daß ich keinen einzigen jemals ganz durchgelesen habe.

Tausend gute und aufrichtige Grüße. Pflegen Sie sich und mäßigen Sie das Feuer Ihres Geistes. Seien Sie geduldig wie die Wahrheit, die ewig ist und uns erwartet.

Brief 52

Od, Ob und Aour – das universelle Gold – Magnetismus – Biometer des Louis Lucas – von Reichenbach und sein Od

2. April

Bruder.·. und Freund.·.,

Die Dreiheit existiert im universellen Licht, das die Kabbalisten Od, Ob und Aour nennen: Od, da es aktiv ist; die hermetischen Philosophen nennen es ihr okkultes Feuer oder ihren Schwefel, der – wie sie sagen – in der ganzen Natur verbreitet ist; Ob, da es passiv ist; es ist der passive Magnetismus der Nachtwandler und Medien; durch Ob orakelten die Pythien, wie es in der Bibel auch von der Totenbeschwörerin aus Endor gesagt wird (1.Sam.28,7-25). Schließlich heißt es Aour[72] oder universelles Gold, wenn es ausgeglichen ist; und deshalb beginnt die Schöpfung mit der Herstellung des Gleichgewichts im Licht, das dann zum Instrument der Schöpfung wird. Die Harmonie der Elohim hat gesagt: «Es sei Licht, und es ward Licht.» (ouïamar Eloïm iai aour! ouiiai aour) (1.Mos.1,3)

Das universelle Licht offenbart seine vier Eigenschaften analog den Buchstaben des heiligen Tetragramms: durch vier bestimmte Reihen von Phänomenen, nämlich Elektrizität, Magnetismus, Wärme und Licht oder Glanz. Denn was unsere modernen Physiker Licht nennen, ist nur eines der Phänomene des Lichtes, die strahlende Sichtbarkeit. Neben den von der Wissenschaft unserer Tage beobachteten Phänomenen gibt es eine ganze Reihe neuer Phänomene, aber analog den ersteren.

Louis Lucas[73], ein bedeutender Chemiker, der mein Nachbar ist, hat einen Apparat konstruiert, der nur auf den menschlichen Magnetismus anspricht. Es ist ein magnetisierter Kompaß, auf den folglich die Elektrizität nicht wirken kann. Wenn dieser Kompaß durch Metalldrähte an verschiedene Individuen angeschlossen wird, dreht und ändert er sich entsprechend der Magnetkraft jedes einzelnen. Er empfängt sogar die Einwirkung des Willens; er ändert seine Bewegung nach Geschlecht und Charakter. Herr Lucas hat ihn genannt: Biometer, das heißt Lebensmesser. Die Deutschen, Schüler des Ritters von Reichenbach[74], würden es odische Waage nennen. Sie wissen noch nicht, daß das Od nur eine Seite des Lichtdreiecks von Aour ist, auch das universelle Licht genannt, astral in den Sternen und animalisch in den Tieren.

Brief 53

Drei Farben – Delacroix – drei absolute Töne – Dreiheit der Elemente – nochmals der Sphinx – warum Oedipus erblindete

2. April

Bruder.·. und Freund.·.,

Das Licht besteht aus drei Farben mit 4 zusammengesetzten Nuancierungen. Die einfachen Farben sind: weiß, blau und rot. Das Weiß ist das strahlende Zentrum des Gelb, welches die farbliche Schöpfung des Rot ist.

Das Silber, welches ein negatives Gold ist, ist weiß; das Gold ist gelb, der Stein der Philosophen ist rot, das Blei ist blau oder schwarz. Der Lebensphosphor ist blau oder gelb-rot. Das Blau ist rechts, das Gelbrot links; das Blau wird durch das Rot belebt, das Rot aber durch das Blau. Die Farbmaler wissen das genau, und z.B. Delacroix[75], dieser schlechte Zeichner, aber wunderbare Kolorist, setzt blaue Schatten zu roten Gewandungen und rote Schatten zu blauen.

Das Prisma enthüllt uns diese leuchtende Dreiheit, die übrigens auch von den Nachtwandlern und Sensitiven gesehen wird; alles ist von einer Seite blau und von der anderen rot, aber das Rot hat immer einen Schatten nach Blau, und das Blau wird durch Rot belebt.

Die Tonleiter zeigt die gleichen Phänomene; sie setzt sich aus drei absoluten oder einfachen Tönen und vier Übergangstönen oder Nuancen zusammen. Die ursprüngliche Leier hatte nur drei Seiten.

Die fünf Sinne sind nur die unterschiedlichen Aufnahmegeräte für das materialisierte Licht. Es sind die fünf Punkte des Pentragramms in der sensitiven Ordnung, und diese fünf können sich auf zwei reduzieren: der innere Sinn und der äußere Sinn, und diese beiden sind im Grunde nur einer: der Tastsinn.

Die vier Elemente sind nur drei: das feste, das flüssige und das gasförmige. Diese drei Elemente sind nur zwei: das stabile und das bewegliche. Diese zwei sind nur eines: die Substanz.

Das große Ganze: Geist und Form, Gott und Schöpfung, Seele und Körper, ist also das große Symboltier, das am Morgen vier Beine, zwei am Mittag und drei am Abend hat.

Verstehen Sie endlich den Sphinx und töten Sie ihn nicht, wie Oedipus es getan hat, indem er ihn dahingehend reduzierte, er sei nur ein Mensch. Dann werden Sie nicht gezwungen sein, sich selbst blind zu machen wie der unglückliche König, Symbol für Theben.[76]

Hier schließen unsere Lektionen über die Dreiheit.

Brief 54

Die Vierheit: Daleth ein Winkel – Vier ist die Zahl des Kreuzes – Schema Hamphorasch

6. April

Bruder.·. und Freund.·.,

Wir kommen zur Vierheit, über deren Wunder wir schon am Anfang bei der Einheit nachgedacht haben. Wir meditieren über das Zeichen dieses geheimnisvollen Schemas[8], welches die ganze Religion und das ganze Wissen in einem einzigen Wort ist.

Das Daleth, Abbild des Winkels, bringt uns die Vereinigung

des JOD und des HE mit seiner Befruchtung. Das JOD, das HE und das VAU sind hinsichtlich ihrer prinzipiellen Zeichen in der hieroglyphischen Form des Daleth dargestellt, das den Winkel des Vierecks mißt, wobei es die schöpferischen Prinzipien des ursprünglichen Dreiecks beibehält.

Die Zahl Vier ist diejenige des Kreuzes, das den Kreis der ewigen Bewegung in vier Segmente schneidet. Sie stellt das vollständige Gleichgewicht dar, die doppelte Zweiheit, den kubischen Stein, die vier Füße des ewigen Thrones, die vier Lebensalter des Menschen, die vier Jahreszeiten, die vier Formen der Elemente der universellen Materie, die noch immer sind Luft, Erde, Feuer und Wasser; das heißt in der Terminologie der modernen Wissenschaft: Stickstoff, Kohlenstoff, Sauerstoff und Wasserstoff. Es gibt vier große Propheten, vier Evangelisten, vier große Lehrer in der griechisch-orthodoxen Kirche und ebenso in der römischen. Es gibt vier Engel, die an die vier Ecken der Welt gebunden sind, der Sphinx hat vier Formen, deren Analyse die vier Tiere Ezechiels (Hes. 1,5-6) und der Offenbarung (Offb. 4,6) sind.

Die Offenbarung manifestiert sich durch vier Gesetze: das Gesetz der Natur, das Gesetz der Angst, das Gesetz der Gnade und das Gesetz der Intelligenz. Der geistige Fortschritt geht in vier Stufen vor sich: Reue, Glaube, Hoffnung und Liebe. Die moralischen Tugenden haben auch eine Vierzahl: Gerechtigkeit, Stärke, Mäßigkeit und Klugheit. Alle diese Formen der Vierheit entsprechen einander und dienen zur Erklärung der hieroglyphischen Offenbarung, die in diesem großen und geheimnisvollen Schema enthalten ist.

Schema Hamphorasch: sobald der Name erklärt ist, haben wir das universelle Wissen. Halten wir hier an und kommen wir wieder zu Atem.

Brief 55

Saint-Martin – Maria ist Frau – Transformation in «virum perfectum» – Eselin von Bileam – Entzücken und Erschrecken über eigene Werke

9. April

Bruder.·. und Freund.·.,

Sie werden später von selbst die dunklen und ein wenig durchtriebenen Stellen von Louis Claude de Saint-Martin verstehen, um deren Erklärung Sie mich bitten. Der Abhandlung *Des Nombres (= Über die Zahlen)* dieses Theosophen fehlen Ordnung und Klarheit; davon abgesehen ist sie gut wie die übrigen Arbeiten dieses Verfassers, dem man nur einen übermäßigen Hang zum passiven Mystizismus vorwerfen könnte, der über das Wort nachsinnt, statt in das aktive Leben des Wortes einzutreten, das die Männlichkeit der Seele ist. Der Teil der Maria ist im Vergleich zu dem der Martha zweifellos der bessere (Luk. 10,42), aber Maria ist eine Frau. Nun besteht die Vollendung des menschlichen Lebens darin, uns zu transformieren *in den vollkommenen Mann nach dem Maßstab des vollen Lebens Christi. (Eph.4,13)*

Ich schreibe Ihnen heute abend, gerade heimgekehrt, zerschlagen vor Müdigkeit. Ich habe heute vier trockene Lektionen gegeben und ein dickes Buch in die Druckerei gebracht.[77] Diesem dicken Buch sollen, wenn es Gott will, noch drei weitere folgen, die einen neuen Kursus in okkulter Philosophie vervollständigen sollen. Der Geist ist über mich gekommen, wie der Prophet sagt: *Da fiel der Geist des Herrn auf mich. (Hes.11,5)* Und wenn ich meine Faulheit im Bauch des Walfisches schützen wollte, müßte ich gutwillig oder gezwungen herauskommen, um die Wahrheit zu predigen. (Jon. 2,1-2) Meine arme Eselin von Bileam (4. Mos. 22,21) – ich spreche von meiner alten und schweren Hülle – ist sehr müde von all dieser Bewegung und ist versucht, sich vor das Schwert des Engels fallen zu lassen. Was soll's, sie muß marschieren, und was mehr ist, sie muß sprechen. Möge der Wille Gottes geschehen!

Was der Welt als schwach gilt, das hat Gott erwählt, um das Starke zu beschämen. (1. Kor.1,27)

Ich bin aufs höchste verwundert und erschreckt über die großen Werke, die ich machen soll, und wenn Sie wüßten, wie wenig Verdienst ich habe! Ich, von Natur Egoist, Epikuräer und sinnlicher Mensch! Ich bin wahrlich ein Kadaver, den der Heilige Geist belebt. Ich möchte träumen, schlafen, singen, nichts tun, und hier ist eine unbekannte Kraft, die mich treibt: ich nehme meine Feder, ich schreibe wunderbare Dinge, an die ich gestern nicht gedacht habe. Ich schreibe sie mit Zittern, und wenn ich sie dann nochmals überlese, verstehe ich sie zum ersten Mal mit einer Art Entzücken, vermischt mit Erschrecken ...

Werden Sie mich nicht für ein wenig verrückt halten?

Brief 56

Vierheit des Kreuzes – das «X» als Unbekannte der Mathematik – mystische Rose im Mittelpunkt – Pelikansymbol – Levi: Fabeln und Symbole wird sein vollständigstes Werk

9. April

Bruder.·. und Freund.·.,

Die Vierheit ist die Zahl des Kreuzes. Das Kreuz, das glorreiche σταυρός, dessen vier Mysterien Paulus wie folgt nennt: die Breite und Länge, die Höhe und Tiefe (Eph. 3, 18) *(Siehe auch Brief 10):* das Kreuz, das nicht der Schnittpunkt zweier Linien ist, sondern der Ausgangspunkt von vier unendlichen Linien, für immer getrennt, für immer vereinigt in einem Mittelpunkt, welcher derjenige der Unermeßlichkeit wird; das Kreuz, dargestellt durch die vier Flüsse in Eden (1. Mos. 2, 10), das ursprüngliche THAU der Hebräer und das X unseres Alphabets, das in der Mathematik als Zeichen der Unbekannten angenommen worden ist, das Geheimnis der Geheimnisse, die Kraft der Kräfte, das Licht der Lichter, die Herrlichkeit der Herrlichkeiten.

Im Mittelpunkt des Kreuzes blüht die mystische Rose, die Rose des Lichtes, die Blume des Lebens und der Liebe, deren geordnete Blütenblätter die Herzen der Auserwählten in ihrer harmonischen Hierarchie darstellen: die Rose, die das Symbol des Großen Werkes[23] ist und die Abraham der Jude[78] uns beschreibt, weiß und rot blühend, auf einem blauen Stengel, mit Blättern aus Gold. Im Kelch der Rose vergießt der symbolische Pelikan sein Blut, um seine Familie zu ernähren, die er unsterblich macht.

Da haben Sie das Zeichen des Rosenkreuzes: Tiefer Friede, mein Bruder!

Das Buch, das ich gerade veröffentliche, wird den Titel tragen: *Philosophie occulte – Fables et Symboles (= Okkulte Philosophie – Fabeln und Symbole).* Es sind die Symbole des Pythagoras, der apokryphen Evangelien, des Talmud usw., koordiniert und erklärt. Ich lasse es selbst mit Unterstützung meiner Jünger drucken, damit wir es verteilen und verbreiten können, wie es uns gut dünkt.

Ich habe die Form des Buches mit ganz besonderer Sorgfalt ausgesucht, damit es selbst von den Personen, die sich nicht mit Philosophie beschäftigen, mit Freude gelesen werden kann. Es ist vielleicht das am wenigsten unvollständige meiner Werke.

Da uns Gott den guten Samen anvertraut hat, darf man ihn nicht unwirksam lassen: er muß in die Erde gelegt werden, damit er Frucht bringt. Mut und gute Hoffnung, die Zeiten sind schlecht, aber die Erlösung ist nahe!

Brief 57

La Fontaine – wie Levi Bücher schreibt – seine zwölf Jünger

13. April

Bruder∴ und Freund∴,

Sie wissen sicherlich, was man vom guten La Fontaine[79] erzählt. Eines Tages, als er obdachlos war, begegnet ihm einer seiner Freunde, der ihn einlädt, zu ihm zu kommen. – «Ich ging hin», sagte der gute Mann. – Ich kann Ihnen eine ähnliche Antwort geben, indem ich Ihnen für Ihre brüderliche Sendung danke und Ihnen sage: *Ich rechnete damit.*

Das Buch, das im Druck ist, wird auf eine ganz einmalige Weise hergestellt. Ich glaubte, es sei bereits fertig, aber erst die Hälfte war ausgeführt.

Ein Licht entsteht plötzlich in meinem Geist. Ich sehe das ganze Buch. Ich lese es sozusagen in dem Licht, so daß ich wünschte, ich könnte es fotografieren. Da ich es nicht kann, schreibe ich ohne Unterbrechung und ohne durchzustreichen Dinge, über die ich sehr verwundert bin und die mich erschrekken durch ihre Tiefe und ihre große Einfachheit. David sagte: *Meine Zunge gleicht dem Griffel eines geübten Schreibers. (Ps.45,2)* Ich könnte in diesem Augenblick sagen: *Meine Feder gleicht der Zunge eines geübten Redners.*

Ich erhole mich, indem ich ein wenig mit Ihnen spreche, und ich wünsche wie Sie den Augenblick herbei, wo wir uns sehen können, um gemeinsam in die Tiefen der Unendlichkeit zu reisen. Ich weiß nicht, ob das bald sein wird, und ich bitte Gott auch nicht darum, mir diese Mußezeit zu geben, bevor sein Werk vollendet ist; denn Jonas schifft sich umsonst nach Tharsis ein – das Boot wird ihn zurückwerfen und der riesige Fisch ihn an die Ufer von Ninive tragen. (Jon. 2, 1-2) Ich bleibe also in Ninive, da ich hier bin: das erspart mir eine peinliche Arbeit im Walfisch.

Die Lektionen, die ich erteile, sind solche in okkulter Philosophie. Ich habe zwölf Jünger, Sie mitgezählt, aber keiner lebt in Paris. Von diesen zwölf sind vier – Sie eingerechnet – meine zuverlässigen Freunde. Einer dieser vier ist ein Arzt in Berlin, die beiden anderen sind polnische hohe Herren. Sie sind von diesen Vieren am weitesten in der Theosophie fortgeschritten, der Arzt in Berlin hat große Fortschritte in der Kabbala gemacht; einer der adligen Polen ist ein Weiser erster Ordnung in der hermetischen Philosophie; der andere widmet sich mit Eifer der Wissenschaft, und diese Wissenschaft hat aus einem Lebemann, der er war, einen Mann der Pflicht und der Vernunft gemacht.

Drei meiner lieben Freunde, immer Sie eingeschlossen,

haben bewundernswerte Frauen, die mir Schwestern und Freundinnen sind.

Brief 58

25 Regeln als Grundlagen des Tiefen Friedens – Name Gottes als Vierheit – Thau als Ankh-Kreuz der Ägypter und Zeichen an der Stirn der Auserwählten – Christusmonogramm – Torah = Buch der Bibel in Hebräisch

1. Mai

Bruder. . und Freund. .,

Ich will Sie nicht länger ohne Nachricht lassen und nehme den Kursus unserer Gespräche wieder auf, die – wie Sie wissen – nicht unterbrochen wurden; denn da ich jeden Tag, und zwar fast den ganzen Tag, geschrieben habe, dachte ich sehr oft an Sie. Ich habe in acht Tagen fünf Bücher über okkulte Philosophie geschrieben, und ich habe soeben in fünfundzwanzig Regeln die Grundlagen des *Tiefen Friedens* zusammengestellt. Der Druck geht voran, und ich habe schon die Fahnen der ersten vier Blätter korrigiert. Diese Zahl führt mich zu unserer Vierheit, deren hieroglyphischer Buchstabe Daleth ist: ד.

Das Daleth ist, wie Sie wissen, ein Winkel und deutet die Proportionen des Vierecks an, das die geometrische Form der Vierheit ist. Die 4 als Ziffer stellt das Kreuz dar mit der Angabe des Quadrates, und zwar in den Proportionen und Maßen, die Sie im großen Pantakel von Theben wiederfinden.

Der Name Gottes wird bei fast allen Völkern der Erde mit vier Buchstaben geschrieben:

JHVH bei den Hebräern;
ZEUS bei den Griechen;
ALLAH bei den Arabern;
AURA bei den Persern;
THMD bei den Magiern;
ADAD bei den Assyrern;
TARA oder TARO bei den Gymnosophisten[80] usw. usw.

Das Zeichen Gottes ist also seinem Wesen nach das Kreuz; auch bereits vor dem Christentum. Das Ankh-Kreuz bei den Ägyptern ist das Zeichen des ewigen Lebens.

Das Kreuz mit vier Armen, seinem leuchtenden Nimbus und den Figuren der vier Tiere befindet sich unter den heiligen Hieroglyphen der Ägypter, wie man in den Werken von Athanasius Kircher nachlesen kann. Das Monogramm des Kreuzes ist auch das Monogramm des Schemas oder des göttlichen Namens und stellt das heilige Thau dar, welches das Zeichen an der Stirn aller Auserwählten ist. (Offb. 7,3)

Dies sind die Monogramme des Labarums[81] oder Christusmonogramms und des Okkultismus. Man findet hier die Hieroglyphen der beiden Bäume, der eine aufrecht, der andere umgekehrt: die Worte Taro, Rota und Tora: Taro = Gott, Rota = Leben, Tora = das heilige Buch. (Es ist der Name, den die Hebräer noch immer der Bibel geben: Sepher Torah.)

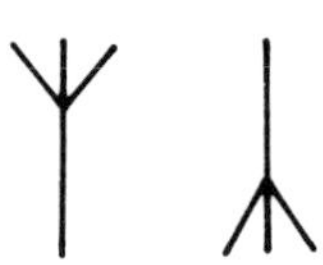

Brief 59

Verse von Victor Hugo – Beschreibung seiner Zelle

4. Mai

Bruder.·. und Freund.·.,

Ich habe Ihnen am vergangenen Mittwoch geschrieben. Vielleicht waren Sie schon aufs Land gereist und haben deshalb meinen Brief nicht erhalten. Ich rechne jedoch damit, daß er Sie noch erreicht; wenn er aber bei der Post verlorengegangen ist, wiederhole ich das, was ich Ihnen über die Vierheit gesagt habe; ich würde diese Lücke leicht im Laufe unserer Lektionen auffüllen.

Außer ein wenig Erschöpfung durch die Hitze fühle ich mich wunderbar. Glauben Sie mir, daß nicht ein Tag vergangen ist, an dem ich nicht an Sie gedacht habe, und Sie werden mir mein Schweigen nicht vorwerfen, sobald Sie ein ganzes Buch mit guten und tröstenden Worten erhalten werden.

Während wir warten, wollen wir uns nicht der Traurigkeit hingeben, nicht einmal derjenigen, die man die Melancholie des Himmels oder das Böse des ewigen Vaterlandes nennen könnte. Das ewige Leben beginnt für uns, sobald wir Wahrheit und Gerechtigkeit in jeder Sache den Vorrang geben, und der Himmel wird uns von allen Seiten umgeben. Die Erde ist ein Punkt im Himmel, das Unendliche ist in unseren Sehnsüchten und in unseren Erinnerungen, und wenn auch unser Körper schwerfällig ist – unsere Seele hat Flügel.

Seien wir wie der Vogel, der einen Moment sich setzt
Auf allzu gebrechliche Zweige,
Spürt die Zweige sich biegen und singt auch jetzt –
Wissend, er hat Flügel, daß er steige.

Schreiben Sie mir diese hübschen Verse nicht zu, sie sind von Victor Hugo. Es ist gut gesagt, aber die Vögel selbst sagen es noch besser. Welche Religion klingt in ihren Liedern! Ich wohne in einem kleinen Schloß, umgeben von Bäumen, ähnlich demjenigen der Schönen im schlafenden Wald. (= Dornröschen)

Ein kleines Fenster ist über dem Kopfende meines Bettes. Die Vögel haben es zugestellt, indem sie dort ihr Nest gebaut haben, und am Morgen wecken sie mich, indem sie ihre Flügel und ihren Schnabel an der Scheibe reiben. Sie wissen so gut, die lieben Kleinen, daß ich sie nicht stören werde! Tauben kommen auch manchmal zu zweit und lassen sich auf meinem Balkon nieder; sie ducken sich in die Kräuter meines Blumentischchens wie in ein Nest und wagen sich manchmal bis auf meinen Schreibtisch vor. Zu dieser Zeit dringt die Sonne in meine Zelle, läßt meine Vitrinen aufleuchten, umstrahlt meine indischen Götter, spiegelt sich in meinen Talismanen, und ich höre eine Menge fröhlicher Vögel pfeifen, zwitschern und tirilieren. Sie sprechen mein Morgengebet, und ich begnüge mich zu antworten: Amen!

Brief 60

Der flammende Stern des Tarot – Jehova – Adonai – Tetragramm – Brustschild des Hohenpriesters = magisches Quadrat des Schemas

8. Mai

Bruder∴ und Freund∴,

Gott ist JOD = י;
das Licht der Herrlichkeit ist HE = ה;
die ewige Liebe ist VAU = ו;
die Schöpfung oder das schöpferische Prinzip ist HE = ה.

JOD ist 1, HE ist 5, VAU ist 6 = 12; stellen Sie den flammenden Stern in die Mitte des Kreises der 12, so erhalten Sie 17, die Zahl des flammenden Sterns aus dem Tarot.

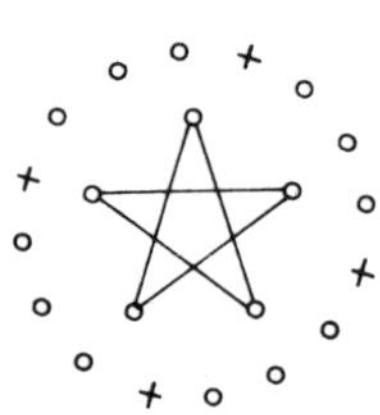

Der flammende Stern[82] stellt das zweite HE oder das schöpferische Prinzip dar.

Der heilige Name oder das Schema wird niemals ausgesprochen, wie Sie wissen, und kann auch nur Buchstabe für Buchstabe ausgesprochen werden: JOD-HE-VAU-HE. Unser Wort Jehova, das sich aus sechs Buchstaben zusammensetzt, hat nichts gemein mit dem Tetragramm; es kann indessen das Wort darstellen, weil man darin unsere fünf Vokale wiederfindet: i – e – o – u – a.

Wenn die Hebräer in ihrer Lesung dem Schema begegnen, sprechen sie es Adonai = אדני aus, dessen Zahl 29 ist; das gibt addiert 11, die Stärke, und weiter addiert 2, Chokhmah, die Weisheit. Aleph, welches 1 ist, stellt Kether dar; Daleth, welches 4 ist, ist auch das Tetragramm; Nun, welches 14 ist, ist die Siebenheit, multipliziert mit Beth oder der Zweiheit. Jod, welches 10 ist, stellt, wenn es an das Ende des Namens gesetzt wird, Malkhuth dar oder das zweite He. Daleth vertritt auch Gedullah (= Chesed) oder die Barmherzigkeit. Nun bringt zweimal den Namen Netzach hervor, den Sieg, was den ausgewogenen und absoluten Triumph des Guten bedeutet. Jod ist Kether in Malkhuth. Sie erkennen, daß das Tetragramm אדני die Manifestation von יהוה ist. Es ist das Licht der Herrlichkeit, übersetzt durch den Glanz des Lebens. Es ist Chokhmah, das Kether ausdrückt. Es ist die Schechina oder der äußere Glanz des unaussprechlichen Namens.

Es gibt zwölf verschiedene Kombinationen des Namens יהוה wie Sie sich überzeugen können, indem Sie die 4 Buchstaben immer wieder anders kombinieren: היוה, הויה usw.

Diese zwölf Kombinationen waren mit den Namen der zwölf Stämme auf dem Brustschild des Hohenpriesters eingraviert. (2.Mos.28,15-21) Die Edelsteine waren übrigens symbolhaft in ihrer Farbe und ihren magnetischen Eigenschaften; denn alle Edelsteine sind Magneten für das Astrallicht. Der Brustschild war also das magische Quadrat des Schemas, wie ich Ihnen noch erklären werde, und hatte denselben Wert wie die Schlüssel Salomos oder der Tarot.

Brief 61

Fortschritt seines neuen Buches – Beurteilung der Lage in Italien und des Verhaltens des Papstes – Geistlichkeit hat Vertrauen der Völker verloren

11. Mai

Bruder∴ und Freund∴,

Tausendmal Dank für Ihre gute und wertvolle Freundschaft; Dank für die köstlichen Früchte aus Ihrem lieben Italien, die in meine Zelle den Saft und die Düfte seiner immergrünen Orangenhaine gebracht haben. Endlich bin ich ein wenig freier, und ich hoffe, daß wir die eigentlich verlorene Zeit aufholen; jedenfalls wurde sie so verbracht, daß dies Ihre berechtigte Ungeduld erregt hat. Ich habe das sechste Buch meines Werkes beendet. Die Setzer sind weit davon entfernt, meinem Fleiß nachzueifern. Ich habe erst die Fahnen von fünf Blättern erhalten, und ich würde sie Ihnen bereitwillig schicken, wenn ich sie nicht brauchen würde, um die ganze Arbeit zu verfolgen, die Blätter zu vergleichen und die Vollständigkeit anhand des Originals festzustellen. Es wird also notwendig sein, daß meine lieben Freunde es machen wie ich und sich noch einige Wochen gedulden.

Sie fragen mich, was man denken und sagen soll von den Ereignissen, die der Notlage in Italien ein Ende machen könnten. Ich glaube, daß man die Gerechtigkeit Gottes walten lassen muß. Der Papst hat seine Pflicht getan, indem er sich geweigert hat, jeglicher Entfremdung eines Gebietes zuzustimmen, das nicht ihm gehört, sondern der ganzen katholischen Christenheit[83]. Was man für Starrsinn gehalten hat, ist in Wirklichkeit Energie gewesen: er will nicht, daß die Könige ihre profanen Hände auf die Arche legen wie Ussa (2.Sam.6,3-8), um zu verhindern, daß sie fällt. Der Papst ist nur Gott allein verantwortlich. Nur Gott allein kann ihm nehmen, was Gott allein ihm gegeben hat. Revolutionen kommen nicht ohne die Zustimmung der Vorsehung. Die Geistlichkeit hat durch ihre zeitweise Untreue das Vertrauen der Völker verloren; sie braucht eine große Lektion, und sie wird sie gründlich erhalten.

Senken wir unsere Augen und grüßen wir unsern Vater, den Gott wegen der Sünden seiner Kinder straft; verschlimmern wir nicht seine Schmerzen, indem wir der Vollstreckung der höchsten Justiz Beifall zollen; aber bitten wir Gott, daß die Zeit der Prüfungen verkürzt werde (Matth. 24,22) und der Geist der Intelligenz bald das Herz des Vaters mit dem Herzen seiner Kinder versöhnt.

Brief 62

Papst darf nicht zum Schwert greifen – Trennung von Kirche und Staat – Menschenopfer sind Gott ein Greuel – Papst muß in Rom bleiben

13. Mai

Als bevollmächtigter Vertreter von Jesus Christus auf Erden ist der Papst gewiß und prinzipiell Priester und König. Er gibt die zweifache Salbung und macht die Menschen zu Christen oder Gesalbten des Herrn.

Der Papst, der selbst das geistige Amt Jesu Christi ausübt, muß einem Laien die zeitliche Gewalt übertragen, damit das Schwert niemals die Hand des Priesters besudelt und niemals auf ihn die Reaktion des Schwertes herabruft.

Diese beiden Gewalten zu vereinigen, erschüttert das soziale Gebäude, wie es Samson tat, als er gewaltsam die beiden Pfeiler des Tempels einander näherte. (Richt. 16,29-30)

In der sozialen Ordnung, welche die Organisation der großen menschlichen Familie ist, vertritt die Mutter die Kirche und der Vater das Reich; und wenn der Vater die Mutter sein will, gerät alles in Unordnung. Das ist dann die böse Zweiheit, die sich an die Stelle der Einheit setzt.

Als Moses gezwungen war, zeitweise die Regierung des Volkes Gottes zu übernehmen, hat er das Priesteramt Aaron übertragen. Das mußte er tun, weil er die Rebellen mit dem Tode bestrafen mußte. Jedes durch einen Priester vergossene Blut ist Opferblut; jeder von einem Priester geschickte Henker ist ein Opferpriester; und Menschenopfer sind Gott ein Greuel, da sie durch die freiwillige Darbringung des großen Opfers abgeschafft worden sind.

Der Papst regiert daher nur, um zu vergeben; denn um hier unten seine königliche Macht auszuüben (denn er ist König, und zwar König im wahrsten Sinne des Wortes), müßte er ein Volk von Gerechten und Auserwählten haben.

Das ist der Hintergrund Ihrer Frage nach der zeitlichen Macht des Papstes. Gott wird ihm das Recht erhalten – trotz aller derer, die es leugnen – und wird den Mißbrauch ohne Einschränkung beenden trotz derer, die ihn aufrechterhalten wollen.

Der Papst mußte sein Recht in seiner ganzen Unantastbarkeit aufrechterhalten; er hätte seine Tiara der Krone beraubt, wenn er einer einzigen Reform unter dem Druck der Gewalt zugestimmt hätte.

Er muß im übrigen in Rom bleiben; sollte er seinen Sitz verlassen, ohne durch Gewalt dazu gezwungen worden zu sein, dann entsagt er dem Papsttum.

Brief 63

Nochmals der Sphinx – das moderne Theben ist Rom – Paracelsus – Beurteilung des Kaisers von Frankreich im Verhältnis zum Papst – Villafranca – Garibaldi – Mazzini

Bruder∴ und Freund∴,

Unglück über denjenigen, der sich zum König von Theben macht, bevor er den Sphinx gefesselt hat. Das moderne Theben ist Rom. Es ist die heilige Stadt, und man greift sie nicht ungestraft an. Die Kardinäle wissen das gut, woher ihre Überlegenheit kommt. Aber sie wissen nicht, daß das Schwert des Herrn über ihnen ist, weil sie Blut vergossen haben, wie man es aus den prophetischen Figuren des Paracelsus sieht.[84]

Diese Figur kommt nach derjenigen, die den Papst darstellt, wie er ins Wasser gefallen ist und die Erde sucht, die vor ihm flieht und die er darum nicht erreichen kann; denn sie ist ganz mit Waffen bedeckt, die sie verteidigen. Auf dem hier gezeigten Bild sehen Sie einen weißen Mönch, der auf der Erde inmitten zerbrochener Waffen liegt, die er in verbrecherischer Weise benutzt hat, und eine Hand aus dem Himmel richtet ein Schwert gegen ihn. Gebe der Himmel, daß diese Vorhersage sich nicht in ihrer vollen Gewalt erfüllt! Aber sicher ist, daß der mit Blut besudelte Heilige Stuhl gereinigt werden muß, bevor der Stellvertreter Jesu Christi sich wieder friedevoll darauf niederlassen kann, um das göttliche Königtum und sein zeitliches Priesteramt auszuüben.

XXII. Figur der Prognosticatio des Paracelsus

Sie fragen mich, ob der Kaiser der Franzosen ein Eingeweihter sei. Ich weiß, daß er sich in London mit den okkulten Wissenschaften beschäftigt hat, aber ich glaube eher, daß er von der göttlichen Kraft geführt wird, die sich seiner bedient und ihm die Intuition der Gerechtigkeit gibt. Glauben Sie nur nicht, daß er jemals den Papst verlassen würde; denn er weiß sehr wohl, daß das sein eigener Untergang wäre.

Aber er ist ein Feind der Herrschaft der Kardinäle. Er hat nicht auf das Programm von Villafranca[85] verzichtet und glaubt noch nicht an die Dauer des Königreichs Italien. Die Italiener werden niemals Piemonteser werden, und die Piemonteser werden nur langsam Italiener. Victor-Emanuel hat eine Partei in Neapel, aber er ist dort nicht beliebt, weil er in den Augen der Neapolitaner noch immer König von Piemont ist. Eine italienische Konföderation hätte größere Überlebenschancen, und auf die eine oder andere Weise wird man darauf zurückkommen. Garibaldi ist allein, wenn er nicht hoffnungsvolle und kühne Männer um sich versammelt; das sind diejenigen von Mazzini, der keine andere Zukunft hat als Ruinen ...

Brief 64

Das doppelte Leben als Mensch – Vermögensverwalter – mögliche Exkursion nach Ägypten Anlaß zum Treffen in Marseille – sonst Besuch im Herbst

15. Mai

Bruder.·. und Freund.·.,

Wenn der S.·. und S.·.[86] Sie nicht ermutigt, tapfer die Schwierigkeiten des jetzigen Lebens zu überwinden, glauben Sie, dann hat er für Sie noch nicht die ganze Wirkungskraft, die er haben muß. Die Kraft des Himmels wirkt sich nicht so aus, daß sie uns auf der Erde schwächt. Der Mensch, der ein zweifaches Leben führt und die Richtigkeit und die Gerechtigkeit nur im Gleichgewicht findet, verliert die Lauterkeit des Urteils in den Dingen des Himmels, wenn er die Dinge der Erde vernachlässigt; und umgekehrt mißbraucht er die Dinge der Erde und macht sie sich feindlich und abträglich, wenn er die Dinge des Himmels vernachlässigt.

Kümmern Sie sich also, lieber Bruder und Freund, sorgfältig um Ihre zeitlichen Interessen, da Ihr Vermögen dasjenige der heiligen Bruderschaft ist, damit Sie davon sehr gottgefällig den Armen ihre Rente zahlen können. Seien Sie ein guter Wirtschafter, und nehmen Sie alle zulässigen Mittel, damit das Scherflein der Witwe (Mark. 12,41) und des Waisenkindes Früchte trägt.

Ich verstehe Ihren Wunsch, mir nahe zu sein, der meinem Wunsch entspricht, Ihnen nahe sein zu können. Doch ich hoffe sehr, daß ich vor den fünf Jahren, von denen Sie sprechen, die Reise nach Marseille machen kann. Wenn ich nur eine Woche bei Ihnen zubringen könnte, wie Vieles kann man in acht Tagen sagen! Man spricht von einer Expedition nach Ägypten und von Ausgrabungen, die ich in den Krypten der Pharaonen leiten soll. Ich fühle mich kaum beweglich genug für solche Unternehmungen, und dennoch wage ich mich formell nicht zu weigern aus Angst, eine große Aufgabe zu versäumen. Wissen verpflichtet wie Adel, und so habe ich im nächsten Jahr die Aussicht auf eine schreckliche Seekrankheit und einen Kamelritt!

Nach drei Monaten wird mich dann mein lieber und vielgeliebter Spedalieri plötzlich in Marseille von Schiff gehen sehen, braun wie ein Pfefferkuchenmann und gekleidet wie ein Marabut (= Derwisch)!

Viele Umstände, mit denen wir nicht rechnen, können diese Reise noch verschieben. Betrachten Sie sie also vorläufig nur als ein Projekt. Ich erachte als nächste Möglichkeit, Sie einige Tage im Herbst zu sehen, Sie und meine liebe Schwester, Frau Baronin Spedalieri. Glauben Sie mir, wenn dies nicht möglich wird, daß es nicht mein Fehler sein wird; denn ich wünsche es mit der ganzen Aufrichtigkeit meines Herzens.

Brief 65

Tetragramm der 26 = 8 als Zahl des Gottessohnes – Himmelfahrt von Elias und Henoch im Vergleich zu Jesus

21. Mai

Bruder∴ und Freund∴,

Die Buchstaben des heiligen Tetragramms ergeben in Zahlen:

י = 10
ה = 5
ו = 6
ה = 5
26, die 8 und 12 ergeben.

Das sind die beiden Zahlen des Sohnes Gottes: 8 = Gerechtigkeit (= Summe) und 12 = Erfüllung (= Produkt) durch das Kreuz und das Opfer. 888 ergibt 24, die Zahl der Ältesten des heiligen Johannes (Offb.4,4) und der Perlen des kabbalistischen Schemas. (siehe Anmerkung 2)

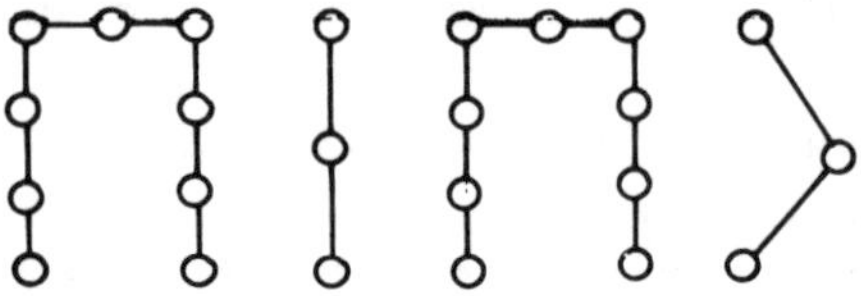

Im Himmel stellt die 12 Gott und das Wissen Gottes oder sein Wort dar. Gott ist 3, sein Wort ist 9. In der Natur ist 12 = 4 multipliziert mit 3, das heißt die Form, erschaffen und in Bewegung gesetzt durch den Geist.

Die göttliche 12 ist die Zahl des Metatron[87] oder Mitatron, des Fürsten der Formen oder des Engels als Archetypus. Die natürliche 12 ist die Zahl des Sandalphon, des Fürsten des Lebens oder Feuermotors. Mitatron ist eine Würde, aber keine Persönlichkeit, genauso wie Sandalphon. Als Jesus Christus auf dem Thabor verklärt wurde, erschien er zwischen Mitatron und Sandalphon, die damals Moses und Elias waren (Matth. 17, 3), weil er in sich die Kraft der Elohim versammelte.

Auch Moses, Elias und Henoch wurden lebendig aufgenommen oder in den Himmel erhoben, wohingegen Jesus sich selbst erhoben hat. Das mußte sein, weil er in sich die vollkommene Kraft mit den beiden ausgewogenen Prinzipien hatte. Dies alles, Bruder∴ und Freund∴, verbirgt hohe und tiefe Wahrheiten unter einer Symbolik, deren Zeichen man sich hüten muß zu materialisieren. Es ist sicher, daß weder Henoch noch Elias, noch Moses und auch nicht Jesus Christus sich über die Atmosphäre hinaus hätten erheben und zur Sonne wenden können mit Körpern gleich den unsrigen. Das will uns die Schrift verständlich machen, wenn sie sagt, daß Moses tot ist, daß aber ein Engel seinen Körper den Menschen und den Dämonen entrissen hat.

Und wie geschieht das? Durch eine sofortige und blitzartige Auflösung der äußeren Hülle, wie dies auch bei Jesus Christus geschah, als die Erde seines Grabes zitterte und der Stein weggewälzt wurde. Aber nur Jesus hatte die Kraft, seinen verklärten Körper sichtbar und anfaßbar für körperliche Sinne zu machen auf Grund seiner Macht über die beiden ausgewogenen Kräfte, von denen ich schon gesprochen habe.

Brief 66

Vierheit der Paradiesflüsse – Eden – zwei Bäume – Sinnbild des ganzen Urwissens, bewacht vom gigantischen Sphinx, Cherub oder Stier

21. Mai

Bruder.·. und Freund.·.,

Die Vierheit wird durch die vier Flüsse aus Eden (1.Mos.2,10) dargestellt, die aus einer einzigen Quelle hervorgehen und das ganze Paradies bewässern, indem sie ein Kreuz bilden.

Der erste ist der Phison oder Phase, dessen Name Licht bedeutet und der auf die Erde von Evilath, dem Überfluß, fließt, um dort das Gold der Wahrheit niederzulegen. Er hat als Gegner den Euphrat, den Fluß der Gefangenschaft und des Irrtums. Der dritte Fluß, der Gehon, fließt in Äthiopien, und ihm gegenüber ist der Tigris, wo der junge Tobias den wunderbaren Fisch gefunden hat (Tob.6,3), Symbol der Geheimwissenschaft und der universellen Panazee.[88]

Die beiden letzten Ströme stellen also das Leben und den Tod dar, wie die beiden ersten für die Wahrheit und die Lüge stehen. Sie sehen, wie kindisch die Bemühungen der Kommentatoren gewesen sind, um aus ein und derselben Quelle, ehemals und in Wirklichkeit, den Nil – den sie für den Gehon hielten –, den Tigris, den Phase und den Euphrat entstehen zu lassen, so als wollten sie die Vereinigung der Memel, der Seine und des Guadalquivir suchen.

Selbst der Name des Paradieses oder des symbolischen Gartens der Wahrheit – Eden – bedeutet Prinzip, Basis, Sammelplatz der Ideen. An der Quelle der vier Flüsse standen zwei Bäume, der eine der Erkenntnis, der andere des Lebens – wie Mitatron und Sandalphon, wie die beiden Säulen Jakin und Boas vor dem Hauptportal des Tempels. Es ist daher von großer Wahrscheinlichkeit, daß das Paradies oder der edenische Garten ein Pantakel oder synthetisches Zeichen des ganzen Urwissens ist. Und Sie wissen schon, daß nach den geometrischen Proportionen dieses Pantakels die heiligen Buchstaben gebildet wurden. Das Pantakel von Eden ist der Prototyp aller dieser symbolischen und synthetischen Gebäude gewesen, deren Prinzipien die sieben Weltwunder waren.

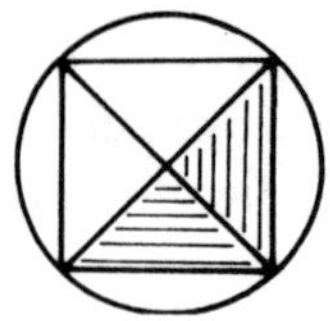

Die Pyramiden z.B. sind nach einem Plan gebaut, der vollkommen demjenigen von Eden gleicht, und vor ihnen wachte der gigantische Sphinx, wie der Cherub oder geheimnisvolle Stier am Tor des verlorenen Paradieses.

Brief 67

Analyse des französischen Wortes für Gott: DIEU – Maria – Syllepsis – Analyse – Synthese in den Sephiroth

26. Mai

Bruder∴ und Freund∴,

Das französische vierbuchstabige Wort für Gott = DIEU kommt von dem lateinischen Wort DIES, welches das Licht bedeutet, den Tag. Im Altfranzösischen sagt man noch DIEX. Es bedeutet:

D ominateur (= Herrscher)
I mmens
E sprit (= Geist)
U niversum

D das Sein und das Leben |) vereinigt D
I die Einheit = 1
E der Geist, Emanation, das Wort
U der Behälter, die Form, das Universum

Der Name «Maria» ist im Hebräischen vierbuchstabig: מרימ = Miriam oder מריה = Mariah. Diese beiden Namen enthalten die ganze Symbolik der Frau und Mutter. Der erste bedeutet: den Tod, der hervorbringt, und das Leben, das sterben läßt. Der zweite bedeutet: Tod und Auferstehung Gottes – was Sie vollkommen verstehen, da Sie die vollständige Bedeutung aller Buchstaben haben.[89]

Die Hebräer nennen den Vater *Abba* und die Mutter *Imma* – zwei vierbuchstabige Begriffe. Diese beiden Namen bringen zum Ausdruck: das Sein und das Leben, die Einheit, die über die Vierheit zur Einheit zurückkehrt; das heißt die Syllepsis, die Analyse und die Synthese. Es ist die synthetische Einheit, welche die ursprüngliche Einheit durch zweimal 13 hervorbringt – das ist 26, Quersumme 8, die Zweiheit der Vierheit. *Abba* ist also die Manifestation von Kether in Chokhmah, und *Imma* ist die Offenbarung von Chokhmah in Malkhuth.

Sie werden das besser verstehen, wenn wir zusammen die ganze Reihe der Sephiroth durchlaufen haben werden.

Wie Sie bereits wissen, entsprechen die Namen den Zahlen und werden durch die Zahlen gebildet; alle aber haben als Schlüssel das Schema oder den unmittelbaren Namen Gottes.

Brief 68

Maria = Chokhmah = Weisheit = Schechina – ihre Himmelfahrt ist Assumption – eines der größten Geheimnisse der Menschheit – Schönheit und Liebe

30. Mai

Bruder.·. und Freund.·.,

Maria ist die menschliche Personifikation von הכמה = Chokhmah, der göttlichen Weisheit oder heiligen Schechina, dem durch Reflexion manifestierten Licht. Sie ist die weibliche Seite des fleischgewordenen Wortes (Joh. 1, 14) und nimmt durch Assumption (= Aufnahme, Himmelfahrt) an allen Herrlichkeiten Jesu Christi teil. *Vir ascendit. Mulier assumitur. (Der*

Mann steigt auf. Die Frau wird aufgenommen.) Die Frau erhebt *(educat = erzieht)* den Mann, aber der Mann erhebt *(assumit ascendendo = nimmt zum Himmel fahrend auf)* die Frau. Das ist das Geheimnis der Himmelfahrt Mariens, hineingezogen in die Auferstehung Jesu Christi durch das Band der Liebe, das zwischen dem Sohn und der Mutter nicht zerstört werden kann. Maria ist die Mutter Gottes, weil sie die Mutter der Menschheit ist, die an Gott glaubt. Dadurch ist sie über die Engel erhoben worden, nicht durch ihre eigene Kraft, sondern durch die Verdienste ihres Sohnes: durch und durch göttliche Erhöhung, an der das Fleisch nicht teilhat. *Das Fleisch ist nichts nütze. (Joh.6,63)*

Das Evangelium sagt nur wenig über Maria, und ihre Himmelfahrt ist eine Überlieferung außerhalb der Schriften (= *extravagans scripturas).* Diese Himmelfahrt kann als dogmatisch und als legendarisch betrachtet werden. Das Dogma habe ich Ihnen soeben erklärt – doch rühren wir lieber nicht an die Legende. Legenden sind Blumen, die im eisigen Wind der Kritik welken.

Die Himmelfahrt der Frau[90] ist eines der größten Geheimnisse der Menschheit. Sie ist die Heiligung der Liebe, und das ganze Licht dieses göttlichen Geheimnisses ist verborgen im Hohenlied Salomonis, jenem wunderbaren Gedicht, worin Salomo ausruft: *Wer ist diese Schönheit, die in den Himmel steigt, gestützt auf ihren Geliebten wie die Morgenröte, die den Aufgang der Sonne ankündigt? (Hoh.6,10)* Maria ist eine doppelte Aurora: die des Aufgangs und die des Untergangs. Nur ihre Liebe ist im modernen Katholizismus lebendig.

Brief 69

Dogma der Unbefleckten Empfängnis – Maria und Jesus sowohl Personen als auch Urbilder, die zum Glauben und Dogma gehören – Voltaire

30. Mai

Bruder∴ und Freund∴,

Durch die Verkündigung des Dogmas der Unbefleckten

Empfängnis Mariens[35] hat der Papst der religiösen Welt bewiesen, daß die Menschheit, deren Haupt er ist, der Acker für Dogmen ist und seine Funktion darin besteht, zu erkennen, wann sie erblüht sind, um sie dann wie ein treuer Gärtner einzuzäunen.

Die katholische Kirche ist die organisierte Menschheit, die disziplinierte Heerschar des Fortschritts. Ihr gehen die Pfadfinder voran und folgen die Nachzügler. Was ist ein Heer? Ist es eine Gemeinschaft genialer Menschen? Ist jeder Offizier ein Bonaparte? Nein, jeder einzelne kann ein Rohling oder ein Lump sein, aber alle marschieren zusammen in derselben Disziplin. Sie gehorchen derselben Hierarchie, und sie sind das beinahe Göttliche, das man eine Heerschar nennt. *Dominus Deus exercituum – Herr Gott der Heerscharen. (2.Sam.5,10 und viele weitere Stellen im AT)*

Solange der Soldat im Heer kämpft, ist jeder einzelne ein Held. Sobald der strategische Plan gestört wird, die Bataillone in Unordnung geraten, wenn die Befehle zweifelhaft oder gar widersprüchlich werden, hören Sie bald aus allen Kehlen das *«Rette sich, wer kann»* von Waterloo (1815). Dann gibt es keine Soldaten mehr: es gibt nur noch Ausreißer.

Maria und Jesus hatten eine menschliche Natur absolut gleich der unsrigen, *ausgenommen die Sünde. (Hebr.4,15)* Da ist die Losung der katholischen Heerschar: Maria und Jesus sind sowohl Personen als auch Urbilder.

Hinsichtlich der Persönlichkeiten könnte nur die Geschichte Bestätigungen bringen, die sich zu diesem Thema ausschweigt, um der Legende den Ort zu überlassen.

Hinsichtlich der Urbilder haben wir es mit dem Glauben und dem Dogma zu tun.

Wenn Sie mich mit Strauss[90] fragen, wie es *physisch* möglich ist, fünf kleine Brote in 4000 Portionen aufzuteilen, um damit 4000 Personen ausreichend zu ernähren (Matth.15,38), was soll ich Ihnen darauf antworten? Sind wir da nicht beim Eselskinnbacken von Samson (Richt.15,19), der in einen Brunnen verwandelt wird? Oder bei der stillstehenden Sonne (Jos.10,12-13) und der menschlichen Stimme der Eselin des Bileam (4.Mos.22,28)? Lesen wir da nur immer wieder die wenig weisen Scherze des armen Herrn Voltaire, die aber voll gesunden Menschenverstandes sind.

Brief 70

Zehn Sephiroth sind eine Vierheit – Regenbogen – Gottes Kleid aus der Finsternis – Bedeutung der vier Farben des Tetragramms

30. Mai

Bruder.·. und Freund.·.,

Die zehn Zahlen der Sephiroth (siehe Tabelle 2) finden sich in der Vierheit; denn Neun zählt nur für Drei, und die zehnte dazu macht Vier. Also: Weisheit, aktive Freiheit und Allmacht oder Chokhmah, Binah und Kether = der Vater; Gedullah, Geburah und Tiphereth = der Sohn; Netzach, Hod und Jesod = der Heilige Geist. Malkhuth ist die Schöpfung. So finden wir das Tetragramm JOD – HE – VAU – HE wieder.

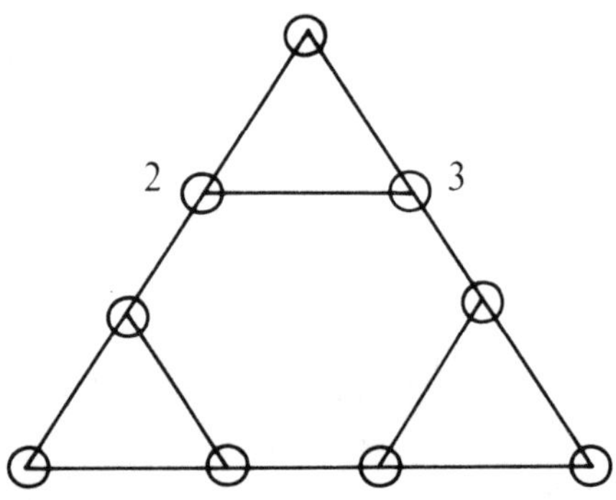

Es gibt nur ein Licht, aber dieses Licht manifestiert sich durch zwei Phänomene: den Tag und den Schatten, dargestellt durch das Weiße und das Schwarze, welche die leuchtende Bejahung oder Verneinung sind, aber sie sind keine Farben. Die Farben gehören zur Zahl DREI, die in das Schwarze strahlen oder sich dem Weißen aufprägen. Das Schwarze und das Weiße sind das Unbekannte und das Bekannte. Es sind Gott und Mensch, gleichermaßen geheimnisvoll in ihrer Synthese, sei sie nun positiv oder negativ.

Die drei Farben auf dem Schwarzen sind die göttliche Offenbarung. Das ist der Regenbogen, der den Menschen die Vergebung Gottes ankündigt. (1.Mos.9,13) Die drei Farben auf dem Weißen – das ist das Ergebnis des menschlichen Wissens. Deshalb sagt die Heilige Schrift, daß Gott sich ein Kleid aus der Finsternis gemacht hat (2.Mos.16,10 u.a.); denn das Licht, welches das menschliche Auge nicht unverwandt ansehen kann, erscheint bald schwarz, wie man sich vergewissern kann, wenn man versucht, in die Sonne zu sehen.

So gibt es das Schwarz, das Blau, das Gelb und das Rot als das farbige Tetragramm Gottes. Das Blau, das Gelb, das Rot und das Weiß sind das farbige Tetragramm des Menschen. Dann kommen die vier ursprünglichen Abstufungen, die das farbige Tetragramm der Natur sind, niedriger als der Mensch und beeinflußbar durch die menschlichen Kräfte: das Grün als Licht der Pflanzen, das Orange oder Fahlrote als Licht der Tiere, das Violett als metallisches Licht und das Indigo gemischt mit dem Schwarz der Erde und Grünlichblau des Wassers. Hiermit beenden wir unsere Studien über die Vierheit.

Brief 71

Die Fünfheit: Stern der Weisen im Morgenland – Schema – Zema – Schin und Sajin oder aus Jehoschua wird Jehosua = Jesus – Asch-Mezareph aus dem Sohar – Franck

30. Mai

Bruder.·. und Freund.·.,

Wir haben seinen Stern im Morgenland gesehen. (Matth.2,2) Wir haben den Stern desjenigen erblickt, der Jehova in Jehoschua und dann Jehoschua in Jehosua verwandelt, weil er aus dem Schema die Kraft zum ZEMA[92] geschöpft hat. (3.Mos.16,22) (Siehe auch Brief 62)

Studieren wir hier den Buchstaben Schin = ש: es zeigt ein Sajin = ז zwischen zwei Hörnern. Das ist die Opferung des

Sündenbocks, wobei das Sajin das siegreiche Schwert darstellt. Es ist ein Grab, das sich öffnet, und ein glorreicher Körper, der aufersteht. Es ist Sajin, das sich von Schin befreit. (Hebr. 10, 3-10)

Fügen wir nun das Schin zu den vier Buchstaben des Tetragramms, indem wir es in die Mitte wie das Sajin zwischen die Hörner des Schin stellen, und wir erhalten das Pentagramm des Zema, Sohn des Schema: יהשוה , was die Juden JESCHUTH aussprechen, indem sie das Schluß-He durch Thau ersetzen, welches das Hierogramm des Kreuzes ist, so als wollten sie den Gottessohn kreuzigen bis in seinen Namen hinein; und was wir Jesu aussprechen, indem wir das Schin mäßigen, als wäre es ein Sajin, das habe ich Ihnen gerade erklärt.

Der Name Jah = יה ergibt 15; derjenige von veh = וה ergibt 11; 11 und 15 = 26; 2 + 6 = 8, die Zahl des Jesus. Andererseits ergibt 11 = 2 und 15 = 6, auch wieder zusammen 8, die Zahl der Gerechtigkeit und der ausgewogenen Form. Er enthält also schon die Kraft des Schin, dieser große vierbuchstabige Name; daher ist es keine Profanation, sondern mehr eine Verwirklichung, ihn hinzuzufügen. Das Schin ist der Buchstabe des polarisierten Feuers, das heißt des universellen Magnetismus.

Asch = אש will sagen das philosophische oder elektro-magnetische Feuer, und das Buch des Juden Abraham ist ein Auszug aus dem *Asch-Mezareph*[93], einer der geheimsten Abhandlungen des Sohar.

Die Juden verstecken, so gut sie können, den Sohar, weil er durch die Intelligenz des Schin zum Christentum führt. Franck[94] berichtet, daß es unter den Juden eine Sekte der Soharіten gegeben habe, die alle Christen geworden seien. Sie werden erfahren warum, wenn wir beim Studium des Sohar sein werden, dem Buch der Bücher und dem Glanz der Glänze.

Brief 72

Scheol = Hölle – ihr Feuer – wer gehört in die Hölle?

4. Juni

Bruder.·. und Freund.·.,

Warum wollen Sie, daß ich Sie in die dunklen Kammern des Scheol (= Hölle) hinabsteigen lasse, wo noch lebend die durch die Erde vergifteten und dem zweiten Tod bestimmten Seelen verfaulen? Warum fragen Sie mich, ob sie wieder ins Leben zurückkommen? Nichts, was gelebt hat, stirbt für immer. Das Nichts ißt nichts; denn es lebt nicht. Aber lassen wir ihre Geheimnisse in der äußeren Finsternis. Allein der Gedanke daran läßt die Seele vor Schrecken erstarren. Hier wird das Leere fest wie das Wasser, das gefriert. Es ist die Region der unaussprechlichen Beklemmungen. Stellen Sie sich Mauern vor, die unaufhörlich zusammenrücken und immer enger zu einer bis ins Unendliche zusammendrückbaren Substanz werden, aber Sie sind gequält von einem ungeheuren Bedürfnis nach Ausdehnung. Ein Knallpulver, zerdrückt, das niemals nach außen knallen kann, aber das Bewußtsein seiner gestauten und zerriebenen Kraft hat ... und das ohne Richter, ohne Henker, in Schweigen, allein und tödlich, als ob mitten in einer Wüste ein Felsblock auf Sie herabfällt, der Sie langsam zerdrückt in der Unermeßlichkeit einer Nacht ohne Sterne, in der Einsamkeit des Grabes.

Die Seele verzehrt sich auf diese Weise selbst, sie ist ihr Feuer, sie erzeugt ihre Dämonen, sie löst sich in quälenden Träumen auf und fühlt sich in Gott außerhalb von Gott. Das heißt, unendlich verworfen selbst von der Güte Gottes, dessen Liebe von ihr selbst Gewalt angetan und in Gericht verwandelt wurde, so daß die Garantien der Freiheit, die ihr die göttliche Freigebigkeit gibt, zu konservierenden Bollwerken des Todes und undurchlässigen Behältern des ewigen Heulens geworden sind.

. . . .

Dies ist nur der Anfang der Schmerzen; es ist mir verboten, Ihnen das übrige zu sagen.

Man gehört in den Scheol, wenn man die Lüge liebt, wenn man Ungerechtigkeit verteidigt und wenn man den Haß liebt.

Man fällt auch dort hinein, wenn man ohne Seele gelebt, ein ganz brutales und ganz materielles Leben geführt hat. Aber diese letzteren Sünder fallen dort hinein wie Betrunkene in die Kanalisation, und sie sind darin bald ertrunken.

Brief 73

Zeichnungen zur Fünfheit – 666 –
Schlüssel der Apokalypse

14. Juni

Bruder.·. und Freund.·.,

Das Kreuz ist ein fünfteiliges Zeichen, wenn man seine Arme als vier und seinen Mittelpunkt als die strahlende Einheit betrachtet; angeordnet auf die folgende Weise:

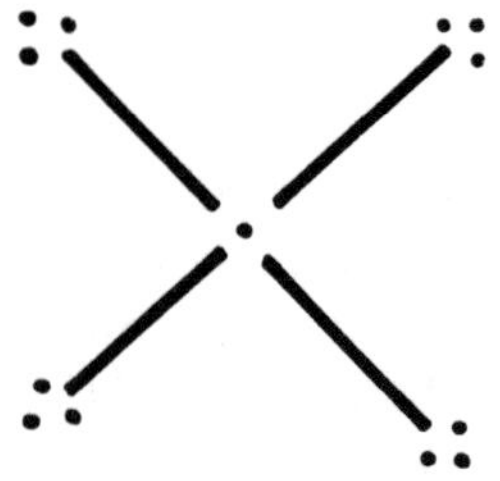

ergibt das Kreuz 12 durch 4 und 13 durch 5: 13, die Zahl des Todes und der Unsterblichkeit, die geheimnisvollste aller Zahlen; denn sie verschlingt wie der Sphinx alle diejenigen, die sie nicht verstehen.

Auch das Dreieck ist ein fünfteiliges Zeichen, wenn man der Zweiheit ihre ganze Kraft gibt, indem man sie mit sich selbst multipliziert:

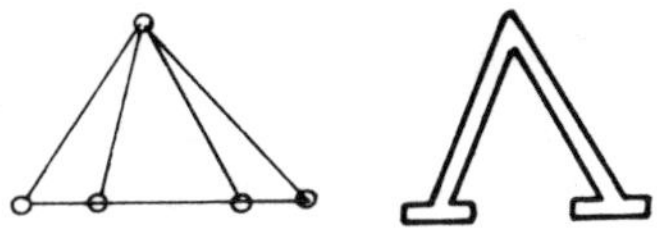

Hier sehen Sie, wie sich das ursprüngliche und synthetische Zeichen des Buchstaben «A» bildet, dessen Figur folgendermaßen in der estrangelischen Schrift aussieht, also dem alten Chaldäischen:

Drehen Sie diesen Buchstaben herum, dann haben Sie das Ajin = ע der Hebräer, welches das Gesetz des Ausgleichs der Kräfte darstellt. Sie finden in diesem Zeichen die rudimentäre Form des animalischen Wesens, bereit sich aufzurichten und mit den Beinen des Menschen zu gehen. Auf diese Weise gelangt die 5 zur 6,

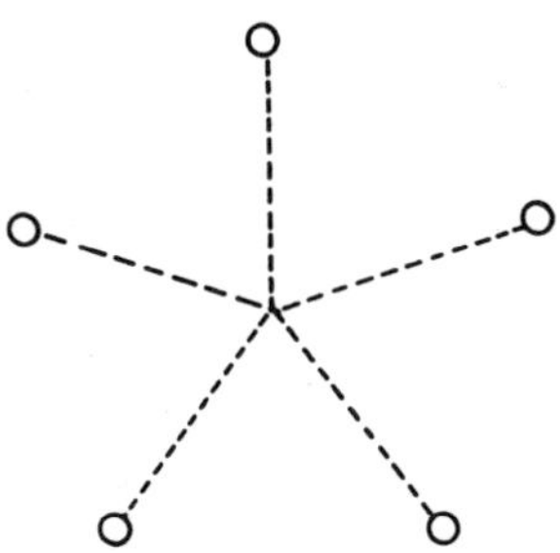

welche die Zahl des Menschen ist. (Offb. 13, 18) Denn sie ist diejenige seiner Entstehung.

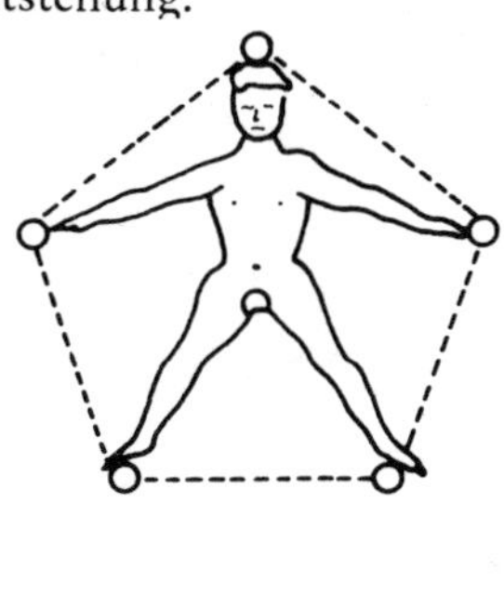

Diese Zahl mit 10 multipliziert, welches das erschaffene Universum ist, ergibt 60; fügen Sie noch einmal das numerische Zeichen des Nichts (= Null) hinzu, und Sie erhalten 600, die Erhöhung des Gedankens des Menschen in der Leere. Addieren Sie diese drei Zahlen, so erhalten Sie 666, die Zahl des Tieres oder der Ruchlosigkeit. Aber wenn Sie die Aufgeblasenheit der Nullen wegschneiden und addieren, dann haben Sie 18, die Zahl der Einweihung und des Dogmas, die Zahl der Hierarchie und des Mysteriums. Addieren Sie noch einmal ohne Null, und Sie erhalten 9, die Zahl des Wissens und der Weisheit.

So reinigt sich der Mensch, indem er sich vom Nichts und vom Fleisch nach der Ankunft des Erlösers in der Welt löst. Durch die Intelligenz dieser Rechnungen kann man den Schlüssel der Apokalypse des heiligen Johannes erhalten.

Brief 74

Schin als der Bock von Mendes oder der Sündenbock – der mosaische Leuchter aus Gold – das Pentagramm verhindert die Zaubereien von Home

16. Juni

Bruder.·. und Freund.·.,

5 und 2, der große Hierophant und die göttliche Weisheit, ergibt 7, die triumphierende und geheiligte Zahl. 5 x 5 = 25, Quersumme wieder 7. Die Zusammenlegung von 5 und 4 (= Papst und Kaiser) ergibt 9 (die Zahl des Eingeweihten); die 9 aus 4 und 5 verspricht die Versöhnung des Judentums mit dem Christentum, von יהוה mit יהשוה durch die Berücksichtigung des Schin = ש , des Bockes von Mendes,[95] des Sündenbocks, der unter der Bedingung gerettet wird, auf ewig geopfert zu werden – des Schin, das im mosaischen Kult durch den großen Leuchter aus Gold dargestellt wurde, das Bild des dreifachen ewigen Feuers (2.Mos.25,31-40):

Es ist der dreifache Leuchter aus Gold, der Sieben und Neun ist; denn er setzt sich zusammen aus drei aufeinandergesetzten Schin und bestätigt dadurch die Göttlichkeit, die Menschheit

und die physische Wirklichkeit des versprochenen Erlösers, der das Licht der Welt ist (Joh. 8, 12):

Deshalb ist dieses Zeichen furchtbar für die Geister des Irrtums; denn es entreißt ihnen das Feuer der Hölle, welches ihre Folter und ihre Waffe ist, um daraus das Feuer des Himmels zu

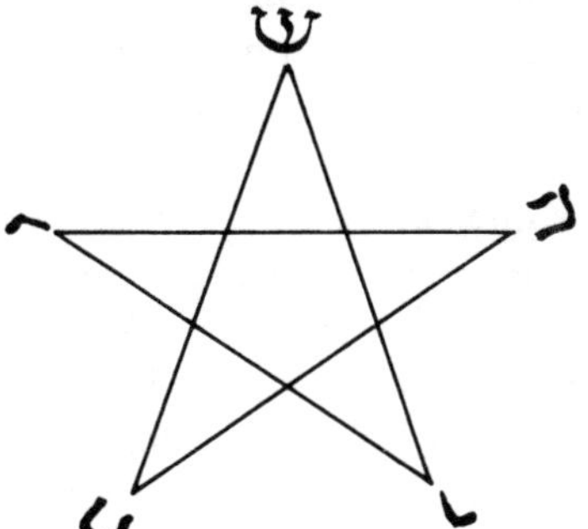

machen, das sie züchtigt und zur Ohnmacht reduziert. Wir haben seine Wirkung mehr als einmal festgestellt.

Dieses Zeichen, einfach mit Bleistift gezeichnet und in der Tasche eines Besuchers versteckt, verhinderte eines Abends alle Zaubereien von Home[96], der an allen Gliedern zitterte und die anwesenden Personen beschwor, ihn zu erlösen und ihm den Talisman zu zeigen, den einer von ihnen haben müsse. Man zeigte ihm schließlich das Pentagramm, ausgerüstet mit dem Namen Jehosuah; da erhob er laut Einspruch gegen das, was er ein furchtbares Zeichen der schwarzen Magie und das höllische Werk irgendeines mächtigen Zauberers nannte. Wenn dieses

Pentagramm auf Türen gezeichnet ist, verhindert es die böswilligen Narren, diese Häuser zu betreten, und vertreibt daraus den Geist des Wahnwitzes; durch seinen außergewöhnlichen magnetischen Einfluß gibt es den geschwächten oder niedergeschlagenen Geistern zusehends Kraft und Mut.

Brief 75

Pentagramm als Stern von Bethlehem – 50 Tore des Wissens – Analyse der drei Magier – das Buch Gottes hat noch seine sieben Siegel

18. Juni

Bruder∴ und Freund∴,

Das Pentagramm ist der Stern der Erscheinung: *das Licht zur Erleuchtung der Menschen: (Luk.2,32)* dieser Stern, den die Weisen im Morgenland gesehen haben, dieser Stern des Absoluten und der universellen Synthese, der den vier Teilen der Welt einen Kopf gibt und der, wenn er fünfmal die zehn sephirothischen Zahlen aufgenommen hat, den Wissenschaften die absolute Synthese gibt und den Sehnsüchten des Menschen die fünfzig Tore des Wissens[97] öffnet. Dieser Stern führt die Weisen an die Krippe von Ochs und Esel in Bethlehem (= Brothaus), das heißt zur hohen Vernunft der Demut des Dogmas und der Erhebung der Mühseligen und Beladenen (Matth.11,28) zur Teilnahme am symbolischen Brot, dem Sakrament der Liebe und Wahrheit.

Das Kind und die Mutter sind zwei, die Magier[98] sind drei: Melchior, der König des Lichtes (von *melech* = König und *aour* = Licht), der Gold darbringt; Balthasar, der große Oberpriester, dessen Name auf Syrisch *Hüter des Schatzes* und auf Hebräisch *Tiefer Friede* bedeutet, der Weihrauch darbringt; und schließlich Gaspar oder Gasphar, der Gläubige, der Mann aus dem Volk, der wieder zu Ehren gekommene Sünder, der Sohn des wieder ausgesöhnten Cham (= Sohn Noahs nach 1.Mos.6,10), der Äthiopier mit schwarzem Gesicht, der kommt, um Myrrhe darzubringen, das Heilmittel gegen Verderbtheit, das Zeichen der Sühne und der Wohlgeruch des Todes. Diese fünf Personen geben eine Deutung der fünf Strahlen des Sternes.

Das Bild des Mysteriums der Epiphanie ist also ein wundervolles Pantakel, und genauso ist es mit allen symbolischen Bildern unserer christlichen Legende. Das Buch Gottes ist innen und außen beschrieben. Aber es ist noch das mit sieben Siegeln verschlossene Buch, das niemand weder zu öffnen noch zu betrachten weiß. Johannes sagt: *Und ich weinte sehr, daß niemand würdig befunden wurde. (Offb.5,4)* Wir könnten auch mit dem Apostel weinen, nicht weil niemand es lesen kann, sondern vielmehr, weil so wenige Menschen überhaupt daran denken, es zu lesen.

Geduld dennoch: das Buch ist geschrieben, und zwar, um gelesen zu werden. Wir stehen im Morgenrot des Tages der Manifestation. Epiphania! Das Kind von Bethlehem ist gerade erst seit zwei Tagen geboren. *Tausend Jahre sind wie ein Tag. (Ps.90,4)*

Brief 76

HE – im Tarot Hierophant mit drei Kronen und dreifachem Kreuz

23. Juni

Bruder∴ und Freund∴,

Der fünfte Buchstabe des heiligen Alphabets ist das HE, der zweite Buchstabe des geheimnisvollen Tetragramms. So ist der Name Jehosuah derjenige der unerschaffenen Weisheit: Chokhmah, derjenige der Kirche (= Priesterin), derjenige der Lehre und des Gesetzes. So findet man im Morgenland HE, wo die Sonne JOD aufgeht, den strahlenden Stern der Epiphanie. Die symbolische Figur des Buchstabens HE, der im Tarot den Namen des Hierophanten trägt, stellt einen Hohenpriester dar, der zwischen den beiden Säulen sitzt und dem zwei kniende Diener aufwarten, was die hieroglyphische Erklärung der Zahl Fünf ergibt. Die Säulen des Tempels sind Chokhmah und Hod, die beiden Diener sind Binah und Netzach, der Hohepriester trägt drei Kronen, welche diejenigen von Kether, Tiphereth und Jesod sind, und in der Hand hält er das dreifache Kreuz von Asiah, Jesirah und Briah. (Siehe hierzu Tabelle 2 zu Brief 46)

Gott, der Mensch und die drei Welten, die natürliche, die geistige und die göttliche, bilden auch ein großartiges Pentagramm.

Bis jetzt habe ich zu Ihnen über die Herrlichkeiten und die Strahlen der Fünfheit gesprochen. Ich werde Ihnen aber auch die Schatten zeigen. Drehen Sie den flammenden Stern um, und Sie haben den Sündenbock von Mendes, das Pantakel der Zauberbücher und den bösen Stern der Zauberer usw. usw.

Brief 77

Die böse Fünf im umgekehrten Pentagramm – unregelmäßige geometrische Figuren – die Bedeutung des Schin im Tetragramm – der Baum der Erkenntnis wird zum Lebensbaum des Kreuzes

23. Juni

Bruder.·. und Freund.·.,

Die böse Fünf setzt sich aus Zweien zusammen, die Dreien gegenüberstehen, herrschend über diese DREI wie im umgekehrten Pentagramm, welches ein Zeichen des Krieges ist,

die Speere gekreuzt und einer in den anderen verwickelt.

Das sind die nicht ausgewogenen Kräfte, die sich im Wege stehen, wo jeder gegen den anderen ist. Es ist auch der Sündenbock:

Es sind die typhonischen Scheren in zwei verschiedenen Formen,

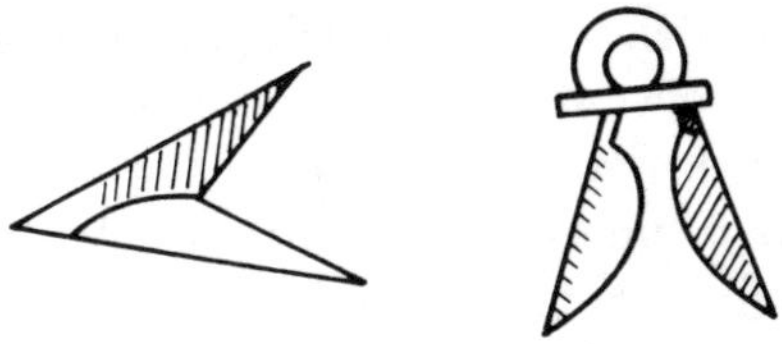

– und zwar die einen gegen die anderen gerichtet. Es ist gleichzeitig das Zeichen des Bösen und dasjenige der Ohnmacht des Bösen.

Man drückt auch die böse 5 durch ein unregelmäßiges Viereck mit einem exzentrischen Punkt oder durch ein unregelmäßiges Fünfeck aus. Ganz allgemein sind die geometrischen Figuren der Pantakel, die schlecht gezogen sind, teuflische Figuren, weil sie die Unordnung und Ungenauigkeit darstellen.

2 gegenüber 3 oder 1 gegenüber 4 könnten kein Gleichgewicht hervorbringen. 2 gegen 3 ist Anarchie, die gegen die Hierarchie kämpft. 1 gegen 4 ist die isolierte Negation, die sich

gegen das Rätsel des Sphinx stellt. Man kann die 1 mit der 4 nur durch das Kreuz und durch den flammenden Stern verbinden, das heißt durch das Opfer und durch den Gottmenschen.

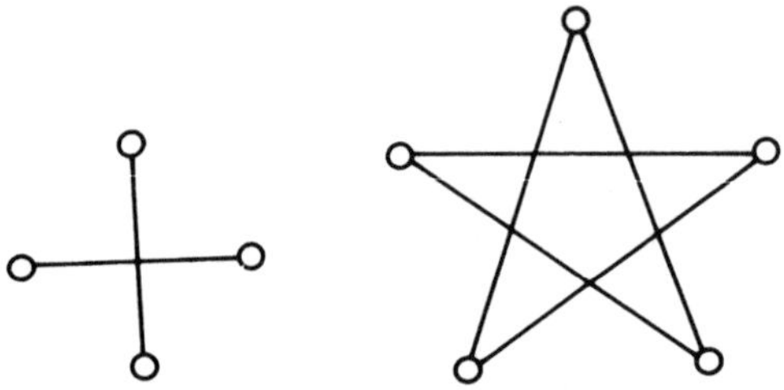

Schin = ש muß in Jehova = יהוה eintreten, um das Leben des Jehosuah = יהשוה zu werden.

Deshalb ist die Erlösung an einen Namen gebunden, dem sich beugen die Knie von allem, was im Himmel, auf der Erde und in der Hölle ist (Phil. 2,9-10) und der den Fluch des Schin in den Segen des Jehova verwandelt; denn Schin wird der Mittelpunkt der Tugenden des Tetragramms. Das tote Holz des Baumes der Erkenntnis aus Eden ist zum Lebensbaum des Kreuzes geworden, und die Hölle hat ihre Waffen verloren. Der Tod hat seinen Stachel nicht mehr. (1. Kor. 15,55) *Ich werde dein Tod sein, o Tod!*

Brief 78

Ergänzende Antworten zum Schin und zum Sephirothbaum – die Transfiguration des Schin, damit Hölle und Tod sterben

30. Juni

Bruder∴ und Freund∴,

Hier wieder Antworten zu Ihren Fragen nach Ziffern:

1. Das Evangelium ist nicht historisch, es ist Legende und Dogma. Geschichte ist eine Wissenschaft, und das Evangelium gehört vollständig zum Glauben.

2. Wenn das kleine Pentagramm Ihnen bei Ihren guten Gedanken hilft, tun Sie gut daran, es zu tragen.

5. Die Wiedergutmachung des Schin ist die Geschichte der Erlösung und erklärt uns die Torheit des Kreuzes. (1. Kor. 1, 18)

6. und 7.°

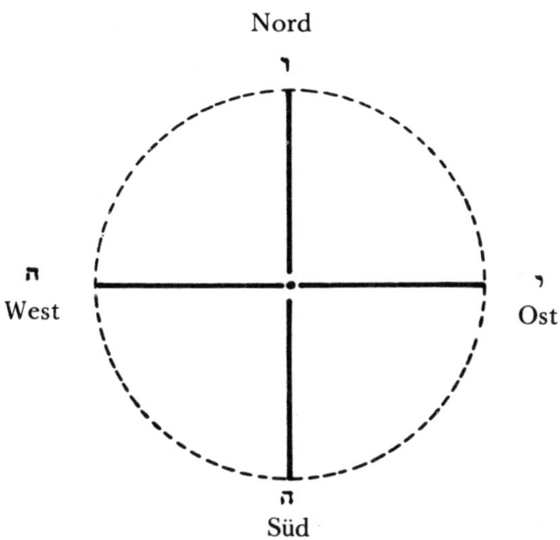

ש = Schin – das heilige Feuer der Magier.

Um Schin mit JOD – HE – VAU – HE zu verbinden, muß man sich den Stern vorstellen.

Man könnte es – das ist wahr – in die Mitte des Kreuzes setzen, und das geschieht auch später; denn der Stern kündigt das Kreuz an, und das Kreuz wird die letzte Transfiguration des Sternes sein. So mußte der Erlöser das Erscheinungsbild der Sünde verändern, um die Sünde am Kreuz zu befestigen und die Hölle und den Tod sterben zu lassen.

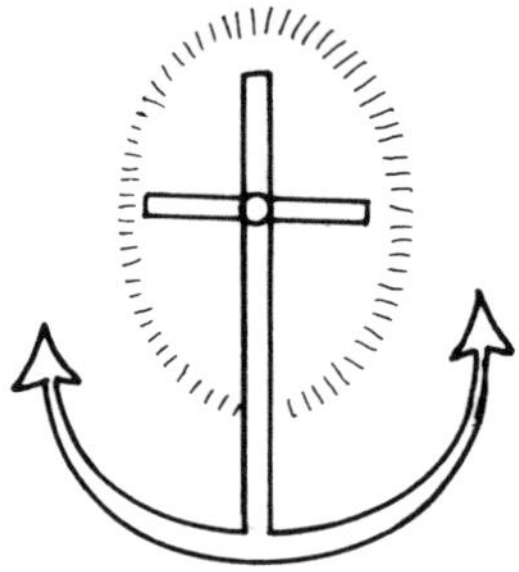

Die Transfiguration des Schin

Brief 79

Rosenkranz als Gebetsscheibe – Devise des Augustinus

6. August

Bruder.·. und Freund.·.,

Ein Rosenkranz[99] ist ein solides Kinderspielzeug. Die Kirche gibt ihn anstelle eines Buches denjenigen, die nicht lesen können, und denjenigen, die Angst vorm Denken haben. Ein Rosenkranz ist die kleine drehbare Gebetsscheibe. Er stellt die Nachsicht und den Ablaß der Kirche dar für die Kleinen, die Alten, die Einfältigen, die tun, was sie können und vor Gott nur die ewigen Silben Papa und Mama lallen. Ich könnte ohne Erröten, ich könnte selbst mit Rührung und mit Tränen mich an das irgendwie blökende Gebet dieser ganzen Herde von Schwachen und Kleinen anschließen. Ein Rosenkranz macht nicht mehr Angst als ein Zauberbuch, und ich denke nicht, daß dies rückständige oder rückschrittliche Auffassungen sind.

Mein Freund, Gott hat uns die Weite gegeben; wollen wir uns also nicht mehr in den Engpässen der Unruhe und der Zweifel vergnügen.

Da ist ein herrlicher Tempel, aber seine Fenster sind mit Efeu und Schmarotzerpflanzen zugewachsen. Er ist zu dunkel; man muß ihn abreißen und einen helleren bauen. He! liebe Leute! Würde es nicht klüger und leichter sein und vor allem weniger kostspielig, die Fenster vom Unkraut zu befreien? Da haben Sie die ganze religiöse Frage unserer Zeit. Nicht durch das Beten des Rosenkranzes befreien wir das Licht und öffnen die Fenster des Tempels. Aber wenn wir Lust bekommen, ihn zu beten, würde der Tempel dadurch auch nicht schwärzer werden.

Im Notwendigen Einigkeit, in Zweifelsfragen Freiheit, in allem die Liebe![100] Das ist die Devise des heiligen Augustinus, und sie ist auch die meinige. Könnte sie nicht auch ein wenig die Ihrige sein?

Brief 80

Das negative Glaubensbekenntnis des Satans – die wahren Ungläubigen

7. August

Bruder∴ und Freund∴,

Ich habe also damit begonnen, Ihnen den schwarzen Stern zu erklären, dessen furchtbares Glaubensbekenntnis hier folgt:

«Ich glaube an den Satan, den sehr ohnmächtigen Eunuchen und Zerstörer des Himmels und der Erde.

«Und an den Antichrist, seinen einzigen Krüppel, unseren zukünftigen Verfolger.

«Der empfangen wird durch die Lüge, geboren wird aus einer prostituierten Nonne, regieren und leben wird in der Wollust über die Könige der Erde, die letzten Propheten kreuzigen und töten wird.

«Der die Hölle auf die Erde kommen lassen wird.

«Nach Zeiten, einer Zeit und einer halben Zeit (Dan. 7,25;

Offb. 12,14) wird er in die Hölle wieder hinabsteigen, um sich zur Linken des Satans zu setzen und der Henker der Lebendigen und der Toten zu sein.

«Ich glaube an den Geist des Schismas, an die unreine dämonische Kirche, an die sympathischen Ströme der Korruption und des Bösen, an die ewige Bestrafung der Sünden, an den ewigen Tod des Fleisches und an das Grab ohne Hoffnung.»

Wer würde es wagen, hinter ein solches Glaubensbekenntnis *Amen* zu schreiben? Und dennoch, welcher normale Katholik wird wagen, es zurückzuweisen und an den Schluß dieser Formel zu schreiben: ich glaube daran nicht? Würde selbst der Papst es wagen? Welches ist also diese Macht, die man weder verneinen noch bejahen kann? Was ist das für ein schreckliches Glaubensbekenntnis, das genau das Gegenteil von dem sagt, was das katholische Glaubensbekenntnis lehrt, und das dennoch die Katholiken nicht zurückzuweisen wagen, weil sie wohl wissen, daß sie im Grunde daran glauben?

Hier, Bruder. . und Freund. ., müssen Sie sich noch einmal die Figur ansehen, die zu Beginn des Dogmas der «Transzendentalen Magie» steht (Seite 80): jene Priesterhand, die nur mit zwei Fingern segnet und durch die Unterbrechung des Lichtes einen gehörnten, monströsen Schatten wirft. Betrachten Sie es und meditieren Sie darüber.

Brief 81

Das «Absit» nach der Versuchung als Basis des Katholizismus der Zukunft

8. August

Bruder∴ und Freund∴,

Wenn Sie dazu bereit sind, das schwarze Credo zu unterzeichnen, und wenn Sie glauben, daß es einem vernünftigen Menschen möglich ist, es zu beschließen mit dem heiligen Wort des Glaubens: *Amen!*, dann müssen Sie noch den Wahnwitz des rückläufigen Katholizismus fürchten. Wenn Sie aber so denken wie ich, daß er zunichte gemacht werden muß, indem man ihn beendet mit dem Wort: *«Absit!» (= Hinweg) (Matth.4,10)*, dann gehören Sie unwiderruflich zum Katholizismus der Zukunft.

Der rückläufige Katholizismus ist in Wirklichkeit nichts anderes als ein verkappter Manichäismus. Es gibt nicht zwei Fürsten dieser Welt, und der König Christus braucht seine Krone nicht mit dem König Satan zu teilen. *Der Fürst dieser Welt ist bereits gerichtet (Joh.16,11)*, sagte Christus vor fast neunzehn Jahrhunderten, und ein andermal: *Ich sah den Satan wie einen Blitz vom Himmel fallen. (Luk.10,18).*

Der Blitz ist tatsächlich vom Himmel gefallen, um die Erde zu erleuchten. Das Element des Donners ist ein Mittel der Zivilisation geworden, und die Elektrizität – verzeihen Sie mir den vulgären Ausdruck – ist eine Vervollkommnung des Lampenlichts geworden. Wo sind deine Waffen, o Jupiter! Donnernder Berg Sinai, wo ist dein Zauber? Der Teufel ist vom Himmel gefallen in der Furcht, daß der alte Donner uns Götter machen könnte!

Was haben wir gemein mit dieser tonsurierten Herde von Derwischen und Bonzen, die den alten Teufel bedauern und den alten Donner beweinen? Was haben wir mit ihnen gemein? Den Glauben an den Geist der Liebe, der Einheit, der Hierarchie und der Nachsicht. Deshalb bleiben wir vereinigt mit ihrer Kommunion, welche diejenige der Liebe Jesu Christi ist und nicht der Vorzüge des Teufels.

Ich habe keinen Teufel (Joh.8,49), sagte der Meister, und an anderer Stelle: *In mir hat er nichts. (Joh.14,30)*

Was wir so ausdrücken können: Es gibt zwischen mir und dem Teufel nichts Gemeinsames. Und wieder ein andermal sagt er: *Der Teufel ist ein Lügner wie sein Vater. (Joh.8,44)* Nun wissen wir, was der Teufel im Grunde ist. Er ist der Geist der Verblendung, des Verhängnisses und des Wahnwitzes. Wie könnte ein in das wahre Licht Eingeweihter ihn da noch fürchten?

Brief 82

Heilung Jesu eines Besessenen – Übertragung magnetischer Krankheiten vom Menschen auf Tiere – Teufel als Schöpfung der Lüge

8. August

Bruder∴ und Freund∴,

Deus est non-ens qui est – Gott ist das Nicht-Sein, das ist.

Diabolus est ens qui non est – der Teufel ist das Sein, das nicht ist.

Und dennoch basiert die menschliche Freiheit auf der tatsächlichen Existenz des Bösen, das seine Einflüsse und seine Verlockungen haben muß. Der wesentliche Unterschied besteht darin, daß das Böse die Kräfte zerstreut und sie niemals sammelt. Es ist eine Analyse ohne Synthese.

Als daher Christus den unreinen Geist ausfragt und um seinen Namen bittet, antwortet dieser: «Legion heiße ich, und wir sind unser viele.» (Mark. 5,9; Luk. 8,30) Wie kann nun diese Menge mit der Stimme eines einzigen sprechen? Wer war derjenige unter ihnen, der im Namen aller sagte: «Legion heiße ich?» War das nicht der Besessene selbst, der als Medium im Namen eines spiritistischen Kreises sprach? Und wenn jetzt die angeblichen Teufel als Gnade verlangen, in die Schweine fahren zu dürfen, die sie sofort töten (Mark. 5,12-13; Luk. 8,32-33), ist das nicht wieder die Seele des Kranken, welche dieses Gebet ausrichtet und weit von sich die gestörten magnetischen Kräfte wirft? Stellen wir nebenbei fest, daß die Übertragung magnetischer Krankheiten von einem Menschen auf ein Tier für die Eingeweihten der Wissenschaften nichts Außergewöhnliches ist.

Das Licht ist endlich in die Höhle des Cacus[101] gedrungen, der Teufel ist erkannt, und er maßt sich nicht mehr den Platz Gottes an. Denn so muß man die Legende des Kampfes im Himmel erklären. Der Himmel ist die Religion, und im Geist der Menschen gelingt es der Lüge, sich anstelle der Wahrheit anbeten zu lassen. Wie viele Katholiken – darunter sogar die guten Kartäuser (diejenigen, welche die Rosenkränze verkaufen, wie Sie wissen) – verehren noch immer den Teufel, ohne es zu wissen, was der tapfere Guillaume Postel den Vätern des Konzils von Trient (1545-1563) zu sagen wagte!

Wie lange noch wird dieser entthronte König die Anhänger der Unwissenschaft in seinem Gefolge führen, oder vielmehr wie lange wird die Unwissenheit der Menschen diese absurde Schöpfung der Lüge fortbestehen lassen? Niemand könnte es sagen. Aber wir wenigstens, Menschen des Fortschritts, sprechen nicht mehr davon, rückwärts zu gehen, und haben keine Angst mehr vor Wahnwitz.

Brief 83

Talmud bringt immer Entscheidungen dafür und dagegen – der schwarze Gott ist Osiris – Gleichnis vom Eselsohr

10. August

Bruder.·. und Freund.·.,

Unter den wunderbaren Widersinnigkeiten des Talmud[102] befindet sich die folgende:

«Alles, was man im Namen Gottes bestätigt, sei es dafür oder dagegen, bestätigt sich ewig und wird am Ende als wahr befunden werden.»

Daher findet man im Talmud auf jede Frage Entscheidungen dafür und dagegen; und die Talmudisten antworten denjenigen, die von ihnen Rechenschaft wegen dieser Widersprüche verlangen: «Das ist deshalb, damit der menschliche Eigensinn sich niemals unfehlbar glaubt.»

Da haben Sie es, woher der Teufel seinen Grund zur Existenz hat.

Er gibt dem guten Gott die Antwort, der ohne ihn unrecht hätte, bloß weil er ganz allein recht hätte. Aber der Teufel Geist, das heißt der Teufel, der das Streitgespräch mit dem Geist führt, ist nur ein falscher Teufel, und es wird sich schließlich herausstellen, daß er recht haben und der Gevatter seines Meisters sein wird. Der wahre Teufel ist das Tier oder

der menschliche Unverstand, der unrecht hat und immer unrecht haben wird, wenn er mit dem Geist rechten wollte. Das letzte Wort der ägyptischen Einweihung war: *Osiris ist ein schwarzer Gott!*[38] Drehen Sie den Satz um, und Sie werden natürlich entdecken, daß der schwarze Gott Osiris ist.

Kehren wir zu dem Satz aus dem Talmud zurück. Ich bestätige, daß Gott weiß ist, und ich habe recht; Sie bestätigen, daß er schwarz ist, und Sie haben nicht unrecht. Wer von uns beiden hat mehr recht? Derjenige, der versteht, wie ein Dritter gleicherweise im Recht sein kann, indem er bestätigt, daß Gott weder weiß noch schwarz ist. *O patres nostri bonae memoriae! (= O ihr unsere Väter guten Angedenkens!)* O Rabbi Akiba[103] *(super quo pax! = auf dem Friede sei),* Simon ben Jochai[104], große Weise aus Israel, was für törichte Schüler sind wir vor euren weißen Bärten; und unsere Priester, dickbäuchig und bartlos, kommen mit der albernen Selbstgefälligkeit der Torheit, zucken mit den Achseln und lachen über die angeblichen Albernheiten des Talmud an euren Gräbern, die nicht geruhen, davon berührt zu sein.

«Wenn die Christen dir sagen, daß du ein Eselsohr hast», sagte einer dieser großen Meister zu seinem Schüler, «ziehe deine Mütze darüber, um dein Ohr zu verstecken; und wenn sie sagen, daß deine beiden Ohren Eselsohren sind, so bitte den Betreffenden, er möge dir den Packsattel auflegen.» Welch stolze und großartige Ironie!

Brief 84

Kein Teufel im Katechismus der Hebräer – Fabel vom Satan, der mit Michael um den Körper des Moses kämpft, und ihr Ende

10. August

Bruder.·. und Freund.·.,

Wenn Rabbi Jeschuth-notzerith (= Jesus der Nazarener) von der Synagoge anerkannt und aufgenommen worden wäre, so wäre die Welt vom Götzendienst zum Parakletismus[105] oder

Messianismus marschiert, ohne durch die blutigen Schatten der pseudo-christlichen Barbarei zu gehen. Weit davon entfernt, zerstört zu werden, wäre Jerusalem die Hauptstadt der römischen Zivilisation geworden, und es würde jetzt in der Welt nur noch Israeliten geben.

Dann hätte der Teufel niemals existiert; denn der Teufel ist der Sohn des Katholizismus, und er ist sogar der ganze Katholizismus nach den Worten des Paters Ventura.[106]

Es gibt nicht ein einziges Wort vom Teufel im Katechismus der Hebräer.

Der Teufel ist das Mittelalter mit seinen Gespenstern und Scheiterhaufen.

Der Teufel ist die Inquisition, die den Genius foltert und die Wissenschaft mundtot macht.

Der Teufel ist Alexander VI., der Savonarola[107] verbrennen ließ.

Osiris ist ein schwarzer Gott!

Der Teufel Gottes ist der Gott des Teufels. *Der Teufel ist ein Lügner und der Vater derselben. (Joh.8,44)*

Daraus ergibt sich, daß es keinen anderen Teufel gibt als Gott selbst, dargestellt in Schwarz, und daß der Teufel, wie ich es in beiden Bänden der «Transzendentalen Magie» immer wieder gesagt habe, der Schatten oder die Karikatur Gottes ist.

Sie sehen, Bruder und Freund, daß ich Ihre Anwandlungen von rückläufigem Katholizismus ein wenig hart hernehme, was nicht zum Ziel hat, Sie daran zu hindern, Ihren Rosenkranz zu beten, wann immer es Ihnen gut erscheint; denn schließlich ist der Rosenkranz nicht der Teufel.

Verstehen Sie jetzt die Fabel vom Satan, der mit Michael um den Körper des Moses kämpft? (Jud.9) Das ist der Kampf zwischen dem Christentum und dem mosaischen Gesetz quer durch die Jahrhunderte.

Möchten Sie jetzt, daß ich Ihnen das Ende der Legende erzähle?

Michael wagte nicht, den Satan zu verfluchen, sondern sagte ihm: «Daß der Herr dir befehlen möge.»

Satan hielt daraufhin an und sagte: «Welchen Befehl soll er mir geben?» Michael hatte indessen den großen Körper des

Propheten aufgerichtet, indem er ihn um die Brust, unter den Armen packte; doch er konnte ihn nicht vom Boden heben; denn er war von höherem Gewicht als die Kraft eines Engels.

«Daß Gott dir befehle», sagte Michael, «diesen Körper an den Füßen zu packen und mir zu helfen, ihn in den Himmel zu heben.»

Und Satan gehorchte dem Wort des Engels, weil der Engel ihn nicht verflucht hatte.

Brief 85

Nochmals das Dogma der Unbefleckten Empfängnis – Gegensatz zwischen Glaube und Wissenschaft – Materialismus ist der Tod jeglicher Religion – Familie des Christus ist symbolisch wie er

11. August

Bruder∴ und Freund∴,

Wir haben bereits schriftlich die Frage des neuen Dogmas (dasjenige der Unbefleckten Empfängnis)[35] behandelt, ohne daß meine Antworten von Ihnen als *Kanonismus*[108] eingeschätzt wurden. Es ist wahr, daß Sie damals vor Ihren Augen noch nicht meinen blühenden Teint, meine kleinen rundlichen Hände und meinen stattlichen Bauch hatten! Möge es also als Kanonismus gelten, aber gehen wir nicht bis zum Papismus! Und ich beuge gleich vor, daß ich lieber mein ganzes Leben Domherr sein möchte, als mich zum Papst machen zu lassen, wozu Sie die drollige Idee hatten, mich einzuladen.

Nachdem dies gesagt ist, antworten wir auf Ihre Fragen. Die Empfängnis Jesu Christi wird durch das Gleichnis bestimmt: er wurde vom Heiligen Geist empfangen und aus der Jungfrau Maria geboren. (Jes.7,14; Matth.1,18-23) Das ist also eine symbolische und dogmatische Wirklichkeit. Sie wollen darüber hinaus wissen, denke ich, ob dies eine historische und wissenschaftliche Realität ist? Sicherlich nicht, nach den sehr einfachen Regeln, die ich in meinen Büchern erarbeitet habe.

Alles, was Glaube ist, entzieht sich dem Wissen.

Alles, was Wissen ist, entzieht sich dem Glauben.

Es gibt kein historisches Dokument über die Person Jesu. Die jüdischen Überlieferungen zu diesem Thema sind dunkel, widersprüchlich und des Hasses verdächtig. Die traditionelle Darstellung seiner Person beginnt mit den byzantinischen Malereien, in den Fresken der Katakomben. Er ist tonsuriert, rasiert und römisch gekleidet. Die Gestalt der Jungfrau vermischt sich dann mit dem symbolischen Bild der Kirche. Aber man muß sich an das große Wort des Evangeliums erinnern: *Das Fleisch hilft nichts; die Worte, die ich zu euch geredet habe, sind Geist und sind Leben. (Joh.6,63)*

Was man am meisten in der Religion vermeiden muß, ist der Materialismus. Hat Jesus Christus nicht selbst geantwortet, als man ihn fragte, wer er sei: *Ich bin ein Prinzip, das spricht. (Joh.8,25)* An anderer Stelle sagt er: *Wer ist meine Mutter, und wer sind meine Brüder? Wer am meisten den Willen meines Vaters tut, der ist mir Bruder und Schwester und Mutter. (Matth.12,48-50)* Wollte er also seine Familie verleugnen? Nein, aber der Verfasser des Evangeliums will uns da zu verstehen geben, daß die Familie des Christus symbolisch ist wie er.

Brief 86

Abgrenzung Gott und Teufel – Christentum der Zukunft – Bau des universellen Tempels nach der Vision von Ezechiel bzw. Johannes

11. August

Bruder.·. und Freund.·.,

Gott ist in allem, was ist. Diese Behauptung ist universell und absolut. Sie läßt keine Ausnahme zu. Diejenigen also, die den Teufel für ein wirkliches Wesen halten, müssen glauben, daß Gott im Teufel ist und – daraus folgernd – daß der Teufel eine der Formen Gottes ist.

Sie müssen also zugeben, daß Gott im Teufel grausam ist, daß er häßlich ist, daß er Hörner hat usw. Ein Gott, der den Teufel duldet, ist für dessen Taten verantwortlich.

Ich weiß, was man mir antworten kann: Gott war in Caligula[109], aber Gott war nicht schwachsinnig. Zweifellos, Gott ist nicht im Schwachsinn, weil der Schwachsinn nur die Negation der Vernunft ist. So kann auch Gott nicht im Teufel sein, weil der Teufel das absoluteste Abbild der Unvernunft ist.

Also existiert der Teufel als negative Schöpfung des Geistes, aber als Geschöpf Gottes existiert er sicherlich nicht.

Lassen wir also diesem hohen Funktionär des Puppentheaters seine letzten Befugnisse, und möge er sich hinfort damit begnügen, den Kasperle zur großen Freude der guten Kinder und der sehr schätzenswerten kleinen Kinder der Champs-Elysées zu entführen. Wenn der Teufel alt wird, macht er sich zur ... Marionette!

Singen wir dem Herrn; denn hocherhaben ist er! Roß und Reiter hat er ins Meer gestürzt! (2.Mos.15,1) Wenn einmal der schwarze Reiter der menschlichen Hirngespinste, dieser Reiter des Schreckens, ins Tote Meer gestürzt ist, erstrahlt die ganze katholische Welt, die Erlösung wird möglich, die universelle Kommunion ist kein Traum mehr. Der abscheuliche Sündenbock hat alle Gräßlichkeiten und alle Finsternisse des Mittelalters mit sich davongeführt. (3.Mos.16,9-10) Wir sind stolz, katholisch zu sein; wir sind glücklich, Christen zu sein.

Dann offenbart sich der Geist der Wahrheit, der die Herzen der Kinder denjenigen der Väter näherbringen soll. Die heilige Kabbala vertreibt die Schatten des Talmud, die Juden kommen aus ihrer letzten Gefangenschaft, man baut den alleinigen Tempel, den spirituellen Tempel, den Ezechiel und der heilige Johannes prophezeit haben.[110]

Halten wir hier an. Hiermit haben wir die böse Fünfheit beendet. Nun bleibt mir nur noch übrig, Ihnen die Wunder des Buchstabens HE zu erzählen.

Brief 87

Die schreckliche Waffe der Feder – Joseph de Maistre – nochmals der Sphinx – Ewigkeiten, die beschnitten werden – Rückblick aus der Zukunft

14. August

Bruder∴ und Freund∴,

Seien Sie vorsichtig! Spielen wir nicht mit dieser schrecklichen Waffe, die man eine Feder nennt! Alles Schlechte, was man von der Sprache sagt, kann auch von der Feder gesagt werden, und man muß hinzufügen, daß die Feder eine Sprache hat, deren Worte bleiben. Die Ideen sind Löwen, die schlafen. Lassen wir sie nicht außerhalb ihres Käfigs aufwachen – sie könnten uns verschlingen.

Man wird von unserer heutigen Dummheit sprechen, sagt Graf Joseph de Maistre[111], wie wir von der Unwissenheit des Mittelalters sprechen; tatsächlich, nehmen wir einmal an, man würde eines Tages unseren Kindern erzählen, daß wir an ein All geglaubt hätten, gebildet aus Nichts – an einen nichtsubstantiellen und ungeformten Geist, der während einer Ewigkeit die Leere füllte, die noch kein Raum war, an ein finsteres und einsames Wesen, das sich im Nichts an sich selbst erfreut, ohne daß man wissen könne, woran es sich erfreut, weil es das negative Absolute ist!

Aber dann nach einer Ewigkeit ... verstehen Sie es gut, eine Ewigkeit, durch ein Ende abgeschnitten! – erschafft er unendlich kleine Wesenheiten, vor denen er sich als Sphinx posiert. Als er sieht, daß man ihn nicht versteht (er mußte damit rechnen), verwandelt er sich in einen dieser Myrmidonen[112] und macht sich die Mühe, ihnen selbst das Gegenteil von dem zu erzählen, was er ihnen durch ihre Priester hatte sagen lassen. Die Priester hängen den Myrmidonen, das heißt den verkappten Gott, der von dort weggeht, um sich an dieser elenden Rasse zu rächen (rächen für was?) und sie ewiger Strafe zu weihen, einem abscheulichen Braten und Rösten (= Hölle), das eine weitere ganze Ewigkeit dauern wird, beschnitten durch ein Ende. Dafür nennt er sich der Erlöser der menschlichen Rasse, und er nimmt von dieser Strafe nur die wenigen Feiglinge aus, die furchtsam genug sind, um ebenso stumpfsinnig und ebenso barbarisch zu werden wie der Gott selbst durch Verleugnung der Vernunft, aller Lichter und aller Liebe in der Natur.

Man wird unseren Kindern sagen, daß ein solcher Gott reich ausgestattete Priester hatte, um eine solche Lehre zu predigen, und daß man zu einer Zeit, als schon niemand mehr an diese Ungeheuerlichkeiten glaubte, diejenigen als schlechte Untertanen behandelte und deren Sprecher von Gerichten verurteilen ließ, die so kühn waren, ein Wort darüber zu stammeln, was alle Welt dachte. «Ist das wahr?» wird man sagen. «Das war dann wohl ein Volk von Irren? Die Welt war wohl ein ungeheures Irrenhaus? Sie übertreiben wohl, Sie machen sich auf unsere Kosten lustig; das ist doch nicht möglich!»

Denken Sie darüber nach, Bruder und Freund. Da haben Sie, was Sie herausgefordert haben, wenn Sie den Löwen wecken, der schläft.

Brief 88

Die Zeichen des 5. Buchstabens HE – Zusammenhang im Sephirothbaum

14. August

Bruder.·. und Freund.·.,

Der Buchstabe HE

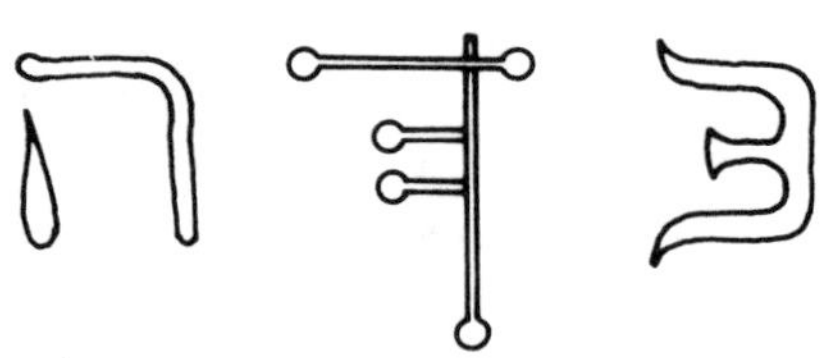

hieratisch antik Siegel

ist der zweite und der vierte des Schemas; er ist der fünfte des Alphabets und vereinigt so die Zeichen von 2, von 4 und von 5; er steht folglich in Verbindung mit 6, mit 9 und mit 11 – Zahlen, die addiert 26 ergeben, also die Gesamtsumme des

Schemas, dessen Quersumme 8 ergibt, die Zahl des vollkommenen Gleichgewichts und des Lebens.

So stellt das HE dar: Chokhmah 2, Gedullah 4, Geburah 5, Jesod 9, dann die Stärke 11 und die Verbindung von Chokhmah und Tiphereth 26, schließlich die Gerechtigkeit 8. Studieren Sie alle diese Stufen, um die Harmonie des Wortes zu verstehen; denn Chokhmah ist das Wort, das sich durch Binah manifestiert, um sich in Tiphereth zu wiederholen durch die Verbindung zwischen Gedullah und Geburah; Sie sehen schon, wohin uns die Gematria[113] führen und wozu sie uns dienen kann. Das HE bedeutet *domus* = das Haus oder den Tempel, weil es zwei Säulen darstellt, von denen die eine unvollendet ist und die ein Gesims tragen; man stellt dies hieroglyphisch auch durch einen Zeigefinger dar:

und durch das Wort: *ECCE (= siehe da)*, weil es die Epiphanie der Buchstaben ist, die in Analogie mit Beth stehen, welches das Bild der Tür vervollständigt, wenn man es mit dem HE vereinigt.

Mit dem Daleth, welches ein unvollständiges HE oder nur männlich ist,

studieren wir in diesem Buchstaben alle Geheimnisse des Wortes und alle Arkana der Offenbarung der Kirche, der Frau, des symbolischen Tempels; denn alle diese Begriffe sind analog.

Sie werden dann wissen, besser als es unser heiliger Vater Pius IX. weiß, was die Gottesmutter ist, diese unbefleckte Empfängnis!

Brief 89

Herz-Jesu-Fest – Herz-Mariae-Fest – Verspeisen eines Gottes als Kannibalismus – Wandlung von Brot in Fleisch: wo ist die Grenze? – Glaube ist absolut

16. August

Bruder∴ und Freund∴,

Was würden die Hottentotten sagen, wenn man ihnen richtig zu verstehen gäbe, daß wir die großen Blutgefäße eines Mannes und einer Frau verehren, die zur Zeit transfiguriert und verherrlicht sind und daher zur Zeit weder Blut noch Blutgefäße haben? Daß wir ein Fest dieser Gefäße haben (die heiligen Herzen von Jesus und Maria), Gottesdienst dieser Gefäße usw., und zwar nach dem Glauben einer hysterischen Einsiedlerin, die im Traum gesehen hat, wie ein Mann in seine Brust greift und daraus ein blutendes Herz zieht?[114] Was würden sie denken, wenn sie erführen, daß unsere Gläubigen jeden Tag einen Menschen essen, konsekriert als Gott und verborgen in Brot?

Wo sind die Erzählungen aus Indien, wo sind die Fabeln aus *Tausendundeiner Nacht*, damit wir dort eine Linderung für unseren durch solche Dogmen betäubten Verstand suchen können? Denken Sie an dieses verkleidete Menschenfleisch, aber so zuckend für die Menschen des Glaubens, an Kannibalismus[115], wo das Fleisch manchmal noch blutet und trieft, was diese Wilden oder Unwissenden nicht hindert, es zu essen, weil sie es verehren! Bedenken Sie, *wenn die Gestalten dann verwandelt sind,* (ich bediene mich der heiligen Worte), ist Gott nicht mehr da. Was bleibt also? Brot? Ihre Gläubigen versichern, daß davon nichts mehr da ist. Was also? der Mensch? ... lebendig? Aber wenn er lebte, würde Gott noch da sein. – Leichnam also, und Teil von irgend etwas, was in keiner Sprache eine Bezeichnung hat, sagt Bossuet![116]

Und es gibt ernsthafte Menschen, die nicht an die Unfehlbarkeit des Papstes glauben, die sich aber mit tiefer Ehrfurcht niederknien, um sich dieses Etwas auf die Zunge legen zu lassen. Täuschen Sie sich nicht, Bruder und Freund, Glaube ist absolut; man muß den Glauben ganz und so, wie er ist, anerkennen oder sieht alles zusammenstürzen.

Sie haben mich herausgefordert; es hat Ihnen Freude gemacht, wenn ich kindische Fragen gestellt habe; dann haben Sie gesagt: Schlagen Sie! schlagen Sie zu mit der Feder ... Finden Sie, daß ich genug und auch hart genug zugeschlagen habe?

Wir treten, wie Sie sehen, in die Erklärung der Sechsheit ein, der Zahl des Antagonismus und des Kampfes, der Zahl der radikalen Negierung und der absoluten Freiheit, der Zahl, die uns die schreckliche 666 bringt.

Brief 90

Menschenopfer in Klöstern – Priesterschaft als Sklaven der Bischöfe

16. August

Bruder.·. und Freund.·.,

Habe ich Ihnen von den Menschenopfern erzählt, lebendig eingepfercht in den Klöstern und langsam dem Moloch der Verdummung und der Halluzination geopfert? Von dieser Priesterschaft als Sklaven der Bischöfe, die blindlings das Leben oder den Tod empfangen? Von dieser universellen Simonie, dieser anmaßenden Routine, die selbst aus dem Gottesdienst eine Herausforderung macht, gerichtet gegen den Glauben?

Habe ich Ihnen von der Theologie erzählt, die man in den Seminaren unterrichtet? Von den Übungen des heiligen Ignatius,[117] jener wissenschaftlichen Theorie von der fanatischen Verdummung?

Habe ich Ihnen auf der anderen Seite den Priester gezeigt, der selbst darüber lacht, was er unterrichtet, und seine schlecht verborgene Scheinheiligkeit flattern läßt wie eine nicht zugeknöpfte Soutane?

Brief 91

Voltaire: Wenn Gott nicht existiert, muß man ihn erfinden

19. August

Bruder∴ und Freund∴,

Wenn man das Wissen und die Kühnheit eines Dämons hat, ist es prachtvoll, den Glauben eines Engels zu haben! Nun ist glauben gleich wollen, und wollen ist erschaffen. So wird das Wort des Gebetes: *Amen!* der Triumphschrei der Allmacht. *Creavit homo Deum ad imaginem et similitudinem suam! (Der Mensch hat Gott nach seinem Bild und Gleichnis erschaffen.)*

Wenn Gott nicht existierte, müßte man ihn erfinden, hat Voltaire gesagt. Nun existiert Gott für die menschliche Vernunft nicht, die ihn dennoch dringend nötig hat. *Es ist also notwendig,* daß der Glaube *ihn erfindet,* das heißt ihn findet.

Brief 92

Dogma muß von «Götzendienst» befreit werden – Verworrenheit zwischen Wissen und Glauben verursacht alle Streitereien – Levi hat Lösung aufgezeigt

19. August

Bruder∴ und Freund∴,

Verstehen Sie nun, daß das katholische Dogma nur wahr sein kann, wenn man es von den widernatürlichen Absurditäten und leichenhaften Götzendiensten befreit, die den Glauben des Volkes bestimmen? Sehen Sie ein, daß die ganze Symbolik Geist und Leben ist und daß das Fleisch hier zu nichts dient? Erkennen Sie das ganze Nichts der theologischen Subtilitäten und die einfältige Gläubigkeit, welche die Legenden zustande bringt?

Spüren Sie nicht, daß der Glaube allein das Recht hat, beim Schweigen der Geschichte zu sprechen, und daß ich, wenn ich an die wirkliche und göttliche Existenz Jesu Christi glaube, das

Recht habe, daran zu glauben, weil mir die Wissenschaft die Wirklichkeit dessen niemals beweisen wird?

Sehen Sie, wie sich die beiden Säulen, die das ganze Gebäude stützen, auf immer trennen: die Wissenschaft einerseits, an die der Glaube nicht ungestraft rühren darf, und andererseits der Glaube, unzugänglich für die Wissenschaft?

Es ist unlogisch, zu sagen: *Ich glaube, daß 2 + 2 = 4 ist,* und es gibt keinen Toren, der sagen könnte: *Ich weiß, daß ein Gott existiert.* Um es ganz deutlich zu sagen, es muß heißen: Ich glaube, daß ein Gott existiert, wie ich weiß, daß 2 + 2 = 4 ist.

Diese Verworrenheit zwischen Wissen und Glauben hat das ganze Übel verursacht, sei es auf religiöser oder politischer Seite, in dessen Mitte wir uns streiten. Trennen wir noch einmal Calpe und Abyla.[118] Das ist eine Herkulesarbeit, aber zum Heil der Welt.

Ich habe diese große Lösung immer wieder in meinen Büchern aufgezeigt. Aber ach! Wann wird sie wohl verstanden?

O wie schwierig ist die Geburt von Ideen! Seit neunzehnhundert Jahren versteht man noch immer nichts von den klarsten und einfachsten Texten des Evangeliums: Mein Gott, hab Mitleid mit den Menschen! *Veni creator spiritus – komm Schöpfer Geist! (Katholisches Pfingstlied)*

Brief 93

Die Sechsheit: VAU im Tarot Doppelsymbol für Freiheit und Liebe – Bereschit = Berecynthia

29. August

Bruder∴ und Freund∴,

Ich bin glücklich zu erfahren, daß mein Buch für Sie nützlich und ersprießlich gewesen ist; ich betrachte es als das am wenigsten unvollkommene meiner Werke, besonders vom literarischen Standpunkt. Ich weiß nicht, ob die Eigenliebe mir etwas vormacht. Aber es scheint mir so, als ob ich darin die wahre Sprache aufrichtiger Menschen spreche, wie man es im Jahrhundert Ludwig XIV. nannte.

Was die großen Offenbarungen des S.·. S.·. angeht, so brauchen Sie nicht zu befürchten, daß sie von Profanen erkannt werden könnten. *Sie haben Ohren und hören nicht; sie haben Nasen und riechen nicht. (Ps.115,6)*

Ich habe schon wertvolle Stimmen gesammelt, zu denen ich die Ihrige zähle; ich bin vollkommen sicher des erstrebten Erfolges, der von den auserwählten Seelen kommt. Hinsichtlich der Beliebtheit mache ich bestimmt der Rigolboche[119] und dem Lied der Rohrflöte keine Konkurrenz.

Kehren wir zu unseren Instruktionen zurück. Ich werde mit der Erklärung des VAU beginnen, weil ich noch Gelegenheit haben werde, auf das HE zurückzukommen, wenn wir beim besonderen Studium des Schemas sind.

Lesen Sie noch einmal die kleine Ode, die sich auf Seite 332 meines Buches: *Fabeln und Symbole* befindet; sie wird Ihnen als ausgezeichnete Einführung in das Studium des sechsten Buchstabens dienen, dessen Doppelsymbol im Tarot Freiheit und Liebe ist.

Freiheit und Liebe erfordern Arbeit und Kampf, und so manifestiert sich für uns das große Gesetz der Schöpfung.

Die Sechsheit ist *Bereschit* = בראשית, woraus die Heiden ihre Berecynthia[120] gemacht haben oder die Natur als Mutter der Götter. Bereschit heißt Schöpfung (Genesis), die große Quelle, der Kopf aller Dinge. Wenn man daraus einen Namen ableiten will, dann würde er weiblich sein, und so dürfte die Einzahl *Bara*, die daraus abgeleitet ist, nichts Fremdartiges sein; man könnte übersetzen: die ewige Genese erschuf die Götter.

Brief 94

Hinweis auf Fabeln aus seinem Buch – Sechsheit = erhöhte Zweiheit – Vergleich Pentagramm mit Sechsheit – das magische Siegel des Salomo

2. September

Bruder.·. und Freund.·.,

Lesen Sie die Seiten 119 und 120 der *Fabeln und Symbole:* Fabel XII von Buch III; dann suchen Sie auf Seite 370 die Erklärung des Symbols. Sie werden dort eine der erstaunlichsten Prophezeiungen sehen, von denen die Öffentlichkeit immer annimmt, sie seien nachträglich gemacht. Armer Garibaldi![121]

Mein Freund, es gibt keine großen Menschen – aber es gibt große Gedanken und einen großen Gott!

Sie sagen mir, daß ich meinen Gedanken über die zeitliche Macht des Papstes nicht genug präzisiert hätte, aber Sie vergessen, daß ich Ihnen über dieses Thema sogar Briefe geschrieben habe, die an Klarheit nichts zu wünschen übriglassen.

Ich fahre mit der Erklärung der Sechsheit fort. Da die Dreiheit eine absolute und vollständige Geistesschöpfung ausdrückt, ergeben zwei Dreiheiten die Vorstellung von zwei Absoluten. Unter diesem Gesichtspunkt ist die Sechsheit nur die erhöhte und zur höchsten Mächtigkeit gebrachte Zweiheit.

Daraus kann sie den Aufstand des Satans oder die spontane Vergöttlichung des erschaffenen Geistes darstellen. Eine absurde Vorstellung, aber erhaben im höchsten Grad! Absurd, weil zwei Unendlichkeiten unmöglich sind; erhaben, weil dieses Unmögliche auf irgendeine Weise in der unendlichen Ausdehnung der Freiheit realisierbar ist. Die so vorgestellte Sechsheit, dargestellt durch zwei Dreiecke, ergibt die zwei Hörner des teuflischen Pentagramms.

Damit sie indessen im teuflischen Sinne vollständig sei, ist es nicht nötig, daß die beiden Winkel sich berühren; denn dann bildet sich notwendigerweise die Harmonie, und die Sechs transformiert sich zur Fünf – wie es ebenso wahr ist, daß die Anarchie nichts zustande bringen kann, noch nicht einmal eine

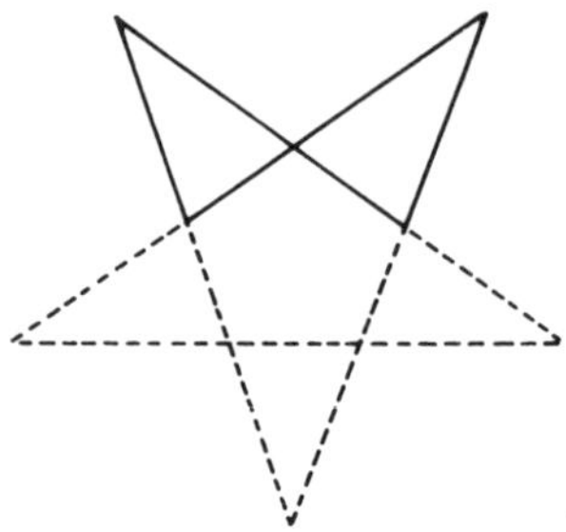

regelmäßige Figur der Geometrie. Die Regulierung der Sechsheit geschieht durch die konzentrische Vereinigung der beiden Dreiecke. Dann bleiben die sechs Winkel frei, aber die des einen Dreiecks in vollkommener Harmonie mit denen des anderen unter dem Einfluß des Mittelpunktes, welcher ist Gott

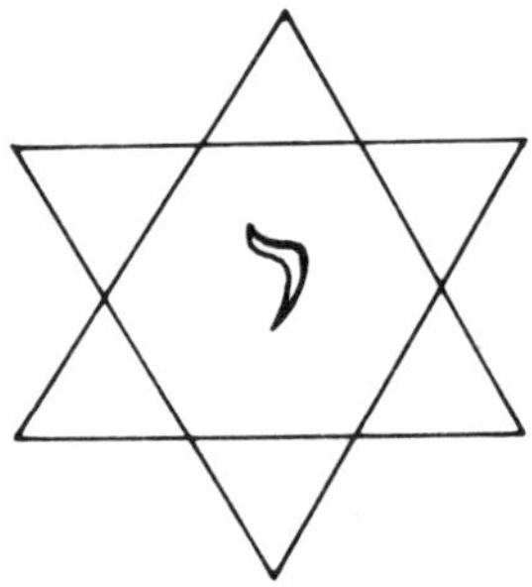

– was Ihnen das magische Siegel des Salomo vollständig erklärt.

Brief 95

Das Buch von Bertet über das Fluidum der Wahrsagekunst – der magische Schlüssel von Vaillant ist falsch

9. September

Bruder∴ und Freund∴,

Dank an Sie, der Sie wie Gott sind: gegenwärtig, wenn man Sie ruft. Jetzt bin ich ruhiger; ich kann mich damit beschäftigen, krank zu sein, wie es mir gefällt.

Wie ich Ihnen in meinem letzten Brief bereits sagte, enthüllt das Buch von Bertet[122] eigentümliche Intuitionen; aber er macht am Anfang einen Fehler und hat Lücken an der Basis. «Alle Kulte», so sagt er, «entstehen durch feinstoffliche Kontakte mit den Geistern.» Er hat nämlich nicht jene großen und einfachen Worte verstanden: Im Anfang war der *Logos*, die absolute Vernunft, das Wort, und das Wort war in Gott, und das Wort war Gott. Alles entsteht durch ihn, und nichts, was entstanden ist, existiert ohne ihn. (Joh. 1, 1-4) Und diese anderen Worte: Gott ist Geist, und er kann nur wahrhaft angebetet werden im Geist und in der Wahrheit. (Joh. 4, 24) Statt dessen würde uns Herr Bertet einfach sagen: Gott ist Fluidum und kann nur im Fluidum angebetet werden. Nach diesen Leuten ist das Universum ein aufgeblasener Luftballon; man muß ihn mit einer Nadel durchlöchern, damit Gott atmen kann.

So ist die ewige Intelligenz von Sein – Wahrheit – Wirklichkeit – Vernunft – Gerechtigkeit für sie nur ein Vorwand für Fluidum. Statt daß der Mensch über allen Wolken und Wirbeln der feinstofflichen Materie die Ruhe und Heiterkeit der Vernunft sucht, muß er die Trunkenheit und die Wirbel befragen, die sie hervorruft, indem man die Träume tanzen läßt! Das aber hat man doch bis jetzt schon getan. Das sind die Irrungen der alten Welt. Es ist nutzlos, den Geist der Zukunft anzurufen, um solche Orakel zu erhalten.

Wir können daher Herrn Bertet an die Seite von Herrn Vaillant stellen, dessen *Magischen Schlüssel* Sie haben. Herr Vaillant hat einen falschen Schlüssel fabriziert. Herr Bertet hat den richtigen gestohlen und benutzt ihn, um das Schloß zu zerstören, statt es zu öffnen. Dieser letztere hat damit nicht weniger als tausend Dinge erraten, die ich meinen Schülern mündlich erkläre, sich aber nicht in meinen Büchern befinden.

Brief 96

Astrallicht als Mittler für Träume – Schlüssel des Wissens in Levis Hand

11. September

Bruder.·. und Freund.·.,

Wenn Gott will, daß ich demnächst *La Science des Esprits* [123] schreibe, dann werden Sie darin die Antwort auf alle Ihre Zweifel finden. Sie werden verstehen, daß das Astrallicht als gemeinsamer Mittler eine sympathische Kette zwischen den Träumen herstellen kann. Wie Bertet meine Reflexe aufrufen konnte, die ihm eine lebhafte Aversion gegen mich inspiriert haben? Weil er nicht in einer Gefühlsgemeinschaft mit mir war. Die Phänomene der *Mediën* werden durch die mehr oder weniger ausgeglichene Aktion der leuchtenden Kette hervorgerufen. Das alles wird bewiesen werden.

Die Aktion des Pentagramms ist eine ausgewogene magnetische Aktion, die durch den sakramentalen Ausdruck eines direkten Willens die indirekten und verhängnisvollen Ausströmungen des magnetischen Lichtes annulliert. Erinnern Sie sich dabei immer an die Worte des Evangeliums in dem Gleichnis vom bösen Reichen: «Das große Chaos ist abgeschlossen, und die in der Höhe können nicht hinabsteigen zu denen in der Tiefe.» (Luk. 16,26) Betrachten Sie, mit welcher Sorgfalt die Natur für den Ablauf ihrer Lebenszirkulationen die Pforten schließt hinter allem, was vorwärtsfließt usw. usw.

Wir sind am Anfang des Wissens. Der noch unerforschte Tempel ist riesig groß, und erst nachdem wir ihn durchquert haben, werden wir wahrlich Gott anbeten können im Heiligtum des Tiefen Friedens. Gott will, daß in diesem Augenblick der Schlüssel in der Hand eines armen unbekannten und notleidenden Menschen liegt. Glauben Sie, daß er sich des guten Mannes wegen des Schlüssels annehmen wird. Er hat ihm schon bewiesen, wie sehr er ihn liebt, indem er ihm Freunde gibt, wie Sie einer sind.

Brief 97

Hinweis auf «tausend Dinge» in Levis Büchern – Bertets Theorie stimmt, aber nicht die daraus gezogene Konsequenz – der große Feind ist das Tier

14. September

Bruder.·. und Freund.·.,

Legen Sie sich keine Strafen auf, die nachteilig für Ihre Freunde wären. Ich würde zu sehr beraubt sein, wenn Sie Ihre so herzlichen und liebenswürdigen Plaudereien seltener werden ließen. Sie erbitten von mir die *tausend Dinge*, die ich mündlich meine Jünger lehre (Brief 95), aber Sie haben sicherlich Ihre Forderung nicht sehr gut begründet; denn in den hundert Briefen, die ich Ihnen schon geschrieben habe, sind vielleicht fünf oder sechs Ideen pro Brief, das sind tausend Ideen oder tausend Dinge, die noch nicht in meinen Büchern veröffentlicht wurden. Prüfen Sie nach und stellen Sie fest, ob Sie das, worum Sie mich gebeten haben, nicht schon erhalten haben.

Eines dieser wichtigen Dinge, die dieser Teufel von Bertet erraten hat, ist folgendes: «Die religiöse Reform, die wir vollbringen müssen, besteht darin: alles auf seinen wahren spirituellen Gehalt zurückzuführen, was durch den Aberglauben der falschen Katholiken vermaterialisiert worden ist.» Aber die Konsequenz, die er daraus hätte ziehen müssen, besteht darin, daß das Dogma unberührt bleiben muß; doch statt dessen tritt hier der Entweiher auf, der brutal fordert, daß Jesus Christus der Sohn des heiligen Joseph war. Woher hat er das, der Einfaltspinsel? Aus der Geschichte? Die Geschichte sagt darüber absolut nichts. Aus dem Evangelium? Das Evangelium sagt ausdrücklich das Gegenteil. Aber man kann von einem Mann alles erwarten, der Ihnen vertraulich erklärt, daß ich mich *Rivoel* nenne – ein Name, der ihm zweifellos bei irgendeinem erfinderischen Tischrücken diktiert worden ist.

Die Worte, die ich zu euch gesprochen habe, sind Geist und Leben. (Joh.6,63)

Der Geist ist es, der lebendig macht. Das Fleisch hilft nichts. (Joh.6.63)

Was aus dem Fleisch geboren ist, ist Fleisch; was aber aus dem Geist geboren ist, ist Geist. (Joh.3,6)

Zurück also diejenigen, die im Evangelium Realitäten aus Fleisch und Blut finden wollen! Schande und Spott über jene einfältigen Theologen, die mit Sanchez[124] fordern: *Wo hat die Jungfrau Maria bei der Verbindung mit dem Heiligen Geist den Samen gelassen?* Warum fragen sie nicht auch: *Wo haben die Engel die Ausscheidungen des Kindes Jesu zur Verehrung als Reliquien aufbewahrt?*

O viehische Dummheit! menschliche Dummheit! Der große Feind der Herrschaft Jesu Christi ist das Tier. Johannes hat das großartig in seiner Apokalypse gesagt. (Offb. 13)

Brief 98

Sechsheit der Schöpfungstage in Bereschit ausgedrückt, seine Analyse

15. September

Bruder.·. und Freund.·.,

Kehren wir zur Sechsheit zurück. Sie ist vollständig und mit all ihren Geheimnissen in dem Wort Bereschit = בראשית enthalten.

Die sechs Tage der Schöpfung erklären dieses Wort Buchstabe für Buchstabe; die sechs ersten Kapitel der Genesis (= 1. Buch Mose) vervollständigen diese Erklärung; die sechs Tage der Woche, die sechs sekundären Planeten, die sechs Engel, die Michael anführt, beziehen sich ebenfalls auf diese sechs Buchstaben.

Das Beth stellt hieroglyphisch den Himmel und die Erde dar: 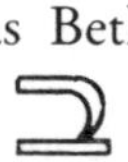

es bedeutet ebenfalls die Einheit, manifestiert durch die Zahl und die gleichzeitige Aktion der Elohim; es stellt das Sein dar, manifestiert in der Ausdehnung und in der Stabilität 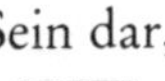
und das Leben, manifestiert durch die Bewegung 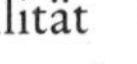;
es stellt den Geist Gottes dar, der auf den Wassern ruht, und die Befruchtung der Materie durch den Geist.

Das Resch ר, dessen Zahl zwanzig ist, vervollständigt durch Malkhuth die Zweiheit von Chokhmah.

Es ist die Fortdauer des Lebens, die sich immer beim Ruf des göttlichen Wortes erneuert, wie es die zwanzigste Hieroglyphe des Tarot erkennen läßt.

Das Aleph א bezeichnet die Ausgewogenheit des universellen Gleichgewichts, die Einteilung in Tag und Nacht, die Herrschaft der Sonne und die des Mondes, weiter den Kampf zwischen Kain und Abel; es bezieht sich auf Raphael, den Engel des Götterboten Merkur, im Tarot wiedergegeben durch den Magier.

Dann kommt das vermittelnde Feuer, welches *Od, Ob und Aour* ist (siehe Brief 52):

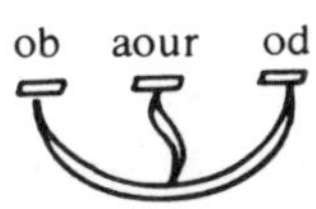

die Hörner des Moses und die dreizinkige Gabel des Satans.[125] Danach folgt das Jod י, das hier der Repräsentant von Malkhuth wegen der Zahl 10 ist und dessen Mysterium wir im zehnten Symbol des Tarot erkennen können; dann das Thau ת welches das vollbrachte Werk und das Zeichen Gottes ist – das Zeichen, das auf der Stirn des Menschen geschrieben sein muß. (Offb. 22,4)

Laßt uns den Menschen machen nach unserm Bild und Gleichnis. (1.Mos.1,26) Zu wem sagt Gott dieses «*Laßt uns machen*»? Direkt zum Menschen, der es machen wird; denn Gott kann es nicht vollbringen ohne die Zusammenarbeit mit dem Menschen!

Brief 99

Die sechs Schöpfungstage – Ruhe am siebten

22. September

Bruder∴ und Freund∴,

Fahren wir mit der Besprechung der Geheimnisse des Berechit fort.

Erster Tag der Schöpfung – das Licht; die glänzende und strahlende Einheit.

Zweiter Tag – das Firmament oder die notwendige Trennung von Geist und Form, des Festen vom Flüssigen, des Himmels von der Erde; Herstellung des Gleichgewichts der Zweiheit.

Dritter Tag – Keimung der Erde unter dem Einfluß des Himmels; die Zeugung beginnt mit der Offenbarung der Dreiheit.

Vierter Tag – Sonne und Mond herrschen am Tag bzw. in der Nacht; Teilung in Jahreszeiten durch die Vierheit; Urquadratur des Kreises.

Fünfter Tag – das Leben manifestiert sich im Schoß der Elemente; Errichtung des Menschenreiches in der Fünfheit.

Sechster Tag – Erde und Feuer antworten auf Luft und Wasser und bringen ihre lebenden Tiere hervor; das Dreieck, welches der Spiegel desjenigen von Jehova ist, bildet sich in der Seele des Menschen, und Gott spricht zu ihm: *Laßt uns den Menschen machen;* denn der Mensch muß bei seiner eigentlichen Schöpfung mitwirken. (1.Mos. 1,26)

Am siebten Tage ruht Gott (1.Mos. 2,2), das heißt, da die Siebenheit die vollkommene Zahl ist, braucht nichts mehr gemacht zu werden.

Brief 100

Sechsheit der Erschaffung des Menschen – keine neue Offenbarung notwendig, solange die alte nicht verstanden ist

25. September

Bruder∴ und Freund∴,

Erstes Kapitel der Genesis (1. Buch Mose) – die Einheit Gottes manifestiert sich und wiederholt sich in der Einheit des Menschen.

Zweites Kapitel – Gott vervollständigt den Menschen durch das Weib und die Intelligenz durch das Gesetz.

Drittes Kapitel – die Schlange tritt als Dritte zwischen den unschuldigen Mann und die unschuldige Frau; Gott tritt als Dritter zwischen den schuldigen Mann und die schuldige Frau.

Viertes Kapitel – Adam und Eva bringen Kain und Abel zur Welt, und es werden aus Zwei nunmehr Vier.

Fünftes Kapitel – die Menschheit konzentriert sich in der Person des Seth, welcher der Erbe von Adam und Eva anstelle von Kain und Abel wird. Eins wird die Synthese der Vier, das ist die Fünfheit in all ihrer Macht.

Sechstes Kapitel – Erschaffung des politischen und religiösen Menschen; Beginn des Antagonismus zwischen den Söhnen Gottes und den Kindern der Menschen.

Glauben Sie, daß sich dieses alles rein zufällig so darin findet? Und glauben Sie, daß man ein einziges Wort aus der *Bibel* verstehen kann, wenn man nicht den Schlüssel der heiligen Zahlen hat? Und was wird sein, wenn wir mit diesem Schlüssel die Tiefen des Ezechiel öffnen werden, das geheimnisvolle und allegorische Buch Tobias und besonders jene erhabene Apokalypse, Klippe des Genius von Bossuet und des Scharfsinns von Newton!

Es gibt Menschen, die eine neue Offenbarung für notwendig halten. Wenn sie doch warten würden, bis die alte Offenbarung bekannt und verstanden ist! Dann wird man sehen, ob es notwendig ist, eine neue zu wünschen.

Hoffen wir, daß nach sechstausend Jahren Unwissenheit und Dummheit die Menschheit sich ausruhen und Gott ein zweites Mal sagen wird: *ïaï aour – fiat lux – es werde Licht!*

Komm, Schöpfer Geist ... O Schatz, der siebenfältig ziert ... Geschenk vom Vater zugesagt, du, der die Zungen reden macht! (Aus einem Pfingstlied der Katholiken)

Brief 101

Ernest Renans Religion ohne Gott – Levi macht sich über sich selbst lustig

25. September

Bruder∴ und Freund∴,

Ich habe soeben in der Zeitschrift: *Opinion Nationale* (=

Nationale Meinung) ein Fragment aus einer Broschüre von Ernest Renan[126] gelesen, worin er erklärt, daß *er als Wissenschaftler nicht glaubt* an die Göttlichkeit Jesu Christi. Naiver Mensch! Wie kann man als Wissenschaftler glauben? Ist denn die Wissenschaft in der Materie des Glaubens kompetent? Was man weiß, das glaubt man nicht; was man glaubt, das weiß man nicht. Könnte Renan verlangen, *zu wissen,* daß Jesus Christus nicht göttlich ist? Es wäre dasselbe, wenn ein Christ *glauben* würde, daß das Hypotenusenquadrat eines Dreiecks nicht gleich der Summe der Kathetenquadrate wäre usw. Darüber folgen lange Polemiken in der genannten Zeitschrift der *Nationalen Meinung* zum Thema eines philosophischen, hypothetischen und folglich irreligiösen Gottes, das heißt außerhalb jeglicher Religion.

Wie finden Sie diese Konzeption eines Gottes ohne Religion und einer Religion ohne Gott?

Die Menschen dafür sind da. Es ist wohl wahr, daß in einem gewissen, wenig bekannten Buch, geschrieben von einer Art Verrücktem und betitelt: *Der Schlüssel zu den großen Mysterien,* die entsprechenden Gebiete der Wissenschaft und des Glaubens klar umrissen wurden, so daß alle diese Zweideutigkeiten aufhören könnten, über die man sich seit mehr als drei Jahrhunderten zerreißt. Aber welcher ernsthafte Mensch würde zugeben, daß er es gewagt hat, solche Dinge zu lesen?!

Wenn der Glaube nicht das Recht hat, das zu leugnen, was die Wissenschaft bestätigt, könnte die Wissenschaft mit Recht das zur Diskussion stellen, was der Glaube behauptet. Aber dazu ist es notwendig, daß Wissenschaft und Glaube sich niemals gegenseitig ihre Rechte streitig machen. Die religiöse Lösung ist da, aber leider werden die Menschen sie womöglich noch lange suchen, ohne sie zu finden.

Brief 102

Erschaffung des Mondes – Vergleich mit Nuktemeron des Apollonius von Tyana – Prophetien des Ezechiel, Tobias und Apokalypse des Johannes – Deutung nur durch Sepher Jesirah, Sohar und Henoch möglich – Erfolg der »Fabeln und Symbole« bis dahin gut und ohne Denunziationen

28. September

Bruder.·. und Freund.·.,

Die Genesis sagt ausdrücklich, daß Gott den Mond erschaffen hat, um in der Nacht zu herrschen, so daß es unnütz ist, wegen des Verständnisses des heiligen Buches zu untersuchen, ob man nicht im Namen der Wissenschaft die Aussagen darüber diskutieren könnte. Daraus, daß es Nächte ohne Mond gibt, kann man nicht folgern, daß für uns der Mond nicht *der Stern der Nächte* ist, wie man gewöhnlich sagt; und daraus, daß es nur zwei Jahreszeiten, gebildet aus einem Tag und einer Nacht, in den Polargebieten gibt, folgt nicht, daß die übrige Welt unrecht hat, vier Jahreszeiten anzuerkennen; Ausnahmen bestätigen die Regel.

Vergleichen Sie die sechs Tage der Schöpfung mit dem Nuktemeron des Apollonius von Tyana[127] und mit dem der Hebräer. Dann werden Sie erkennen, daß diese kabbalistischen Berechnungen aus derselben Familie stammen und daß Moses bei der Entwicklung der Schöpfungsgesetze der Siebenheit uns keine Geschichte erzählt, sondern ein ewiges Arkanum enthüllt. Die sechs Tage des Moses sind auch die Genesis der Intelligenz, deren Chaos sich mit dem Fortschreiten der Zahlen entwirrt.

Die sieben ersten Kapitel der Genesis enthalten die Mysterien der höchsten Einweihung; die Prophetie des Ezechiel, das Buch Tobias und die Apokalypse des heiligen Johannes sind so vollständige und vollkommene Bücher der Kabbala, daß man alle anderen verlieren könnte und das ganze Wissen behält, nur mit ihrer Hilfe. Es ist wohl wahr, daß man, um sie zu verstehen, den Sepher Jesirah und den Sohar verstanden haben muß – Bücher, deren Schlüssel in den Hieroglyphen des Henoch versteckt sind.

Sie möchten, daß ich Ihnen über den Erfolg meiner *Fabeln und Symbole* berichte. Sie werden mit Freude vernehmen, daß dieser Band mir noch keine Verfolgungen oder Beschimpfungen eingebracht hat, daß man mich (soviel ich weiß) noch nicht beim Staatsanwalt denunziert hat, daß auch noch niemand versucht hat, mich zu schlagen oder umzubringen. Das ist schon ein sehr schönes Resultat für einen Schriftsteller, der einen Verstand hat anders als die ganze Welt und allen Parteien schonungslos die Wahrheit sagt.

Brief 103

VAU = Bindestrich zwischen Himmel und Erde – Rätsel des Sphinx – Tiphereth – 666 der Offenbarung, aufgelöst zu 18 = 9

28. September

Bruder.·. und Freund.·.,

Das VAU ו stellt Gott in der Natur dar, die Idee im Wort, Binah in Chokhmah, die Wahrheit in der Religion, den Geist im Buchstaben, das Aktive im Passiven, den Mann im Weib. Es ist der Bindestrich zwischen Himmel und Erde. Es ist Sankt Michael, der dem Teufel droht. Es ist Oedipus, der mit dem Sphinx streitet. Es ist Mithra, der den irdischen Stier erdolcht. Es ist als hieroglyphische Abkürzung das Schwert des Michael und der Dolch des Mithra. Es ist der magische Kopf des Sohar mit seinem Spiegelbild[25]. Es sind die sechs Flügel der Cherubim des Jekeschiel (Jes. 6,2), die sechs Tage der Schöpfung, die sechs Weltalter der Kirche;[128] sechs ist die Zahl des Menschen, es ist die Zahl des Kampfes, der Arbeit, der Freiheit und der Liebe.

Durch diese Zahl drückt sich also auch das Rätsel des Sphinx aus.

Sechs ist Tiphereth, die Schönheit oder das absolute Ideal.

Sie ist die Frau, mit der Sonne bekleidet und den Mond unter ihren Füßen (Offb. 12,1), die in Geburtswehen schreit (Offb. 12,2). Sie ist der Spiegel Gottes im Menschen und des Menschen in Gott (1. Kor. 13,12). Sie ist die gegenseitige Anziehung von Himmel und Erde. Sie ist die Gnade und die Liebe im Reich der Siebenheit, aber ohne die Siebenheit; die Sechsheit ist der Aufstand und das Antichristentum.

Die 666 (Offb. 13, 18) ist der Antagonismus des Menschen in den drei Welten; was kann man tun, um diese verfluchte Zahl zu korrigieren? Indem die Begriffe vereinfacht und die drei 6 zusammengezählt werden, die 18 ergeben, die Symbolik der Hierarchie, und indem Sie auf die gleiche Art weiter addieren, also 1 und 8 zusammenzählen, werden Sie zur 9 geführt, der Zahl der Klugheit und der Einweihung.

Hiermit beschließen wir unsere Studien über die Sechsheit.

Brief 104

Glaubensbekenntnis der Auferstehung der Toten – der Glaube der Kleinen

1. Oktober

Bruder.·. und Freund.·.,

Et exspecto resurrectionem mortuorum. (Und erwarte die Auferstehung der Toten.) Diese Worte sind aus dem Nizäischen Glaubensbekenntnis[129]. Wollen wir doch die Dogmen nicht ändern; wir haben dazu weder das Recht noch die Kraft. Hüten wir uns vor dem Sauerteig (Matth. 16,6) der Pharisäer, der das schlechte Brot der vulgären Lehre hervorbringt. Und wie kann man glauben *alles, was die Kirche lehrt,* ohne in die pharisäischen Irrlehren zu verfallen? Indem man in spirituellem Sinn alles das aufnimmt, was der Irrtum der Menge materialisiert; es ist aber ein Irrtum, den man bei den Schwachen respektieren muß; denn er bildet oft ihren ganzen Glauben, und wenn man ihnen diesen Glauben nimmt, würde ihnen nichts mehr übrigbleiben.

Es gibt viele Menschen, die fest glauben, daß ein Engel (ein geistliches Wesen), der eine materielle Posaune an den Mund (den er nicht hat) setzt, im Tal von Josaphat (Joel 4, 12) die Abgestorbenen der ganzen Erde aufweckt (von denen nicht einer geschlafen hat, da das universelle Leben nicht aufgehört hat, sie zu bearbeiten) und sie wiedergeboren werden läßt mit demselben Körper (das ist wegen der Einheit aller Substanz wahr), den sie bei ihrem Tod gehabt haben. Man muß sie glauben lassen!

Gehen Sie also hin und vergeistigen Sie dies alles für Menschen ohne Geist! Sobald Sie vor intelligenten Menschen die Worte aus Symbolen und Gleichnissen aussprechen, ist es gerade so, als ob Sie von Träumen und Lügen sprechen: die ganze Religion hat sich für diese Menschen auf Nichts reduziert. Wenn sie sich beim Kommunizieren nicht vorstellen, daß sie im Mund das menschliche Fleisch Christi haben, das anfängt zu bluten, wenn sie es mit ihren Zähnen berühren, finden sie die fromme Aufnahme einer kleinen Oblate lächerlich.

Verachten Sie darum niemals die Kleinen (Matth. 18, 10), und überlassen wir deshalb der Philosophie des gesunden Menschenverstandes ihren ganzen Okkultismus; sie ist und wird – leider – noch lange sein die okkulte Philosophie! Wenn ich sie in meinen Büchern offenbart habe, so tat ich das in der Überzeugung, wie ich auch geschrieben habe, daß die schwachen Gläubigen sie nicht lesen werden, und wenn sie sie lesen, werden sie sich daraus etwas herausnehmen – wie Herr Gougenot des Mousseaux –, um sie als abscheuliche Bücher abzustempeln, und sie erklären dann, daß ich direkten Umgang mit dem gestrengen Herrn Satanas hätte.

Verdammt zu werden und dennoch zu segnen, das ist das Schicksal aller Propheten der Wahrheit. Vergeben Sie ihnen; sie wissen nicht, was sie tun. (Luk. 23, 34)

Brief 105

Die Siebenheit:
Mit Sechstagewerk sind alle notwendigen Elemente zur kabbalistischen Schöpfung gegeben – durch die Tarotfiguren kann vorausgesehen werden, was über die sechzehn folgenden Zahlen gesagt wird – Beispiele des philosophischen Tarot – Geheimnis der Hochzeit von Überfluß und Armut

4. Oktober

Bruder∴ und Freund∴,

Sammeln wir uns, bevor wir in den Tempel der Siebenheit eintreten. Wir haben gerade das Sechstagewerk beendet, die erste und wichtigste Arbeit der Zahlenlehre. Jetzt haben wir tatsächlich alle notwendigen Elemente zur kabbalistischen Schöpfung, so daß wir die Potenz der Zahlen, die wir noch studieren müssen, erraten können.

Vereinen wir 3 mit 4, so haben wir 7; multiplizieren wir 3 mit 4, so haben wir 12; 4 mit 2, wir haben 8; 3 mit 3, wir haben 9 usw. usw. Wir wissen aber, was 2, was 3, was 4, was 5 ist ..., und wenn wir die Ideen vereinigen, die wir von diesen Zahlen haben, indem wir sie so verbinden, wie wir es mit den Ziffern gerade getan haben, können wir im voraus herausfinden, was uns noch zu suchen übriggeblieben ist.

Da Sie durch meine Bücher bereits in die Symbolik der Figuren des Tarot eingeweiht sind, können Sie also schon voraussehen, was ich Ihnen über die sechzehn restlichen Buchstaben schreiben werde; Sie können sie fragen, indem Sie sie zu zweit, zu dritt, zu viert, zu fünft kombinieren; Sie buchstabieren zuerst, dann lesen Sie.

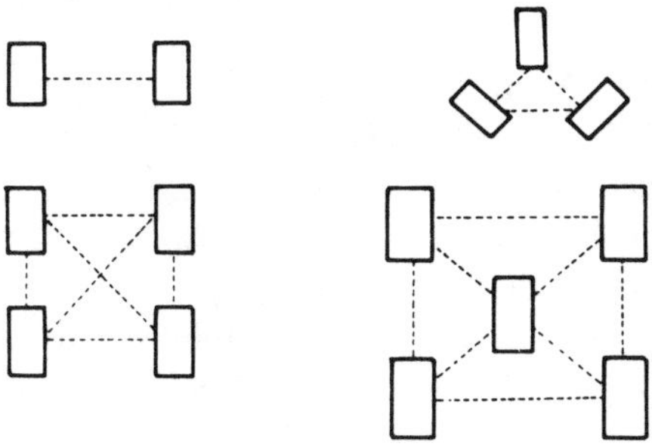

Ein Buchstabe ist eine Idee in drei Stufen der Intelligenz.

Zwei Buchstaben sind zwei verbundene Ideen, so daß der eine Buchstabe auf den anderen einwirkt und ihn befruchtet.

Drei Buchstaben sind ein Ideengeschlecht.

Vier Buchstaben sind ein Ideengebäude, ein Thron aus Wahrheiten.

Fünf Buchstaben sind eine Synthese und eine Autokratie von Ideen.

Sechs Buchstaben sind eine Waage und eine Art Gegnerschaft zwischen absoluten Ideen, dargestellt durch die beiden Dreiheiten. Beispiele:[130]

Ich ziehe wahllos zwei Karten aus dem Tarot und bekomme die Kaiserin und das As von Becher: die Zeugung und die Liebe, Venus und Cupido, Isis und Horus, Berecynthia und den Halbmond, Maria und den heiligen Gral – die Natur und den Raum.

Ich bringe sie ins Gleichgewicht.

Und ich beginne zu sprechen: 1. die Zeugung der Liebe ist analog 2. der Liebe der Zeugung. – Die Natur übt ihre Wirkung auf die Liebe aus. – Die Liebe übt ihre Wirkung auf die Natur aus. Nehmen Sie dabei zur Kenntnis, daß ich abwechselnd von links nach rechts und von rechts nach links lese, um die ausgewogenen Analogien zu finden. Beachten Sie ferner, daß ich bei den Namen, die ich unseren beiden Karten gegeben habe, diejenigen der göttlichen Ordnung ausgelassen habe, welche sind: *Vorsehung und Raum.*

Ich lese also: die Natur befruchtet die Liebe, die Liebe befruchtet die Natur – ich könnte auch sagen: die Vorsehung befruchtet den Raum, und ich würde als analoge Entsprechung erhalten: der Raum befruchtet die Vorsehung, was absurd erscheint.

Da aber das Absurde in den exakten Wissenschaften recht eigentlich unmöglich ist, sehe ich, daß ich an ein großes Mysterium und eine hohe Offenbarung rühre. Ich meditiere also tief über diese augenscheinliche Absurdität und finde das Geheimnis der Hochzeit von Porus, dem Gott des Überflusses, mit Penia, der Göttin der Armut.[131] Ich kann mich aber entsinnen, daß es in der platonischen Mythe Penia ist, die den Porus überrascht und irgendwie während seines Schlummers vergewaltigt hat. Ich sehe ein, daß die Leere die Fülle ruft, und erkenne, wie der ausgehungerte Raum irgendwie die Brüste der Vorsehung ansaugt, die dann ihre Milch nicht zurückhalten kann.

Auf diese Weise werden alle Aussagen des Orakels, die Ihnen entweder absurd oder sinnlos erscheinen, Sie zur Erkenntnis der größten Geheimnisse führen.

Dies sind einfache Erklärungen, die ich Ihnen im voraus gebe; denn wir kommen auf die sehr wichtige Frage des Verständnisses von Orakeln zurück, wenn wir alle Buchstaben durchgenommen haben. Ich gebe Ihnen gern im voraus den Schlüssel in die Hand, um Sie ein wenig mit diesem Instrument der Allmacht vertraut zu machen, das Ihnen den Tempel des Tiefen Friedens auf immer öffnen wird.

Brief 106

Geheimnis der Auferstehung der Toten – das letzte Gericht – Nächstenliebe

8. Oktober

Bruder.·. und Freund.·.,

Erinnern Sie sich, was der Herr über die Auferstehung des Elias in der Person von Johannes dem Täufer gesagt hat, der zur Erde gekommen ist *in der Kraft des Elias (Matth.17,11 – 13),* und Sie werden wahrscheinlich das Geheimnis der Auferstehung der Toten ahnen. Die letzten Stationen im Leben bauen Persönlichkeiten auf, deren Individuum wechseln kann, ohne daß die Persönlichkeit sich ändert. Wir erwecken so die einen in den anderen, und wir helfen mit allen Kräften unseres Fortschritts denjenigen, die unten leben, in unserer sterblichen Hülle, das heißt in der speziellen Hülle einer unserer unteren Stationen. Die Seelen ziehen sich auf diese Weise gegenseitig an, und eine himmlische Persönlichkeit setzt sich immer aus einer bestimmten Gruppe von Auserwählten zusammen.

Das letzte Gericht aber wird kommen, wenn der Geist der

Intelligenz die Wolken des Himmels herabsenken und den Christus zur Erde schicken wird (Matth. 24,30); denn Gott allein wird Gott sein, gemäß jenem schönen Wort des Propheten: *Und der Herr allein wird hocherhaben dastehen an jenem Tage.* (Jes. 2,11) Wenn das Gesetz der Intelligenz dann das Gesetz der Gerechtigkeit offenbart, werden die Lebendigen und die Toten durch die Manifestation einer unbestreitbaren Wahrheit gerichtet werden. Da die Tyrannei der Menschen unmöglich geworden ist, werden die alten Despoten zu den Höhlen sagen: Versteckt uns, und zu den Gebirgen: Bedecket uns und haltet allen Blicken unsere Schandtaten verborgen. (Offb. 6,15–16)

Man wird dann erkennen, daß die Religion gänzlich in der Nächstenliebe aufgeht, wenn der Erlöser zu den Gerechten sagen wird: Ich war hungrig, und ihr habt mir zu essen gegeben; ich war durstig, und ihr habt mir zu trinken gegeben (Matth. 25,35); Sie wissen selbst, wie es weitergeht. Das ist das letzte Gericht, wie es der Meister angekündigt hat. Aber die Jünger haben diesen Text ausgeschmückt und Ergänzungen zu diesem Thema erfunden. So glaubt Paulus, daß seine Zeitgenossen das letzte Gericht sehen und die Auserwählten seiner Zeit transfiguriert werden, ohne zu sterben. (1.Kor. 15,51) Petrus ist nicht derselben Meinung.

Brief 107

Inspirationen – Voraussagen über den Antichristen – der Schleier der Zukunft darf nicht ungestraft gehoben werden

Bruder∴ und Freund∴,

Als der Herr den Bileam inspiriert, läßt er abwechselnd den Propheten und die Eselin des Propheten sprechen. (4.Mos. 22,28–30) So ist es mit allen heiligen Schreibern gewesen. Die irrigen Interpretationen des Menschen stehen immer neben den Orakeln des Heiligen Geistes, damit die folgenden Worte sich erfüllen: *Wer Ohren hat zu hören, der höre. (Matth. 11,15) Der Geist ist es, der das Leben schafft, das Fleisch hilft nichts. (Joh. 6,63) Was aus dem Fleisch geboren ist, das ist Fleisch, und was aus dem Geist geboren ist, das ist Geist. (Joh. 3,6) Wir haben einen Schatz in irdenen Gefäßen. (2. Kor. 4,7)*

Da sehen Sie, warum es in den heiligen Büchern unvollständige Bewertungen und sogar menschliche Irrlehren gibt, die der göttliche Geist in der Intelligenz und dem Herzen der Sehenden korrigiert und ausstreicht. Der Einfältige verehrt alles; wie er *stercora Mariae virginis (= Kot der Jungfrau Maria)* verehren würde, die – wenn auch ohne Sünde empfangen – nicht ohne natürliches Bedürfnis hätte gebären können.

Wann aber kommt nun dieses letzte Gericht? Nach dem Jahr 2000 ohne jeden Zweifel, und es wird der messianischen Herrschaft vorausgehen, die von allen Propheten und besonders vom Apostel Johannes angekündigt wurde. Sie wird ein ganzes Jahrhundert dauern, dem dreieinhalb Jahrhunderte ausgesprochenen Antichristentums folgen. Das latente Antichristentum aber hat schon zur Zeit der Apostel begonnen; das eigentliche Antichristentum begann im 17. Jahrhundert und wird in der Mitte des 20. Jahrhunderts enden. Die fünfzig folgenden Jahre werden Dämmerung und Vorbereitung der neuen Regierung sein ...

Hier halte ich ein; denn man hebt nicht ungestraft den Schleier von der Zukunft, und das Flammenschwert des Cherubs macht alsbald diejenigen blind, die ein zu kühnes Auge in die dunklen Tiefen des Heiligtums werfen ... Lassen Sie mich dieser schrecklichen Hand entkommen, welche die Propheten bei den Haaren packt und sie über die Reiche und Zeiten emporhebt ... Ich bin ein armer, alter Mann, unwissend und krank, und weiß nicht, was ich sage.

Brief 108

Die Ruhe des siebten Tages – zweite Lösung des Sphinxrätsels

13. Oktober

Bruder.·. und Freund.·.,

... Wir sind am Sonntag des Wissens angekommen, zur Eröffnung des siebten Siegels. Ein Schweigen verbreitet sich im Himmel. Gott ruht am siebten Tag. Das heißt, daß sich in dieser heiligen Zahl alles summiert, verfestigt und vollendet.

Sehen Sie den Triumphator aufrecht auf dem kubischen Stein, der die beiden Sphingen führt[132], die Ödipus nicht erraten hat. Der Triumphator hat das Werk seiner Emanzipation beendet: er ist König von Jerusalem und Theben!

Brief 109

Snider – La Mettrie – sechs Buchstaben erklären die Schöpfung vollständig

Bruder.·. und Freund.·.,

Ich habe das Buch von Snider überflogen, der den Menschen auf die Beschaffenheit seiner Bestandteile reduzieren will. Er hat mich an die berühmte Definition von La Mettrie[133] erinnert: «Der Mensch ist ein Verdauungsrohr mit Löchern an beiden Enden.» Es sind nicht solche und ähnliche Nachtarbeiten, die das Reich des Parakleten auf Erden herbeiführen.

Sie beurteilen sich selbst schlecht, wenn Sie sich als kleinmütig ansehen vor der Breite und Tiefe des Wissens. Sie haben nur zuviel Ungeduld und Eifer. In fünfzehn Monaten, so sagen Sie, haben wir nur sechs Buchstaben betrachtet. Das ist wahr, aber in diesen sechs Buchstaben ist das ganze Wissen von Bereschit enthalten, dem ersten und wichtigsten Teil der hohen Kabbala. Diese sechs Buchstaben erklären die Schöpfung vollständig und deuten das Siegel von Salomo. Die sechs großen Abschnitte der Schöpfung haben diese sechs Buchstaben in den Himmel und auf die Erde geschrieben, und es mußten sechstausend Jahre erfüllt werden, bevor die Welt sie erkennen konnte. Geben Sie zu, daß wir unsere Zeit nicht verloren haben – wir, die sie in fünfzehn Monaten studiert haben.

Die Horizonte des Wissens sind weiträumig, aber das Feld, das es ausfüllt, ist so regelmäßig eingeteilt und die Strahlen, die vom Mittelpunkt zum Umkreis gehen, sind so regelmäßig und so vollkommen, daß man, wenn man einen Winkel hat, schon das Maß und den Ort aller Dinge wissen kann. Nun, Sie sind im Mittelpunkt jenes versprochenen Landes, von dem Sie zu fürchten scheinen, Sie würden niemals ankommen. Das Labyrinth gehört jetzt Ihnen; Sie haben den Ariadnefaden in der Hand.

Ich werde mit Freuden die Personen empfangen, die Sie mir ankündigen, auch erleuchtete Martinisten[134], und ich werde versuchen, sie auf den Weg der Hierarchie und des orthodoxen Dogmatismus zu bringen.

Grüßen Sie sehr herzlich von mir die liebe und würdige Begleiterin, die Gott Ihnen gegeben hat; sagen Sie ihr, wenn ich im kommenden Herbst nicht einige schöne Tage in ihrer Nähe verbringe, muß ich mir ein ganz empfindliches Opfer auferlegen.

Brief 110

Die Formen aus Licht – wirkliche Wandlung des Brotes in Fleisch und des Weines in Blut – das neue Buch bringt Erklärungen

16. Oktober

Bruder∴ und Freund∴,

Die Seele der Welten verewigt sich durch ihre totale Transformation in Intelligenz. Das Astrallicht muß der Körper des Lichtes der Herrlichkeit werden, und so werden wir unseren Platz auf derselben Erde in einer transfigurierten Welt wiederfinden. Die Wurzel regeneriert den Stamm. Der Stamm regeneriert die Zweige, und Gott zählt die Blätter, die fallen; denn nicht eines wird verlorengehen. Die Arten bleiben am Leben und an ihrem Ort, wenn die Einzelwesen sterben. Was geht uns der Gips an, aus dem die Form gemacht ist! Der Gips kann zerbrechen und zu Staub werden. Die Form bleibt, und man kann Bronze, Silber oder Gold hineingeben.

Alle lebendigen Wesen sind in Formen aus Licht enthalten. Diese Form bestimmt die Erscheinung der Substanz, die sie füllt. So wird durch eine wirkliche Wandlung das Brot zu Fleisch und der Wein zu Blut. Wenn dann die Form eine erschöpfte Substanz zurückweist (was man sterben nennt), hört der Nimbus auf, und die Leiche wird wieder zu Brot, Früchten usw. Haben Sie schon einmal gesehen, daß ein großer Baum aus einer Mauer oder einem Felsen herauswächst, die kaum in einer ihrer Spalten eine Handvoll Erde enthalten? Woher zieht dieser Baum seine Substanz? Dieser Baum ist ein Magnet, der die feinstoffliche Materie an sich zieht, die sich sparsam in der Atmosphäre befindet; denn seine Lichtform hat sich aus den Emanationen der Sonne gebildet.

Dies alles kann noch nicht sehr klar für Sie sein. Aber ich rechne damit, daß ich in meinem nächsten Werk: *La Science des Esprits (= die Wissenschaft von den Geistern)* das große kabbalistische Buch: *De Revolutionibus Animarum (= Über die Umdrehungen der Seelen)*[135] analysieren kann. Sie werden darin eine überreiche Quelle finden, wo Sie nach Muße Ihren großen Durst nach dem Unbekannten stillen können.

Sie werden mit Begeisterung vernehmen, daß die *Fabeln und Symbole* sich gut verkaufen – trotz des Schweigens der Zeitschriften (ein Schweigen übrigens, das man mit Geld beenden kann). Ich habe wegen dieses Buches schon sehr schmeichelhafte Belobigungen erhalten, die mir fast ebenso wertvoll sind wie die Ihrigen.

Brief 111

Der Roman der Rose – der Synthese-Mensch – Napoleon III.

Bruder.·. und Freund.·.,

Der *Roman der Rose*[136] ist das seltsamste wissenschaftliche literarische Monument des Mittelalters. Es setzt die Kette der Einweihungstradition fort. Sie werden also sicherlich darin etwas finden; es ist ein vortreffliches Buch für die Bibliothek.

Wenn ich die *Fabeln und Symbole* noch nicht an Herrn Guettée geschickt habe, so deshalb, weil ich sie ihm selbst bringen möchte; die Höflichkeit verlangt, daß ich es tue, weil dieser Herr schon zweimal zu mir gekommen ist, ohne mich anzutreffen. Ich werde also zum nächstmöglichen Zeitpunkt hingehen; denn Sie wissen, daß mir die Zeit nicht ganz gehört. Ich weiß nicht, mein Freund, ob ich der «Synthese-Mensch» bin, wie mich Mickiewicz nennen will. Hoffen wir, daß Gott der armen Menschheit ein vollkommeneres und vollständigeres Vorbild schicken wird – einen Menschen, dessen Einfluß sich von selbst und zur rechten Stunde auf die Geister seines Jahrhunderts legt: einen gläubigen Voltaire, einen heiligen Bernhard, gelehrt und vernünftig. Was mich betrifft, so werde ich ein ergebener und arbeitsamer Pionier gewesen sein, dazu beauftragt, ihm den Weg zu bahnen. Das ist auch eine sehr schöne Aufgabe, mit der ich ganz zufrieden sein kann.

Kaiser Napoleon III. (1852–1870) ist ein verhängnisvoller und gleichzeitig von der Vorsehung gesandter Mann. Seine Natur treibt ihn zu Torheiten, und die höchste Weisheit beherrscht ihn. Napoleon I. glaubte an seinen Stern; dieser hat eine geheimnisvolle Hand, die ihn vorwärtsdrängt oder zurückhält. Er hat wie im Traum Intuitionen einer Vernunft, die über sein Jahrhundert hinausgeht, und er ist stark, weil er ruhig ist. Sein Charakter ist überaus positiv und praktisch, während die Poesie bei ihm durch Abwesenheit glänzt. Daher wird er, nachdem er für das Volk mehr als alle Herrscher vor ihm getan hat, unbeliebt sterben, weil er nicht genug Tingeltangel für die Menge veranstaltet hat.

Ich halte ihn im großen und ganzen für gut und gerecht; er ist aber zu leicht durchschaubar für diejenigen, die sich ihm nähern, und da er die Menschen sehr verachtet, bemüht er sich manchmal nicht genug, ihnen seine Verachtung zu verbergen, weshalb ihm auch die ungestümen Emotionen der Jugend fremd bleiben. In der Religion hat er sich nicht festgelegt. Er hat Ahnungen und Zweifel, die er aber weit von sich weist, indem er den Standpunkt einnimmt: nur nicht daran denken!

Brief 112

Kontakte zu Geistern – Licht der Herrlichkeit verursacht niemals Rausch

20. Oktober

Bruder∴ und Freund∴,

Ich antworte auf Ihre Schwierigkeiten wegen möglicher Kontakte zu den Geistern. Erinnern Sie sich, daß es sich hier um reine Hypothesen handelt, bekräftigt durch die Meister der heiligen Kabbala. Die Gespenster, die Elementargeister und die Seelen in der Hölle wären in die Atmosphäre eingetaucht, die für sie das große, nicht verdichtete Chaos ist. *Chaos infirmatum – das unbefestigte Chaos.* Die gerechten Seelen würden sich dagegen auf dem Ozean der Luft bewegen, der für sie das große verdichtete Chaos geworden ist. *Chaos magnum firmatum est – das große Chaos ist befestigt.* Die Untergetauchten verkehren mit uns durch das Astrallicht, um zu versuchen, auf unsere Kosten zu leben, da wir sie durch unsere Unvorsichtigkeiten anziehen, und die Beherrscher des Chaos würden sich uns durch das Licht der Herrlichkeit manifestieren, das genausoviel höher als das Astrallicht ist, wie die Seele über dem Körper steht. Aber das Eigentümliche des Lichtes der Herrlichkeit ist, daß es die Imagination dem Geist unterwirft und augenblicklich die Unordnung der Träume aufhören läßt. Das Licht der Herrlichkeit verursacht niemals Räusche noch Blutstockungen, weil es immateriell ist wie die Gnade, die seine Begleiterin ist und mit der die Theologen es manchmal verwechselt haben. Es ist genaugenommen eine Verbindung der höchsten Vernunft mit der Intelligenz des Menschen. Es ist eine Strahlung von Redlichkeit und Sanftmut. Es hat nichts Ungewöhnliches an sich, und es löscht natürlich in den universellen Harmonien die ganze Monstrosität der Wunder.

Unordnung könnte tatsächlich kein Wunder sein. Das ewige Wunder ist die Harmonie der göttlichen Gesetze.

Brief 113

Die sieben Gaben des Heiligen Geistes – Vision des Ezechiel

Bruder.·. und Freund.·.,

Veni, Sancte Spiritus,	*Komm, o Geist der Heiligkeit!*
Et emitte caelitus	*Aus des Himmels Herrlichkeit*
Lucis tuae radium.	*Sende Deines Lichtes Strahl.*
Da tuis fidelibus,	*Heil'ger Geist, wir bitten Dich:*
In te confidentibus,	*Gib uns allen gnädiglich*
Sacrum septenarium.	*Deiner sieben Gaben Kraft!*
	(Aus der Sequenz zu Pfingsten)

Da steht, was die Kirche in ihren prophetischen Sehnsüchten singt: Gib uns die heilige Siebenheit; laß uns teilnehmen, Herr, am Sonntag deiner großen Woche.

Da virtutis meritum,	*Gib Verdienst in dieser Zeit*
Da salutis exitum,	*Und dereinst die Seligkeit*
Da perenne gaudium.	*Nach vollbrachter Wanderschaft.*

Gib uns, Herr, *Intelligenz und Weisheit:* Chokhmah und Binah; *Stärke und Barmherzigkeit:* Geburah und Gedullah; *Gottesfurcht und Rat, der Sieger macht:* Hod und Netzach. Gib uns schließlich das *Wissen* von Kether, Tiphereth und Jesod. Da haben Sie die sieben Gaben des Heiligen Geistes: glorreiche Transfiguration der sieben christlichen Tugenden und höchste Offenbarung der erhabenen Theologie der Kabbala!

Lesen Sie noch einmal die Vision des Ezechiel: Es ist ein Feldzug von menschlichem Staub, entstanden aus gebleichten und übermäßig ausgedörrten Knochen. Sohn des Menschen, glaubst du, daß solche Reste wieder lebendig werden können? – Du weißt es, Herr. – Nun gut, sprich zum Geist der vier Winde, rufe die vier Buchstaben des heiligen Tetragramms an! Laß über sie wehen den belebenden Geist des Schema Hamphorasch! Intelligenzen des himmlischen Kreuzes, Tugenden der Vierheit, belebt durch die Dreiheit, wehet über diese Toten! ... Und siehe da! eine Erschütterung: die Gebeine wachsen zusammen und bewegen sich mit Getöse. Sie wachsen, bedecken sich mit Fleisch, aber der Geist fehlt ihnen noch ... Der Prophet ruft den Geist, und er kann es, derjenige, der die erhabensten Mysterien des Wissens geschrieben hat, und die Menschheit erhebt sich wieder lebendig! ...

Brief 114

Siebenheit ist Zahl der Nächstenliebe – die Liebe wird reich durch Geben

23. Oktober

Bruder.·. und Freund.·.,

Die Siebenheit ist die Zahl der Nächstenliebe, welche die Krone des geistigen Gebäudes ist, dessen Säulen heißen:

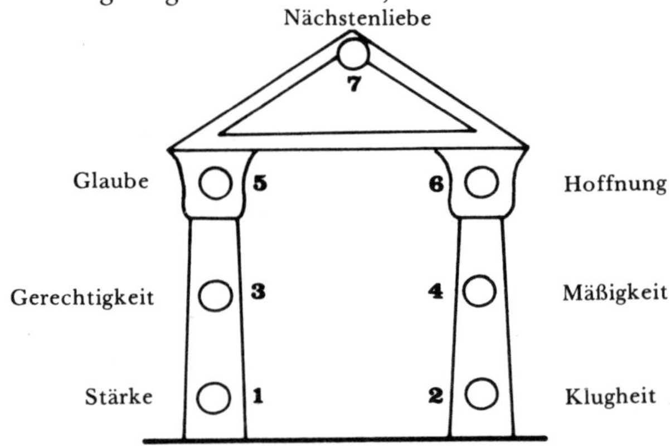

So ruht der Glaube auf der Gerechtigkeit und die Gerechtigkeit auf der Stärke, die Hoffnung auf der Mäßigkeit und die Mäßigkeit auf der Klugheit, und das alles, um der Nächstenliebe als doppelte Basis zu dienen. Dies ist nichts anderes als das große Portal des inneren Tempels. Im Heiligtum findet man eine andere Siebenheit, die ich Ihnen beschrieben habe: diejenige der Gaben des Heiligen Geistes, in welcher das Wissen und die Intelligenz die Hoffnung und den Glauben ersetzen. Die Nächstenliebe wandelt sich dort in Barmherzigkeit, die göttlichste und vollkommenste der himmlischen Gaben, aber auch die am wenigsten verstandene.

Die Welt hat die Angewohnheit, den Namen der Barmherzigkeit jener Neigung für materielle Dinge des Kultes zu geben, die so leicht in Fanatismus ausartet. Sogar für die meisten Priester ist eine fromme Person jemand, der sich gern zu den Gottesdiensten einfindet, der die Novenen[137] einhält und oft seinen Rosenkranz hersagt. Ob einer liebevoll ist oder nicht, danach wird nicht gefragt, und man bedenkt nicht, daß die Praktiken des Gottesdienstes profaniert werden, wenn man sie erfüllt ohne den wahrhaften Geist der Religion, das heißt ohne Erkenntnis der Dinge Gottes und ohne Liebe zum Nächsten.

Die Nächstenliebe, jene Liebe, die eine Gnade ist, wie es der griechische Name ausdrückt, den ihr die christliche Inspiration gegeben hat, ist die gnadenvolle Liebe, weil sie hochherzig ist. Die Liebe, die Paulus auf einem unsterblichen Blatt beschrieben hat (1.Kor. 13): sie ist das Ziel unserer Anstrengungen, sie ist die Frucht unserer Mühen. Die Liebe, Schwester des Friedens, die Liebe, die reich wird, indem sie gibt und die immer geben kann, ohne sich selbst noch die Reichtümer Gottes und der Natur je zu erschöpfen!

Brief 115

Siegel des Hermes vereinigt Haupteigenschaften der Siebenheit: kubischer Stein mit Pyramide ist Symbol der Ruhe und Stabilität

Bruder∴ und Freund∴,

Hier ist das Siegel des Hermes:

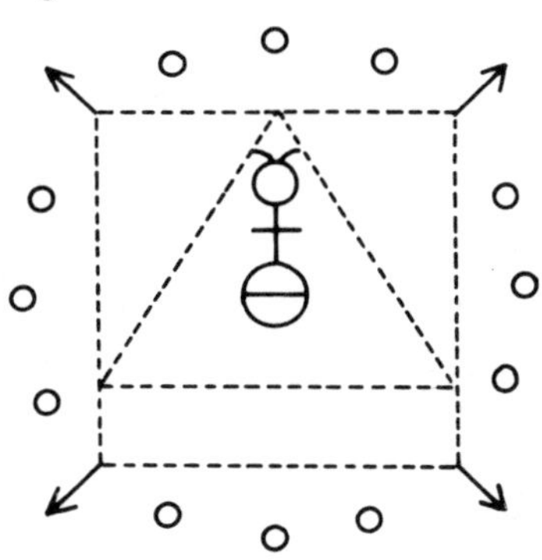

Es vereinigt die Haupteigenschaften der Siebenheit; es zeigt ihre Zusammensetzung an; es drückt hieroglyphisch das Wesen und die Transformationen der universellen Substanz aus. Alles ist vier aus drei im Licht und im Leben. Der Kreis der vollkommenen Bewegung ist drei von vier oder vier von drei; dort ist die Quadratur des Kreises, dort ist auch der Stein der

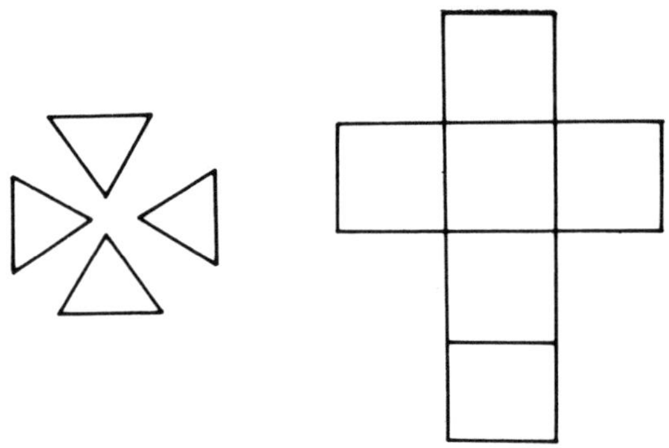

Philosophen, dargestellt in der Symbolik der Freimaurer durch den kubischen Stein, bestehend aus sechs Quadraten und vier Dreiecken.

Das gibt Ihnen das Kreuz des Tempels und das lateinische Kreuz. Das Kreuz des Tempels legt sich als Pyramide zu-

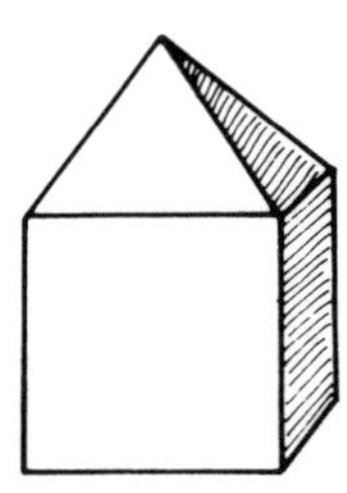

sammen und krönt durch dieses Bild des göttlichen Prinzips und des Feuers die sechs Flächen des Kubus, wie das Tetragramm – den sechs Tagen des Bereschit hinzugefügt – zehn ergibt und nur sieben bedeutet.

Man kann auf diese zwei Kreuze die Namen der Sephiroth in folgender Weise schreiben:

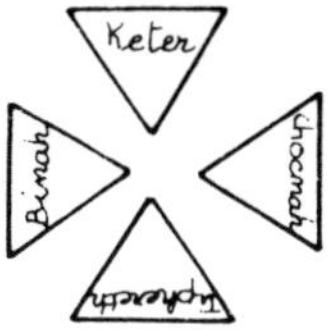

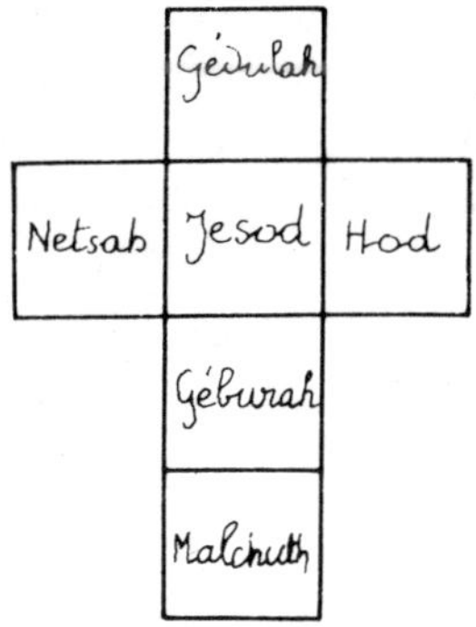

Die Figur des kubischen Steines ist genau diejenige der Pyramiden, deren Grundflächen kubisch sind, was ihnen eine höhere Kraft gibt als diejenige der Elemente und der Zeitalter.

So setzt sich viereckig die Siebenheit nieder, welche die Zahl der Ruhe ist, das heißt der Stabilität. Wenn man sagt, daß Gott sich ausruhte, so soll damit die Vollendung der Arbeit in der Natur ausgedrückt werden, die – wenn sie einmal auf der Siebenheit aufgebaut ist – ihrem Urheber scheinbar nichts mehr zu tun übrigläßt.

Brief 116

Der Spiegel des Wissens: Daath – nach 7 × 7 Tagen kommt Pfingsten

28. Oktober

Bruder.·. und Freund.·.,

Das Wort, das Sie in einem meiner letzten Briefe nicht gut haben lesen können, ist das Wort «Wissen». Es ist die erste aller Gaben des Heiligen Geistes und entspricht dem Glauben in der Aufzählung der sieben christlichen Tugenden.

Sie erinnern sich, daß das Wissen nicht Teil der Sephiroth ist, sondern der Spiegel, worin sich die Strahlen aller konzentrieren; man nennt ihn Daath.

Sie erkennen, daß im katholischen Dogma die Anordnung der Zahlen eine Verbindung des Wissens mit dem Glauben erfordert, die auf einer unerschütterlichen Basis die absolute Vernunft des menschlichen Wortes errichtet, analog dem Wort Gottes, wie ich es im Vorwort zur zweiten Auflage der «Transzendentalen Magie» gezeigt habe.[138]

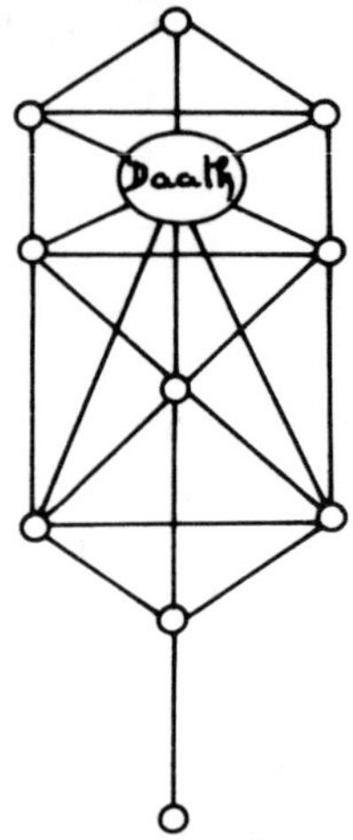

Man sollte auch beachten, daß die Zahlen 1, 2, 3, 4, die das göttliche Tetragramm ausdrücken, addiert 10 ergeben, daß ihre geometrische Figur derjenigen der Sephiroth entspricht und daraus eine Kombination entsteht, durch die Malkhuth sein Gleichgewicht findet und notwendig wird – was die Ewigkeit der Schöpfung demonstriert.

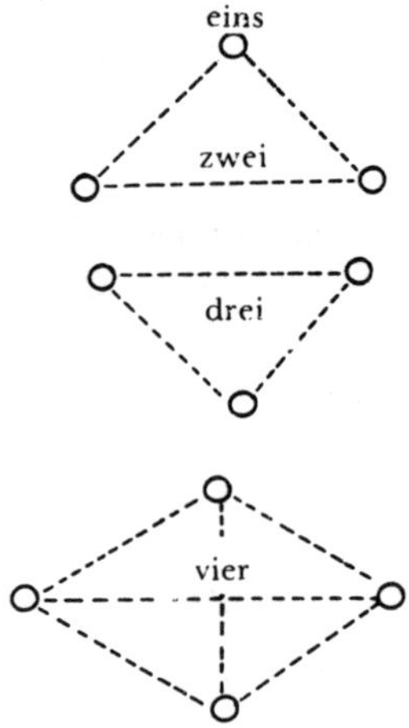

5, 6 und 7 ergeben addiert 18, jene Zahl der Symbolik, deren beide Ziffern addiert 9 ergeben, die Zahl der Einweihung und der Klugheit. 9 und 10 (wie vorstehend) addiert gibt 19, die Zahl der Sonne und der Wahrheit, deren beide Ziffern 10 ergeben, das heißt die synthetische und komplexe Einheit: Summe aller Zahlen.

7 mal 7 ergibt 49, Quersumme 13, und 13 ergibt 4. Nach dem 49. Tag kommt Pfingsten[139], welches das Fest der Intelligenz und der Sabbat der Sabbate ist; das siebente bei den Juden und das fünfzigste bei uns ist das Jubeljahr.[140]

Brief 117

Sieben Engel vor dem Angesicht Gottes, davon 3 in der Bibel genannt

Bruder.·. und Freund.·.,

Es gibt sieben Engel, die sich vor dem Angesicht Gottes aufhalten, sagt die Schrift. (Offb. 8,2) Aber von diesen sieben nennt die Bibel nur drei mit Namen, welche sind:

1. Michael oder Mica-el (Jud. 9 und Offb. 12,7), der besondere Genius des Judaismus; sein Name bedeutet: Wer ist wie Gott! Er ist der Zerstörer der Götzen; er ist es, der mit dem Satan um den Körper des Moses kämpft (Jud.9), das heißt, der die jüdische Kirche gegen die scheußlichen Erfindungen der Hölle verteidigt. Er ist es, der Israel in das Heilige Land zurückführen muß – unter dem Beifall der Völker, zur Zeit der messianischen Regierung. *Dann erhebt sich Michael, der große Fürst. (Dan.12,1)*

2. Der zweite Engel, den die Schrift nennt, ist Gabriel (Luk. 1,19), dessen Name bedeutet: *die Menschheit Gottes.* Er ist der Genius des Christentums. Daniel sah ihn über die Wasser kommen (Dan. 8,15–16), und tatsächlich lenkt und regiert Gabriel die himmlischen Wasser, welche die Glut der Feuerschlange mäßigen. Er ist der Engel der Frau, die er selbstherrlich grüßt als Gefährtin des Meisters: *Der Herr ist mit dir! (Luk. 1,28)*

Gepriesen durch dich selbst, du Gebenedeite, und in allen

Frauen aufgrund deiner befreienden Frucht Jesus!

Gabriel ist auch der Engel der Hoffnung.

3. Raphael (Tob. 3,7), dessen Name das Heilmittel Gottes bedeutet, muß alle Übel der Menschheit heilen. Er wird die neue Generation führen, dargestellt durch den jungen Tobias, und läßt ihn sein Heil in dem ungeheuren Fisch finden, der ihn scheinbar verschlingen will. (Tob. 6,3) Dieser symbolische Fisch ist derselbe wie bei Jonas. (Jon. 2,1) Er ist auch das Zeichen in den Katakomben, wo man so häufig einen Fisch über dem heiligen Monogramm sieht.[141] Wie kommt es, daß dieses ganze Wissen verlorengegangen ist? *Wie dunkel ist das Gold geworden?* (Kl. 4,1) Wann wird der Engel Raphael wiederkommen, um den Blinden die Augen zu öffnen? ... (Tob. 11,7–8)

Brief 118

Die Siebenheit im Tarot trägt der Kaiser der 4. Karte – Darstellung der Siebenheit in Schwefel, Quecksilber und Salz – der Gehenkte der 12. Karte

2. November

Bruder∴ und Freund∴,

Der Kaiser des Tarot trägt das heilige Zeichen der Siebenheit, weil das heilige Tetragramm drei Personen und vier Beziehungen umfaßt, wie das Sonnenspektrum drei Farben und vier erste Abstufungen enthält: eine Erscheinung, die sich durch die Analogie in der musikalischen Tonleiter wiederholt. So erfordert die Drei die Vier, und die Vier ist der Grund der Sieben.

Hier folgt die Figur des Kaisers im Tarot:

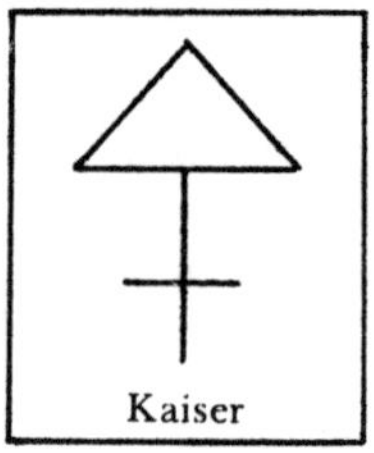

Diese Figur ist das Zeichen der Liebe oder des universellen Lichtes, verstanden in seiner Aktivität; es ist der Schwefel des hermetischen Philosophen[142],

אור

das heißt das motorische Prinzip der Natur oder die universelle Wärme. Es ist das Od, das den physischen Wert von Daleth bestimmt.

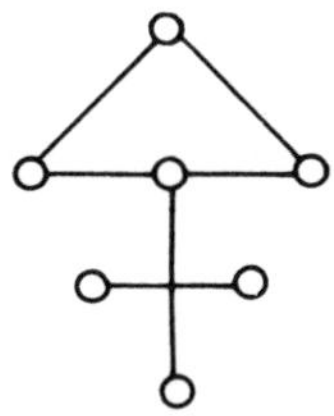

Das philosophische Quecksilber wird auch durch eine siebenfache Figur dargestellt:

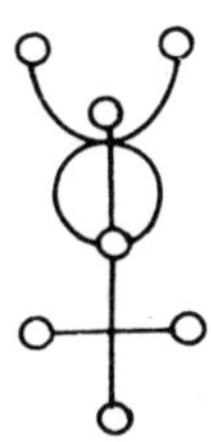

Ebenso das philosophische Salz:

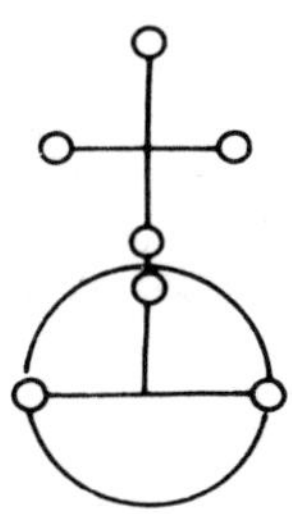

Ist das Werk vollendet, die Arbeit des Herkules vollbracht, so trägt die Zwölfheit nur noch das Zeichen der Siebenheit. Es

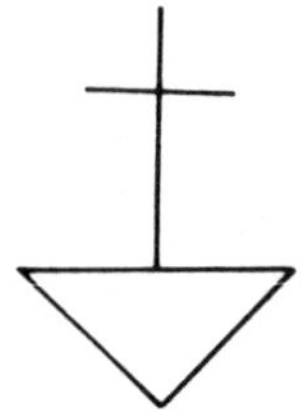

ist das hieroglyphische Zeichen des Lebenselixiers, ausgedrückt im Tarot durch die Figur des Gehenkten:

den man oft in den hieratischen Hieroglyphen Ägyptens auf folgende Weise dargestellt findet:

Diese Biene[143], die aus ihrer Wabe herauskommt, ist die Seele, die zum himmlischen Leben geboren wird, nachdem sie ihre Arbeit auf der Erde vollbracht hat. Es ist das Mysterium der Wiedergeburt durch den Tod.

12 ist eine Siebenerzahl; denn es ist 3 multipliziert mit 4; aber $3 + 4 = 7$.

Alles geht aus der 7 hervor, alles kehrt wieder zur 7 zurück, alles drückt sich durch die 7 aus: die Welt, die Zeit und der Himmel!

Brief 119

Der «heilige Eliphas» gegen den Satiriker Rabelais – Allerheiligen

Bruder∴ und Freund∴,

Haben Sie nur kein zu blindes Vertrauen in die Reliquien des heiligen Eliphas. Man erzählt von ihm Sachen, die sehr wenig erbaulich sind. Er singt und komponiert sogar Lieder von einem unverzeihlichen Irrsinn, spielt große Töne auf der Rohrflöte, assistiert mit einer unerschütterlichen Kaltblütigkeit beim Kasperletheater und macht auf offener Straße prächtige Luftballonpartien mit den ungepflegtesten und schmutzigsten Kindern der Gegend.

Das ist unverbesserlicher Stil des Satirikers Rabelais[144], und wenn man das alles bei einem guten, alten Dichter durchgehen lassen konnte, so muß man doch wohl zugeben, daß dies sehr wenig zu der hohen Würde und dem erhabenen Ernst dessen paßt, was man einen Heiligen nennt.

Denn du allein bist der Heilige, du allein der Herr, du allein der Höchste: Jesus Christus, mit dem Heiligen Geist, *zur Ehre Gottes, des Vaters.*[145]

Ich schreibe Ihnen diese Zeilen am Tag vor Allerheiligen (frz. Toussaint), was man eigentlich Tous-saints schreiben müßte[146] nach den normalen Regeln, was aber gut und richtig mit dem universellen Plural und dem unveränderlichen Singular geschrieben ist. Tatsächlich ist Gott allein heilig, und alle nehmen an seiner Heiligkeit teil, mit welcher er sie bedeckt wie mit einem glänzenden Mantel, um ihre Fehler und ihre Nöte zu verbergen. Alle sind *heilig,* alle sind *Gott,* aber sie sind weder Heilige noch Götter.

Man könnte die Feste, die wir nun feiern werden, die Feste der universellen Gemeinschaft nennen. Allerseelen fällt auf einen Sonntag, welcher der Ruhe und der Auferstehung geweiht ist. Erde: Übergang oder Fegefeuer; Himmel: Glaube, Hoffnung, Liebe! Da haben Sie die drei Kirchen, die nur eine sind!

Brief 120

Fischsymbolik bei Christus und Tobias

4. November

Bruder.·. und Freund.·.,

Der Fisch symbolisiert das physische Leben in seinem ersten Element, welches das Wasser nach der Physik der Antike ist.[147] Der Leviathan des Buches Hiob (3,8) ist das große magische Agens, das alles enthält, alles absorbiert und alles füllt. In der Symbolik Indiens ist die erste Inkarnation des Vishnu ein Fisch.[148] Ägypten verehrt das universelle Agens unter der Figur des Oannes.[149] Der hieroglyphische Fisch unterscheidet sich von der Schlange dadurch, daß die Schlange mit ihrem feurigen Biß das feurige oder aktive Prinzip des universellen Agens darstellt, während der Fisch sein wässeriges oder passives und absorbierendes Element bedeutet.

Daher vereinigt in den mystischen Figuren der Katakomben von Rom der Fisch des Jonas, der zunächst absorbiert und dann hinauswirft oder zurückstößt, die beiden Formen: diejenige des Fisches und diejenige der Schlange.

Man gibt ihm zwei Köpfe: einen, der verschlingt, und einen, der ausspeit, so daß diese Figur vollständig das große Arkanum der okkulten Physik und der Naturmagie ausdrückt.

Der Fisch ist auch ein Symbol des Okkultismus, weil er stumm ist.

Die ersten Christen, die in die Mysterien der Kabbala eingeweiht waren, entdeckten auch in dem griechischen Wort für Fisch IXTYS außer dem Namen Jesus und dem Monogramm des Labarum die Anfangsbuchstaben des Wortes IESOUS XRISTOS THEOU YIOS SOTER.[81] Deshalb findet man auf den Gräbern der alten Märtyrer häufig die folgenden Zeichen:

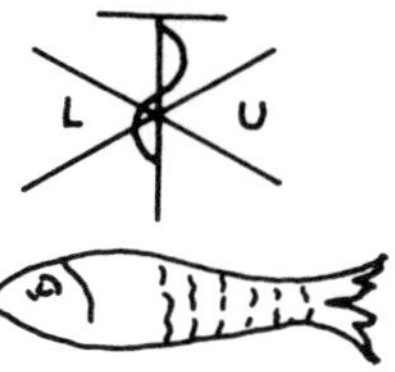

Das ist alles, was ich Ihnen im voraus über den Fisch des Tobias sagen kann. Wir werden darauf zurückkommen und dann erfahren, warum seine angezündete Leber (Tob. 6,8) die eheliche Vereinigung reinigt, und warum seine Galle die Blindheit des alten Tobias heilt.

Während der Wartezeit erschrecken Sie bitte nicht über die Ausmaße des Wissens. Ein Sonnenstrahl genügt, um die unendliche Weite des Himmels zu erhellen, und unsere Augen, so klein sie auch sind, reflektieren diese Weite. Mut also und gute Hoffnung.

Brief 121

Gesetzgebung der Politiker nicht mit Chokhmah gleich – La Fontaine

Bruder∴ und Freund∴,

Ich glaube nicht wie Sie, daß eine hohe Regierungskammer einzig und allein dadurch Chokhmah darstellen kann, weil sie unabsetzbar ist. Die parlamentarische Regierung ist ausgezeichnet, soweit die Gesetze zu beschließen sind, weil die Interessen aller erfragt werden und alle an den Verpflichtungen tragen müssen, die allen auferlegt werden. Aber wenn ein Gesetz erst erlassen ist, läßt es keine Diskussion mehr zu.

Dieses Gesetz muß nur so sein, daß der Präsident alles durch es und für es tun kann, aber absolut nichts dagegen. Da ist das politische Problem. Was von der Einheit und dem Absolutismus für die Exekutivmacht (gegründet auf das Gesetz) notwendig ist, hat unser großer und liebenswerter La Fontaine in seiner Fabel vom Drachen mit mehreren Köpfen und vom Drachen mit mehreren Schwänzen vollkommen demonstriert. Der größte unserer Dichter ist nach meiner Meinung auch der tiefste unserer Philosophen.

Brief 122

Michael entspricht der Sonne, Gabriel dem Mond und Raphael dem Merkur

10. November

Bruder∴ und Freund∴,

Die drei Engel, deren Namen uns die Heilige Schrift gibt, entsprechen der Sonne, dem Mond und dem Planeten Merkur.

Der Engel der Sonne ist Michael, der den einzigen Gott ausruft als den Stern, um den sich das universelle System dreht; Gabriel ist der Engel des Mondes, den Maria unter ihren Füßen hält; (Offb. 12,1) er ist der Genius der typischen Frau, die im SHIR Ha-SHIRIM oder *Lied der Lieder (= die Poesie der Poesien)* schön wie der Mond genannt wird; (Hoh. 6,10) und Raphael ist der Engel des Merkur; daher wird er auch mit dem Stecken oder Augurenstab dargestellt, dem Fisch analog der doppelten Schlange und dem Hund, der Hieroglyphe des Hermanubis[150], dem treuen Bewahrer der Geheimnisse des Tempels. Raphael ist der Vermittler der rechtlichen Hochzeit, wie der Merkur der Griechen der Unterhändler der unreinen Liebschaften war. Er ist Arzt wie Hermes und Orpheus.

Michael ist der Engel von *Jakin*, Gabriel der Engel von *Boas* und Raphael der Engel der heiligen Pforte. (1. Kön. 7,21)[151] Michael erscheint Johannes mit der Sonne als Aureole und einem kleinen Buch in der Hand. Bei der Öffnung des ersten Siegels bläst er als erster die Posaune und gießt die erste Schale aus; während dieser Zeit sind die vier anderen Engel am Euphrat angekettet, dem Fluß der Gefangenschaft, weil die Wahrheit des heiligen Tetragramms noch im Irrtum gefangen liegt. Gott ist nur durch das priesterliche Dreieck manifestiert, und erst unter der messianischen Regierung wird das königliche Viereck erkannt. Dann werden die wahren Namen der vier letzten Engel offenbart, die den Cheruben oder Cherubim des Ezechiel analog sind.

Brief 123

Die übrigen vier Engel entsprechen Mars, Venus, Jupiter und Saturn – Buch Tobias ist prophetische Geschichte des Christentums

Bruder∴ und Freund∴,

Die vier Engel, deren Namen in der *Bibel* nicht offenbart wurden, entsprechen den symbolischen Planeten: Mars oder der Stärke, Jupiter oder der Gerechtigkeit, Venus (die keusche oder Urania) oder der Mäßigkeit und dem alten Saturn oder der Klugheit. Sie fehlen noch auf der Erde und müssen eines Tages die Moral auf eine unerschütterliche Basis stellen, wie die drei ersten Engel das Dogma erstellt haben: Michael, die dreifache Einheit Gottes, dargestellt durch Aleph; Gabriel, die Inkarnation oder die zweifache Manifestation des Schöpfers, dargestellt durch Beth; Raphael, die Erlösung, im voraus gekennzeichnet durch Gimel.

Daher ist das Buch Tobias die prophetische Geschichte der Erlösung und ihrer vollständigen Erfüllung, wenn der alte Tobias oder das antike Israel, blind geworden durch die Wirkung der Exkremente der Schwalbe, das heißt durch den Kontakt mit den herumreisenden ausländischen Vertretern des Aberglaubens, berührt wird mit der Galle (Tob. 11,7–8), das heißt die Frucht seiner Bitterkeiten und seiner Schmerzen einsammeln wird, indem er vor der Wahrheit die Augen öffnet – der Wahrheit, die er nicht tief unten findet, sondern sehr hoch auf der Leiter der Tradition, indem er endlich zur wahren Kabbala der Söhne Jakobs aufsteigt, der allein den Skandal eines Menschen-Gottes beenden und die Torheit des Kreuzes vernünftig machen kann. (1. Kor. 1,18)

Dann wird das Christentum, dargestellt durch den jungen Tobias, zu seinem Vater zurückkehren, geführt von Raphael, und ihm seine Gattin zuführen, die über sieben Irrungen triumphierende Wahrheit, wie Sara den Wünschen von sieben ihrer unwürdigen Gatten entging (Tob. 7,11); und Asmodeus wird bis nach Oberägypten vertrieben (Tob. 8,3), wo ihn der Engel fesseln wird.

Brief 124

Weitere Deutung der Tobias-Prophezeiung zur Versöhnung von Judentum und Christentum: der alte Tobias wird geheilt, der junge wird mit Sara vermählt

Bruder∴ und Freund∴,

Sie wissen bereits, daß die Einteilung und Regierung Ägyptens durch die großen Hierophanten rein symbolisch war. Es war in drei Reiche eingeteilt, die aber nur eines waren: das obere, das mittlere und das untere Ägypten. Der in Oberägypten gefesselte Dämon ist die Schicksalsmacht, die von der legitimen Herrschaft unterjocht wird; das ist die Wiederherstellung der Priester- und Königsherrschaft, wie sie in den Überlieferungen des Moses angegeben ist.

Dann kann der Neo-Judaismus oder das Christentum der Gatte von Sara werden, deren Name – zur Erinnerung an Abrahams Frau entlehnt – die antike Kirche kenntlich macht, immer jung wie die Weisheit und die Wahrheit. Dann erst kann er das Heilmittel seines Vaters werden, wenn die Galle des noch frischen Hasses sich in Balsam wandeln wird, der die Sicht des Alten wiederherstellt.

Israel wird durch die Verfolgung geheiligt worden sein; das Blut des Volkes Gottes wird dasjenige eines Gottmenschen gesühnt haben, und diejenigen, die geschrien haben: «Sein Blut komme über uns und über unsere Kinder» (Matth. 27,25), werden verstehen, daß sie sich einer unmittelbaren und fruchtbaren Erlösung geweiht haben. Reinigt dieses Blut nicht alles, was es berührt, und ist Israel davon nicht ganz rot und ganz verborgen?

Wohlan, wir Christen, Kinder derjenigen, die Israel gekreuzigt haben, wir können ausrufen, indem wir von diesem großen

Volk sprechen: «Sein Blut komme über uns und über unsere Kinder», – nicht um uns anzuklagen, sondern um zu unseren Gunsten zu sprechen, nicht um uns zu beflecken, sondern um uns freizumachen!

Große Weise, die man euch mit der Fackel in der Hand verfolgte, ohne zu sehen, daß ihr in der eurigen den Leuchter haltet, der die Welt erhellen und retten soll, Märtyrer Israels, betet, betet, betet für uns!

Brief 125

Moral existiert noch nicht in der Welt – Gemälde von Kaulbach

Bruder.·. und Freund.·.,

Ich habe gesagt, daß die Menschen weder die Stärke noch die Klugheit, noch die Mäßigkeit, noch die Gerechtigkeit verstehen können, weil alle diese Tugenden als Vorschrift das vollkommene Gleichgewicht haben, welches die menschliche Gesellschaft noch nicht gefunden hat. Daher ist ihre Stärke gewalttätig, ihre Klugheit listig und hinterhältig, ihre Mäßigkeit zügellos und ungesund, ihre Gerechtigkeit unterschiedlich wie ihre Interessen und ihre Sitten.

Deshalb sind die Völker verurteilt, unter dem Schwert der vier gefesselten Engel zu sterben (Offb. 9,15). Die Moral existiert noch nicht in der Welt. Das ist ein großes Hoffnungsziel für die Schuldigen, aber es ist auch für die Gerechten ein Grund zu zittern. Deshalb ist es bis heute richtig, zu sagen: Es ist der Glaube, der rettet. (Matth. 9,2 u.a.) Man handelt gut, wenn man glaubt, gut zu handeln.

Die Welt ist ganz sicherlich noch da; aber gleicht eine solche Welt nicht beklagenswerterweise jenem Narrenhaus von Kaulbach[152], wo jeder sich in seinem Hirngespinst isoliert unter der Aufsicht eines unbeteiligten Wachmanns, der eine Peitsche hat, um den zu feurigen Überzeugungen Schweigen aufzuerlegen, das heißt den Wahnsinnigen, die zu laut schreien? Ich weiß nicht, ob Sie dieses finstere, von einem deutschen Maler geschaffene Bild kennen. Ich jedenfalls kann es nicht betrachten, ohne gründlich zu träumen; dann gehe ich hinweg und schüttele den Kopf: Tränen treten mir in die Augen.

Veni creator spiritus – komm Schöpfer Geist! Möge der Atem der vier Engel des Himmels sich über diesen Toten vereinigen, damit sie wieder leben. Geduld, der Geist weht, wann er will und wann er muß: *Wir aber, die wir leben, wir loben den Herrn jetzt und in Ewigkeit! (Ps. G 113,26)*

Ich habe Ihnen, mein Freund, soeben große und schreckliche Dinge offenbart. Sammeln wir uns also und beten wir.

Brief 126

Darstellung des Sajin als Schwert oder Sichel – sieben Zeitalter der Kirche

15. November

Bruder∴ und Freund∴,

Der Buchstabe Sajin, der siebte des Alphabets der heiligen Sprache, wird auf verschiedene Art dargestellt:

modernes Hebräisch

Hebräisch vor der Gefangenschaft

Hebräisch der Sekel
oder altjüdischen priesterlichen Silbermünzen

Es ist bald das Schwert des Triumphators, bald die Sichel des Schnitters, bald das Maß der Unendlichkeit, das die Elemente des Dreiecks und des Vierecks teilt; unvollendetes und geheimnisvolles Zeichen, unbestimmt im Endlichen wie der menschliche Gedanke, der nicht unendlich ist, sondern ständig weiter fortschreiten kann.

Warum das Schwert, wenn es sich um die Zahl des großen Friedens handelt? Warum die Sichel, wenn die Ernte gehalten ist? Das ist deshalb, weil im großen Frieden das Schwert in eine Pflugschar verwandelt wird (Jes. 2,4); das Schwert ist hier tatsächlich umgedreht mit der Spitze nach unten, als ob die Erde bearbeitet werden soll, und die Sichel ist wie eine Trophäe der erfüllten Arbeit aufgehängt.

Die Sichel ist übrigens das Symbol analog der Sense des Saturn, dargestellt durch unsere Zahl 7, weil in der Symbolik die Zahl 7 die absolute Figur der Zeit ist.

Daher enden die Gefangenschaft, das Eigentum, der Zorn und folglich die Züchtigung mit der Zahl 7. Israel hat 70 Jahre Gefangenschaft in Assyrien erlitten. (Dan. 9,2), aber sein Tempel soll wieder aufgebaut werden nach der 70. Siebentagewoche oder der großen siebenfachen Zeit. Die Kirche muß sieben Zeitalter haben, dargestellt in der Apokalypse durch die sieben Gemeinden, denen Johannes die Briefe schreibt. Lesen Sie nach, was er der Gemeinde von Laodicea (= Gerechtigkeit des Volkes) sagt (Offb. 3,14–22), es ist die Kirche unserer Tage. Sie werden erschreckt sein über die furchtbare Wahrheit seiner Darstellung, und Sie werden persönlich die Urheber des *non possumus*[83] wiedererkennen.

Brief 127

Ämter der vier in der Bibel nicht genannten Engel dürfen nicht bekannt sein

20. November

Bruder∴ und Freund∴,

Man darf die arme Eselin des Bileam nicht schlecht behandeln, weil sie nicht weitergehen will und auf die Knie fällt. (4.Mos. 22,22–28) So kommen auf uns die Müdigkeiten der Erdenreise zu, und wir würden gern, wenn auch nicht schlafen, so doch wenigstens davonlaufen.

Denken wir dann an das Schicksal des kleinen Vögelchens, das aus dem Nest fallen würde, wenn es vor Vollendung seiner Flügel fliegen wollte. Anstelle dieser unbestimmten und untätigen Sehnsüchte nach der Ewigkeit sollten wir eher eine heilsame Furcht haben, zu früh aus dem Leben zu scheiden.

Die vier in der Bibel nicht genannten Erzengel sind den Kabbalisten unter traditionellen Namen bekannt, die aber bei den einzelnen Verfassern nicht dieselben sind. Das muß auch so sein, weil ihre Namen nicht festgelegt und offenbart werden dürfen vor der Zeit, in der die Welt aufnahmefähig für deren Amt sein wird, wie ich es Ihnen in einem meiner letzten Briefe erklärt habe.

Die Namen, auf die man sich am häufigsten einigt, sind diejenigen von Anael, wie man den Engel der Keuschheit und der Liebe nennt, und Samael, den man als Engel der Gerechtigkeit und der Züchtigungen kennt. Dieser Samael gibt bei den Hebräern manchmal seinen Namen und sein Amt dem Satan, den man dann nennt den *Samael incirconsis (= unbußfertiger Samael),* und der Name Anael wird manchmal mit Asarte verwechselt, der Venus der Sidonier. Das muß tatsächlich so sein, weil die vier großen Genien der Moral noch nicht ihr Licht manifestiert haben. Man kennt sie nur durch ihren Schatten.

Die hebräischen Kabbalisten nennen die Dämonen Schalen *(= cortices),* als ob man damit zu verstehen geben wollte, daß das Böse nur die vertrocknete Schale des Guten sei, die Rinde, die dem Lebensbaum das Aussehen des Todes gibt, die aber dessen Saft unter einer heiligen Hülle allein gegen alle Unbilden der Jahreszeiten bewahrt.[30]

Brief 128

Metatron inmitten der sieben Leuchter – weitere Deutungen zu Tobias

Bruder∴ und Freund∴,

Die Erde wird von den sieben Engeln des Himmels regiert und hat als besonderen Genius nur den Metatron oder den

Anführer der Seelen, der in seiner Hand den Glanz der sieben Sterne vereinigt und inmitten der sieben Leuchter aus Gold einherschreitet. (Offb. 1,12–16)

Das Herz und die Leber des Fisches von Tobias (Tob. 6,7–9) stellen die Liebe und den Zorn dar. Die Leber muß verbrannt und als Opfer dargebracht werden, aber das Herz, hinfort ohne Galle und ohne heftige Begierden, muß bewahrt werden; man spricht deswegen mehr davon, weil es eine ewige und geheimnisvolle Macht geworden ist.

Die Jahre des alten Tobias sind kabbalistisch; 5 ist die Zahl des Priesters, 6 ist diejenige des Menschen, was addiert 11 ergibt, die Zahl der Stärke und die Mitte der zweiundzwanzig Buchstaben – der Buchstabe Kaph, dessen hieroglyphisches Zeichen eine Frau ist, die einen Löwen niederwirft.

Israel ist also durch seine eigene Kraft blind geworden, weil sie sich in Härte gewandelt und Israel dahin gebracht hat, die lebende Menschheit zu verachten, um seine eigenen Toten zu begraben und die Gebote des Mose zu mumifizieren, die durch die leeren Traditionen überflüssig geworden sind.

Die Zahl 60 erinnert die Juden an die Menschheit, und dann wird der Zorn, dessen Opfer sie geworden sind, ihnen die Augen öffnen; sie werden verstehen, was der griechische Text der Evangelien die «Philanthropie» des Erlösers nennt φιλανθρωπῖα, deren Inhalt sich in allen Buchstaben findet. Es sind also nicht die modernen Philosophen, die dieses Wort erfunden haben.

Brief 129

Beschreibung der Siebenheit des goldenen Leuchters im Tempel: vollständiges Pantakel aller Buchstaben und Sephiroth mit den drei Welten

23. November

Bruder∴ und Freund∴,

Die heilige Siebenheit wurde im Tempel von Jerusalem durch den goldenen Leuchter dargestellt: aus sieben Zweigen zusammengesetzt, mit drei Bechern an jedem Zweig, der in eine Blüte endete, welche eine Lampe trug. (2. Mos. 25, 31–40)

Jede Lampe und jede Blume war das Bild der Siebenheit; denn jeder Becher, durch den der Stiel führte, wurde eine Zweiheit; der Stiel war JOD, eins und dreifach, und die Becher waren HE, das sich von Welt zu Welt fortpflanzte. Das ergab insgesamt einundzwanzig Becher, die Zahl der heiligen Buchstaben außer Schin, das der Leuchter in seiner Gesamtheit dreimal darstellte.

Jeder einzelne der heiligen Buchstaben hatte seinen Ort und entsprach mit den anderen der dreifachen Ordnung; denn von Blume zu Blume und von Becher zu Becher können die Dreiecke nachvollzogen werden. Die oberste Lampe entsprach Kether, die anderen an den beiden Seiten Chokhmah und Binah, Geburah und Gedullah, Netzach und Hod; der mittlere Stiel war Tiphereth und Jesod und deutete die drei Welten von Asiah, Jesirah und Briah an. (Siehe Tabelle 2 zu Brief 46)

Der goldene Leuchter war also in sich selbst ein vollständiges und großartiges Pantakel.

Moses hatte davon nur einen hergestellt. Salomo ließ davon zehn ausführen (1. Kön. 7, 49), um das ganze Wissen darzustellen, das in jeder der sephirothischen Zahlen enthalten ist.

Diese Leuchter wurden nach der Einnahme von Jerusalem von Nebukadnezar weggeschleppt und eingeschmolzen (2. Kön. 24, 13). Man ließ nach der Rückkehr aus der Gefangenschaft neue Leuchter herstellen, aber sie waren weit von der Pracht der alten entfernt, wenn man nach dem Leuchter urteilen darf, der auf dem Triumphbogen des Titus in Rom dargestellt ist, der nach dem Original dort wiedergegeben sein soll.

Brief 130

Zusammenfassung der Siebenheit als die ganze Kabbala und Synthese von allem

Bruder.·. und Freund.·.,

1 kommt zu 7 durch 6 wie 6 durch 1 – woraus sich für den Engel wie für den Menschen die Notwendigkeit ergibt, die Freiheit durch die Arbeit zu erringen, Gesetz der Schöpfung: Syllepsis, Analyse und Synthese.

2 kommt zu 7 durch 5 wie 5 durch 2 – die Notwendigkeit der Religion, welche die große Autokratie von Gefühl und Glauben ist, um die Zweiheit zu rechtfertigen: Erlösung der bösen Zweiheit durch das heilige Pentagramm – Jesus, Maria und der Stern.

3 kommt zur Siebenheit durch 4 wie 4 durch 3 – Gesetz der Schöpfung: Gott benötigt die Welt, wie die Welt Gott benötigt.

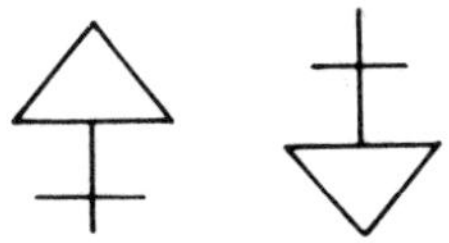

Manifestation des Auserwählten (am Kreuz) durch den dreifachen Beweis und des Dreiecks durch das Kreuz – universelle Analyse und Synthese der Töne, der Farben und der Düfte: Zeichen des philosophischen Schwefels[142], des Kaisers im Tarot und des Gehenkten als Versöhner – das Feuer hervorkommend aus dem Wasser, dem Mysterium der Schöpfung und des universellen Magnetismus.

Die beiden Teile der 7: 3 und 4, sich gegenseitig beeinflussend, ergeben 12, die Zahl der Bewegung und des Lebens, worauf ich Sie schon hingewiesen habe.

Wir beenden hier unsere Studien über die Siebenheit.

Denken Sie aber immer daran, daß die Siebenheit die ganze Kabbala ist und daß wir nicht aufhören werden, sie im Blick zu behalten und darauf zurückzukommen, da sie der Inhalt und die Synthese von allem ist.

Wir haben unsere erste große kabbalistische Woche beendet.

Diese Woche mußte für Sie, Bruder und Freund, wie diejenige der Schöpfung sein. Zuerst ist das Licht geworden, dann haben sich die getrennten Lichter gezeigt, und die Elemente haben sich entwickelt. *Und Gott sah die Welten, die er gemacht hatte, und sie waren sehr gut! (1.Mos.1,31) Groß ist der Herr und hoch zu rühmen! (Ps.145,3)*

Brief 131

Rechtfertigung der Verse von Charrot in entsprechender Übersetzung

28. November

Bruder∴ und Freund∴,

Jeder oberflächliche und gedankenlose Mensch würde beim Lesen der armseligen Reime von Charrot urteilen, daß der Verfasser total verrückt sein muß; so ist es indessen nicht; denn hinter einer Ausdrucksweise, welche sich durch die vollständige Unkenntnis der französischen Sprache lächerlich macht, verbergen diese sogenannten Verse einen hohen und wahrhaft poetischen Sinn. Um sich davon zu überzeugen, muß man sie nur übersetzen:

«Die Stadt der Weisen schickt mir eine herrliche Braut, deren Ankunft mir alle Jahrhunderte verkünden. Ich gehe ihr langsam entgegen, und die Stimme, die in meinem Herzen singt, sagt mir, daß ich ihrer Liebe nicht unwürdig bin; denn ich wußte sie wiederzuerkennen und habe sie für immer erwählt.

«Die Fabel von Orpheus hat mir zu verstehen gegeben, daß man die Hölle besiegen muß, um die keusche Braut zu erobern. Ich steige wie er durch die Schatten hinunter, und da ich den Weg nicht kenne, höre ich auf einen weisen und wohlwollenden Bruder.

«Meine Seele ist voller Poesie. O daß ich nicht zusammen mit den guten Genien des Himmels nach dem antiken Gesetz der Harmonien singen kann, um die Menschheit zu erheben und mit der Macht der heiligen Elohim die ewige Wahrheit auszurufen!

«Aber dieses Gesetz des Gleichgewichts, das den Horizont der Seelen angleicht, hat noch nicht die Schranke entfernt, die sich der Begeisterung meines Glaubens entgegenstellt: ich warte darauf, daß das Mädchen des Orients, die schöne und edle Imma, welche Abba mit seiner Unermeßlichkeit umgibt und einkleidet, wirklich alle Reiche der Erde dem Sohn des Menschen gibt, dem der Satan eines Tages deren Spiegel und flüchtiges Diorama zeigen wird.

«Geliebter Freund, oft möchte ich mit weisen Worten das innere Leben meines Herzens in deine Seele ausgießen. Aber die Zeit gehört mir nicht, und ich kann nicht schreiben. Wenn indessen sterben soviel wie leben bedeutet, glücklich derjenige, der ohne Anstrengung eine einzige Zeile in das Buch der Ewigkeit schreibt!»

Hier haben Sie in schlichter Prosa, was der arme Charrot hat sagen wollen; finden Sie nicht auch, daß es sehr erhaben und sehr schön ist?

Brief 132

Weitere Ergänzungen zur Erklärung des Buches Tobias – Beendigung der ersten Woche

Bruder∴ und Freund∴,

Was Sie mir schreiben über die Zeichen der Einsicht, die sich in Ihnen manifestieren, freut mich und überrascht mich gar nicht. Wenn man die Schlüssel besitzt, ist es selbstverständlich, daß man sieht, wie sich die Türen öffnen. Sie sehen, daß Sie keinen Grund haben, sich darüber zu beklagen, Sie kämen zu langsam voran.

In nahezu zwei Jahren habe ich Ihnen sieben Buchstaben gezeigt. Ja, das ist wohl wahr, aber heißt das nicht in Wirklichkeit, sehr schnell vorangekommen zu sein, da ich Ihnen ja zu erkennen gegeben habe, daß diese sieben Buchstaben die sieben Schlüssel des universellen Wissens sind, daß mit ihnen Gott die Welten erschaffen hat, daß die Weisheit Salomos damit die ganze *Bibel* erklärt?

Ich war der Meinung, daß ich Ihnen das Mysterium des Herzens und der Leber des Fisches erklärt hätte, von denen im Buch Tobias gesprochen wird (Tob. 6,7–8), indem ich Ihnen sagte, daß die Religion das Herz zu verdammen scheint wegen der heftigen Leidenschaften, die es trüben und die durch die Leber zum Ausdruck kommen. *Libido,* so sagt Horaz, *saeviet circa iecur ulcerosum. (Die Begierde wütet um die schwärende Leber.)*[153] Aber ganz bestimmt werden nur die Leidenschaften zum Feuer verdammt, während das Herz gerettet wird.

Jedenfalls habe ich Ihnen das in einem meiner vorangegangenen Briefe sagen wollen. Aber ich habe mich wohl nicht so vollständig ausgedrückt, daß ich Ihren Geist befriedigen konnte.

Diese Vertauschung der Leber mit dem Herzen darf im Text nicht zum Ausdruck kommen; denn da das Opfer des Herzens eine Prüfung ist, muß es ganz dargebracht werden, und man darf nicht wissen, was daraus wird. Dieses in Gott verlorene Herz ist eines der größten Geheimnisse bei der Erlösung der Seelen.

Wir haben tatsächlich eine große Woche abgeschlossen, wozu wir uns beglückwünschen können, weil Sie bereits die Früchte unserer Arbeit schmecken. Die Genesis, die Prophezeiung von Ezechiel und die Apokalypse sind für Sie keine verschlossenen Bücher mehr.

Bis bald zur zweiten Woche, und in der dritten wird sich alles vollenden.

Brief 133

Die Achtheit: Beschreibung des Gleichgewichts im Sifra di-Zeniutha – achter Schlüssel

2. Dezember

Bruder.·. und Freund.·.,

Das Buch der Verborgenheit ist jenes, welches das Gleichgewicht der Waage beschreibt. So beginnt der Sifra di-Zeniutha[26] oder das Buch der Verborgenheit, das dogmatische Buch des Sohar, die erhabenste Abhandlung über Theologie, die es in der Welt gibt.

Es ist also nach dem Text, den ich soeben daraus zitiert habe, das Buch, welches die ausgewogene Bewegung der Waage beschreibt. Welcher Waage?

Der Waage, die in dem Ort hängt, welcher nicht ist.

Der Waage also, deren Schalen überall sind, deren Mitte aber nirgendwo ist.

Bevor die Waage war, sahen sich die beiden Gesichter nicht.

Vor der Manifestation dieser Waage erkennt man nicht das Gesetz der Erhaltung von Bewegung und Leben, das Gesetz der universellen Analogien, dargestellt durch die geheimnisvolle Zahl der Achtheit.

Der achte Schlüssel des Tarot stellt die Gerechtigkeit dar – mit dieser Waage im Gleichgewicht. Es ist die herrschende Gerechtigkeit; man sieht es an ihrem Diadem. Es ist nicht die Gerechtigkeit der Menschen; denn sie ist nicht blind. Die Zahl 8 stellt durch ihre Form die Schlangen des Caduceus[154] dar; sie repräsentiert das Leben einfach und doppelt, also insgesamt dreifach, da man in dieser Figur drei Einheiten erkennen kann;

sie stellt auch das Sein und das Leben dar. In ihrer vollen Bedeutung finden Sie sie auf dem Pantakel von Theben[155], welches die Form der Buchstaben und Zahlen angibt. Die Zahl

8 kann in zwei Quadrate gestellt werden, die in ihrer vollen Potenz, der kubischen Form aus 6 Quadraten, zwölf Vierecke ergeben – also wieder eine Figur von Sein und Leben, von Stabilität und Bewegung.

Die Achtheit stellt auch die Ewigkeit dar, weil sie auf ewig 1 zu 7 hinzufügt, das heißt einen Anfang zu allem Ende, eine Wiedergeburt nach allem Tod, einen Morgen nach aller Nacht.

Brief 134

Harmonie aus der Analogie der Gegensätze – 8 ist Zahl Jesu Christi

Bruder.·. und Freund.·.,

Fassen wir alles zusammen, was ich Ihnen über die Vierheit und die Zweiheit gesagt habe, erklären Sie die eine durch die andere, und Sie werden das Gesetz der Schöpfung in der Form und das Prinzip der ganzen wirklichen Physik haben. Alles gleicht sich in der Natur aus, und alles kann durch zwei Würfel dargestellt werden, die sich gegenseitig im Gleichgewicht halten. Alle Harmonie ergibt sich aus der Analogie der Gegensätze; jedes Gewicht wird durch sein entsprechendes Gegengewicht gehalten; jede Kraft hat als Ausgangspunkt einen gleichstarken Widerstand.

Die Sechsheit stellt den Antagonismus dar, weil zwei Dreiecke nicht unmittelbar ihr gegenseitiges Gleichgewicht finden. Das gilt aber nicht für zwei Quadrate, die nicht gegeneinander kämpfen können; denn sie stellen nur dann die Bewegung dar, wenn sie im Kreis eingeschrieben sind; sie ergeben aber zusammengesetzt immer regelmäßige Figuren, vor allem wenn man sich fester Körper bedient wie Würfel aus Karton oder Holz. Zwei zusammen können ein Parallelogramm ergeben, das in jeder Richtung auf der Erde aufliegt, während zwei Dreiecke einen Rhombus bilden, der unmöglich auf den Spitzen stehen kann, weil die Höhe immer geneigt ist, wenn man ihn auf eine Seite stellt.

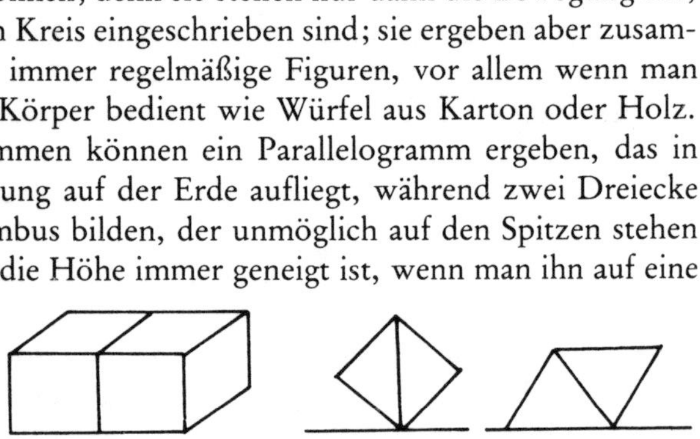

Die Achtheit ist daher, wenn sie die Bewegung darstellt, vor allem das Bild der Stabilität. Diese Figur versöhnt somit die gegensätzlichen Gesetze der Natur. Sie drückt die Ewigkeit durch die Zeit aus, den Glauben durch das Wissen, Gott durch den Menschen. Deshalb ist die 8 die Zahl Jesu Christi, des Gottmenschen und des universellen Mittlers, dessen vollständige Zahl 888 ist, wie diejenige des Antichristen 666 ist; den Grund dafür haben Sie schon erfahren.

Brief 135

Geisteskrankheit ist trauriger als der Tod – Levi hat Pockenkrankheit

6. Dezember

Bruder∴ und Freund∴,

Geisteskrankheit ist trauriger als der Tod; denn der Tod ist ein Durchgang, während Geisteskrankheit eine Sackgasse ist. Sie ist eine Ohnmacht des Verstandes, den die Urteilskraft verlassen muß, weil der Wille sich im Absurden fixiert hat. Die Seelen der Geisteskranken gleichen jenen Personen der Fabel, die durch die Gorgone[156] in der Haltung, die sie einnahmen, als sie sie unglücklicherweise ansahen, in Stein verwandelt wurden. Ihr Gedanke ist Falschgeld, das die Natur auf dem Zahltisch angenagelt hat, damit es nicht mehr zirkuliert.

Ich verstehe darum ihren ganzen Schmerz. Gott prüft Sie, mein Freund, weil er aus Ihnen einen Weisen machen will. Aber glauben Sie nun nicht, daß Gott selbst uns Schmerzen aussucht; er macht nicht für die einen das Böse, damit er den anderen Gutes tun kann. Seine Vorsehung schreitet friedevoll entlang des Weges der ewigen Ordnung und Gerechtigkeit; das Leiden ist schlimm für alle, aber es ist nur böse für die Ungerechten; es ist ein Gutes für die übrigen. Was für den einen Verzweiflung, das ist für den anderen eine Prüfung und folglich eine Hoffnung.

Beten wir für Ihre Freunde, die nicht mehr bei Ihnen sind,

und übertragen Sie auf die Ihnen Verbliebenen alle Wohltaten Ihrer Zuneigung. Derjenige, der Ihnen schreibt, hat ohne sein Wissen eine bestimmte Gefahr durchlaufen. Es scheint, als ob das angebliche Nesselfieber, das auf meinem Gesicht und am ganzen Körper so deutliche Spuren hinterlassen hat, gut und gern die Blattern oder Pocken waren, um ihnen ihren neuen Namen zu geben. Fieber, Erbrechen, Eiterung – das alles ist unbemerkt gekommen und gegangen dank des S.·. S.·., der mir nicht erlaubt hat, diese unwichtigen und unbekannten Einzelheiten richtig zu deuten. Ich habe also mehr den Traum dieser Krankheit als die Krankheit selbst gehabt. Ist nicht der S. . S. . die vollkommene Gesundheit sowohl für die Seele als auch für den Körper?

Brief 136

Vergleich der Verse Charrots mit Übersetzung der Psalmen aus dem Hebräischen – Text von David ist sehr poetisch, Übersetzung schwer verständlich

Bruder.·. und Freund.·.,

Ich habe die Verse von Charrot in meinen Unterlagen gesucht, um sie Ihnen zu schicken, aber ich habe sie nicht wiederfinden können. Wenn sie mir wieder in die Hände fallen, werde ich sie Ihnen senden. Ich kann Ihnen versichern, daß ich sie übersetzt habe, wie die gewissenhaftesten Übersetzer es mit der Bibel gemacht haben, deren Text im Latein der Vulgata wenigstens ebenso barbarisch ist wie derjenige der Reime von Charrot.

Lesen Sie zum Beispiel folgende Psalmen:

Ecce quam bonum et quam jucundum habitare fratres in unum!

Sicut unguentum in capite, quod descendit in barbam, barbam Aaron. (Ps. 132 Vulgata)

Wort für Wort übersetzt:

Seht, wie schön und wie lieblich ist's, wenn Brüder auch beisammen wohnen!

Das gleicht dem köstlichen Öl auf dem Haupt, das herabtroff in den Bart, den Bart Aarons.

Und Psalm 68,14–15:

Si dormiatis inter medios cleros; pennae columbae de argentatae, et posteriora dorsi ejus in pallore auri.

Dum discernit caelestis reges super eam, nive dealbabuntur in Selmon.

Wieder Wort für Wort übersetzt:

Wollt ihr zwischen den Hürden liegen bleiben? Die Flügel der Tauben, mit Silber überzogen, und ihr Gefieder gelblich schimmernd von Gold.

Als Könige dort der Allmächtige zerstreute, da fand ein Schneegestöber statt auf dem Zalmon.

Ich meine, daß dies ein unentwirrbareres Durcheinander ist als die folgenden Verse:

Ich warte, die ungeduldige Seele,
Daß die himmlische Imma
Von Abba umgebendes Licht
Gibt dem Sohn das Diorama!

Oder wie diese Zeilen:

Aus der Stadt der Weisen
Der Ruhm einer Braut
Quer durch alle Zeiten
Sein Gang ist angekündigt.
Ich gehe langsam voran
Zu den Akkorden meiner Leier
Wie ein treuer Liebhaber
Denn sie weiß auszuwählen

Das ist alles, an was ich mich von unserem Dichter erinnern kann.

Was den Text von David angeht, so ist er im Hebräischen ganz poetisch; ich aber habe so gut wie möglich versucht, das Hebräisch unseres armen Freundes Charrot zu erraten.

Brief 137

Was ist Gerechtigkeit? – sie darf nicht nur strafen, sondern muß auch belohnen oder rehabilitieren – Bild des Quäkers auf dem Schlachtfeld

10. Dezember

Bruder.·. und Freund.·.,

Die Achtheit ist die Zahl der Gerechtigkeit. Was aber ist Gerechtigkeit? Sie ist die Vernunft, geleitet durch die Wahrheit. Erinnern Sie sich an den Stern: Sein – Wahrheit – Wirklichkeit – Vernunft – Gerechtigkeit.[157]

Der Massenmensch versteht sie anders: für ihn ist die Gerechtigkeit entweder eine Tugend, die jedem das gibt, was ihm zusteht, oder eine Macht, die belohnt oder bestraft. Die traurige Wirklichkeit modifiziert diesen letzten Punkt in dem Sinne, daß die Gerechtigkeit der Gerichte – was man genaugenommen die *Gerechtigkeit der Menschen* nennen müßte – bestraft, aber nicht belohnt.

Daher sind Fehler unsühnbar; diese Gerechtigkeit schickt Lesurques aufs Schafott, aber rehabilitiert ihn nicht.

Warum das? Weil die heutige Gerechtigkeit ein Ausweg ist und keine Vernunft; eine Kraft, aber keine Macht. Weil die Gesellschaft im Zustande berechtigter Notwehr tötet und sich selbst recht gibt, weil sie die stärkste ist. Wenn sie sich irren, aber den Schaden nicht wiedergutmachen kann, muß sie rehabilitieren. Nun kann sie aber nicht rehabilitieren, ohne sich von der Gerechtigkeit der Antike loszusagen ... Das aber ist das alte Kriegsrecht: Unglück über die Besiegten!

Die Ideologien unserer Tage, die gegen die Todesstrafe schreiben oder sprechen, kommen mir vor wie ein tapferer Quäker[158], der aufs Schlachtfeld zieht und den Generälen und Soldaten zuruft: *«Brüder! Es ist verboten, seinen Nächsten zu töten! Du sollst nicht töten! ...»* Wenn morgen die Todesstrafe aufgehoben würde, müßte man gleichzeitig alle Richter auf die Galeeren schicken – als Mordkomplicen!

Die Todesstrafe! finstere und schreckliche Frage! Fundament der alten Gesellschaftsstruktur, die völlig zusammenbricht, wenn man das Schafott niederreißt! Denn der Henker trägt die Erde, wie der Teufel den Himmel trägt.

Da haben Sie in zwei Worten das Programm und die Verdammung der alten Welt!

Brief 138

Das ewige Recht läßt jedem, was ihm gehört – Beispiel des Mannas

Bruder.·. und Freund.·.,

Vor dem ewigen Recht ist überhaupt keine Rehabilitierung erforderlich. Man *gibt* nicht – man *läßt* jedem, was ihm gehört.

Nichts ist gut, wenn es nicht an seinem Platz ist, und alles, was nicht an seinem Platz ist, bedeutet für das Leben ein Hindernis. Die Ausübung der Gerechtigkeit ist daher diejenige des einfachsten Rechtes.

Das Gute, böse erworben, nützt nichts! Dies ist eines jener Sprichwörter, deren Aussagen der ewigen Weisheit würdig sind.

Wenn das Böse uns glücklich machen könnte, würden wir gut daran tun, Böses zu tun. Ich habe das in meinen *Fabeln und Symbolen* zu sagen gewagt, dem kühnsten und tiefsten meiner Bücher, und zwar aus der tiefsten Wahrheit. Verwechseln wir in der Praxis niemals das Glück mit dem Delirium der Trunkenheit. Ein erbärmlicher Gewinn! Mit dem erworbenen Geld betrinkt sich der Mensch und lacht blöde, indem er gurgelt, er sei der glücklichste Mensch der Welt ... Wer aber möchte ihm dies schreckliche Glück neiden?

Lacenaire[159], einer der intelligentesten Bösewichter unseres Jahrhunderts, hat geschrieben: «Hier bin ich! Ich habe gelebt! Ich habe den Henker erwartet!» So also hatte er gelebt: indem er den Henker erwartete und diesen Alptraum ständig mit sich herumschleppte, von Trunkenheit zu Trunkenheit!

O heilige und unumgängliche Gerechtigkeit: man muß verrückt sein, dich zu verleugnen! Und an dieser Stelle, mein Freund, erinnere ich Sie an eine schöne Allegorie aus der Bibel. Gott ließ in der Wüste für alle Manna regnen. (2.Mos. 16,31) Es mußte zu einer bestimmten Stunde aufgesammelt werden; die einen nahmen mehr davon, die anderen weniger. Was aber über das rechte Maß jedes einzelnen hinausging, verdarb, und die zu gering gefüllten Maße wurden von selbst voll. (2. Mos. 16, 17–21)

Wann also wird das Buch Gottes für die Menschen nicht mehr verschlossen sein? Mein Freund, Sie sprechen zu mir vom Schrecken eines Schwimmers, der sich plötzlich auf hoher See allein sieht! ... und indem Sie das sagen, denken Sie an sich! ... Wer aber wird sich an mich erinnern, wenn schon Sie mich vergessen – an mich, den der Geist zwischen solchen Unermeßlichkeiten und Abgründen schweben läßt!

Brief 139

Geisteskranke sterben gereinigt – Syllepsis – de Mirville – Michelet

14. Dezember

Bruder∴ und Freund∴,

Ein geisteskranker Mensch stirbt gereinigt von allem Schmutz, weil die universelle Verantwortlichkeit, welche die Kirche «Gemeinschaft der Heiligen» nennt, über ihn eine Fülle von Ablässen leitet, denen er keinen Widerstand mehr entgegensetzen kann, da er ohne Verantwortung ist. Und solange er noch auf der Erde lebt, profitiert er von allem, was an Gutem auf der Erde geschieht. Eine solche Krankheit ist eine moralische Lähmung, welche die Gemeinschaft trägt, und wenn dieser Mensch stirbt, hat er in den anderen alles das gelebt, was an seinem eigenen Leben gefehlt hat.

Sie fragen mich, was ich unter Syllepsis verstehe: darunter verstehe ich jene Operation des Geistes, die eine Sache in ihrer Gesamtheit betrachtet, bevor sie mit deren Analyse beginnt. Es ist also eine Wahrnehmung vor der Erkenntnis; denn die Erkenntnis arbeitet nur mit der Synthese. Ich habe das Wort Syllepsis in diesem Sinne in solchen klassischen Büchern der Philosophie angewandt gefunden, die von der Universität akzeptiert wurden. Ich weiß aber auch, daß man dem Begriff Syllepsis in bestimmten Rhetorikkursen eine andere Bedeutung gibt, doch das stört uns im Grunde wenig.

Ich werde mich nicht beeilen, die neuen Ergüsse des armen Herrn de Mirville[160] zu lesen, der sich in unserm Jahrhundert zum großen Hierophanten der Religion des Teufels gemacht hat. Sehen Sie andererseits Michelet[161], der in seiner *Sorcière (= Zauberin)* den Satan rehabilitiert und ihn seinen Prozeß gegen den ewigen Vater gewinnen läßt – zum großen Vergnügen von Victor Hugo und George Sand. Man spürt durch die falsche Gelehrsamkeit dieses beklagenswerten Pamphlets ich weiß nicht was für einen senilen Priapismus dringen, der gleichzeitig Scham und Mitleid erregt.

Michelet, der die christliche Jungfräulichkeit zu beschmutzen sucht, erinnert mich an Ixion[162], der glaubte, Juno zu vergewaltigen, und sich in Wirklichkeit an einem Nebelphantom erschöpfte – und das ist es nun, was die Koryphäen des Geistes bewundern! Stimmen Sie also mit mir überein, daß es nicht ruhmreich ist, solche Bewunderung zu verdienen, und daß es besser ist, sich an die Zukunft zu wenden, als für ein solch blindes und ebenso krankes Jahrhundert zu arbeiten.

Brief 140

Anrufungen an Maria könnten auch an Hl. Geist gerichtet werden – das Böse geht dem Guten voran – Gleichgewicht muß hergestellt werden

Bruder.·. und Freund.·.,

Sumens illud "Ave"	*"Sei gegrüßt", so sprach Gabriels Mund,*
Gabrielis ore,	*"du bist voll der Gnade."*
funda nos in pace	*Dieses Ave wendet Evas Los,*
mutans Evae nomen.	*schenkt uns Gottes Frieden.*
Solve vinclas reis,	*In das Dunkel unsrer Sündenschuld*
profer lumen caecis . . .	*bringe Licht den Blinden . . .*

(Aus Hymnus der ersten Marienvesper)

Salve Regina Mater	*Gegrüßet seist Du, Königin, Mutter*
misericordiae, vita,	*der Barmherzigkeit, unser Leben,*
dulcedo, et spes nostra,	*unsere Süßigkeit und unsere Hoffnung,*
salve.	*sei gegrüßt.*
Eia ergo . . ., illos tuos	*Wohlan denn . . ., wende deine*
misericordes oculos	*barmherzigen Augen*
ad nos converte.	*zu uns.*[163]

Diese Anrufungen an Maria, einige unter vielen anderen in der Liturgie der Kirche, wären Ruchlosigkeiten, wenn sie nicht gerichtet wären an die göttliche Imma, an die Weisheit, Mutter und Tochter Gottes, an die Vorsehung selbst.

Wenn wir Maria sagen, sie möge für uns bitten, könnten wir dann nicht dasselbe Gebet an den Heiligen Geist richten, der gemäß Paulus – *selbst für uns eintritt mit unaussprechlichen Seufzern! (Röm.8,26)*

Sie fragen mich, ob diese böse Zweiheit der guten vorausgegangen ist. Erinnern Sie sich, daß in allen dem Gesetz des Fortschritts unterworfenen Dingen das Böse immer dem Guten vorausgeht; Kain wurde vor Abel geboren (1.Mos.4,2), und der verlorene Sohn hat gesündigt, bevor er zu seinem Vater zurückgekehrt ist. (Luk. 15,11–24) Es handelt sich also um den Abschnitt über die Formen im Sohar, wo gesagt wird, daß vor der Einrichtung der Waage das Gleichgewicht nicht existiert hat, und das bezieht sich auf uns alle; denn jeder Mensch ist eine kleine Welt.[164]

Wenn Sie mir nun sagen, daß somit Unordnung und Chaos seit aller Ewigkeit der Ordnung vorangegangen seien ...? Da diese Frage Ihrer unwürdig ist, schreibe ich sie einer vorübergehenden Geistesabwesenheit zu und denke, daß es Ihnen am liebsten sein wird, wenn ich darauf nicht antworte. Nachdem wir die große Woche der Schöpfung durchgenommen haben, werden wir nicht mehr dahin zurückkehren, das Chaos zu entwirren und alles Erarbeitete wieder in Frage zu stellen.

Ich sage auch nichts zu jener Stelle Ihres Briefes, wo Sie mir schreiben, daß Jesus Christus nichts getan habe, als die heilige Kabbala wiederzufinden, was sich schlecht mit seiner Göttlichkeit vertragen hätte, *die alles wußte*. Nach Ihrer Meinung konnte Jesus Christus also seit seiner Geburt sprechen, gehen, lesen usw. Damit sind Sie zu dem Gott zurückgekehrt, als Mensch verkleidet, zum Phantom des Vishnu usw ...

Brief 141

Levi vergleicht sich mit Mensch im Überfluß in einer hungernden Stadt

19. Dezember

Bruder.·. und Freund.·.,

Glauben Sie nicht, daß ich auch nur einen einzigen Augenblick Ihre Zuneigung und Ihre Verehrung in Zweifel gezogen hätte; ich wollte Sie nur ermutigen, indem ich Ihnen eingestand, daß ich selbst auch manchmal an der Isolierung des Geistes leide und am Exil des Herzens inmitten dieses Eden des Wissens, dessen Zugang das Flammenschwert des Cherubs noch allen Menschen verwehrt.

Ein ungeheurer Ekel überfällt mich bei allem, was die armen Wesen machen, lieben, denken, schätzen, erforschen, verehren. Von ihnen vergessen und zufrieden damit, von ihnen vergessen zu sein, vergesse ich sie dennoch nicht. Ich komme mir vor wie ein Mensch, der in einer ausgehungerten Stadt riesige unterirdische Lager mit Lebensmitteln gefunden hat, wovon jedoch niemand etwas hören will oder ihm glaubt.

Ach! die Menschheit stirbt an moralischer Auszehrung; sie wird verschlungen von Vorurteilen und Unwissenheit wie von einem verschleppten Aussatz, und das Heilmittel ist da. Die strahlende Wahrheit wartet nur darauf, daß man sie sieht, um alle Geister zufriedenzustellen und alle Herzen zu erleuchten ... aber sie werden sie nicht sehen! Sie ziehen es vor, beim Tischrücken zuzuschauen. Sie geben sich mit Seichtigkeiten und Träumen zufrieden.

Das Gefühl von unendlichem Elend konzentriert sich in mir. Ich leide für diejenigen, die ihr Elend nicht spüren, und oft fühle ich mich aussätzig und verlassen wie Hiob. Dann möchte ich ausrufen: *Erbarmt euch, erbarmt euch mein, ihr, meine Freunde; denn die Hand Gottes hat mich getroffen! (Hiob 19,21)*

Nichts davon indessen tut diesem tiefen Frieden Abbruch, der in einem vollkommenen Anhangen an all dem besteht, was gut und gerecht ist, und in einem unerschütterlichen Glauben an die Allgewalt der Gerechtigkeit und der göttlichen Güte.

Fügen Sie diesem, mein Freund, die Eigenschaften und Fehler eines Kindes von sechs Jahren hinzu, und Sie haben alle Geheimnisse der Seele Ihres armen Hierophanten, der seit vier Monaten durchlöchert ist wie ein Schweizer Käse und heiser wie ein kranker Papagei.

Vale et me ama! (= Lebewohl und liebe mich!) Ich liebe Ihre Zuneigung, und ich ruhe mich auf Ihrer guten Freundschaft aus.

Brief 142

Ein Geisteskranker hört auf, aus dem Geist zu leben – ein Irrer ist weniger als ein Tier – lieber 1000 Jahre Fegefeuer als einen Tag Irresein

Bruder.·. und Freund.·.,

Warum können Sie nicht verstehen, daß das größte Übel, das einem Menschen widerfahren kann, auch die größte Entsühnung sein muß? Ein intelligenter und rechtschaffener Mensch ist weit weg von zu Hause und kann nicht ohne große Strapazen dorthin zurückkehren. Er geht in ein Kabarett und vergißt sich dort bis zur vollständigen Betrunkenheit. Er verliert seine Besinnung bis zur Unmöglichkeit, sich zu bewegen. Mitfühlende Menschen nehmen ihn in ihrem Wagen mit oder, wenn Sie es so lieber wollen, bringen ihn auf einer Krankentrage weg. Man fährt ihn nach Hause, zieht ihn aus und bringt ihn zu Bett.

Was werden Sie von ihm denken, wenn dieser Mensch sich beim Erwachen beglückwünscht, daß er durch das sich Betrinken das bequemste Mittel angewandt hat, um nach Hause zu kommen? Wird ihm nicht im Gegenteil vor Schmerz und Scham das Herz zerrissen sein? Ein Geisteskranker ißt im Körperlichen wie im Moralischen das Brot der öffentlichen Unterstützung.

Welcher ehrliche Arbeiter würde jemals sagen: Ich würde gern verrückt sein, um ohne etwas zu tun in einer Irrenanstalt ernährt zu werden? Hat im übrigen ein Geisteskranker nicht aufgehört, aus dem Geist zu leben, im selben Augenblick, als er den Verstand verloren hat? Der Rest seiner Existenz ist ein verlängerter Tod, der für den eigensinnigen Irrtum seines Willens büßt. Was muß er denken, wenn er beim Absterben dieses Wunsches aufwacht, der ihn irre gemacht hat? Welchen Abscheu muß er vor einer solchen Verirrung haben!

Aber Sie erahnen natürlich nicht alles, was der Irrsinn an Schrecklichem hat, und Sie haben sicherlich noch nicht über die furchtbare Legende nachgedacht, in der Nebukadnezar in ein Tier verwandelt wurde? (Dan. 4, 30) Ein Irrer ist nämlich weniger als ein Tier; er wird unaufhörlich durch seine verdorbenen Instinkte getäuscht. Ein Hund hat mehr Verstand als er. Und Sie möchten um diesen Preis die ewige Seligkeit verkaufen? Wachen Sie auf, geliebter Freund! Denn seit einigen Tagen scheint es mir, als ob Sie träumen. *Dann und wann schläft sogar der gute Homer!*[165]

Verlangen wir von der höchsten Gerechtigkeit lieber tausend Jahre Fegefeuer, was es auch sei, als einen Tag Irresein! (= Antwort auf Brief 139)

Brief 143

Der achte Buchstabe Cheth in der Zeichnung – auch Symbol der Ewigkeit

22. Dezember

Bruder∴ und Freund∴,

Der Buchstabe Cheth ist im alten Hebräisch, das heißt vor der Gefangenschaft, wie im modernen Hebräisch eine Hieroglyphe:

Zwei Quadrate übereinandergestellt – ein Querbalken gestützt auf zwei Säulen – das hierarchische Doppelkreuz des Bischofsstabes. Fügen Sie diesem Zeichen dasjenige der Zahl 8 hinzu, welche die beiden Schlangen des Caduceus oder die eine Schlange einiger Hermespriester darstellt, und Sie haben alle wichtigen Linien des Pantakels von Theben.

Die Zahl 8 bedeutet im besonderen das ewige Leben, das sich durch das Gleichgewicht der Bewegung erhält. Die Figur der beiden aufaufeinandergesetzten Quadrate bezeichnet das Gleichgewicht in der Stabilität und die Höhe des Gebäudes im Verhältnis zu seiner Basis. Der Priesterstab deutet die hierarchische Quadratur im Verhältnis zum Kreis und die Beziehung der Achtheit zur Dreiheit an; tatsächlich ergeben zwei Kreuze 8; doch wenn sich diese beiden Kreuze aus zwei Querstrichen auf demselben Stiel bilden, ist die ganze Figur diejenige der Dreiheit und stellt dar: die Offenbarung der Vorsehung durch die Natur, des Vaters durch den Sohn, der ewigen Mutter durch die sterbliche Mutter, von Chokhmah durch die Frau, des göttlichen Gesetzes durch die Kirche, die auf der Erde ist.

Daher ist dieses Zeichen zu allen Zeiten dasjenige der großen Hierophanten und der Päpste gewesen. Es ist auch das Zeichen der höchsten Ausgewogenheit und der ewigen Gerechtigkeit, deren obere Schalen analog denjenigen unten sind.

Sie sehen, wie viele Tiefen und Geheimnisse unter diesen verschiedenen Figuren verborgen sind. Die Achtheit ist auch das Symbol der Ewigkeit, weil 7 jede vorstellbare Dauer wiedergibt; die Einheit, die nach der 7 beginnt, ist jenseits aller Dauer.

Brief 144

Ewigkeit als Zeitalter Gottes kann nicht dasjenige des Bösen sein – aber keinen Himmel ohne Hölle, die göttlich wird wie der Himmel

Bruder∴ und Freund∴,

Die Ewigkeit! der Gegenstand unserer Sehnsüchte und die ehrgeizigste unserer Hoffnungen – die Ewigkeit, von der Gott allein Anfang und Ende sein kann – der Kreis, der alles umfaßt und die Zeit verschlingt, indem er sie unaufhörlich hervorbringt – die Ewigkeit, die nur der Schlaf oder das Nichts der Kreaturen sein kann – die Ewigkeit als Aktivität ohne Anfang und Ende, jene Durchkreuzung unzähliger Zyklen, jener Abgrund der endlichen Zeiten in ihrer Dauer, aber der unendlichen in ihrer Wiedergeburt und ihrer Aufeinanderfolge – die Ewigkeit, jene Unendlichkeit, deren Dauer so absurd in der Erscheinung, aber ebenso unumstößlich notwendig ist wie die Unendlichkeit im Raum – die Ewigkeit, jenes Zeitalter Gottes, das nicht dasjenige des Bösen sein kann.

Ein Verbrechen kann weder ewig sein noch ewig bestraft werden; denn das Böse würde Gott sein, wenn es unendlich wäre.

Die Ewigkeit ist dennoch im Gleichgewicht wie die Zeit und hat folglich ihre positive Kraft und ihren negativen Widerstand, was Ezechiel und Johannes dargestellt haben durch eine Lichtsphäre über einer Feuersphäre 8, was wiederum das hieroglyphische Zeichen der Acht ausmacht und darstellt: das Gleichgewicht des Seins und des Lebens, des Gedankens und des Wortes, der Idee und der Form, des Lichtes und des Schattens, des Geistes und der Materie.

Also: kein Leben ohne Sein und kein Sein ohne Leben, kein Wort ohne Gedanke und kein Gedanke ohne Wort, keine Form ohne Idee und keine Idee ohne Form, kein Licht ohne Schatten und kein Schatten ohne Licht, kein Geist ohne Materie und keine Materie ohne Geist, folglich kein Himmel ohne Hölle und keine Hölle ohne Himmel. Aber diese notwendige Hölle wird göttlich wie der Himmel. *Die Gottessöhne kamen, sich vor den Herrn zu stellen, und es kam auch der Satan in ihrer Mitte. (Hiob 1,6)* Hier ist nun eines der größten Mysterien des Wissens, das man sich sehr hüten muß zu enthüllen.

Brief 145

Die Neunheit: Neun ist die vollständige Wahrheit – Symbol Rundsitz der Trinität

24. Dezember

Bruder.·. und Freund.·.,

Wir haben unsere Studien über die Achtheit abgeschlossen und kommen zur vollkommenen Neunheit, welche die Multiplikation der Dreiheit mit sich selbst ist.

Die Zahl 9 stellt die vollständige Wahrheit dar, die vollkommene Initiation, und deshalb hat man sie als hieroglyphisches Zeichen der hohen intellektuellen und moralischen Macht an das Ende des päpstlichen Krummstabes und des Kreuzes unserer Bischöfe gesetzt.

Neun stellt auch dar, was die katholischen Theologen mit *Circum-Incessio*[71] der göttlichen Personen bezeichnen. *Circum in cessio* (etwa: *im Rundsitz*) – Eigentümlichkeit, umeinander und ineinander zu residieren ohne Vermischung der Ideen.

So sind der Vater und der Heilige Geist im Sohn und um den Sohn usw.; in anderen bildlichen Worten: der Sohn trägt im Herzen den Vater und den Heiligen Geist und hüllt sich in sie ein wie in ein Kleid der Gnade und Gerechtigkeit. Bedenken Sie, um dies zu verstehen, daß der Sohn das Verbum oder das Wort ist, daß das Wort in sich den Sinn oder den Gedanken (den Vater) trägt, der zur Aktion oder zur Liebe (dem Heiligen Geist) führt, und daß dieses Wort sich einhüllt in eine Form analog demselben Gedanken und derselben Liebe. (Ich sage «analog» im Wort der Menschen, während im Wort Gottes alles mit Gott identisch ist; die Analogien beginnen erst mit der Schöpfung, die aus dem Wort emaniert.)

In dieser Art erklären sich mit großer Einfachheit die tiefsten Mysterien des Glaubens. Und wir finden eben diese Circum-Incessio in den Sephiroth wieder, welche die Trinität im Sinne der Hebräer erklären. Wir kommen dann auch zur Überzeugung, daß die christliche Trinität nur eine Hochzeit von Kether-Chokhmah-Binah des Abraham mit dem Diespiter (= Jupiter, siehe Vollmer Lexikon), dem Logos oder Demiurgen des Platon, dem Pneuma der griechischen Sophisten ist und daß man endlich unser Dogma von all diesen Elementen des Heidentums und der Götzenverehrung reinigen muß.

Brief 146

Tendenz zur universellen Synthese – Fall des Priesters Lucilio Vanini

Bruder∴ und Freund∴,

Man muß, so sagte ich, unser Dogma reinigen, indem man zur ursprünglichen Vorstellung der Mysterien zurückkehrt, aber ohne etwas an den Begriffen und Formeln zu ändern, die durch die Unfehlbarkeit der Kirche in den ersten Jahrhunderten endgültig beschlossen wurden.

Die aus den Mythologien oder der heidnischen Philosophie entlehnten Begriffe beweisen die Tendenz zu einer universellen Synthese; man braucht sie deshalb nicht abzulehnen, sondern sollte sie in einer Form erklären, die weder nach den Sophisten des Hellenismus noch nach den Pedanten des Mittelalters klingt.

Dieses neue Verständnis des alten Dogmas kann zunächst nur von einigen auserwählten Geistern angenommen werden; ich glaube nicht, daß es jemals Allgemeingut wird.

Im Jahre 1620 wurde in Toulouse ein italienischer Priester mit Namen Lucilio Vanini[166] verbrannt, nachdem man ihm zuvor mit feuerroten Zangen die Zunge herausgerissen hatte. Er war ein Mann der Wissenschaft, beredsam und voller Eifer. Aber man verdammte ihn als Atheisten und Ungläubigen, weil er gesagt hatte:

man müsse die wahre universelle Religion durch die Harmonien der Natur und nicht durch die Legenden der Mönche und die Sophismen der Wissenschaftler beweisen;

dadurch, daß die ganze Natur die Existenz des Schöpferprinzips verkündige, seien alle Vernunftschlüsse über die Existenz Gottes lächerlich und erbärmlich;

die Magie sei eine göttliche Wissenschaft usw.

Als man ihn zum Richtplatz führte, machte man vor einer Kirche Halt und empfahl ihm, Gott, den König und die Justiz um Verzeihung zu bitten. Er antwortete mit lauter Stimme: *Ich glaube nicht an euren Gott; ich habe unseren König nicht beleidigt; ich halte es daher für unnütz, eure Justiz oder die Hölle um Verzeihung zu bitten; der Teufel, den ihr verehrt, verzeiht nicht.*

Ein Schreckensschrei aus allen Hälsen erstickte diese so mutige, aber ebenso unvorsichtige Stimme, und man schleppte ihn zum Richtplatz wie einen verstockten Gotteslästerer, den heiligen Lucilio Vanini, Priester und Märtyrer!

Brief 147

Rivoel und Osphal – Leo vir und Alphos Lavaters – Marquis de Mirville

26. Dezember

Bruder.˙. und Freund.˙.,

Ich muß Ihnen eine Anekdote über Mediomanie aus jüngster Zeit erzählen. Ich war incognito in einen Zirkel für Tischrükken gegangen. Ein junger Mann von kränklichem Aussehen hielt einen Bleistift in der Hand und schrieb mit krampfartiger Bewegung, indem er Gedanken erriet und auf problematische Fragen antwortete.

Ich näherte mich ihm, worauf er ausrief, ich würde ihm Böses tun. Ich befahl ihm, er möge sich beruhigen und solle mir antworten. «Was wollen Sie von mir?» fragte er schließlich. – «Sagen Sie meinen Namen!» Seine Hand zögerte einige Augenblicke; dann schrieb er in großen Buchstaben ein wenig zittrig: RIVOEL. Ich war eigenartig betroffen von dieser Übereinstimmung mit dem Namen, den mir schon ein anderer Geisterbeschwörer (siehe Brief 5) gegeben hatte, der sich mit diesem hier bestimmt nicht abgesprochen haben konnte. Ich fragte das Medium, was dieser Name bedeute; darauf schrieb er schnell:

Du kannst also nicht lesen, Dummkopf?

und darunter wie eine Unterschrift: *Osphal.*

Das war wie ein Lichtblitz für mich: ich drehte das Wort um und las: *Leo vir (= Löwenmensch).* Nun zeigt der Stich von Lavater[167], der den Alphos als den Maphon von Gablidone darstellt, als Hauptsymbol einen sitzenden Eingeweihten, der sich auf einen Löwen stützt. Ich hütete mich wohl, dies alles den Anbetern des Ob[168] zu erklären, sondern zeigte mich ihnen ganz überwältigt unter dem Gewicht der Beschimpfung, die mir der angebliche Geist angetan hatte, der übrigens von diesem Zeitpunkt an verworrenes Zeug redete und dem Medium nur noch sinnlose Phrasen und Grobheiten sagte.

Oh! wenn doch der Marquis de Mirville dies erlebt hätte, was für ein Triumph für ihn! aber auch welche Verlegenheit! Er wäre gezwungen worden, von mir zu sagen: *Im Anfang treibt er die Dämonen der Dämonen aus. (Mk.3,22)* Aber er hätte sicher Bedenken, dies zu sagen und mich zu behandeln, wie die Pharisäer Jesus Christus behandelt haben, um sich dann die Antwort zuzuziehen: *Und wenn der eine Satan den anderen austreibt, wie wird dann sein Reich bestehen? (Matth.12,26)*

Diese kleine Geschichte vertraue ich Ihren weisen Meditationen an.

Brief 148

Weihnachten als Jahrestag der Geburt der Menschheit – der Stern von Bethlehem – nochmals die drei Magier, die auch Könige sind

Bruder.·. und Freund.·.,

Weihnachten 1862! Tag der Geburt! Heute ist der Jahrestag der Geburt der Menschheit. Emanuel! Gott mit uns. Gott lebendig in der Menschheit, die göttliche Menschheit, die menschliche Gottheit: das offenbart uns dieser 1863mal gesegnete Tag. Und die Menschen haben daraus nichts anderes entnehmen können als eine unmenschliche Religion und eine verdammte Menschheit. Der Ochs, der Esel und die Hirten an der Krippe haben als einzige instinktmäßig die Erlösung der Natur erraten. Die Magier, die gekommen waren, ihn anzubeten, und geführt wurden durch das göttliche Pentagramm, welches das große Arkanum des Gottmenschen ist, mußten auf einem anderen Weg zurückkehren, um den Wutausbrüchen des Herodes und den Nachstellungen der Priester zu entgehen. (Matth. 2, 12) So ist die antike Wissenschaft, die selbst zur Wiege des Christentums gekommen war, durch die Verfolgung verbannt und wie in die Irre geführt worden. Der Stern, so sagt eine Legende, ist in einen Brunnen in der Nähe von Bethlehem gefallen. «Man sollte in diesem Brunnen suchen», fügt Voltaire hinzu, «denn sicherlich liegt dort die Wahrheit.»

Niemals hat der große Spötter so gut gesprochen, ohne es zu wissen. Ja, der Brunnen des Sterns ist der Brunnen der Wahrheit; aber wann werden die Weisen dieser Welt sie suchen?

Die Magier sind auch Könige; denn sie sind die wahren Eingeweihten. Es sind ihrer drei, das ist die heilige Zahl, und im übrigen stellen sie die drei Welten dar. (Matth. 2, 11) Balthassard, *der Uneigennützige, der den wahren Schatz sucht, der Mensch des Tiefen Friedens* – denn sein Name bedeutet alle diese Vorrechte – ist der Gesandte der höchsten Hierarchie, der Vertreter der großen Auserwählten; er bringt Weihrauch dem Neugeborenen der neuen Menschheit.

Melchior, *der König der Stadt, der Fürst des Lichtes,* kommt im Namen der Kinder des Wissens und reicht Gold dar. Schließlich bringt Gaspard oder besser Kathzar, *das Oberhaupt der Menschen,* Myrrhe dar, mit welcher die Toten einbalsamiert werden und die selbst die Hoffnung auf Unsterblichkeit darstellt.

Brief 149

Fortschritt des Buches: Science des Esprits – wie es geschrieben wird

13. Januar 1863

Bruder.·. und Freund.·.,

Das Buch der *Science des Esprits*[123] macht Fortschritte, und die Unterlagen wachsen. Ich habe davon noch kein Wort geschrieben, aber sobald dieses Wort – das erste der ersten Seite – geschrieben ist, folgen die anderen wie eine Flut, und das Wort vollendet sich, als ob ich es von einem inneren Buche abschreiben würde. Ihnen kann ich diese kleinen Geheimnisse meiner Arbeitsweise anvertrauen, aber anderen würde ich darüber nichts sagen: man würde mich für ein Medium halten.

Brief 150

Der plastische Schleier – das Buch von Marquis de Mirville und das von Gougenot des Mousseaux mit Kritik an Levi – evtl. Entgegnung

Bruder.·. und Freund.·.,

Gott hat einen Schleier über seine Glorie gebreitet, und auf diesen Schleier hat er die typische Form der Dinge gestickt. Das Leben beobachtet und kopiert nach den Präzisionsgesetzen, wie die Gobelinarbeiter Bilder kopieren mit numerierten Wollfäden. Dies ist der universelle plastische Schleier; er ist das Licht, ätherisch im Raum, astral in den Sternen, vital und magnetisch in den Lebewesen.

Die Bilder entsprechen einander und vermehren sich nach den genauen Impulsen der Kräfte. So kann ein in Ekstase versetzter Analphabet die erhabensten Dinge in diesem Licht lesen. So bewegen die Medien oft die Saiten des großen Instrumentes zu einer Musik, deren Noten sie nicht kennen. Aber die Gegenwart eines besser ausgewogenen Wesens, das notwendigerweise ausgleichend wirkt, macht ihre Intuition mühsamer und versetzt ihre Hellsichtigkeit in die Ängste einer Art Fehlgeburt. Deshalb beschimpfen sie solche Wesen instinktmäßig, erweisen ihnen aber dadurch unfreiwillig Ehrerbietung.

Wenn Sie das Buch des Marquis de Mirville haben, wäre es von Ihrer Liebenswürdigkeit wohl zuviel verlangt, Sie zu bitten, mir die Stelle oder die Stellen abzuschreiben, wo er von mir spricht? Wenn sie eine Widerlegung wert sind, wird sie in meinem Buch *Science des Esprits* erfolgen, die dann – so hoffe ich – in nichts der Unwissenheit des Teufels und dessen Büchern gleichen wird, die besagter Teufel seinen Anhängern und seinen Freunden übermittelt.

Es gibt auch ein neues Buch von Gougenot des Mousseaux[169], wo ich auf eine amüsante Weise schlecht gemacht werde. Herr Gougenot des Mousseaux ist der Komiker des Teufelsdramas. Er ist der Hanswurst dieses Scharlatans von mehr oder minder gutem Glauben, den man den Marquis de Mirville nennt. Ich glaube, daß sein Buch betitelt ist: *La Magie, ses moyens, ses milieux, ses servants etc. (= die Magie, ihre Mittel, ihre Umgebung, ihre Diener usw.)* Es soll darin auch nette Blödeleien geben, und wenn ich Zeit hätte, würde ich mir die Lektüre etwas kosten lassen.

Glücklich die Armen an Geist! – das heißt: glücklich die Armen, die Geist haben. Es gibt so viele Menschen, die reich an Torheiten sind!

Brief 151

Tod von Louis Lucas, eines in die Geheimnisse des Hermes Eingeweihten

Bruder.·. und Freund.·.,

Der S.·. S.·. hat soeben einen großen Verlust in der Person des Louis Lucas erlitten, meines Nachbarn und Freundes, eines Chemikers von höchstem Wissen, Eingeweihter in die Geheimnisse des Hermes und Erfinder eines Apparates, den er *Biometer* genannt hat und der eindeutig die Wahrheit unserer Theorien über den Magnetismus oder die besondere Magnetisierung der Lebewesen beweist.

Dieser Apparat besteht aus einem neutralisierten Kompaß,

der also gegen Elektrizität eben durch die Elektrizität unempfindlich ist und den man mit den Konsultierenden mittels einer Kette in Verbindung bringt, die ebenso neutral und unempfindlich gegen das gewöhnliche elektrische Fluidum ist. Die Personen, die diese Kette berühren, offenbaren bald ihre Kraft als Magnet und ihr mehr oder weniger vitales Gleichgewicht.

Die einen teilen der Nadel eine langsame und abgemessene Bewegung mit, andere eine ungeordnete Bewegung, die manchmal so weit geht, daß sie die Kompaßnadel runddrehen, also sich im Kreise bewegen lassen. Und es gibt solche bemerkenswerten Extreme, daß man allein durch den inneren Akt des Willens die Anzeigenadel des Biometers anhalten oder in der umgekehrten Richtung drehen kann.

Ich habe bei diesen sehr merkwürdigen und absolut überzeugenden Experimenten mitgewirkt. Aber die Zeit ist zweifellos noch nicht gekommen, daß die moderne Wissenschaft in die großen Mysterien des Lebens eingeweiht werden soll.

Louis Lucas ist tot; ich habe bei seinem Leichenbegängnis assistiert. Er war noch keine 49 Jahre alt und hinterläßt zwei kleine Kinder; ich habe mitgeweint, als ich die Tränen dieser armen Kleinen bemerkte, denen die unerbittliche Natur gerade ihren Vater genommen hatte, dessen Leben sowohl für sie als auch für uns unvollendet bleibt.

Möge er ruhen im Tiefen Frieden!

Brief 152

Bekehrung de Mirvilles zur universellen Lehre

20. Januar

Bruder.·. und Freund.·.,

Ich habe mir die drei sehr großen Bände dieses *bösen* Marquis de Mirville besorgt, und ich bin aufs höchste verwundert über seine Bekehrung zu unseren Lehren. *Salutem ex inimicis nostris. (Ein Segenswunsch von unseren Feinden)* Wir haben also einen neuen Mittelsmann, vergleichbar dem Advokaten von Chambéry, der wie Bileam alles für Israel prophezeit und dann hingeht und es verflucht!

Nun hat der universelle Katholizismus einen neuen Apostel – Apostel, das ist wahr, wenn er es auch nicht sein will und sehr zornig auf diesen *sehr guten* Eliphas ist, der sich erlaubt hat, ihn den guten Marquis de Mirville zu nennen. Also wurde das Wort der Wahrheit unter den Figuren des Thoth, des Osiris und des Helios verehrt, also waren die große Maja, die Dewagi, die Isis der antiken Heiligtümer dasselbe wie Maria.[170]

Also offenbart sich Gott in der Menschheit vollständig, und der Papst kann alle Völker der Gegenwart, der Vergangenheit und der Zukunft segnen. Er kann die Schatzkammer der Ablässe öffnen, damit die Verehrer von Brahma, die Luziferanbeter, die Ophiten, die Shivaiten, die Schiiten und die Jünger des Marquis de Mirville den Gott des Schattens nicht mehr verehren oder zum mindesten nicht mehr fürchten. Der Satan ändert seine Meinung: er dankt ab.

Das System der Finsterlinge verbeugt sich vor dem Licht. Das ist wirklich ein Wunder. Ich habe den großen Zorn dieses armen Mannes bewundert, den ich zum Laufen gebracht habe, ohne daß er es wollte, und der – wohl weil er vergessen hat, daß er mich des Wahnsinns und der Schwülstigkeit angeklagt hat – *die ausgezeichneten Studien* (das sind seine Worte!) zitiert und Berge der Gelehrsamkeit anhäuft, um zu beweisen, daß ich recht habe und er unrecht. Ich danke Ihnen, daß Sie mich dazu gebracht haben, diese drei Bände zu lesen; denn aufgrund Ihrer Empfehlung habe ich sie mir gekauft.

Wir können diesem prächtigen Marquis de Mirville sein schwarzes Teufelchen lassen *(gemeint ist Gougenot des Mousseaux),* wenn dieser Possenreißer ihn amüsiert. Von dem Augenblick an, in welchem er das große Licht bewundert, kann er seine dunkle Ecke behalten: wir neiden sie ihm nicht.

Brief 153

Erklärung der Trinität durch die Neunheit

Bruder.·. und Freund.·.,

Die Zahl Neun stellt, wie ich Ihnen schon gesagt habe, das theologische Dogma der Perichorese[71] der drei göttlichen Personen dar.

Dieses Dogma erklärt die Trinität auf eine vollständig kabbalistische Art. Denn wenn die drei Personen in jeder Person sind, bleiben die Wesenheiten voneinander unteilbar, und die Personen, wenn auch unterschieden, sind untrennbar. So bleibt der einzige Gott einer in drei persönlichen Konzeptionen. Wenn man in ihm nur eine Person bestätigen würde, wäre das Wort «Person» abgöttisch; denn sie würde gezwungenermaßen eine individuelle und *zählbare* Idee darstellen, wenn ich mich so ausdrücken darf.

Doch der einzige Gott, der nach unserer Konzeption nicht unpersönlich sein darf, um keine Abstraktion, keine Sache, kein Traum, keine Idee ohne Form zu werden, ist «dreipersönlich», das heißt allpersönlich, da die Vorstellung von der Dreiheit jede Idee des Lebens und der Persönlichkeit enthält. Er ist eins, er ist drei und drei mal drei, weil jede Einheit der Dreiheit untrennbar von den beiden anderen ist.

Es gibt indessen nicht drei Väter, drei Söhne und drei Heilige Geister, sondern es gibt den Vater im Sohn, den Sohn im Vater und den Heiligen Geist in den beiden, und es ist immer derselbe Vater, derselbe Sohn und derselbe Heilige Geist, aber unterschiedliche und verschiedene Persönlichkeiten in drei Begriffen.

So gibt es den Vater, den Sohn und den Heiligen Geist oder Kether, Chokhmah und Binah in Aziluth; den Vater, den Sohn und den Heiligen Geist oder Gedullah, Geburah und Tiphereth in Briah; den Vater, den Sohn und den Heiligen Geist oder Netzach, Hod und Jesod in Jesirah. (Siehe Tabelle 2 zu Brief 46) Denn Tiphereth ist die Schechina von Kether und Jesod, das sichtbare Licht der Schechina: 1 in 3, 3 in 9 und 9 in 1.

Brief 154

Drei große Geheimnisse des Christentums: Trinität – Inkarnation – Erlösung – Tarotsymbol: Greis mit abgedeckter Lampe und Stab

25. Januar

Bruder.˙. und Freund.˙.,

Die Zahl Neun stellt die drei großen Geheimnisse des Christentums dar, die sich alle drei durch die Dreiheit erklären:

1

Die Trinität

1. Vater
2. Sohn
3. Hl. Geist

2

Die Inkarnation

1. Gott
2. Mensch
3. Gottmensch

3

Die Erlösung

1. Beleidigter
2. Beleidiger
3. Opfer

Hierbei befinden sich im Opfer der Beleidiger und der Beleidigte. – Im Gottmenschen befinden sich Gott und Mensch. – Im Heiligen Geist befinden sich der Vater und der Sohn, was man ebenso und umgekehrt von den drei anderen Begriffen dieser drei Dreiheiten bestätigen kann. Daher ist die Trinität das Mysterium des Vaters, die Inkarnation das Mysterium des Sohnes und die Erlösung das Mysterium des Heiligen Geistes. So sind die neun in drei, und die drei mal drei ergeben drei mal neun oder siebenundzwanzig, dessen Quersumme wieder neun ergibt. Solcher Art sind die unaussprechlichen Tiefen der Neunheit.

Daher umfaßt diese Zahl und stellt dar die ganze Weisheit, wiedergegeben im Tarot durch einen Greis, der an der Stirn das heilige Zeichen JOD in einem doppelten Kreis trägt, in der Hand eine Laterne, das heißt ein abgedecktes Licht, ein verborgenes Licht, und in der anderen Hand einen Stab, auf den er sich stützt und mit dem er das Erdreich vor sich prüft; er ist von Kopf bis Fuß in einen Mantel eingehüllt, Symbol der Verschwiegenheit und der Klugheit.

Vergleichen Sie dieses Bild mit dem des Narren und stellen Sie alle Gegensätze fest: der Narr hat Kleider und läßt seine Nacktheit sehen; er hat zwei Stäbe, von denen der eine ihm zu schwer ist und der andere ihn behindert usw.

Brief 155

Saint-Martin – statt Bekehrung anderer sich selbst korrigieren – Veuillot

Bruder∴ und Freund∴,

Dem Ausspruch von Saint-Martin, den Sie mir zitiert haben, scheinen sowohl Richtigkeit als auch Gerechtigkeit zu fehlen: *«Ma secte, c'est la Providence» (= meine Sekte ist die Vorsehung)* – die Vorsehung kann keinesfalls verglichen werden oder auch nur grammatikalisch verbunden werden mit dem, was man eine Sekte nennt – *«et mes prosélythes, c'est moi» (= und meine Neubekehrten, das bin ich).*

Wenn er damit sagen will, daß er zuerst versucht, sich selbst zu überzeugen und überzutreten, so hätte er schreiben müssen: «mein Neubekehrter» und nicht «meine Neubekehrten». Wenn er gesagt hätte: mein Dogma ist die Vorsehung, und ich bin selbst nur ein Neubekehrter, so hätte man ihn verstehen können. Aber der Satz so, wie er jetzt konstruiert ist, präsentiert dem Geist im Ausdruck etwas Unkorrektes und im Gedanken etwas Absurdes.

Ich nehme daher nicht an, daß Sie dies als eine Maxime akzeptieren wollen, wenigstens nicht ohne die Form dergestalt berichtigt zu haben, wie ich es gerade vorgeschlagen habe, und in diesem Fall brauchen Sie sich nicht des Stolzes anzuklagen. Paulus sagt es so: *Denn wer sich Gott nahen will, muß glauben, daß er ist und denen, die ihn mit Ernst suchen, ein Belohner wird. (Hebr.11,6)*

Das ist die Summe des Glaubens nach dem großen Apostel, und sie ist ganz einfach der Begriff der Vorsehung. Was den Geist des Bekehrungseifers angeht, so sollte man sich vor ihm hüten und lieber damit beginnen, sich selbst zu korrigieren. Wenn man selbst gut geworden ist, macht man die anderen besser, ohne darüber nachzudenken. Ist nicht das beste Mittel, um ausgleichend zu wirken, sich selbst auszugleichen? *Trachtet zuerst nach dem Reich Gottes und seiner Gerechtigkeit! Dann werden euch alle diese Dinge hinzugefügt werden. (Matth.6,22)*

Ich danke Ihnen für die Übersendung des Buches von dem armen Gougenot. Diese groteske Persönlichkeit mit ihren groben Beleidigungen belustigt mich sehr; sie wären gar nicht falsch in einem Buch, das aus lauter übertriebenen Schimpfereien besteht. Da ziehe ich den heiligen Louis Veuillot vor; er faßt den falschen Glauben humorvoll auf und zeigt sich dreist und böswillig mit Geist.[171]

Brief 156

Jesod, das Fundament oder Prinzip der Existenz – das dreifache Licht

30. Januar

Bruder.·. und Freund.·.,

Die Neunheit ist Jesod, das Fundament oder das Prinzip der Existenz, weil sie die Dreiheit in ihrer ganzen Fruchtbarkeit zeigt. Jesod ist auch das Fundament oder die Basis aller Wahrheit, das heißt das Kriterium der Gewißheit, wie man in der Schule sagt; denn sie ist ein dreifacher Schluß mit drei vollständig ausgewogenen Begriffen, die sich gegenseitig ausgleichen in der Art, daß das kleinere und der Schluß im größeren enthalten sind, und genauso bei allen anderen Begriffen.

Die Neunheit ist auch die vollständige Übereinstimmung zwischen Vernunft und Autorität, hervorkommend aus autorisierter Vernunft, vernünftiger Autorität, Harmonie oder Autorität der Vernunft, welche der Vernunft die Autorität oder die vollkommene Ordnung der Harmonie gibt. Alles geht aus dieser fruchtbaren Wurzel hervor, und die durch die Zahlen regulierte Natur gibt ebenfalls drei, um Gott darzustellen, drei, um den Menschen darzustellen, drei, um die dem Menschen unterworfene Materie darzustellen, deren Modifikationen und Produktionen in drei Reichen enthalten ist.

Auch das Licht ist dreimal dreifach: das Licht der Glorie in Aziluth, Briah und Jesirah (Tabelle 2); das Licht des Lebens – universell, astral und magnetisch; das sichtbare Licht – himmlisch, irdisch und feurig. Solcherart sind die Mysterien von Jesod, daß wir in allem, was existiert, die Gesetze der Dreiheit wiederfinden, die – wie Sie wissen – der Kompaß ist, an dem sich die Existenz aller Wesen mißt.

Hier endet die Analyse der Zahlen, die wieder von vorn beginnen wollen, indem sie von Zehnheit zu Zehnheit gehen, das heißt von Synthese zu Synthese. Hier enden unsere Studien über die Neunheit, und wir kommen zur Zehnheit, welche das Reich Gottes ist.

Brief 157

Die Zehnheit: Das Gleichnis von den zehn Jungfrauen und sein wirkliches Ende

Bruder∴ und Freund∴,

In einem der geheimnisvollsten Gleichnisse des Meisters geht es um zehn Jungfrauen: fünf kluge und fünf törichte, und es wird gesagt, daß die törichten Jungfrauen, als sie weggegangen waren, um Öl zu holen, zu spät am Tor des Hochzeitsfestes ankamen und der Bräutigam zu ihnen sagte: Ich kenne euch nicht. (Matth. 25, 1–13)

Hier folgt das nicht ausgesprochene Ende dieses Gleichnisses:

«Da bereuten die fünf klugen Jungfrauen, daß sie ihren Gefährten kein Öl abgegeben hatten oder sie nicht wenigstens sich ihrer Lampen hatten bedienen lassen, um ihnen zu leuchten und sie mit sich zum Fest des Bräutigams und der Braut eintreten zu lassen.

Und sie sagten zum Bräutigam: Herr, können wir sie nicht kennen, da du uns kennst und wir sie kennen?

Es sind unsere Schwestern und unsere Gefährten, denen die Lampen ausgegangen waren, aber sie haben sie wieder entzündet.

Dieses Licht beleuchtet jetzt ihre Gesichter, in Tränen gebadet, und du kannst sie wiedererkennen, da wir sie wiedererkennen.

Sie sind nachlässig gewesen, aber sie haben während der Nacht das Land durchstreift und Öl geholt.

Sie haben sich um die Freuden der ersten Stunde gebracht, aber denkst du, Herr, nicht mehr an die Arbeiter, die du zur Arbeit in deinem Weinberg zugelassen hast zu jeder Stunde des Tages?

Und als der Abend kam, hast du ihnen da nicht allen denselben Lohn gegeben? (Matth. 20, 1–16)

Und der Herr antwortete nichts; aber er gab den Schlüssel den klugen Jungfrauen, welche die Tür für ihre Schwestern öffneten.»

Brief 158

Das Reich des Christus nicht von dieser Welt, aber der Satan der Fürst dieser Welt – weibliche Reaktion in spiritistischen Zirkeln und mystischen Bruderschaften – Grundlage der Fortsetzung des Gleichnisses von den zehn Jungfrauen

1. Februar

Bruder∴ und Freund∴,

Gott allein in seiner Härte und seiner Autokratie zu sehen, ohne Schwanken und ohne Kontrolle, das ist der Teufel dieses freundlichen Marquis de Mirville und seines ungeschickten Dieners Des Mousseaux. Er ist der Gott der Pseudo-Katholiken, Klerikalen, die die ganze Religion allein in der zeitlichen Macht sehen, weil das Reich des Jesus Christus nicht von dieser Welt (Joh. 18, 36) und andererseits der Satan der Fürst dieser

Welt ist (Joh. 12,31), wo noch Despotismus und Gewalt herrschen, welche die nicht zu vergebende Sünde wider den Geist hervorrufen, die in der Erstickung der Wahrheit und des Wissens besteht: eine weibliche Reaktion findet statt gegen diese brutale Unterdrückung, und zwar entweder außerhalb der Kirche in den spiritistischen Zirkeln oder innerhalb der Kirche durch die mystischen Bruderschaften und die einfältigen und sentimentalen Übertreibungen des Muttergotteskultes. Es ist die weiße Hirschkuh, die gegen die schwarze Hirschkuh steht. Aber diese beiden Teile der Wahrheit, die sich gegenüberstehen, sind nur die gegenseitigen Verneinungen. Die Religion hüpft noch immer nur auf einem Bein, manchmal auf dem rechten Fuß, manchmal auf dem linken. Unter der messianischen Herrschaft wird sie anfangen zu gehen.

Die törichten Jungfrauen klopfen an die Tür des Brautgemachs, aber sie werden dort nur eintreten, wenn die klugen Jungfrauen ihnen entgegenkommen und ihnen liebevoll die Hand reichen.

Dann werden sich die Worte der Schrift erfüllen: *Gnade und Treue begegnen einander, Gerechtigkeit und Friede küssen sich. (Ps.85,11)* Dies ergänzt den Sinn des Gleichnisses von den zehn Jungfrauen, wo der Text des Evangeliums das Licht vor der Türe läßt; denn die Törichten, nunmehr klug geworden, haben Öl, und man verweigert ihnen dennoch den Eintritt.

Sie erkennen, daß die Vervollständigung notwendig ist und daß das Ende des Gleichnisses, welches dem Buchstaben nach nicht existiert, im Geist wirklich vorhanden ist.

Brief 159

Hochzeit in der Mitte zwischen Weiß und Schwarz – Schatten ist für das Licht notwendig – Bedeutung des halben Sephirotbaumes

Bruder∴ und Freund∴,

Die 10 setzt sich aus der leuchtenden Einheit und der finsteren Null zusammen. Es gibt zwei Pentagramme in dieser Zahl, wie es zwei Dreiecke in der Zahl 6 gibt: das weiße Pentagramm und das schwarze Pentagramm; die fünf reinen Zahlen und die fünf unreinen Zahlen; die fünf Rassen der Riesen und die fünf Engel[172], die sie bekämpfen durch die Tugend des יהשוה (= Jehoschua, siehe Brief 121); die fünf törichten Jungfrauen und die fünf klugen. Daher ist die Hochzeit von Bräutigam und Braut die Mitte zwischen Weiß und Schwarz und bildet eine Trennung der Jungfrauen.

Wie die Legende uns mitteilt, gab es zur Zeit, als das Wort Gottes das יהי אור [173] *(= Fiat lux – Es werde Licht, 1.Mos. 1,3)* aussprach, eine Trennung der Engel. Das Licht manifestiert sich tatsächlich nicht, ohne auch den Schatten zu manifestieren; denn der Schatten ist für das Licht notwendig. Daher nimmt das Licht den Schatten an und erleuchtet ihn durch seine Reflexionen. Dies genügt zur grundsätzlichen Erklärung des Gleichnisses von den zehn Jungfrauen, dessen okkulten Schluß und nicht herausgebrachte Ergänzung ich Ihnen im letzten Brief gegeben habe.

Zeichnen Sie den Sephirothbaum und nehmen Sie davon nur eine Seite, nämlich Kether-Binah-Geburah-Hod-Malkhuth:

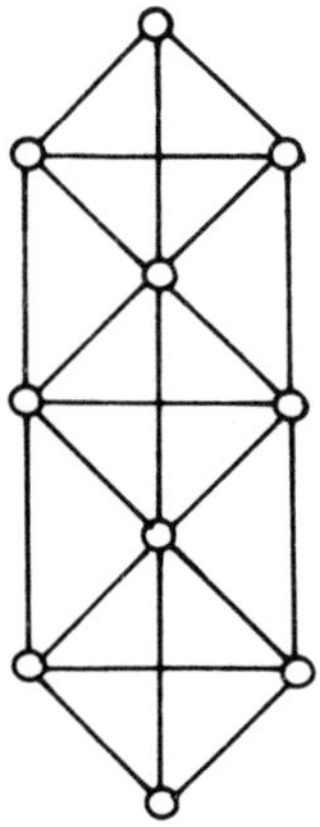

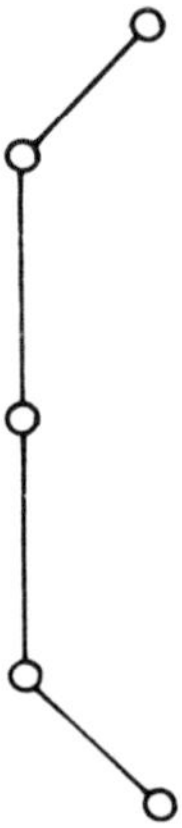

Sie erhalten den Bogen des strengen Halbmondes und die Hörner des schwarzen Bockes. Machen Sie dasselbe auf der anderen Seite, und Sie erhalten den weißen Halbmond und die Hörner der Hirschkuh der Liebe. Diese Ausdrücke sind von den Kabbalisten geheiligt und enthalten nichts, was Sie erstaunen sollte.[174] Sie haben also an jeder Seite fünf Zahlen: die einen weiß, die anderen schwarz; die einen streng, die anderen barmherzig. Kether und Malkhuth können zu den guten oder bösen gezählt werden, da die eine die Ursache der anderen ist und in Malkhuth das Gute und das Böse gemischt zu sein scheinen.

Brief 160

Jod ist der zehnte Buchstabe – die Zeichen der Zehn: Stab und Schlange

4. Februar

Bruder∴ und Freund∴,

Der zehnte Buchstabe des heiligen Alphabets ist das JOD י ausgeschrieben יוד . Dieser Buchstabe ist der wichtigste und steht im Mittelpunkt des Pantakels der Buchstaben zwischen den drei Müttern.[175] Mit ihm beginnt der Name Jehova = יהוה und endet derjenige von Adonaï = אדני . Daher kommt der Name Judaei oder Joudaei, der den Juden gegeben wurde, als ob man sagen würde: das Volk von Jod oder Joud. Der Name Juda oder Jehouda entstammt derselben Wurzel und sollte dem königlichen Stamm gehören, dessen Geißel oder Zepter, dargestellt durch Jod, niemals aufhören sollte zu blühen bis zur Ankunft des Erlösers. (Ps. 60,9; Matth. 2,6)

Der Name des Buchstabens schreibt sich hebräisch mit Jod י, Vau ו, Daleth ד, was bedeutet: das Universum, die Schöpfung, der Meister – oder das Gesetz, die Freiheit und das Können – was Sie erkennen werden, wenn Sie die Hieroglyphen des 10., des 6. und des 4. Schlüssels des Tarot prüfen. (Siehe auch Brief 47: L∴ D∴ P∴ als Freiheit – Können – Pflicht oder Gesetz und Anmerkung 69)

Dieses Wort symbolisiert auch den Vater, die Liebe und den Herrn oder den Vater, den Heiligen Geist und den Sohn. Das sind große Dinge in einem Buchstaben und im Namen dieses Buchstabens, und Sie begreifen, warum die kabbalistische Figur für Gott ein Dreieck ist in einem Viereck, umschrieben von einem Kreis, und im Mittelpunkt des Dreiecks ein einzelnes Jod.

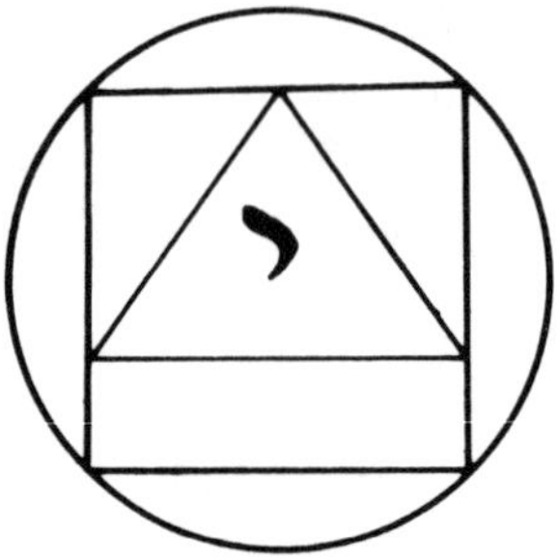

Das Dreieck ist drei, das Viereck vier, der Kreis zwölf, was zusammen neunzehn ergibt, Quersumme zehn. So ergeben 1 + 2 zusammen 3, +4 = 7, +5 = 12, +6 = 18, +7 = 25, Quersumme 7 usw. Die Zahlen von 1 bis 10 ergeben addiert 55, dessen Quersumme wieder 10 ausmacht. Das ist die Einheit, Symbol des Seins, und die Null, Abbild des Lebens. Es ist der Stab und die Schlange, die sich in den Schwanz beißt – der Ouroborus, eine universelle Hieroglyphe.

Brief 161

Zehn Sephiroth – zehn Gebote – zehn Plagen in Ägypten – besondere Methode im Unterricht, der mit der Zehnheit noch nicht beendet ist

Bruder.·. und Freund.·.,

Wie es 10 Sephiroth gibt, so gibt es zehn Gebote Gottes (5.Mos. 5,1), und das moralische Gesetz wie auch das dogmatische kann man den Dekalog nennen oder das Wort in zehn Buchstaben. Deshalb wird die Züchtigung für die Sünde durch die zehn Plagen Ägyptens dargestellt. Denn für jede Sünde gibt es eine besondere Züchtigung; es gibt also zehn Sünden, da es zehn Gebote gibt. Aber diese 10 beziehen sich auf 7, diese 7 auf 3 und diese 3 auf 2.

Es sind die sieben Sünden gegen die sieben Tugenden, die drei Köpfe der Begierde: Stolz, Habsucht, Fleischeslust – und die beiden Sünden gegen Gott und gegen den Nächsten, was zusammen auf eine zurückgeführt wird, welche Ungerechtigkeit oder Sünde wider die Gerechtigkeit ist, weil wir gegenüber Gott und dem Nächsten schuldig werden usw.

Ich war mit meinem Brief bis hierher gekommen, als ich den Ihrigen erhielt, worin Sie sich darüber beklagen, daß Sie die Geheimnisse der Neunheit fast zu gut verstanden hätten. Doch dann behaupten Sie, daß ich Ihnen etwas verberge. Gewiß ist, daß ich Ihnen das verberge, was ich Ihnen noch nicht geschrieben habe, doch unsere Korrespondenz ist, so Gott will, noch nicht beendet. Alles kommt zu seiner Zeit und an seinem Ort.

Erlauben Sie mir, dazu zu erklären, daß ich nichts zurückhalte, sondern in meinem Unterricht nach einer ganz bestimmten Methode vorgehe. Haben Sie nicht festgestellt, daß im Tarot der Weise von Nr. 9 sich mit einer Laterne leuchtet, während die Sonne erst beim 19. Schlüssel scheint?

Ihr Fall von Besessenheit ist wahrscheinlich eine hysterische Frau. Diese Art von Krankheiten muß sehr sorgsam behandelt werden. Die Anwendung von Holzkohle als Beruhigungsmittel könnte sehr nützlich sein. Aber es können auch ernste Störungen in den inneren Geschlechtsorganen vorliegen, welche die Behandlung durch einen erfahrenen Chirurgen erfordern würden, unterstützt durch einen guten Psychiater.

Meine Gesundheit kräftigt sich langsam, und zwar durch gute Pflege.

Brief 162

Beziehungen Levis zu seiner Umwelt – Zeugnis von Melancholie

15. Februar

Bruder∴ und Freund∴,

Wie viele Dinge muß ich Ihnen noch sagen!

Es sind Unermeßlichkeiten, die sich an Unermeßlichkeiten ketten – wie im Raum die Universa an Universa! Ich bin oft inmitten all dieser Abgründe, verstört und zitternd wie ein verirrter Vogel, und wenn ich wüßte, wohin ich fallen würde, wäre ich versucht, mich einfach loszulassen. Sich allein oder fast allein zu wissen in einem Palast oder einem Babylonischen Turm, dessen Spiralen mehr als 1000 Generationen vor Wind und Wetter schützen könnten, ist das nicht erschreckend und monoton?

Meine Beziehungen zu den Menschen werden von Tag zu Tag schwieriger und mühsamer. Wenn ich ihnen etwas guten Willen zeige, ist es mir unmöglich, mich dafür zu interessieren, was sie daraus machen, was sie darauf sagen, was sie zu denken glauben, was sie verehren. Ich spüre für sie ein Wohlwollen, das sie nicht erwidern und auch nicht erwidern können: Vergessen und von diesen Menschen vergessen werden.

Glauben Sie aber nicht, daß ich traurig bin; das ist nur ein wenig Melancholie, die ich Ihrer Freundschaft anvertraue.

Brief 163

Kanaan und die fünf Rassen der Riesen, bewältigt durch Jehosuah oder Jesus

20. Februar

Bruder∴ und Freund∴,

Das Land Kanaan wurde vor der Eroberung durch die Hebräer von den Kindern der Riesen bewohnt, das heißt von den Erben der ungeheuren Sittenverderbnis der antiken Welt – eine Sittenverderbnis, deren Erinnerung, aufbewahrt in der Familie des Noah, eine lebendige Tradition in der verfluchten Rasse Kanaans geworden war, des Sohnes von Cham (1.Mos.9,18), der den Schlaf seines Vaters entweiht hatte. (1.Mos.9,22)

Man zählte unter diesen neuen Titanen der Ruchlosigkeit fünf verschiedene Rassen, die ganz charakteristische Namen hatten. Es waren die Enacim, die Nephilim, die Geburim, die Raphaim und die Amalekiter.

Diese fünf Namen wollen sagen:

Enacim, die Anarchisten oder die Söhne des Belial, die Menschen ohne Gesetz; (2.Kor.6,15)

Geburim, die Menschen mit Kraft und Gewalt;

Nephilim, die Wollüstigen oder Verweichlichten;

Raphaim, die Faulenzer oder die Feiglinge;

Amalekiter, die Angreifer, weil sie als erste die Israeliten in der Wüste angegriffen haben. (4.Mos. 14,25)

Zeichnen wir nun das Pentagramm der Vollkommenheit mit den fünf Buchstaben, die den Namen Jehosuah, Josua oder Jesus, ihren Bezwinger, bilden.

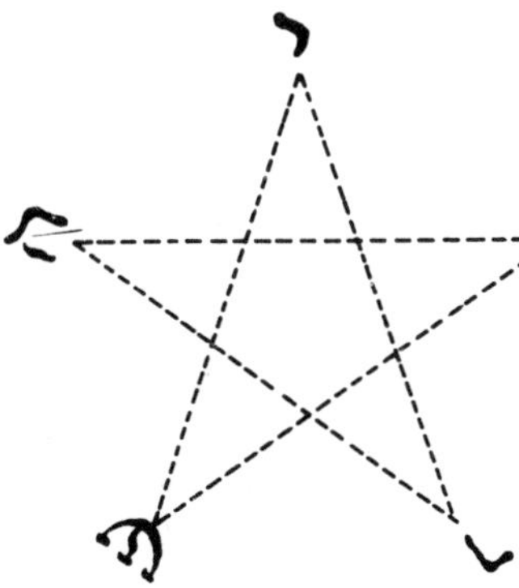

Jod י, der Vater und oberste Meister, der von den Anarchisten geleugnet wird;

He ה, die Mutter oder die barmherzige Vorsehung, verleugnet durch die Geburim;

das entsprechende He ה, die durch die Verweichlichten beschimpfte Natur;

Vau ו, die schöpferische Fruchtbarkeit, welche durch die Arbeit die Freiheit schafft, verleugnet und beschimpft durch die Feiglinge;

Schin ש, das materielle Gleichgewicht oder die elementare Gerechtigkeit, beleidigt durch die Aggressoren.

Jod ist die Manifestation von Kether in Tiphereth – das erste He entspricht Gedullah – das zweite der Geburah – Vau entspricht Netzach und Schin der Hod. Die Engel, die sie verteidigen, sind die Ketherielim oder die Jodielim, angeführt von Michael usw.[176]

Brief 164

Der Kampf der Engel mit den Riesen – Untergang von Pentapolis

Bruder.·. und Freund.·.,

Die Engel des ersten He sind die Chokhmaelim, die Chesedielim und die Helim, geführt von Gabriel. Die Verteidiger des heiligen Vau sind die Geburielim oder die Vauielim, geführt von Samael. Die Verteidiger des Schin sind die niederen Elohim unter der Führung von Uriel, und die Beschützer des zweiten He oder die Engel der Natur sind die Eëlim oder die Emanuelim unter der Führung von Raphael.

Sie erkennen deutlich, daß die Riesen und die Engel hier keine Personen sind, sondern reine und unreine Kräfte im Kampf miteinander. Das ist der ursprüngliche Genius der Schriften, die immer einen doppelten Sinn einschließen und fast nie nach dem Buchstaben verstanden werden dürfen, das heißt in ihrem offensichtlichen Sinn akzeptiert, wie es Petrus in seinem katholischen Brief oder der Enzyklika an alle Kirchen sagt (2. Petr. 1, 20): *Keine Weissagung der Schrift läßt eine eigenmächtige Deutung zu.* Eine klare und bestimmte Aussage, welche die interessierten Kommentatoren in ihrem Sinne verdrehen, indem sie sich bemühen, sie wie folgt zu übersetzen: *«Die Heilige Schrift darf nicht verstanden werden gemäß dem eigenen Urteil dessen, der sie liest, wohl aber nach dem Sinn, den ihr die Autorität der Kirche beilegt.»*

Diese fünf Rassen von Riesen, das heißt diese fünf Punkte des schwarzen Sterns oder des umgekehrten Pentagramms werden auch dargestellt durch die fünf Städte der Pentapolis, die unter den schlammigen und bituminösen Wassern des Toten Meeres begraben wurden: Sodom, Gomorrha, Adama, Seboim und Segor. Sodom heißt das Mysterium des Menschen; Gomorrha bedeutet: das Volk rebelliert; Adama ist der verweichlichte Mensch; Seboim sind die Sklaven, und Segor ist die Kleinheit oder Niedrigkeit. Wir finden also hier wieder die dem verehrungswürdigen Namen Jesu entgegengesetzten Laster.

Brief 165

Das Leid der Mitmenschen lastet auf Levi – nach Hören der Stimme Gottes läßt ihn die menschliche Dummheit fast verzweifeln

23. Februar

Bruder.·. und Freund.·.,

Ich mache es jenem armen menschlichen Wesen nicht zum Vorwurf, daß es mich nicht geliebt hat.[177] Ich habe immer gute und echte Freunde gehabt. Ich habe sie noch. Ich habe einen Sohn, der ein schöner und weiser junger Mann ist. Jedermann in meiner Umgebung ist gut zu mir. Wenn ich vorübergehe, lächeln mir die kleinen Kinder zu. Meine Zelle sieht immer nur wohlwollende Gesichter. Alles atmet hier den Tiefen Frieden. Die Sonne scheint hier prächtiger als sonst irgendwo und leuchtet mit einer frohen Andacht. Die Erde würde für mich ein Eden sein, wenn meine Brüder nicht leiden würden.

Aber wenn mich der Geist ergreift und in den Raum entführt, dann empfinde ich dort die Einsamkeit und habe Angst. Dann suche ich unruhig nach einem festen Punkt. Mein Geist sieht Dinge, die eine Art Betäubung hinterlassen und gleichgültig gegen alle Wechselfälle der Existenz machen.

Nachdem ich die Stimme Gottes gehört habe[178], ermüdet mich die Stimme oder vielmehr das Brausen der Menschen und langweilt mich; das war alles, was ich Ihnen in meinem melancholischen Brief sagen wollte. Im übrigen glauben Sie mir, daß ich mich als der glücklichste und geliebteste der Sterblichen fühle.

Was mich quält, was mich untröstlich macht, was mich verzweifeln läßt, nicht als Menschenfeind, sondern im Gegenteil als Menschenfreund ..., ist die menschliche Dummheit. Ich sehe so viele absurde und zur Moral unfähige Menschen, daß ich mich frage, ob das vernünftige Leben für diese Kreaturen überhaupt schon begonnen hat. Sie fühlen unecht; sie sehen verkehrt; sie urteilen falsch. Und nun gehen Sie mal hin und belehren sie!

Ein Philosoph, dem ich kürzlich sagte, daß das Sein existiert, hat mir geantwortet: «Was für eine Absurdität! ...»

Brief 166

Die Frau des Loth gleicht der Niobe – Odyssee und Ilias

1. März

Bruder∴ und Freund∴,

Ich gestehe Ihnen, daß die Frau des Loth, die zur Salzsäule erstarrte (1.Mos.19,26), mich nicht mehr beunruhigt als Niobe, die in einen Felsen verwandelt wurde. Salz ist das Symbol der Weisheit. Das Unglück der einen wird zu Weisheit für die anderen durch das Beispiel.

Wenn die Sodomiten Engel schänden wollten (1.Mos.19,5) und Loth ihnen an ihrer Stelle seine beiden Töchter anbietet (den Sodomiten! 1.Mos.19,8), nachdem er dann aber betrunken ist, selbst das tut, was die Sodomiten nicht haben tun sollen usw., so bietet diese Erzählung dieselben Garantien als wirkliche Geschehnisse wie die Metamorphosen von Ovid. Der Krieg um Troja ist eine historische Tatsache, aber ist es wohl Wirklichkeit, daß Venus dort durch Diomedes verwundet wurde?[179]

Ich würde einem Kind von zehn Jahren grollen, wenn es mir diese Frage stellen würde. Ich würde ihm sogar sagen, daß es dem Palladium[180] und dem hölzernen Pferd mißtrauen müsse, daß man aber die schöne Poesie des Homer bewundern und fest an seine hohe Philosophie glauben müsse; daß Achilleus und Odysseus die beiden Typen der Kraft sind, der eine gewalttätig, der andere klug; daß Ilias und Odyssee das doppelte Heldengedicht der Menschheit sind – besonders die Odyssee, welche als Allegorie dem großen Gedicht von Hiob ähnelt und die Einweihung des Menschen durch die Arbeit und den Schmerz darstellt. Odysseus, der allein, nackt, verletzt und vom Unrat des Meeres bedeckt ans Ufer der Phönizier verschlagen wird, ist von allem beraubt – wie der heilige Araber[181] – und beweist sein Königtum durch seine eigene Größe und sein persönliches Verdienst.

Ist das Geschichte? Ja, es ist diejenige der Auserwählten der Menschheit.

Brief 167

Genesis ist keine Geschichte – Deutung ihrer beiden ersten Begriffe

Bruder.·. und Freund.·.,

Zu wem hat Gott gesprochen, was er gesagt hat, bevor er die Sonne erschuf? Henoch, der erste, hat auf Säulen geschrieben oder besser gezeichnet – keine Geschichte, wohl aber das ursprüngliche Wissen. Wenn die Genesis Geschichte wäre, dann würde sie eine von Moses erträumte Geschichte sein.

Petrus hat uns gesagt, daß die heiligen Bücher nicht nach dem eigentlichen Sinn interpretiert werden dürfen. (2. Petr. 1, 20) Nun ist die Genesis, welche die großen Geheimnisse der universellen Schöpfung enthält, das heilige Buch in einem ganz besonderen Sinne. Es wurde hieroglyphisch und symbolisch geschrieben. Das heißt: man findet darin eine doppelte Symbolik: diejenige der Buchstaben und diejenige der Allegorien.

Wissen Sie, daß die beiden ersten Wörter dieses unermeßlichen Buches alles Wissen des ganzen Buches und der ganzen Kabbala umfassen?

בראשית ברא

Bereschit Bara

ברא

ש

י

ת

ברא

Betrachten Sie Jod – im Mittelpunkt von allem – zwischen den beiden Mutterbuchstaben, darstellend das Sein und das Leben, das Licht und den Schatten, die Idee und die Form; dann die beiden Väter in befruchtender Gegenüberstellung zu den beiden Müttern, zwei Aleph vermählt mit Beth: Was oben ist, das ist auch unten[164], und das alles ins Gleichgewicht gebracht durch das zweimalige Resch der Elohim, was die ewige Wiedergeburt ausdrückt.

Fragen Sie mich nun, ob das alles Geschichte ist? Ja, das ist die Geschichte der Ewigkeit; es ist die ewige Chronik Gottes:

Glücklich, wer für würdig befunden wurde, das erste Wort zu entschlüsseln!

Brief 168

Sephiroth und Schemoth – Zusammensetzung der 72 als die Zahl der Zahlen

4. März

Bruder.·. und Freund.·.,

Die Zahl Zehn ist diejenige der Sephiroth oder der numerischen Begriffe von Gott. Man kann Gott durch die Zahlen und durch die Namen erkennen. Die Bezeichnungen durch die Zahlen heißen Sephiroth, die Bezeichnungen durch die Namen heißen Schemoth (= Gottesnamen, siehe Tabelle 2 zu Brief 46).

Die Schemoth sind die Erklärungen des Schema oder Namens im besonderen Sinne; das ganze ausgesprochene Schema heißt Schema hamphorasch.

Die Zahlen und die Namen stimmen miteinander überein und erklären sich gegenseitig.

Jeder Name drückt eine besondere Idee Gottes aus, und alle Ideen von Gott sind unveränderlich und universell.

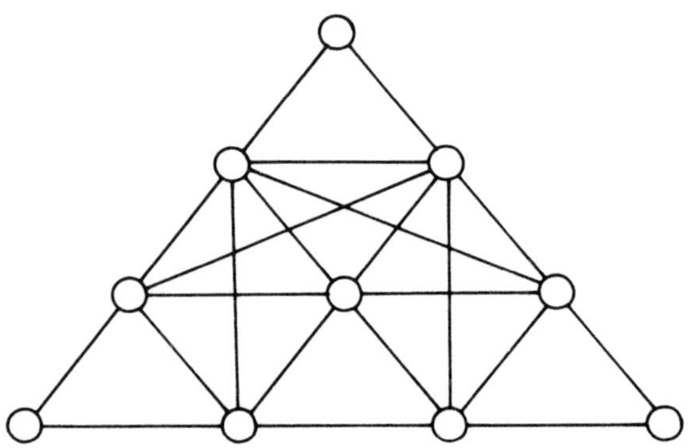

Es gibt zehn Namen, die mit den zehn Sephiroth verbunden sind. Wenn die Sephiroth sich wiederholen, indem die empfangende Mitte geändert wird, ändern sich auch die Namen. So gibt es vierzig Namen für die viermal wiederholten Sephiroth, entsprechend den vier Buchstaben des Tetragramms; denn alle Zahlen sind in jeder Zahl enthalten.

Wenn die Sephiroth die aufsteigende und die absteigende Leiter der Siebenheit durchlaufen, bilden sie 70 Namen, denen man durch Hinzufügung der Zwei, das heißt der anfangenden Einheit und der synthetischen Einheit, dem Alpha und Omega der Griechen, dem Aleph und Thau der Hebräer, den Zahlenwert 72 gibt, die Zahl der Zahlen, die Salomo auf die sechsunddreißig Talismane eingraviert hatte.

Die zehn Sephiroth teilen sich in drei Dreiecke und einen Kreis auf. Das erste Dreieck steht aufrecht, die beiden anderen stehen auf der Spitze. Die beiden umgekehrten sind der doppelte Spiegel des aufrechten Dreiecks, oder wenn man es lieber will: die drei Dreiecke sind die drei vollkommenen Winkel desselben Dreiecks.

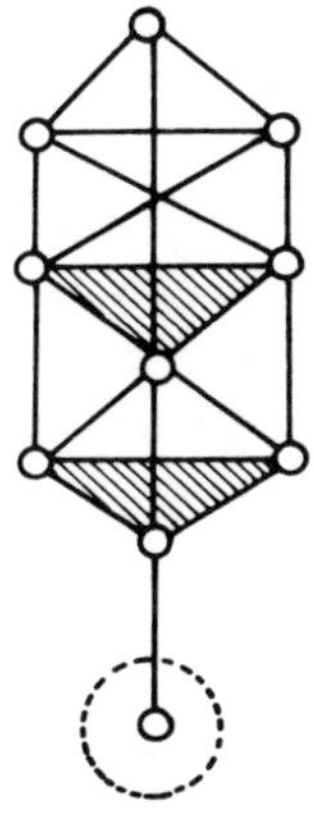

Brief 169

Kether und Malkhuth als erste und letzte Zahl: der Mensch gebiert Gott

Bruder.·. und Freund.·.,

Die zweiunddreißig Wege des Wissens[12] sind die zehn Sephiroth, multipliziert mit drei, und die unveränderlichen Aleph und Thau des Anfangs und des Endes. Die 50 Tore[97] öffnen sich mit zweiunddreißig Schlüsseln, welche die zehn Zahlen und die zweiundzwanzig Buchstaben sind.

Die zweiundzwanzig Buchstaben genügen, um die zweiunddreißig Wege darzustellen, weil die zehn ersten gleichzeitig ausdrücken die Idee und das Wort, die reine Konzeption und die erste Form, die abstrakte Zahl und die konkrete Zahl, den Plan und die Figur, die Zahl und das Zählende, das Absolute und das Relative. (Siehe auch Brief 178)

Die erste Zahl ist die Krone und die letzte das Königreich: Kether und Malkhuth.

Das Königreich setzt die Krone voraus, das Universum beweist Gott, die Natur demonstriert die Vorsehung; das Auge unten wird von dem Auge oben erleuchtet; der Sohn setzt den Vater voraus. Das Gleichgewicht einer Schale der großen Waage erfordert notwendigerweise die andere; die Menschheit beweist Gott.

Kether! die Krone. Aber wo ist die Krone des höchsten Königs, wenn nicht in Malkhuth, der auch das Königreich ist?

Gott krönt sich mit seinen Werken. Er offenbart sich im menschlichen Gedanken. So ist das, was oben ist, wie das, was unten ist.[164] Kether ist in Malkhuth, und die Konzeption von Kether ist der Malkhuth der menschlichen Intelligenz. Gott erschafft die Seele des Menschen, und die menschliche Seele gebiert das Wissen von Gott. *Parturit homo Deum – der Mensch gebiert Gott!*[182]

Brief 170

Jehova – Neun und Eins = Kreis und Achse

7. März

Bruder∴ und Freund∴,

Die unendliche Gerechtigkeit, ins Gleichgewicht gebracht durch die unendliche Güte, und die Güte, getragen und begründet durch die Gerechtigkeit, bilden das Ideal der Schönheit, die wir nennen den Glanz Gottes, die Schechina, den Zaour oder Sohar, das Licht der Glorie: Tiphereth!

Im Mittelpunkt dieser Sonne der menschlichen Intelligenz steht das unmittelbare Tetragrammaton geschrieben, der unaussprechbare Name J.H.V.H., der Name, den man nicht liest, sondern buchstabiert: das Jod-He-Vau-He, das iahouvahou, das i-e-o-u-a, woraus wir Jehova machen, indem wir durch unsere fünf Vokale die vier großen hieroglyphischen Buchstaben der Hebräer ersetzen.

So wird der heilige Name nur in seiner ersten Spiegelung geschrieben. Er ist das erste Wort, das aus der menschlichen Intelligenz aufsteigt, indem es die unzugänglichen Gipfel des Wissens verläßt, um sich den Flügeln des Glaubens anzuvertrauen. Das ist also nur der menschliche Name Gottes oder, wenn Sie das lieber wollen, der göttliche Name der Natur und des Menschen.

Jod, die schöpferische Aktivität; He, die unwandelbare Weisheit; Vau, die ausgewogene Einheit der beiden. Jod-Chokhmah – He-Binah – Vau-Tiphereth; das zweite He, das Königreich oder Malkhuth, in welchem wir den Spiegel wie den Regenbogen der Krone finden; das ist der göttliche Begriff in den drei Welten: drei Dreiecke, die nur ein Dreieck bilden. Drei vollständige Konzeptionen, drei unterschiedliche und absolute Personifikationen desselben Gottes: Drei in Eins und Drei in jeder der Dreien; Neun und Eins. Der Kreis und die Achse, um die sich der Kreis dreht, das Sein und das Leben, die beiden hieroglyphischen Zeichen der Zahl Zehn:

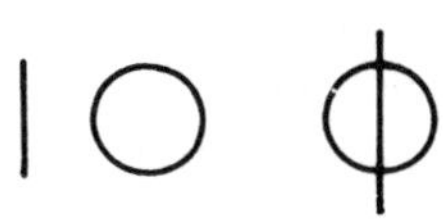

Brief 171

Die ewige Ordnung und der Fortschritt in den Sephiroth

Bruder.·. und Freund.·.,

Das Flüchtige und das Feste, die Bewegung und die Stabilität, die Form variabel bis zur Unendlichkeit und das unwandelbare Sein in seiner Essenz, sind die ewige Waage des Lebens.

Die Form, die sich nach einer offensichtlichen Zerstörung verbessert und lebendiger wiedergebiert, ist der Fortschritt, der Sieg, Netzach. Die immer gleiche Ordnung, das immer stabile Gesetz, das immer unzerstörbare Sein, ist die Ewigkeit, ist Hod; und die Harmonie dieser beiden Gegensätze ist das Gesetz der Schöpfung: Jesod.

Diese beiden Kräfte und dieses Harmoniegesetz offenbaren sich in der ganzen Natur. Das Königreich Gottes, das heißt die Schöpfung, ist nur Stabilität und Wandlung. Nichts ist unsterblich in der Form, nichts ist sterblich in der Essenz. Die Eintagsfliege lebt nur einen Tag, aber ihre Art ist unsterblich. Was offenbaren uns diese so unterschiedlichen Erscheinungen? Die Existenz in der Ursache für das, was sich in der Wirkung manifestiert. Die ewige Ordnung beweist eine ewige Weisheit. Der Fortschritt in den Formen verkündet eine immer fruchtbare und immer aktive Intelligenz. Hod beweist Chokhmah; Netzach ist der Beweis für Binah, wie Malkhuth die entscheidende Vernunft des Glaubens an die Existenz von Kether ist.

Das Gesetz der Schöpfung beweist einen gesetzgebenden Schöpfer. Das Königreich beweist den König, von dem wir nur die Krone verstehen und bestätigen können. *Pracht und Hoheit ist dein Gewand, der du in Licht dich hüllst wie in ein Kleid. (Ps.104,1–2)* Netzach, Hod und Jesod sind die drei Winkel des umgekehrten Dreiecks, entsprechend dem Stern von Salomo mit drei Winkeln des aufrechten Dreiecks: Kether, Chokhmah, Binah; und zwischen diesen beiden Extremen wie ein verbindender Spiegel Gedullah, Geburah und Tiphereth, über die ich zu Ihnen in meinem nächsten Brief sprechen werde.

Brief 172

Unterschied zwischen Materie und Geist – Montaigne: Was weiß ich?

8. März

Bruder.·. und Freund.·.,

Kether ist die Krone der Weisheit, der Intelligenz, der

Barmherzigkeit, der Gerechtigkeit, der Schönheit usw. Chokhmah ist die Weisheit der Krone, der Intelligenz usw., und so bei allen anderen. So steht die ganze Zehnheit mit jeder Einheit der Zehnheit in Beziehung.

Der Name, der sich auf Kether bezieht, heißt: Eie ascher eie – das Sein ist das Sein. Das Sein ist proportional dem Sein. Diese absolute Bestätigung ist das letzte Wort des Wissens und das erste des Glaubens.

Das Wissen hat zum Gegenstand die Wahrheit und die Wirklichkeit des Seins, und der Glaube hat als Basis die Wesenhaftigkeit, die Unveränderlichkeit und die Unsterblichkeit des Seins; ohne Glauben stürzt das Wissen in den Abgrund der Skepsis und wagt nicht mehr zu bestätigen, daß das Sein ist. Es beobachtet nur noch die ungewisse Erscheinung und wagt nicht mehr auf das zweifelhafte Zeugnis der Sinne zu zählen. Es sieht nicht mehr das Sein; es sieht die Wesen und wagt daraus nicht die Synthese zu ziehen, weil sie seiner Analyse entgehen. Ist die Materie bis zur Unendlichkeit teilbar oder nicht? Kann sie von Natur aus oder durch Zufall fühlen? Wenn sie aufhören kann zu fühlen, kann sie auch aufhören, physisch zu sein. Was ist also der Unterschied zwischen Materie und Geist?

Was wir Seele nennen, ist das immaterielle Substanz oder eine Aktivität der Materie? Alles verwirrt sich, alles ist Zweifel, alles ist Abgrund. Das Leben wird ein Traum; das Schweigen ist weiser als das Wort. Das *«Was weiß ich?»* von Montaigne[183] erfaßt das ganze Wissen. Das ganze Königreich verschwindet, sobald die Krone nicht mehr ist!

Das Sein ist dennoch! und indem ich das Sein bestätige, bestätige ich Gott, welcher die höchste Vernunft des Seins ist, *Eie* beweist sich durch Jehova!

Brief 173

Fortschritt und Ordnung sind streng und hart

Bruder∴ und Freund∴,

Gott vergibt niemals, weil er niemals erzürnt ist. Seine Gerechtigkeit ist identisch mit seiner Güte; er ist gerecht, weil er gut ist, und er ist gut, weil er gerecht ist. Es ist deshalb unnütz, zu überlegen, wie man ihn erweichen kann, wenn man etwas Böses getan hat: man muß sühnen und von neuem beginnen. Gott ist geduldig, weil er ewig ist, hat der heilige Augustinus gesagt. Man könnte auch sagen, daß er unversöhnlich ist, weil er niemals heimsucht – es sei denn zur Heilung. Oder was würden Sie von einem Chirurgen sagen, der aus Mitleid mit seinem Patienten dessen Arm nur halb abschneiden oder ihm ein brandiges Geschwür unvollständig oder halb ausbrennen würde?

Deshalb sind Fortschritt und Ordnung, die zusammenarbeiten, streng und hart miteinander. Alle Unordnung weicht zurück, die Ordnung allein geht voran, wie auch jeder wirkliche Fortschritt ein Gesetz als Ausgangspunkt hat. Eine vernunftwidrige Autorität ist eine Autorität ohne Zukunft, und die Vernunft ohne Autorität ist eine Vernunft ohne Basis und ohne Wahrheit.

Gott ist gut, weil er weise ist; er ist streng, weil er als Schöpfer auch Erhalter sein muß; er beweist seine unveränderliche Weisheit durch seine progressiven und variablen Werke usw. usw.

Das erste Dreieck erklärt und bildet Jod; das zweite erklärt He; das dritte Vau, und Malkhuth stellt das zweite He dar. So erklärt und formt sich Vier als Zehn und ist der sephirothische Baum das erste Pantakel, das die Mysterien des Schema hamphorasch enthält.

Sie fragen mich, ob die Enacim und die anderen Riesen Kräfte sind oder Rassen, die tatsächlich gelebt haben. Sie könnten dieselbe Frage über die Titanen stellen. Das sind Fabeln, die auf historische Erinnerungen zurückgehen und jetzt mit der symbolischen Poesie der Legenden verschmolzen sind.

Brief 174

Die Pantakel der 50 Tore – Zeichnung in Form eines Pentagramms – die Pantakel der Dekaden des Planzen- und Tierreiches

20. März

Bruder.·. und Freund.·.,

Ich mußte die 50 Tore des Wissens[97] auf der sephirothischen Leiter überprüfen und zusammenstellen, um Ihnen die Zeichnungen und die Erklärungen schicken zu können. Diese Arbeit ist gemacht, und Sie erhalten nun pro Tag zwei Briefe, bis ich Ihnen das Ganze geschickt habe.

Die zweiunddreißig Wege und die 50 Tore ergeben die heilige Zahl 72, deren beide Ziffern addiert 9 betragen.[184]

Die 72 göttlichen Namen stellen also die ganze heilige Kabbala dar, weil sie alle Tore und alle Wege enthalten.

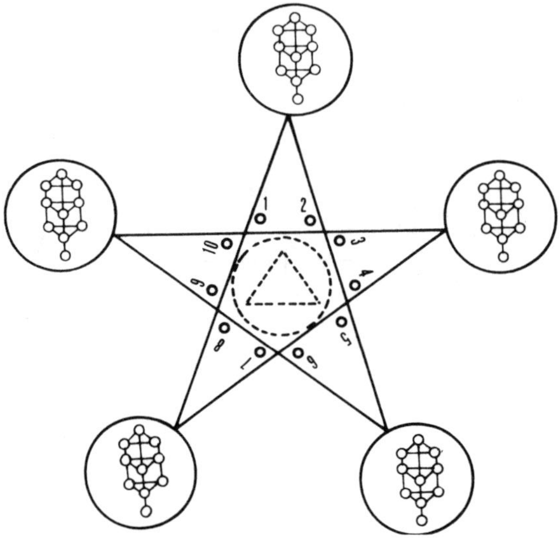

Dieses Hauptbild der 50 Tore muß in der Form eines Pentagramms gezeichnet werden, ähnlich denjenigen, die ich in meinen Büchern dargestellt habe. (Siehe Anm. 32 und 33) In die Mitte kann man das Pantakel der hebräischen Buchstaben setzen, umgeben von den zehn sephirothischen Zahlen, was die 10 und die 22 mit den 50 Toren vereinigt und Ihnen einen vollständigen Plan des ganzen Wissens gibt.

Es gibt fünf Dekaden, die an die fünf Spitzen des Sternes gesetzt werden: die erste ist die ursprüngliche elementarische Dekade; die zweite ist die Dekade der Vermischungen; die dritte ist die mikrokosmische Dekade; die vierte ist die himmlische Dekade; die fünfte ist die Dekade der Geister.

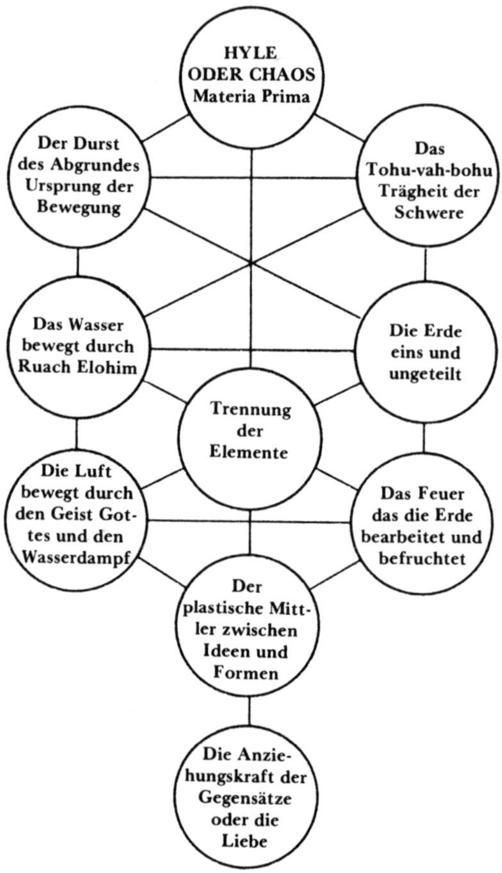

ERSTE DEKADE

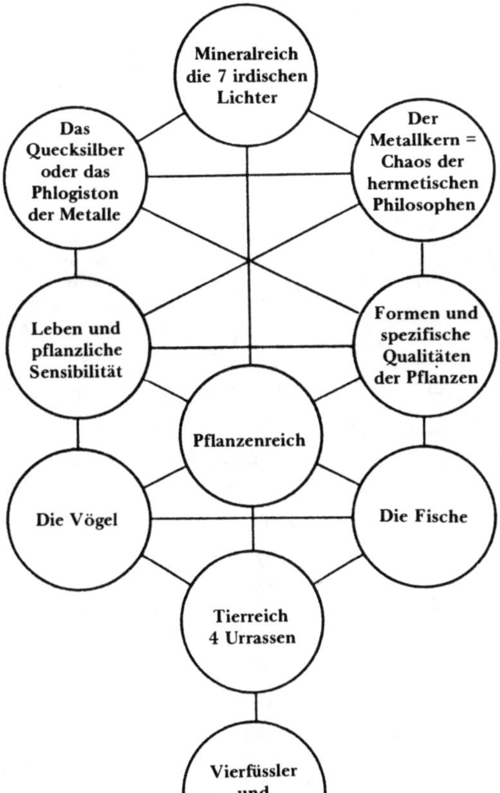

ZWEITE DEKADE

Erkennen Sie, daß jede Dekade zehn Kronen besitzt, in die man jeweils eine andere erklärende Dekade eintragen kann; so kann man z.B. in die Krone mit der Bezeichnung «Mineralreich» folgendes einfügen:

MINERALREICH

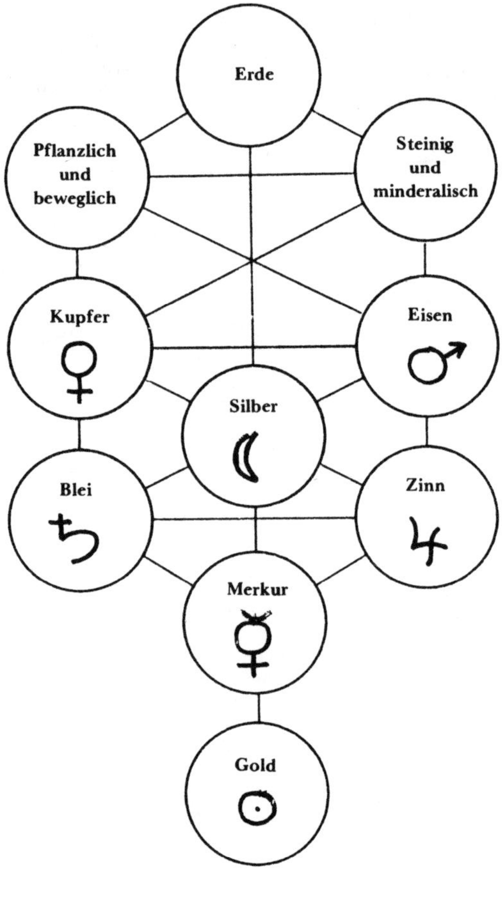

Bruder.·. und Freund.·.,

Hier folgen einige analytische Dekaden, eingeschlossen in den Kronen der großen Dekaden, die in der Fünfzahl den Stern der 50 Tore oder der universellen Synthese der Wissenschaften bilden.

PFLANZENREICH

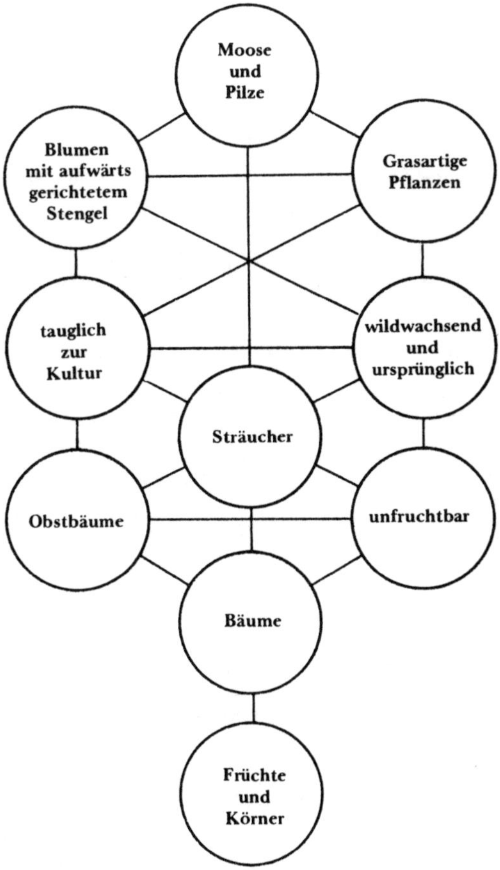

DER BAUM DES LEBENS – DER BAUM DES WISSENS

DAS TIERREICH

Fischarten

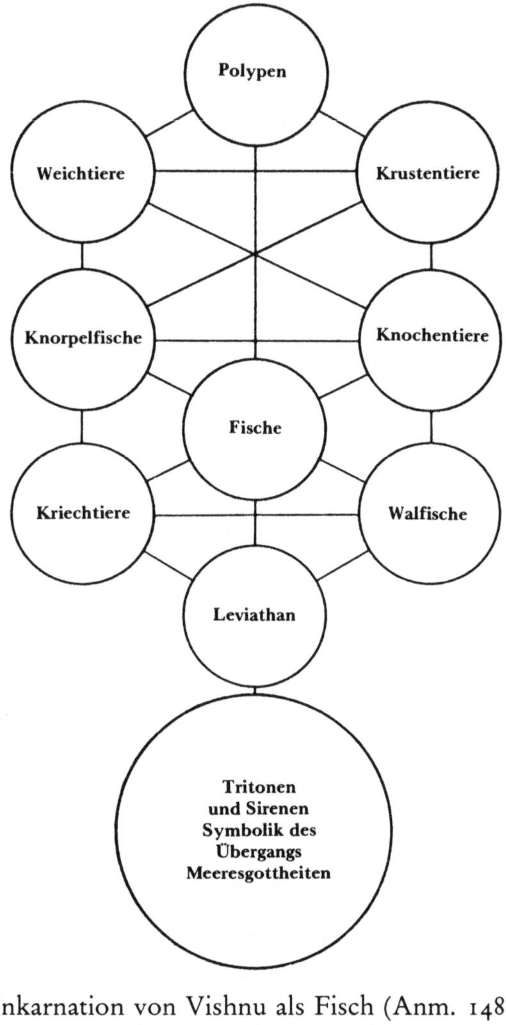

Inkarnation von Vishnu als Fisch (Anm. 148)
Der Fisch des Raphael und des Jonas
Der Erlöser als Fisch:
IESOUS CHRISTOS
THEOU YIOS SOTER (Anm. 81)

Erkennen Sie, daß die Dekaden aufsteigend sind und wie die Evolution der Schöpfung vom weniger Vollkommenen zum mehr Vollkommenen fortschreiten.

VOGELARTEN

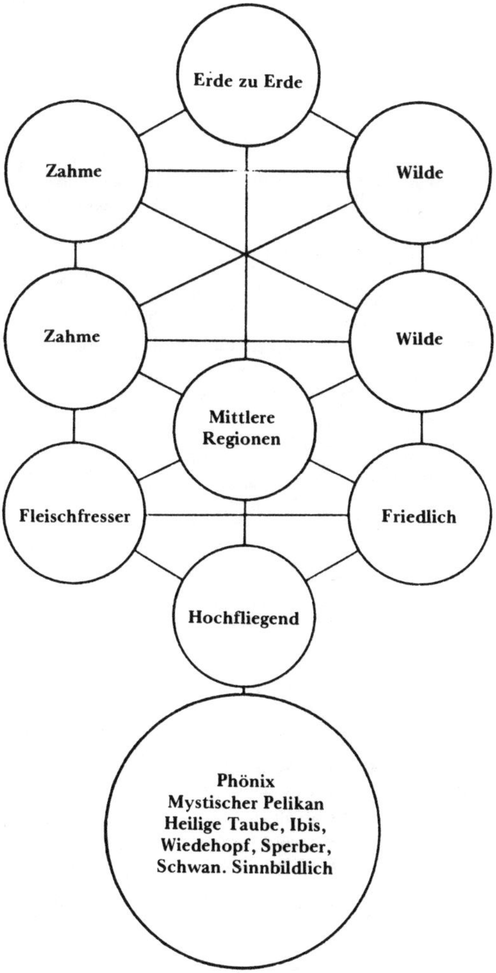

Brief 175
Dekaden der Säugetiere
und Insekten

SÄUGETIERE

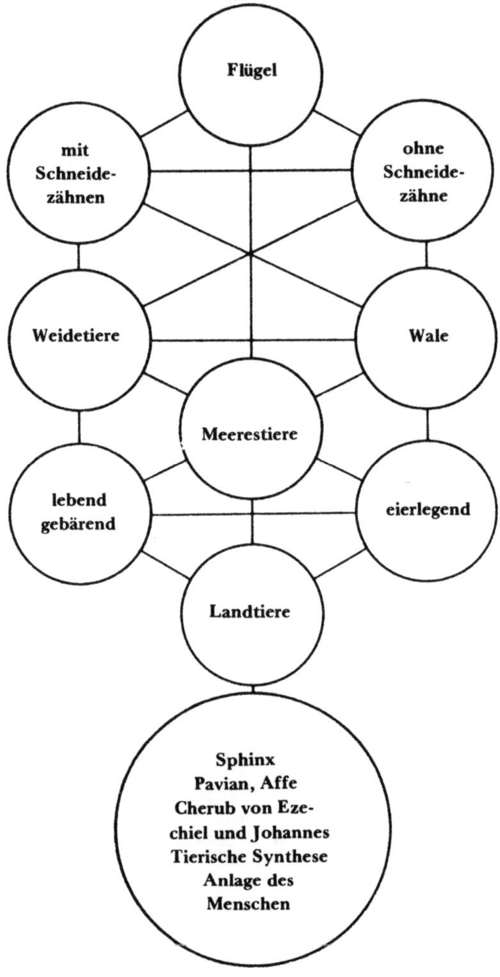

INSEKTEN

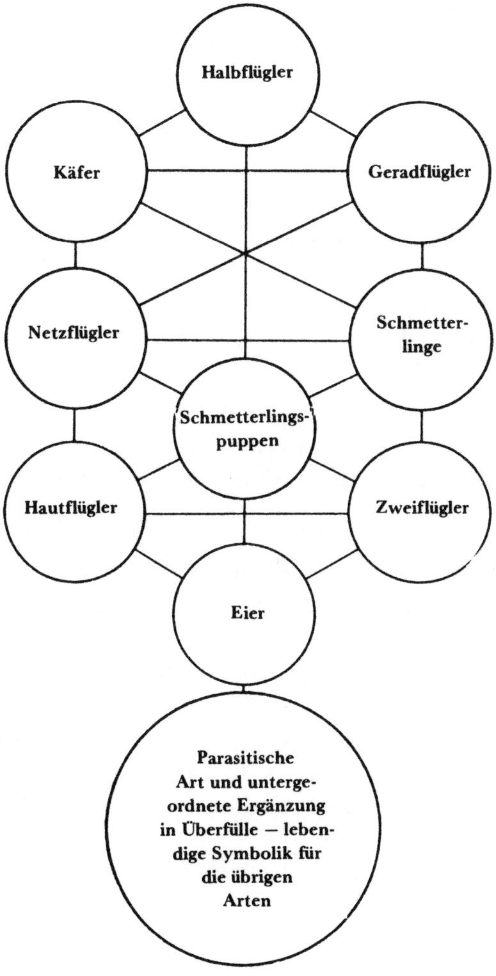
Halbflügler
Käfer
Geradflügler
Netzflügler
Schmetter-
linge
Schmetterlings-
puppen
Hautflügler
Zweiflügler
Eier
Parasitische
Art und unterge-
ordnete Ergänzung
in Überfülle – leben-
dige Symbolik für
die übrigen
Arten

Hier haben Sie, Bruder.·. und Freund.·., die großen Klassifizierungen der ganzen Naturgeschichte und die Merkmale von Anfang und Ende aller Lebewesen, die geheimen Beziehungen zwischen Tier, Pflanze, Metall etc., die Fähigkeiten der Seele, die durch dieses oder jenes Körperorgan dargestellt werden; alles aber geordnet durch die sephirothische Leiter.

Auf diese Weise konnte Salomo durch hierarchische Einteilung aller Wesen über die geheimen Eigenschaften der Pflanzen von der Zeder bis zum Ysop schreiben.

Sie verstehen, daß ich Ihnen hier nur die Tore zeigen und die Schlüssel geben kann; um nämlich alles erklären zu wollen, wären zehn oder zwanzig Bände erforderlich.

Sie können daraus ebenso entnehmen, wie weit unsere Sympathien oder Antipathien für dieses Tier oder jene Pflanze, diesen Stein oder jene Farbe unser Schicksal enthüllen können.

Aber mein Blatt ist hier zu Ende. Bis morgen.

Brief 176

Die menschliche Dekade – analytische und ergänzende Dekaden

Bruder.·. und Freund.·.,

Wir kommen zur menschlichen Dekade. Gott hat gesagt: Lasset uns den Menschen machen. (1.Mos. 1,26) Zu wem hat er das gesagt?

Zum Menschen, der geboren werden sollte und schon in seinem Gedanken existierte, zu seinem Wort; zu seinem Christus, dem ewigen Prototypen der Menschheit.[185] Der Mensch ist berufen, das Werk Gottes zu vollenden, und Gott macht nicht, das heißt: vollendet nicht den Menschen ohne den Menschen.

Der Mensch ist das Spiegelbild Gottes, und Gott ist das Spiegelbild des Menschen.

MENSCHLICHE DEKADE

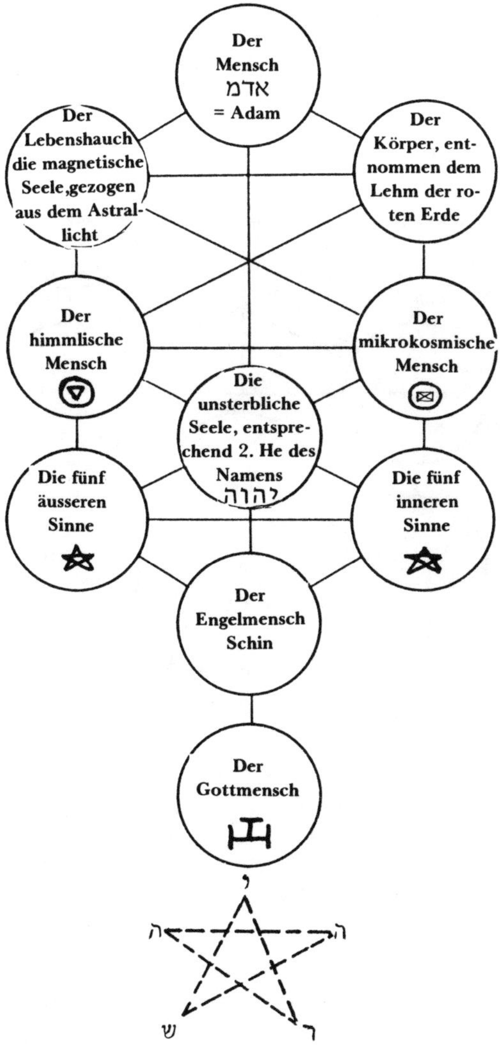

ANALYTISCHE UND ERGÄNZENDE DEKADEN

DER KÖRPER

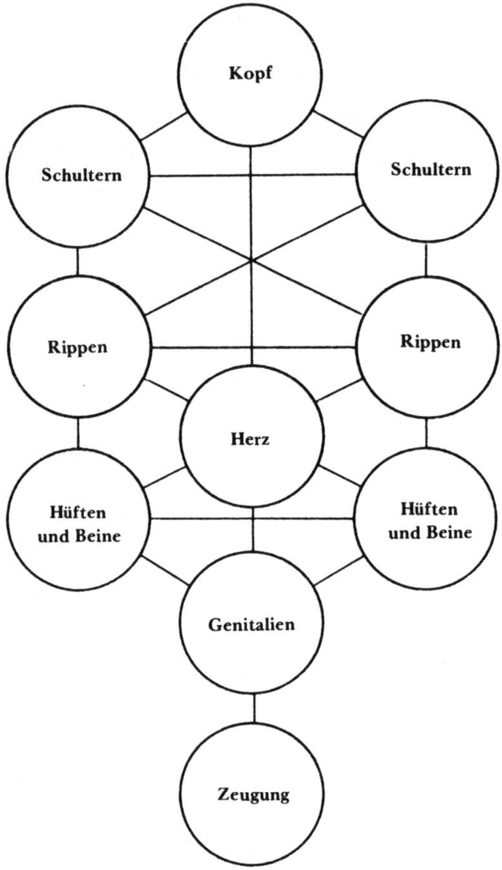

DER KÖRPER
(Fortsetzung)

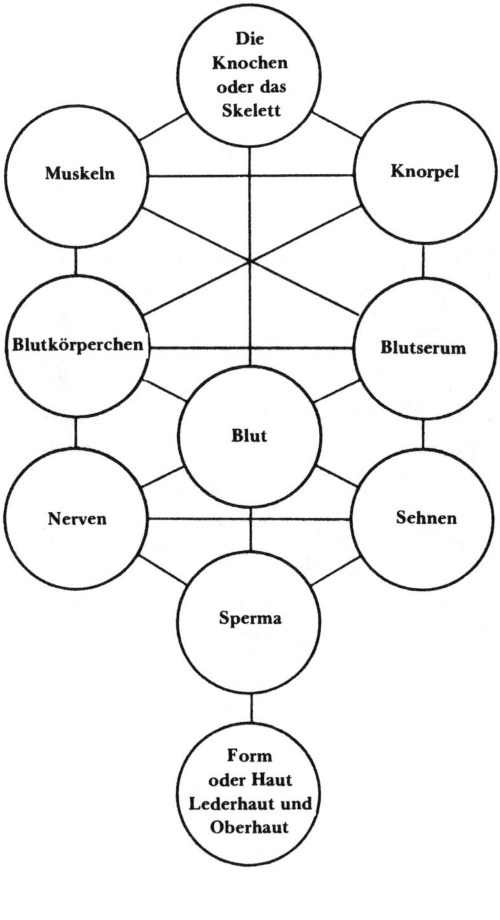

Brief 177

Dekade von Geist und Seele – Dekade der Rassen

ANALYTISCHE UND ERGÄNZENDE DEKADEN

(Fortsetzung)

GEIST ODER SEELE

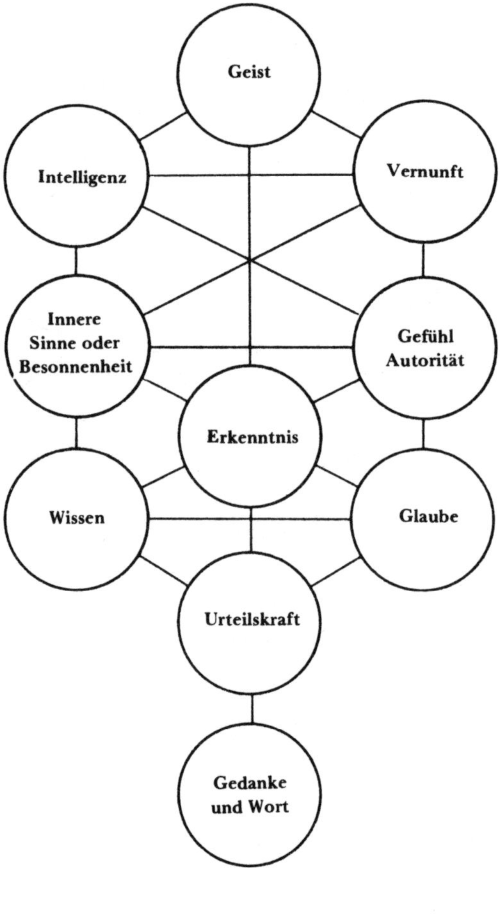

RASSEN

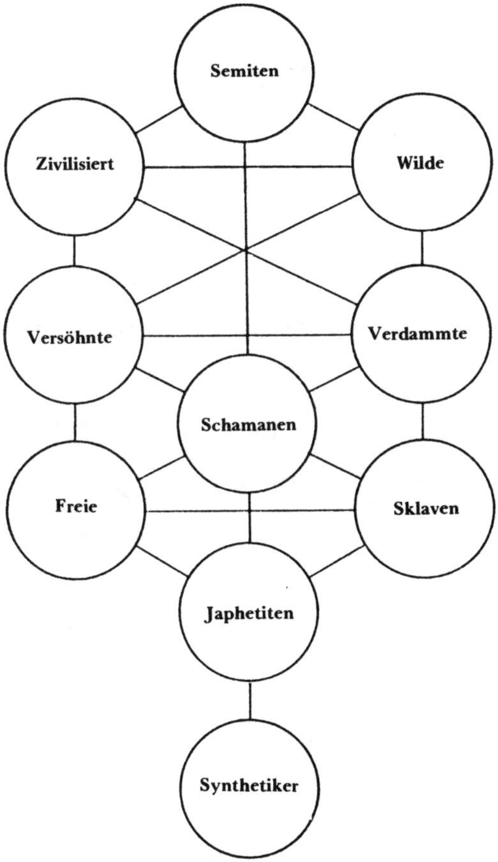

Hier haben Sie etwas, Bruder.·. und Freund.·., worauf Sie die ganze Philosophie der Geschichte in ihren Beziehungen zur menschlichen Physiologie aufbauen können, und Sie haben sicher schon den ungeheuren Plan der universellen Wissenschaft festgestellt.

Bis morgen zu den Dekaden des Himmels und der Geister; dann haben wir alle Stufen der großen Jakobsleiter. (1. Mos. 28, 12)

Brief 178

Himmlische oder astrologische Dekade; spirituelle Dekade

Bruder.·. und Freund.·.,

Die zweiundzwanzig Wege, dargestellt durch die zweiundzwanzig Buchstaben, deren erste zehn einen doppelten Wert haben (daher 22 statt 32), ergeben mit den 50 Toren die 72 (Brief 174), wie ich geschrieben habe und dabei voraussetzte, daß Sie den Zusammenhang schon wüßten.

Fahren wir mit unseren großen Dekaden fort:

HIMMLISCHE ODER ASTROLOGISCHE DEKADE

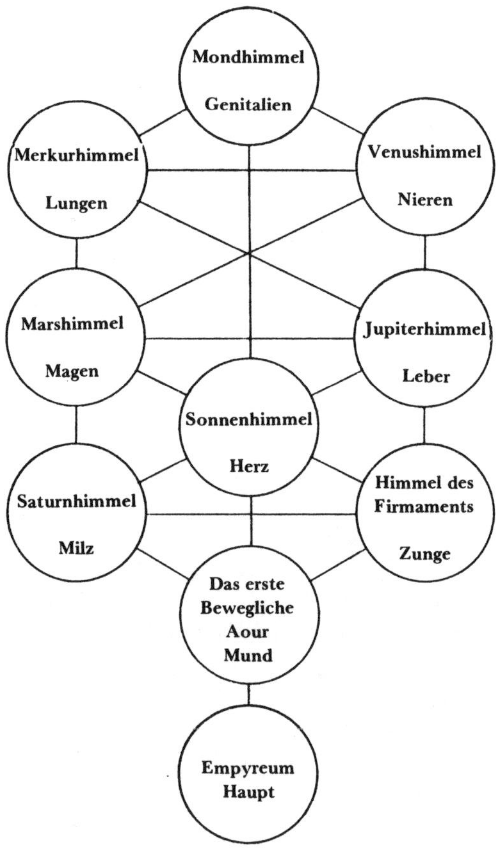

SPIRITUELLE DEKADE

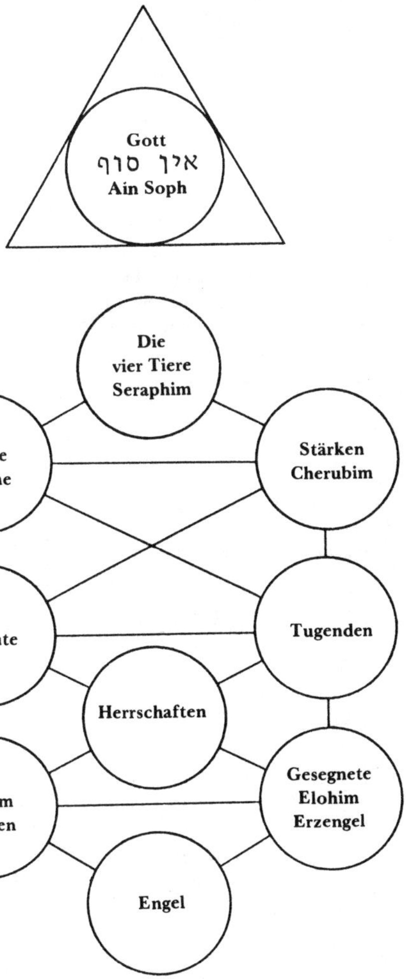

Brief 179

Ergänzende und analytische Dekaden – die Elementargeister

ERGÄNZENDE UND ANALYTISCHE DEKADEN

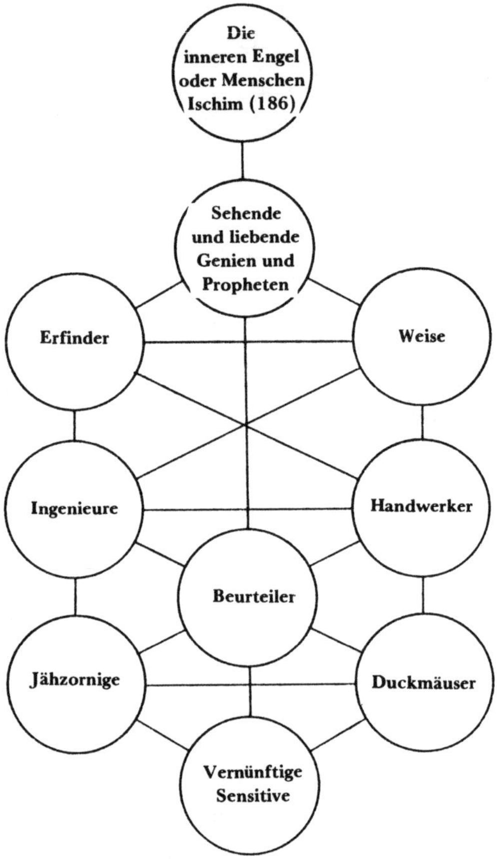

DIE ELEMENTARGEISTER

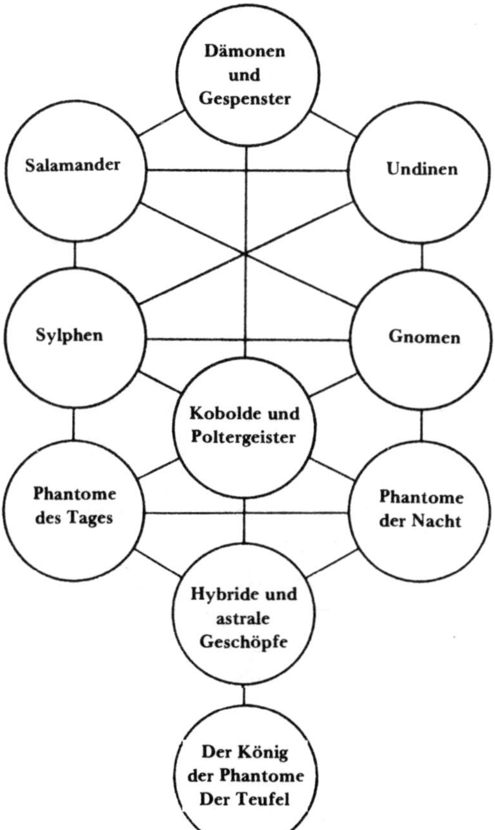

Brief 180

Das hunderttorige Theben – Adam auf 100 Ellen reduziert – okkulte Kirche – Jesus Christus hat sich nicht von der Synagoge getrennt

30. März

Bruder.·. und Freund.·.,

Die fünfzig Tore des Wissens[97] kennzeichnen die Hierarchie der Wesen und die Vernunft der Seinsformen. Die heilige Zehnheit findet sich also überall wieder, so daß Sie schon in das Geheimnis des alten hunderttorigen Theben[87] eindringen können, da zu jedem Lichttor ein Schattentor gehört – da zum göttlichen Pentagramm das menschliche Pentagramm gehört – da der Flammenstern mit fünf Strahlen immer zehn Lichter hervorbringt.

Deshalb sagen die Kabbalisten, wenn sie den Fall Adams erklären, daß vor seiner Sünde sein Kopf sich bis zum Zenith erhob und der Schatten seines Absatzes beim Gehen die Sonnenscheibe verdunkelte. Als aber die Sünde den Fall seiner Gliedmaßen verursachte, die in Krusten verwandelt wurden, ist er auf hundert Ellen reduziert worden. Das sind die tatsächlichen Größen und Entartungen des menschlichen Geistes. Das universelle Wissen, das jetzt auf die genauen Proportionen des mystischen hunderttorigen Thebens reduziert ist, hat in Wahrheit und im Gedanken Gottes nicht andere Grenzen als die Unendlichkeit, worin es sich unendlich ausbreiten kann und muß.

Der auf hundert Ellen reduzierte Körper des Adam ist die okkulte Kirche der Propheten, notwendigerweise dargestellt durch die Synagoge und die katholische Hierarchie.

Die äußeren Kirchen können tote Rinden werden – aus den lebendigen Rinden, die sie waren; und das passiert, wenn sie derartig austrocknen, daß sie sich vom Baum lösen, welcher das dürch die Liebe belebte Dogma ist.

Der Baum aber verläßt niemals von sich aus die Rinden, weshalb auch Jesus Christus niemals versucht hat, sich von der Synagoge zu trennen; wenn auch von ihr exkommuniziert, hat er selbst sie nie exkommuniziert. Er sagte sogar zu seinen Jüngern: *Auf den Lehrstuhl des Moses haben sich die Schriftgelehrten und die Pharisäer gesetzt; alles nun, was sie euch sagen, das tut und befolgt, aber nach ihren Werken richtet euch nicht; denn sie sagen es nur, tun es aber nicht. (Matth.23,2–3)*

Brief 181

Das zehnte Symbol des Tarot: das Glücksrad – 3. Lösung des Sphinxrätsels – Adda-Nari – das inspirierte und inspirierende Buch des Tarot

Bruder.·. und Freund.·.,

Hiermit beschließen wir unsere Untersuchung der Zehnheit und können den ersten Teil unserer Studien über die Zahlen abschließen.

In zwei Jahren haben wir zehn Buchstaben gelesen, aber diese zehn Buchstaben sind das ganze Wissen; und jetzt verstehen Sie, warum Neun nichts ist vor Zehn, daß aber Neun eingeweiht in Zehn das vollkommene Licht und die vollständige Einweihung ist.

Überdenken Sie nun jene geheimnisvolle Figur, die alle Zahlen in der Zehnheit umfaßt: EIN Rad, dessen Achse getragen wird von ZWEI Stützen, ins Gleichgewicht gebracht durch DREI symbolische Figuren und in Bewegung gesetzt durch EIN Unsichtbares, das den DREIEN den Wert von VIER gibt; die beiden Stützen machen zusammen mit den drei Formen FÜNF; es gibt SECHS Planetenkugeln auf den Speichen des Rades, dessen Nabe die SIEBEN vollmacht und die Sonne darstellt.

Die sechs Speichen oder Strahlen und die beiden seitlichen Figuren von Anubis und Typhon[188] erklären das Gleichgewicht der ACHT; fügen Sie den Sphinx als Beherrscher der Bewegung hinzu, und Sie haben NEUN; die Achse und der Umfang des Rades sind ZEHN! Der Sphinx ist mit einem Schwert bewaffnet, das er an der Seite von Typhon trägt. Es ist das Symbol, das man gleicherweise an der indischen Figur »Adda-Nari« erkennt, wiedergegeben am Schluß meines Buches: Dogma der »Transzendentalen Magie«, Seite 269.

Nehmen Sie nun Ihren Tarot, legen Sie vor sich die ersten zehn Schlüssel und studieren Sie sie. Sie werden herausfinden, daß der erste, der dritte, der siebte und der zehnte Ihnen fortschreitende Wissensinhalte geben. Dann werden Sie dieses nicht nur inspirierte, sondern auch inspirierende Buch bewundern, das absolut göttlich ist, da es den Irrtum unmöglich macht – jenes Buch, dessen Schatten die Bibel ist, jene große Genesis des Henoch, das bewunderungswürdige Testament des Hermes.

Brief 182

Schicksal der ohne Taufe gestorbenen Kinder

8. April

Bruder∴ und Freund∴,

Die Frage nach dem nachtodlichen Schicksal der ohne Taufe gestorbenen Kinder ist ebenso ernst wie kompliziert. Wenn man von dem Grundsatz ausgeht: Außerhalb der Kirche kein Heil!, und wenn man anerkennt, daß man nur durch die Taufe in die Kirche eintreten kann, gibt es keinen Zweifel, daß diese Kinder vom Heil ausgeschlossen und folglich den ewigen Höllenqualen ausgesetzt sind. Wenn man andererseits an die Gerechtigkeit Gottes denkt, widerstrebt es einem, zuzugeben, daß er Unschuldige bestraft. Das offizielle Dogma läßt uns also in dieser Frage in Angst und Zweifel.

Nehmen wir aber unsere Zuflucht zur geheimen Philosophie, so sagt sie uns das folgende:

«Das alte Gesetz verdammte keine ohne Beschneidung gestorbenen Kinder (alle israelitischen Mädchen befanden sich in dieser Lage); wie wäre das neue Gesetz, welches das Gesetz der Gnade ist, ein Zeichen des Heils, wenn es diese armen kleinen Wesen verdammt, die das alte Gesetz rettete?

«Um gerechterweise eine Strafe zu erleiden oder eine Belohnung zu verdienen, muß man verantwortlich sein; doch die fraglichen Kinder sind es nicht.

«Die Strafe für die Erbsünde ist der Tod; den haben diese Kinder erlitten, und zwar ohne ihn durch neue Sünden verdient zu haben. Sie haben ihn also erlitten als versöhnte Opfer. Die Strafe erzwingt hier die Belohnung, und Gott schuldet ihnen einen Schadenersatz an Leben.

«Das gestorbene Kind wird durch den Wunsch des Vaters und der Mutter getauft, und das ist ebenso wahr, wie in der Urkirche sich die Lebenden für die Toten taufen ließen und glaubten, daß die Taufe den Letzteren durch Umkehrbarkeit zugute käme.»

Kinder, deren Eltern keine Christen sind, gehören der Kirche, die auf sie das Recht der geistigen Vormundschaft hat. Sie sind also getauft durch die Absicht der Kirche und durch ihren eigenen Tod, den man als eine Art Martyrium auffassen kann.

Brief 183

Fortsetzung: Dreifache Anwendung der Taufe: durch Wasser, durch Blut, durch Wunsch

Wenn wir also zugeben, daß die ohne Taufe gestorbenen Kinder nicht wissen, daß sie gerettet werden, können wir auch glauben, daß alle vor dem Verstandesalter gestorbenen Kinder gerettet sind, weil tatsächlich keines von ihnen wußte, daß es ohne Taufe gestorben war.

Ich habe gesagt[189], daß Gott ihnen einen Schadenersatz an Leben schuldet, aber wir haben gesehen, daß sie aus sich selbst weder eine Strafe noch eine Belohnung verdienen konnten.

Sie werden also unter einer Probebedingung wieder leben, aber höher als diejenige, die für uns mit dem Tod endet, da sie diesen Tod ja schon erlitten haben.

Ihre Probe muß also von der Art derjenigen der Engel sein, und der Volksinstinkt hat ihr Schicksal erraten; denn das Volk sagt allgemein, wenn es von einem Kind spricht, das im Zustand der Unschuld gestorben ist, also der Unverantwortlichkeit: «Das ist ein Engel mehr im Himmel.»

Du hast ihn für eine kurze Zeit unter die Engel erniedrigt, ihn dann aber mit Herrlichkeit und Ehre gekrönt. (Hebr.2,7)

Fassen wir zusammen:

Unter dem alten Gesetz wurde die Taufe selbst nicht durch die Beschneidung dargestellt, die nur das Unterscheidungsmerkmal der Kinder Abrahams war.

Die Taufe existierte nur im Gesetz der Gerechten.[190] Da nun diese Gerechten die wirklichen Väter der menschlichen Familie waren, antworteten sie vor Gott für alle Wesen im Zustand der Unmündigkeit oder moralischen Unfähigkeit.

Seit die Taufe eingesetzt wurde, wird sie durch das Wasser, das Blut und den Wunsch angewandt. Nun ist der Wunsch der Kirche, daß alle Kinder getauft werden.

Sie tauft sie, ohne sie zu fragen, aufgrund ihres Rechtes aus der Vormundschaft.

Es gibt also in Wirklichkeit keine Kinder, die ohne Taufe sterben können.

Brief 184

Mysterium der Wunschtaufe

Bruder.·. und Freund.·.,

Ich muß dem, was ich Ihnen über die ohne Taufe gestorbenen Kinder enthüllt habe, noch etwas sehr Wichtiges hinzufügen.

Die Wunschtaufe verdankt ihre Wirksamkeit den Bemühungen, die alle wahren Christen zu machen gezwungen sind (selbst unter Lebensgefahr), um in Wirklichkeit – und zwar durch die Wassertaufe – alle diejenigen zu taufen, bei denen sie angewandt werden kann und die sich in Lebensgefahr befinden; denn die Wirklichkeit der Gnade hängt von dem festen Glauben an die Wirksamkeit des Zeichens ab.

Sie sehen also, daß das Mysterium der universellen Taufe nicht offenbart werden darf, weil es zum Geheimwissen gehört. Warum sollte ich nämlich unter Lebensgefahr ein heidnisches Kind taufen, wenn ich weiß und überzeugt bin, daß der Wunsch der Kirche es viel besser ohne mich taufen wird?

Wenn ich indessen davon abstehe, wird die Wunschtaufe dem Kind zwar nicht fehlen, wohl aber mir, weil ich sie nicht durch meine Taten bestätige, weshalb ich ebenso schuldig würde, als wenn ich meine eigene Taufe abgelehnt hätte.

Hier sind Wahrheiten, die erst sehr wenige Seelen verstehen können.

ANMERKUNGEN

1. Clavicula Salomonis = Schlüsselchen Salomos: Name verschiedener Zauberbücher seit dem Mittelalter, die Anleitungen zur Anrufung von Dämonen und Beschwörungsformeln für den Teufel enthalten. Dazu zählen z. B. das Zauberbuch des Honorius (Rom 1670) wie auch das 6./7. Buch Mosis. Levi selbst bezeichnet dieses «Schlüsselchen» als das «Buch des Hermes» und bespricht es in der Transzendentalen Magie, II. Teil: Ritual, XXII. Kapitel, Seite 254–294. Levi schrieb aber auch selbst ein Werk: Die Salomonischen Schlüssel, das der O.W. Barth-Verlag München 1927 deutsch herausgebracht hat.
2. Die Zahl 72 bespricht Levi genauer am Schluß dieses Buches in Brief 168, 174 und 178. Die 24 kabbalistischen Perlen sind zu Brief 65 gezeichnet, aber auch im «Dogma» der Transzendentalen Magie, Seite 166.
3. Das Astrallicht ist die sog. Weltseele, das universelle Agens, das einen Strom der Liebe und einen Strom des Zornes hat. Levi nennt diese Zweipoligkeit auch den elektro-magnetischen Äther. (Transzendentale Magie: Dogma, Seite 100; der Schlüssel zu den großen Mysterien, Seite 213 ff. und Seite 234 ff.) Auch die Wissenschaft bestätigt heute das Vorhandensein des Weltäthers: Es gibt keinen leeren Raum. Denn das Licht besteht nach Einstein auch aus Teilchen. Wir verweisen auf Nigel Calder: Einsteins Universum, Seite 67 und 79.
   Gegen das Tischrücken und überhaupt den Spiritismus aber eiferte Levi besonders in seinem Buch: La Science des Esprits (noch nicht übersetzt; etwa: Die Wissenschaft von den Geistern) und sagt darin: *«Die Spiritisten und ihre Medien sind wie Kinder, die mit brennenden Zündhölzern auf einem Faß voll Pulver spielen, das jeden Augenblick explodieren und sie vernichten kann.» (entnommen aus Laarss, Seite 26)*
4. Das Buch Henoch in der ersten und zweiten (= slawischen) Fassung ist mit Erläuterungen enthalten in: Altjüdisches Schrifttum außerhalb der Bibel, übersetzt und erläutert von Paul Riessler, Seite 355–451 (1. Henoch), Seite 452–473 (2. Henoch), Erläuterungen dazu Seite 1291–1298. (Nachdruck 1979) Das äthiopische Henochbuch hat auch E. Kautzsch herausgebracht: Die Apokryphen und Pseudepigraphen des Alten Testamentes, 2. Band, Seite 217–310 (mit Erläuterungen). Einzeln ist das Buch Henoch in der slawischen Fassung 1976 im Rosenkreuz-Verlag Kassel herausgekommen (2. verbesserte Auflage).
5. Über seine Zusammenarbeit mit Desbarrolles berichtet Levi im «Schlüssel zu den großen Mysterien» ab Seite 161 und Seite 297, ferner Frick: Licht und Finsternis, Teil 2, Seite 391 und 399, und Fritz Werle im «Versuch einer Biographie», Anhang zu Levi: «Das Buch der Weisen», Seite 199–202.
6. Louis Claude de Saint-Martin (1743–1803) und die älteren Martinisten siehe Frick: Die Erleuchteten, ab Seite 601. Sein wichtigstes Buch heißt: Tableau Naturel des Rapports existants entre Dieu, l'Homme et

l'Univers, 1782 (= Natürliche Übersicht über den Zusammenhang zwischen Gott, Mensch und Universum), eine philosophisch-kabbalistische Studie über den Tarot und den Symbolismus des Universums. Siehe auch in der Bibliographie unter «Saint-Martin».

7. Hofrat Karl von Eckartshausen (1752–1803): Die Wolke über dem Heiligtum, sechs Briefe. Sein Hauptwerk aber ist 1978 auch wieder aufgelegt worden: Aufschlüsse zur Magie aus geprüften Erfahrungen über verborgene philosophische Wissenschaften und verdeckte Geheimnisse der Natur; 2 Bücher in einem Band, ANSATA-Verlag.
8. Das «Schema Hamphorasch» oder die 72 Namen Gottes bringt Hans Biedermann: Handlexikon, Seite 160 ff. Erläuterungen dazu sind auch enthalten bei Papus: Die Kabbala, Seite 237 ff.; ferner Leo Schaya ab Seite 173–178 und 187, ebenso Frick: Die Erleuchteten, Seite 416–417. Unter der Kurzform «Schema» versteht Levi aber auch einfach das Tetragramm JHVH als den unaussprechlichen Namen Gottes.
9. Die vollständige Bezeichnung dieses Werkes von Pistorius aus dem Jahre 1587 bringt Papus: Die Kabbala, Seite 299, Nr. 383 (dreizehn Druckzeilen).
10. Über Trithemius (1462–1516) berichtet Hans Biedermann in seinem Handlexikon der magischen Künste, Seite 501–502. Siehe auch Levi im Ritual der Transzendentalen Magie, Seite 248 ff., Geschichte der Magie, II. Buch, Seite 52. Eine Zeichnung der wichtigsten Prinzipien bringt Hans Biedermann: Materia Prima, Seite 206–208, aber auch Frick zählt ihn zu den «Erleuchteten» und bespricht ihn auch in «Licht und Finsternis», Teil 1. (Register)
11. Es handelt sich um Levis Buch: La Mère de Dieu (= die Gottesmutter), das er noch unter seinem zivilen Namen Alphonse Louis Constant herausgegeben hatte (Editions Charles Gosselin, 1844). Ein Zitat daraus bringt er in der Transzendentalen Magie, Dogma, Seite 15–16.
12. Sepher Jesirah – das Buch der Schöpfung, übersetzt und mit Varianten, Anmerkungen, Erklärungen und einer ausführlichen Einleitung versehen von Lazarus Goldschmidt: es erklärt die 32 Bahnen der Weisheit oder Wege des Wissens. Ausführliche Besprechung bringt Papus: Die Kabbala, Seite 173–220.
13. Das aus den drei Müttern – siehe Sepher Jesirah – bestehende hebräische Wort Ameth bedeutet laut Lexikon: Wahrheit. (Langenscheidts Handwörterbuch Hebräisch-Deutsch, Seite 47) Die kabbalistische Bedeutung dieses Wortes aus Aleph – Mem – Thau (statt Schin) wird in den beiden folgenden Briefen erläutert.
14. Ossian war ein Barde und Autor des 3. Jahrhunderts, der hauptsächlich durch den Schotten James Macpherson (1736–1796) bekannt wurde. Näheres unter beiden Namen in der Brockhaus Enzyklopädie.

14a. Pfarrer Vianney ist der heilige Jean-Baptiste-Marie Vianney (1786–1859), der auch als der heilige Pfarrer von Ars bekannt ist.

15. Über sein Treffen mit Levi hat Kenneth Mackenzie (1833–1886) einen längeren Bericht angefertigt. Siehe Frick: Licht und Finsternis, Teil 2, Seite 347.
16. Eine vollständige Übersetzung des Sohar ins Deutsche gibt es noch nicht, wohl eine englische. Ausgewählte Texte aus dem Sohar hat Ernst

Müller unter dem Titel herausgegeben: Der Sohar – das heilige Buch der Kabbala. Vom selben Autor stammt eine Einführung in die Kabbala: Der Sohar und seine Lehre. Auch Levi hat darüber ein Buch herausgegeben: Le Livre des Splendeurs, englische Übersetzung: The Book of Splendours, deutsche Übersetzung noch nicht erschienen. Die einzelnen Teile des Sohar bespricht Gershom Scholem: Die jüdische Mystik, ab Seite 174, wo er auch den wahrscheinlichen Verfasser nennt: Moses de Leon.

17. Papst Leo III. (795–816) übersandte die Schlüssel zum Grabe Petri, nämlich dieses Enchiridion (= Handbuch), nach seiner Wahl an Karl den Großen. Dieses Büchlein wurde 1660 in Rom gedruckt. Literatur: Hans Kühner: Lexikon der Päpste, von Petrus bis Paul VI., Seite 54–55. Eine neuere französische Ausgabe Paris 1959 enthält auch seine geheimen Kommentare zu bestimmten Psalmen. (Miers S. 253) Siehe auch Levis Geschichte der Magie, 1. Teil, Seite 221 und 254 ff., ferner Transzendentale Magie, Ritual, Seite 89, 104 und 182 und SELIG: Gebrauch der Psalme.

18. Edgar Hennecke: Neutestamentliche Apokryphen in deutscher Übersetzung, 1. Band: Evangelien, Seite 295. Dort heißt es: «Wenn du selbst nicht einmal das A seinem Wesen nach kennst, wie willst du andere das B lehren?»

19. Diesen elften Weg des Sepher Jesirah beschreibt Papus: Die Kabbala, Seite 207 wie folgt: «Der elfte Weg heißt Intelligenz des Feuers. Sie ist der Schleier vor den Ordnungen und der Reihe der oberen und unteren Samen (Ursachen). Derjenige, der diesen Weg besitzt, erfreut sich einer großen Würde: vor dem Angesicht der Ursache der Ursachen zu stehen.» Die entsprechende Zeichnung des 11. Weges Aleph zwischen Kether und Chokhmah ist wiedergegeben von Jean Haab: L'Alphabet des Dieux (das Alphabet der Götter), Seite 91.

20. Eliphas Levi: Der Schlüssel zu den großen Mysterien, Seite 21. Einen ganz ähnlichen Schriftschlüssel kannte bereits Albrecht Dürer, wiedergegeben von Erich Buchholz: Schriftgeschichte als Kulturgeschichte, Seite 21.

21. Dies ist das sog. Yin-Yang-Symbol des kosmischen Dualismus, das in jeder Hälfte den Keim des Gegenpols enthält. Konfuzius lebte von 551–479 v. Chr. Siehe auch Biedermann: Zeichen und Symbole, Nr. 718 und 721.

22. Die Sephiroth bespricht Levi ausführlich ab Brief 159 zusammen mit der Zahl Zehn. Wir verweisen hierzu aber auch auf die Zeichnung in der Einführung, damit die Begriffe in ihrem Zusammenhang besser verstanden werden.

23. Über das Große Werk hat Eliphas Levi hauptsächlich in seiner Transzendentalen Magie geschrieben: Dogma, Seite 186 ff., Ritual, Seite 129 ff.

24. Über die Brüder des Rosenkreuzes informieren die sog. Rosenkreuzerschriften des Joh. Valentin Andreae: Fama Fraternitatis (1614), Confessio Fraternitatis (1615) und Chymische Hochzeit: Christiani Rosencreutz. Anno 1459 (1616), eingeleitet und herausgegeben von Richard van Dülmen, Calwer Verlag Stuttgart, 1973.

25. Diese Figur ist einmal in der Transzendentalen Magie, Dogma, als Titelbild wiedergegeben und in seiner Geschichte der Magie, Einleitung, englische Ausgabe, Seite 43. In der deutschen Übersetzung fehlt diese Wiedergabe.
26. Über die Bedeutung des Sifra di-Zeniutha spricht ausführlich Gershom Scholem: Die jüdische Mystik, Seite 175 ff. Aber auch Papus: Die Kabbala, bringt Seite 291 unter Nr. 219 die verschiedenen Ausgaben dieses Sohar-Fragmentes. Levi: Le Livre des Splendeurs, 1. Teil, wie auch die englische Übersetzung: The Book of Splendours, befaßt sich auch ausführlich damit: Seite 1–104.
27. In Oppenheimers: Lexikon des Judentums wird Samael als der «Linksseitige» bezeichnet, als böser Engel, Satan oder auch Ankläger Israels in der jüdischen Mystik. Weitere Einzelheiten über Samael bringt de Guaita, Seite 374, unter diesem Stichwort.
28. Stachys (griechisch) oder Ziest (slawisch) ist bereits in der Antike als Heilpflanze bekannt gewesen. Näheres bringt unter «Ziest» die Brockhaus Enzyklopädie.
29. «Teufel» heißt französisch «diable» = Diabolus. Griechisch «dia» heißt etwa «durch und durch», «auseinander», und «ballo» = werfen, schleudern, vertreiben. Eine entsprechende Deutung bringt auch de Guaita, Seite 57, mit Anmerkung dazu.
30. Hebräisch Schale = kelipoth. Wir verweisen auf die Ausdeutung dieses Begriffs durch Gershom Scholem: Die jüdische Mystik (Stichwort «kelipa»), aber auch auf die Zusammenhänge, die Dion Fortune in ihrem Buch: Selbstverteidigung mit PSI, zu diesem Stichwort bringt. Levi sagt im «Schlüssel zu den großen Mysterien» zu diesen Hüllen, Seite 236: «Der Geist nimmt Hüllen an, um herabzusteigen, und entledigt sich der Hülle, um aufzusteigen. Wirklich: Warum sind die erschaffenen Geister mit Körpern bekleidet? Sie müssen begrenzt sein, um eine mögliche Existenz zu haben ...» Hier sollte uns auch die Verwandtschaft von «Hülle» mit «Hölle» zu denken geben.
31. Hier bezieht sich Levi auf 2. Kor. 5,17 (= die neue Kreatur) und 1. Kor. 15,26: der letzte Feind, der aufgehoben wird, ist der Tod.
32. Dieser Stern befindet sich auf Seite 6 des Buches von Levi: Geschichte der Magie, Band I.
33. Diese drei Sterne sind abgebildet im «Schlüssel zu den großen Mysterien» auf Seite 309 (der weiße Stern), Seite 310 (der schwarze Stern) und Seite 312 (der rote Stern).
34. Hier wird Bezug genommen auf Joas, den König von Juda, der sich mit Gold freikauft, wie berichtet im Alten Testament, 2. Kön. 12,19.
35. Das Dogma von der Unbefleckten Empfängnis Mariens war im Jahre 1854 von Pius IX. verkündet worden. – Das voraufgegangene Wortspiel *femme (ausgesprochen famm) – famille*, das aus dem Wort für «Frau» der Begriff «Familie» geworden sei, ist im Deutschen nicht nachvollziehbar. Wohl hat das Lateinische denselben Stamm f–m: *femina – familia.*
36. Über die Hinrichtung des Urbain Grandier (Poitiers 1654) berichtet Hans Biedermann in seinem «Handlexikon», Seite 304f. Levi erwähnt ihn in der Transzendentalen Magie, Dogma, Seite 157 und 213. Seine

Lebensgeschichte ist übrigens auch Thema der Oper: «Die Teufel von Loudun», die der Pole Krzysztof Penderecki nach dem Hexenprozeß geschrieben und vertont hat. Die Oper der Stadt Köln hat zu ihrer Premiere am 3.2.80 ein ausführliches Beiblatt herausgegeben.

37. Die Sage von Isis und Osiris im Zusammenhang mit Typhon bringt Plutarch; Theodor Hopfner hat einen Kommentar und eine Deutung dazu verfaßt. (Siehe auch Anmerkung 188)

38. Über den sog. «schwarzen Osiris» berichtet Manfred Lurker unter dem Stichwort «Schwarz» in seinem Buch: Götter und Symbole der alten Ägypter. Siehe auch Levi: Geschichte der Magie, Seite 29–30 (Teil 1).

39. Laarss berichtet (Seite 23), daß Levi Mitarbeiter an der theologischen Enzyklopädie des Abbé Migne war, in der 1851 sein «Dictionnaire de la littérature chrétienne» (= Lexikon der christlichen Literatur) als selbständige Arbeit erschien.

40. Dies ist ein Ausspruch von Tertullian (160–225), der von Levi auch in seiner «Geschichte der Magie», Teil 1, Seite 15, besprochen wird.

41. Über Imma und Abba als die Entsprechungen von Binah und Chokhmah bzw. Mutter und Vater nach dem Sohar berichtet Scholem in der «Jüdischen Mystik», Seite 296 und Anmerkung 80 dazu, Seite 444. Diese Symbolik wird in der Idra sutta in Sohar III entwickelt.

42. Die heilige Teresa von Avila lebte von 1515–1582. Ihre Lebensbeschreibung findet sich in Melchers «Großem Buch der Heiligen», Seite 668–672.

43. Über die strahlende Schechina als Urlicht berichtet Leo Schaya in seinem Kapitel: Vom Barmherzigen Gottesnamen der Endzeit, Seite 204 ff. Auch Gershom Scholem bringt in der «Jüdischen Mystik» verschiedene Zusammenhänge unter diesem Stichwort.

44. Levi spricht hier von Athanasius Kircher (1602–1680), dessen Lebensbild Karl Brischar entworfen hat: P. Athanasius Kircher, Würzburg, 1877. Sein wichtigstes Werk ist der Oedipus Aegyptiacus in 3 Bänden. 1974 erschien in den Kircheriana Band I von P. Conor Reilly S.J.: Athanasius Kircher S.J. – Master of a Hundred Arts. Auch Band I seiner Briefe ist inzwischen veröffentlicht.

45. Raimundus Lullus (1235–1315) wird ausführlich von Hans Biedermann unter diesem Stichwort im «Handlexikon» besprochen. Papus erwähnt auch mehrmals in seinem «Tarot der Zigeuner» dessen «Ars magna» (= Große Kunst). Levi erwähnt ihn in seiner Geschichte der Magie, Teil II, Seite 36. Siehe Bibliographie Raimund Lull.

46. Nach Papus (Tarot der Zigeuner, Seite 248) hat J.-A. Vaillant viele Jahre bei den Zigeunern gelebt und einen großen Teil ihrer Traditionen mündlich erfahren, die er in seinen Büchern verarbeitet hat. Das von Levi zitierte Buch heißt: Clef magique de la Fiction et du Fait (1863): Magischer Schlüssel für Dichtung und Wahrheit.

47. Papst Clemens I. regierte etwa von 88–97. Die zitierte Stelle ist wiedergegeben in Band I der Neutestamentlichen Apokryphen, Seite 111, II. Clem. 12,1–2. Sie beinhaltet das ganze Geheimnis des androgynen Menschen der Zukunft. Siehe auch Levis Hinweise darauf in Brief 55 und 58.

48. Hier spielt Levi auf die zehnte Aufgabe des Herakles an, die goldenen

Äpfel der Hesperiden zu gewinnen. Eine gute Darstellung der zwölf Aufgaben des Herakles bringt Olga von Ungern-Sternberg: Grundlagen kosmischen Ichbewußtseins, darin Seite 122–125: Skorpion – die Äpfel der Hesperiden.

49. Agrippa von Nettesheim (1486–1535) ist u.a. Verfasser der «Magischen Werke» in fünf Bänden, die im ANSATA-Verlag nachgedruckt wurden. Levi bespricht ihn auch in seiner «Geschichte der Magie», Teil II, Seite 52.

50. Über das Leben von Guillaume Postel (1510–1581) berichtet Hans Biedermann in seinem «Handlexikon» Seite 407. Papus erwähnt ihn ebenfalls in seinem «Tarot der Zigeuner» als einen Kenner des Tarot (Seite 247), während Papus in seiner «Kabbala» zwei seiner Werke unter Nr. 76 und 424 erwähnt. Levi bespricht ihn in der «Geschichte der Magie», 2. Teil, Seite 52–58 und im «Schlüssel zu den großen Mysterien» Seite 210.

51. Artephius, gestorben 1128, wird von Hans Biedermann in seinem «Handlexikon» besprochen, Seite 66. Auch seine Werke werden aufgeführt.

52. Nicolas Flamel (1330–1418) wird ausführlich von Hans Biedermann in seinem «Handlexikon» gewürdigt (Seite 181–183). Levi spricht über ihn in seiner «Geschichte der Magie», 2. Teil, Seite 43 ff.

53. Über die Enträtselung der Goldmacherkunst nach der kabbalistischen Alchemie hat Levi im «Schlüssel zu den großen Mysterien» geschrieben: Seite 207–210.

54. Über den Misraim-Ritus berichtet in Spalte 1044–1045 das Internationale Freimaurer-Lexikon von Lennhoff/Posner, ferner Frick: Licht und Finsternis, Teil 2, ab Seite 169 ff.

55. Auch das Leben von Cagliostro (1743–1795) wird im Lennhoff/Posner Freimaurer-Lexikon in Spalte 246–251 beschrieben, aber auch von Hans Biedermann im «Handlexikon» Seite 107–109 mit dessen Bildnis. Levi spricht über ihn in seiner «Geschichte der Magie», Teil 2, ab Seite 130, und im Dogma der «Transzendentalen Magie», Seite 211 und 237, ferner im «Schlüssel zu den großen Mysterien», Seite 215 und 298. Frick bringt in «Licht und Finsternis», Teil 2, ab Seite 157 ff. eine ausführliche Behandlung.

56. Andrzej Towianski (1799–1878) war ein polnischer Mystiker, der 1841 in Paris eine mystisch-messianistische Lehre verkündete, die auch auf die polnischen Romantiker A. Mickiewicz und J. Slowacki eingewirkt hat. Näheres über seine Werke in der Brockhaus Enzyklopädie.

57. Hoene-Wronski (1776–1853), polnischer Philosoph und Mathematiker, lebte seit 1800 in Frankreich. Über seine Sendungsprophetie berichtet die Brockhaus Enzyklopädie, ebenfalls über seine Werke. Mehrmals zitiert ihn auch Papus in seinem «Tarot der Zigeuner» (siehe dort im Namen- und Sachregister), speziell Seite 169–170. Über Wronskis Verkauf des «Absoluten» berichtet Levi in seiner «Geschichte der Magie», Teil 2, Seite 177–179. Auch Frick bringt Einzelheiten über ihn im Zusammenhang mit Levi: Licht und Finsternis, Teil 2, Seite 397–398.

58. Adam Bernard Mickiewicz (1798–1855) war ein berühmter polnischer

Dichter, dessen Einfluß noch bis zur Staatsgründung Polens 1918 reichte. Wir erwähnten ihn bereits im Zusammenhang mit dem Messianismus von Towianski (Anm. 56). Levi erwähnt ihn auch im Dogma der «Transzendentalen Magie», Seite 41. Über Leben und Werk berichtet ausführlich die Brockhaus Enzyklopädie.

59. Jacques Cazotte (1719–1792) wird als Vorläufer der Romantik betrachtet, neigte zum Geheimnisvollen, Übersinnlichen. Er starb in Paris unter der Guillotine. Näheres über seine Schriften bringt die Brockhaus Enzyklopädie. Levi berichtet über ihn in der «Geschichte der Magie», Teil 2, Seite 138–142.

60. Über den Großorient von Frankreich berichtet unter diesem Stichwort Lennhoff/Posner, Spalte 643, und unter Grand Orient Spalte 632. Im Anhang zur englischen Ausgabe: «Book of Splendours» macht Papus auf Grund der in Levis Nachlaß gefundenen Dokumente die Aussage, daß Levi reguläre Einweihungen in mehrere Orden erhalten hat. Nach Aussage des Vorworts der französischen Ausgabe: «Livre des Splendeurs» wurde er am 14.3.1861 in die Loge «Die Rose des vollkommenen Schweigens» aufgenommen. Seine Antrittsrede über den «Flammenstern» ist in diesem Buch im 3. Teil wiedergegeben, Seite 159 ff. Am 21. August erhielt er dort den Meistergrad, trat aber anschließend gleich wieder aus, wie wir in der Einführung zu diesem Buch bereits ausgesagt haben. Im Orden der Rosenkreuzer in London (Societas Rosicruciana) soll er von 1865–1874 der 52. Imperator gewesen sein, und zwar als Nachfolger von Bulwer-Lytton. Aufgenommen wurde er nach Frick wohl schon im Dezember 1861 anläßlich seines Englandaufenthaltes. (Licht und Finsternis, Teil 2, Seite 350). Levi soll auch zu den Gründern der Loge «Golden Dawn» (= Goldene Morgenröte) gehören. (Frick a.a.O. Seite 368)

61. Levi bespricht Eugène Vintras in seiner «Geschichte der Magie», Teil 2, Seite 180–188 und im «Schlüssel zu den großen Mysterien», Seite 155–170. Ausführlich berichtet aber auch über ihn Stanislas de Guaita ab Seite 428, und Frick erwähnt ihn im Zusammenhang mit Levi in «Licht und Finsternis», Teil 2, Seite 400.

62. Der «Alte der Tage» ist ein Begriff aus dem Sohar, den H.P. Blavatsky ausführlich in ihrer «Geheimlehre» bespricht. Die einzelnen Zusammenhänge sind unter diesem Stichwort im Indexband angegeben. Auch Schaya erwähnt ihn ab Seite 94.

63. Das «Buch der Tränen oder der Trostbringer Christus», das ein Versöhnungsversuch zwischen der katholischen Kirche und der modernen Philosophie ist, wurde 1845 bei den Editions Paulier herausgegeben.

64. Leo Hebraeus (1465–1525), Arzt und Philosoph, war Vertreter der neuplatonischen Renaissance-Philosophie. Sein berühmtestes Werk sind die 1535 in Rom erschienenen «Dialoghi d'Amore», drei Gespräche zwischen Sophia und Philon über die Natur und das Wesen der Liebe. Näheres darüber in der Brockhaus Enzyklopädie.

65. Bereschit ist der hebräische Name des 1. Buches Mose = Genesis; über die Merkaba-Mystik (= Thronwagen) hat Gershom Scholem in seiner «Jüdischen Mystik» ein ganzes Kapitel verfaßt, Seite 43–86.

66. Die vier Welten der Kabbala, wie wir sie auch bei Papus: Die Grundla-

gen der okkulten Wissenschaft, Seite 252, finden, heißen:

1. die Welt der Emanationen oder Aziluth,
2. die Welt der Schöpfungen oder Briah,
3. die Welt der Formen oder Jesirah,
4. die Welt der Fakten oder Asiah, welche die ersten drei tonalisiert.

Wir verweisen hier auch auf die schematische Zeichnung dieser 4 Welten im Sephirothbaum zu Brief 46 hin. Es berichtet darüber auch Schaya Seite 27 und Levi im Ritual der «Transzendentalen Magie», Seite 274, wo er sie als die drei Teile oder Geschosse der Bundeslade bezeichnet. Siehe auch Jeff Love Seite 46–47.

67. Das Wesen der Elohim nach dem Sohar bespricht Gershom Scholem in seiner «Jüdischen Mystik», Seite 241.

68. Im französischen Text steht «Initiation M. .» – also für Maçonnique = Freimaurer-Einweihung. Über die wichtigsten Symbole der Freimaurerei hat Erich J. Lindner eine gute Zusammenstellung herausgegeben: Die Königliche Kunst im Bild.

69. Die freimaurerische Folge dieser drei Buchstaben L.·. D.·. P.·. – Abkürzung für Liberalität (Freiheit), Debitio (Pflicht) und Potentialität (Können) – kann verschieden angeordnet werden, wie Levi im «Livre des Splendeurs» angibt (Seite 203–204). Sie symbolisieren das Kreuz als Ausdruck der Schöpfung und des Opfers, den kubischen Stein als Fundament des Tempels und das Wort der Wahrheit, das über alle Taten herrscht. Es sind in dieser Reihenfolge auch Kether, Chokhmah und Binah. Kabbalistisch aufgestellt wird die Potentialität durch Debitio und Liberalität getragen. Wir haben in der deutschen Übersetzung Begriffe entsprechend den angegebenen Buchstaben L-D-P gewählt. Der hier gezeigte höchste Grad der Einweihung bedeutet demnach: Freiheit (L) und Können (P) tragen die Pflicht (D). Oder mit anderen Worten: Der Eingeweihte hat die Freiheit und könnte anders handeln, aber er erfüllt seine Pflicht. (Siehe auch Brief 160)

70. Dieses eingeschobene «Lui» = «Er» entstammt dem hebräischen Urtext, wie man bei Fabre d'Olivet nachlesen kann: The Hebraic Tongue Restored, zweiter Teil, Seite 25 ff.

71. Es handelt sich um die sogenannte trinitarische Perichorese. Diese «Circum-Incessio» meint das gegenseitige Durchdringen und Einweihen der drei göttlichen Personen in der Trinität und der zwei Naturen in Christus. Siehe der Große Duden, Band 5: Fremdwörterbuch, Stichwort: Perichorese.

72. Über dieses dreifache Agens spricht Levi ausführlich im «Schlüssel zu den großen Mysterien», Seite 217, welches die Schule des Martinez Pasqualis Astrallicht und die Alchimisten Azoth nennen. Das Wort «Gold» heißt französisch «or» und lateinisch «aurum» und hängt nach Levi (Seite 218) sprachlich mit «aour» zusammen.

73. Louis Lucas wird auch von Papus in seinem «Tarot der Zigeuner» mehrmals erwähnt. (Siehe Register dieses Buches) Sein Biometer wurde laut Bonins Lexikon offensichtlich von Hippolyte Baraduc (1850–1909) weiterentwickelt und wird heute als dessen Erfindung anerkannt.

74. Carl von Reichenbach (1788–1869) begründete eine philosophische

Lehre, nach der das Leben durch eine dem Magnetismus ähnelnde «Od-Kraft» gelenkt wird. (Brockhaus Enzyklopädie)

75. Eugène Delacroix (1798–1863) war der Führer der romantischen Malerei in Frankreich. Er hatte erkannt, daß Farbe vor allem Licht ist und Schatten aus farbigen Reflexen bestehen.

75. Über Oedipus und die Magie in Griechenland berichtet Levi in seiner «Geschichte der Magie», Teil 1, ab Seite 88: Magie in Griechenland.

77. Hier handelt es sich um sein Buch: Fabeln und Symbole, das 1862 bei Germer-Baillière herauskam. Siehe auch Hinweise auf dieses Buch in Brief 56 und 93.

78. Abraham der Jude ist der legendäre Verfasser des Sohar, der mit dem Gleichnis der Rose beginnt. Siehe Ernst Müller: Der Sohar, Seite 21–22. Scholem nennt den wahrscheinlichen Verfasser des Sohar Moses de Leon, siehe auch Hinweis in Anm. 16.

79. Jean de la Fontaine (1621–1695) ist der berühmte Fabeldichter, der die Fabel aus ihrer bisherigen Unterordnung zum Kunstwerk erhob. Er benutzte für seine zwölf Bücher Fabeln fast die gesamte damals bekannte Fabelüberlieferung einschließlich der indischen.

80. Gymnosophisten wurden von den griechischen Geschichtsschreibern eine Klasse von indischen Asketen genannt, die zu den Brahmanen gehörten. Flavius Philostratus berichtet von Apollonius von Tyana, daß er sie in Aethiopien fand. (Stichwort)

81. Das Labarum oder Banner des Kaisers Konstantin wurde von Eusebius von Caesarea (gestorben 340) genau beschrieben. (Forstner, Seite 41) Darauf waren die Anfangsbuchstaben CHR (griechisch X und P) verschlungen zum noch heute üblichen Christusmonogramm zu sehen. Die Abkürzung IXTUS (griechisch ΙΧΘΥΣ) bedeutet: Jesus Christus Gottes Sohn Erlöser. (Forstner, Seite 43) Die Buchstaben rechts und links des Labarums sind A und O, Symbol für Alpha und Omega, Anfang und Ende. (Offb. 1,8 und 11) Forstner bringt auch eine ausführliche Behandlung des Fischsymbols im Christentum. (Seite 255–258) Siehe auch Hans Biedermann: Zeichen und Symbole, Seite 74–79)

82. Dem flammenden Pentagramm hat Levi das V. Kapitel seines Rituals der «Transzendentalen Magie» gewidmet, Seite 73–79. Dort spricht er auch von der magischen Bedeutung des teuflischen Bockes von Mendes. Siehe auch sein «Livre des Splendeurs«, Seite 159 ff.

83. Hier spielt Levi auf die Kämpfe des Papstes Pius IX. um die Erhaltung des sog. Kirchenstaates an, dessen nördlicher Teil 1860 von Piemont besetzt worden war. 1870 wurde dann doch die weltliche Herrschaft des Papsttums annulliert. Auf alle Versöhnungsversuche seitens Italiens reagierte der Papst fortan mit dem berühmten «Non possumus» (= Wir können nicht). Siehe Kühner Lexikon, Seite 282.

84. Aus diesem Büchlein des Paracelsus «Prognosticatio eximii doctoris Theophrasti Paracelsi» bring Levi das Vorwort im «Schlüssel zu den großen Mysterien», Seite 379 ff. und Beschreibung weiterer Bilder daraus ab Seite 385.

85. Am 11.7.1859 wurde in Villafranca di Verona der sog. «Vorfriede» zwischen Frankreich und Österreich geschlossen.

86. Die Abkürzung S.·. S.·. steht für den Rosenkreuzerbegriff Sanctus Spiritus, der auf den Ausspruch von Paulus zurückgeht: Wißt ihr nicht, daß euer Leib ein Tempel des Heiligen Geistes in euch ist? Joh. Val. Andreae spricht in der Fama Fraternitatis vom neuen «Haus Sancti Spiritus». (Seite 21) Pauluszitate: 1.Kor.3,16 und 17; 1.Kor.6,19; 2.Kor.6,16; Eph. 2,21.

87. Über die Metatron-Mystik berichtet Gershom Scholem in seiner «Jüdischen Mystik», besonders ab Seite 72 ff. Auch Henoch wird dort als Metatron bezeichnet.

88. Panacee, griechisch Panakeia, ist die Tochter des Asklepios und daher Göttin der Heilkunst. Ihr Name bezeichnet in der Alchimie das Allheilmittel.

89. Eine ziemlich ausführliche Deutung der einzelnen hebräischen Buchstaben und deren Form bringt M. Kahir: Das verlorene Wort – Mystik und Magie der Sprache, Seite 211–260. Auch Papus bringt in seiner Kabbala Erklärungen Seite 185–204, ferner Friedrich Weinreb: Die Symbolik der Bibelsprache.

90. Eliphas Levi hat 1841 ein Buch verfaßt: Die Himmelfahrt der Frau oder das Buch der Liebe. Es ist in der Hauptsache ein Kommentar zum Hohenlied Salomonis. Er schrieb es noch als Abbé Alphonse Louis Constant.

91. David Friedrich Strauß (1808–1874) stellte die Leben-Jesu-Forschung auf ein historisch-kritisches Fundament. Sein großes Werk: Das Leben Jesu, kritisch bearbeitet, erschien in 2 Bänden 1835 und in einer liberal-populären Volksausgabe 1864. Näheres in der Brockhaus Enzyklopädie.

92. Hier versucht Levi über den Begriff Schema = Name Gottes zum Zema = Sündenbock des Alten Testamentes (3.Mos.16,22), also vom Schin zum Sajin, das große Mysterium Jesu zu erklären als des Lammes (griechisch «agnos» = sündlos), das hinwegnimmt die Sünden der Welt. (Hebr.10,3–10) Er hat auf dieses Geheimnis der Abschaffung des Todesopfers auch schon in Brief 62 hingewiesen. Müller bespricht dieses Kapitel des Sohar Seite 269–271. Er erklärt dort auch den Unterschied zwischen den biblischen Brüdern Jakob und Esau, welch letzterer ein «haariger» Mann war, hebräisch Schair, was sowohl haarig als auch Sündenbock bedeutet. Über das Geheimnis des Sündenbocks oder Teufels, der den Christus als «Diamant» bezwingt, hat Friedrich Ohly eine Abhandlung verfaßt: Diamant und Bocksblut – zur Traditions- u. Auslegunsgeschichte eines Naturvorgangs von der Antike bis in die Moderne: ohne Bocksblut, heißt es dort, wäre eine Teilung des «Diamanten» = Christus nicht möglich.

93. Das Buch des Juden Abraham «Asch Mezareph» erwähnt Levi auch im Zusammenhang mit Nicolas Flamel in seinem Dogma der «Transzendentalen Magie», Seite 260. Ausführlich berichtet über dieses Buch des «reinigenden Feuers» auch Frick: «Die Erleuchteten», ab Seite 328 und gibt auch eine Inhaltsübersicht nach Scholem auf Seite 330. Aufschlußreich könnte Levis Hinweis auf den Verfasser Abraham sein, der wiederum mit dem berühmten Verfasser der heiligen Magie des Abramelin: Abraham von Worms, identisch sein könnte, der von 1362–1458

gelebt haben soll. Dieses Buch ist von Johann Richard Beecken herausgegeben worden. Frick findet in dieser Erzählung Abrahams eine gewisse Parallele zur Legende des Christian Rosencreutz, der nach Joh. Val. Andreae 1378 geboren wurde und ausgedehnte Reisen nach Palästina, Ägypten und Arabien gemacht hat – wie Abraham, der 1402 in Arabien einen deutschen Wahrheitssucher Christian (Abramelin Seite 14) traf. Frick schließt (Seite 412): «Ob hier tatsächlich geistige Zusammenhänge bei den Autoren bestanden, wird wohl niemals mehr zu eruieren sein.»

94. Adolphe Franck (1809–1893) war ein großer Kenner der jüdischen Philosophie und ist in Deutschland besonders durch sein 1843 in Paris erschienenes Buch über die «Kabbala oder die Religions-Philosophie der Hebräer» bekannt geworden, das bereits 1844 in deutscher Übersetzung in Berlin erschienen ist. Er bringt darin eine ausführliche Analyse des Sohar und Vergleiche mit Platon, Philo von Alexandria, Christentum und der Religion der Perser und Chaldäer.

95. Mendes ist eine altägyptische Stadt im Nildelta, in der ursprünglich eine Delphingöttin, später der «Bock von Mendes» verehrt wurde, der dem griechischen Naturgott Pan entsprach. Er ist der berühmteste der ägyptischen heiligen Widdergötter und trug den Namen Banebdetet. In der Spätzeit wurde er vierköpfig dargestellt, wodurch die Seelen von Re, Schu, Geb und Osiris symbolisiert wurden. Nach Herodot, Historien II,42 stellten die Ägypter auch Zeus mit Widderkopf dar. Er wurde Symbol für die 15. Tarotkarte. – Wir verweisen aber auch auf Anmerkung 92 und das Mysterium des «Sündenbocks». – Wir erinnern auch an die Darstellung des Moses mit Widdergehörn oder dem sog. Lichtgehörn. Siehe Emil Bock: Moses und sein Zeitalter, Seite 33–37 mit Bildwiedergaben.

96. Eine ausführliche Besprechung des Mediums Daniel Dunglas Home (1833–1886) bringt Werner F. Bonin in seinem Lexikon der Parapsychologie und ihrer Grenzgebiete unter diesem Stichwort. Levi bringt Einzelheiten im «Schlüssel zu den großen Mysterien» ab Seite 148.

97. Diese 50 Tore des Wissens oder der Intelligenz beschreibt Papus in seiner Kabbala nach der Darstellung des Athanasius Kircher, Seite 203–206.

98. In der Stuttgarter Bibelübersetzung nach Dr. Hermann Menge heißt es zu Matth. 2,1, daß es sich bei den Magiern um Priestergelehrte aus Babylon handelte, eigentlich «Mager» des Zarathustra. Über die Machtergreifung der Mager in Persien und den Tod des Kambyses (529–522 v. Chr.) berichtet Herodot in seinen Historien, III,61–87.

99. Der Rosenkranz fand in seiner äußeren Form durch die Kreuzzüge im Abendland Eingang und ist seit dem 11. Jahrhundert bekannt. Er ähnelt den viel älteren Gebetsschnüren im Brahmanismus, Hinduismus, Buddhismus und Islam. Nach dem Zweiten Vatikanischen Konzil (1962–65) ist die Übung des Rosenkranz-Gebets in der katholischen Kirche sehr zurückgegangen. Weitere Einzelheiten siehe Brockhaus Enzyklopädie.

100. Nach Büchmann: Geflügelte Worte (Seite 600–601) ist dieser Ausspruch nicht eindeutig auf Augustinus zurückzuführen. Zitiert wird er

nach Augustinus noch 1852 von Hoffmann von Fallersleben. Hauptverbreitung aber fand dieses Wort durch Joh. Amos Comenius: Das Einzig Notwendige, Kap. 8,6.

101. Cacus, der riesengroße, feuerspeiende Sohn des Vulkan, wohnte in einer Höhle des aventinischen Hügels in Rom und lebte vom Raube. Er wurde schließlich nach furchtbarem Kampf von Herkules bezwungen, dem man dafür einen Altar stiftete. Diese «Ara maxima» (= größter Altar) auf dem Ochsenmarkt galt in Rom als die Stelle, wo dem Herkules zuerst Opfer dargebracht wurden.

102. Der Talmud des Judentums – das Wort bedeutet Studium, Belehrung oder Lehre – ist aus vielhundertjähriger mündlicher Überlieferung entstanden und wurde um 500 abgeschlossen. Über Begriff und Wesen wie auch Einteilung und Inhalt berichtet ausführlich das «Lexikon des Judentums» von Oppenheimer, Spalte 791–793.

103. Über Rabbi Akiba ben Josef (gest. 136 n.Chr.) berichtet Gershom Scholem ausführlich in verschiedenen Zusammenhängen seiner «Jüdischen Mystik». (Stichwort)

104. Das Gleiche gilt für Simon ben Jochai, den legendären Lehrer im Sohar, entsprechend dem Stichwort in Scholems «Jüdischer Mystik». Nach Oppenheimers «Lexikon» (Spalte 751) lebte er im 2. Jahrh. n. Chr. und war Schüler Akibas. (Anm. 103)

105. Paraklet (gr.-mlat.) bedeutet Helfer, Fürsprecher vor Gott, besonders nach der Interpretation bei Joh. 14,16, davon abgeleitet: Parakletismus.

106. Gioacchino Ventura di Raulica (1792–1861) war Mitglied des Theatinerordens, dessen Leitung er 1830–33 innehatte. Über seine Werke berichtet die Brockhaus Enzyklopädie.

107. Savonarola (1452–1498), Dominikanermönch, betrieb Reformen seines Klosters und der Kirche im alttestamentlichen Sinn der Propheten. Er predigte auch gegen den Verfall der Sitten am päpstlichen Hof Alexanders VI. Er wurde schließlich als Häretiker und Schismatiker in Florenz verbrannt. Nach Auskunft der Brockhaus Enzyklopädie laufen seit längerem Bestrebungen, ihn heiligzusprechen.

108. Unter Kanonismus wird «das gemächliche Leben eines Domherrn» verstanden, der nur nach dem Kanon lebt, also nicht mehr denkt, wie es Oscar Wilde (1854–1900) im «Bildnis des Dorian Gray» ausdrückt, wenn er von dem widerwärtigen Aussehen der gelehrten Leute spricht – «ausgenommen natürlich in der Kirche. Aber dafür denken sie in der Kirche nicht. Ein Bischof sagt als Achtzigjähriger noch genau dasselbe, was man ihn als Achtzehnjährigen gelehrt hat, und deshalb sieht er unverändert entzückend aus.» (Werke in zwei Bänden, Band 1, Seite 162)

109. Caligula war römischer Kaiser von 37–41 n. Chr. Er ging als launisch und unfähig zu ernster Arbeit in die Geschichte ein, was sein Spitzname «Stiefelchen» schon zum Ausdruck bringt.

110. Über die beiden Testamente des Ezechiel und des Johannes hat Levi ein Buch verfaßt: Les Mystères de la Kabbale.

111. Joseph Marie Comte de Maistre (1753–1821) war einer der Hauptvertreter des Royalismus und politischen Klerikalismus. (Brockhaus Enzyklopädie) Levi zitiert ihn im Dogma der «Transzendentalen Magie»

(Seite 7–8): «Newton wird uns zu Pythagoras führen. Die Glauben und Wissen verbindende Analogie muß diese früher oder später einander nähern. Die Ungeheuerlichkeit einer Welt ohne Religion kann nicht von langer Dauer sein ...» Ein längeres Zitat aus dessen Buch «DU PAPE» (= Vom Papst) bringt Levi im «Schlüssel zu den großen Mysterien», Seite 376–378.

112. Myrmidonen, Nachkommen des Zeussohnes Myrmidon oder Aiakos, der sich auf der Insel Aigina so langweilte, daß Zeus die dortigen Ameisen in Menschen verwandelte. Die Myrmidonen galten auch als Erfinder der Segelschiffe. Sie sollen unter Peleus nach Südthessalien ausgewandert sein und wurden dadurch Untertanen des Achilles, unter dem sie vor Troja kämpften, wie in Homers Ilias berichtet. (Löwe/Stoll: Die Antike in Stichworten, Seite 238)

113. Gershom Scholem erklärt das kabbalistische Verfahren der Gematria als die Ausrechnung des Zahlenwertes der hebräischen Worte nach bestimmten Systemen und das Aufsuchen von Beziehungen zu anderen Wörtern und Sätzen, die den gleichen Zahlenwert = Gematria haben. (Jüdische Mystik, Seite 109) Siehe auch Oppenheimers Lexikon des Judentums, Spalte 234

114. Hier spielt Levi auf die Visionen der Margarete von Alacoque (1673/75) an, die der Herz-Jesu-Verehrung einen besonderen Aufschwung gaben. Ihre Lebensgeschichte steht in Melchers «Großem Buch der Heiligen», Seite 674–677, ihr Festtag ist der 16. Oktober. 1856 wurde der Herz-Jesu-Tag zum Fest für die ganze Kirche.

115. Diesen sog. Kannibalismus beim auferstandenen Gott gab es auch bereits bei den alten Ägyptern, wie in der Unas-Pyramide in Hieroglyphen dargestellt. Joachim Spiegel erklärt ihn wörtlich (Seite 443, Anm. 25): «Das Verzehren der Organe der Götter (wie Lungen und Herzen) soll den Toten in den Stand setzen, über diese Wesenheit zu verfügen und also auch nach Belieben in der Gestalt der betreffenden Götter erscheinen zu können. Hier ist der Sinn des magischen Kannibalismus mit großer Deutlichkeit ...» Man bedenke, daß der Pharao Unas, um dessen Auferstehungsritual es sich handelt, von 2355–2322 v.Chr. gelebt bzw. regiert hat. Wie schwer die wahre Bedeutung der symbolhaften Hieroglyphen des sog. Kannibalismus zu erkennen ist, ergibt sich schon aus den unterschiedlichen Übersetzungen dieser Stelle durch Spiegel und Kurt Sethe: Übersetzung und Kommentar zu den altägyptischen Pyramidentexten, II. Band, Seite 136–140, Inhaltsangabe und Kommentar ab Seite 140.
Auch in Altmexiko gibt es dazu eine Parallele: Teoqualo = Verzehren eines Gottes, worüber Krickeberg Seite 217 und 474 berichtet.
Ein Schriftstellenvergleich zu diesem Thema wurde auch von A. und R. Klein im zweiten Hieroglyphenvortrag angestellt, besonders Seite 13–14. Daß diese «Kommunion», selbst von Jesus beim letzten Abendmahl gereicht, keine Wirkung hin zum Geistmenschen zeigt, müssen wir wohl aus dem Gleichnis mit Judas ablesen. (Joh. 13,26–27)
Über die Auswüchse dieses «Kannibalismus» im frühen Christentum berichtet Levi: Geschichte der Magie, Teil 1, Seite 218, dazu Anm. 2 in der englischen Übersetzung, Seite 172; Levi gibt aber auch eine Deutung im «Schlüssel zu den großen Mysterien», Seite 211.

116. Jacques Bénigne Bossuet (1627–1704) war ein bekannter Theologe und Kanzelredner. Sein literarisches Werk gehört zur französischen Klassik. Mehr über ihn in der Brockhaus Enzyklopädie.

117. Diese «Geistlichen Übungen» des Ignatius von Loyola sind in der Herder-Bücherei als Band 276 in einer neuen Übertragung aus dem spanischen Urtext und mit Erklärung der 20 Anweisungen von Adolf Haas SJ herausgekommen.

118. Calpe und Abyla sind die beiden Felsen, die bei der Trennung Europas von Afrika durch Herkules stehengeblieben sind: Calpe auf der europäischen und Abyla auf der afrikanischen Seite. Vollmer: Wörterbuch der Mythologie, Seite 4.

119. Rigolboche war eine berühmte Pariser Tänzerin um 1860. Auf den Rohrflöten für Kinder waren damals beliebte Kehrreime mit Papierstreifen aufgeklebt.

120. Berecynthia ist der Beiname der Kybele, abgeleitet von dem Gebirge Berecynthus in Phrygien, wo sie hauptsächlich verehrt wurde. Vollmer: Wörterbuch der Mythologie, Seite 102.

121. Giuseppe Garibaldi (1807–1882) zog 1860 neben König Victor Emanuel II. in Neapel ein und versuchte dann selbständig zweimal vergeblich, auch den Kirchenstaat dem neuen Königreich Italien einzuverleiben. Um die Zeit dieses Briefwechsels Levi-Spedalieri war er bei Aspromonte von piemontesischen Truppen geschlagen worden. Mehr dazu in der Brockhaus Enzyklopädie.

122. Adolphe Bertet war nach Papus (Kabbala, Seite 281, Nr. 61) reiner Kabbalist und Schüler von Eliphas Levi. Sein Buch hat den Titel: Die Apokalypse des heiligen Johannes, Paris, 1861.

123. Levis Buch: «La Science des Esprits» (= Die Wissenschaft von den Geistern) kam nach einigen Verzögerungen im Juni 1865 heraus. (Siehe auch Anm. 3)

124. Hier spielt Levi wohl auf Sanchez Muñoz (1380–1445) an, der von 1423–1429 als Klemens VIII. zum Gegenpapst von Martin V. gewählt wurde. Näheres bei Hans Kühner: Lexikon der Päpste, Seite 135, und in der Brockhaus Enzyklopädie.

125. Eine Zeichnung dieses Satans mit dem Dreizack befindet sich als Titelbild im Ritual der «Transzendentalen Magie».

126. Ernest Renan (1823–1892) war ein bedeutender französischer Religionswissenschaftler, Orientalist und Schriftsteller. Er wird ausgiebig in der Brockhaus Enzyklopädie gewürdigt.

127. Das Nuktemeron des Apollonius von Tyana hat Levi im Anhang zum Ritual der «Transzendentalen Magie» gebracht, Seite 297, griechisch und deutsch, und ab Seite 299 Erklärungen dazu. Anschließend folgt das Nuktemeron der Hebräer ab Seite 309, ebenfalls mit Erklärung der zwölf Stunden.

128. Die Einteilung der Weltgeschichte in sechs Weltalter geht zurück auf Augustinus (354–430), nämlich von Adam bis Noah, von Noah bis Abraham, von Abraham bis David, von David bis zur babylonischen Gefangenschaft, vom Exil bis zur Menschwerdung Christi und von Christus bis zum Weltende. (Molsdorf: Christliche Symbolik der mittelalterlichen Kunst, Nr. 1141, Seite 246.

129. Dieses Glaubensbekenntnis wurde 325 auf dem ökumenischen Konzil gegen Arius festgelegt. Es ist nach dem Konzilsort Nizäa in Kleinasien benannt.

130. Zum besseren Verständnis dieses sog. philosophischen Tarot verweisen wir auf die Erklärungen von Papus in seinem «Tarot der Zigeuner», Seite 189–196.

131. In der griechischen Mythologie heißt es: Als Porus, der Gott des Überflusses, einst im Olymp bei der Feier des Geburtstages der Venus sich des Nektars erfreut hatte, fand er, in den Lusthainen des Olymp sich ergehend, die schöne, aber verlassene Penia (= Armut); er näherte sich ihr, und die Frucht ihrer Verbindung war Amor. (Vollmer: Wörterbuch der Mythologie, Seite 386).
Im Symposion Platons erklärt die Priesterin Diotima dem Sokrates, daß die Armut den Plan faßte, mit Poros ein Kind zu erzeugen; sie legte sich zu dem Trunkenen und empfing den Eros. (203c) Auch Diotima erklärt anschließend ausführlich die Bedeutung dieses Vorgangs, wie es Levi hier tut.

132. Nicht nur auf der 7. Karte des ägyptischen Tarot, sondern auch im altägyptischen Totenbuch ist der Doppelsphinx Aker das große Geheimnis, über das nicht gesprochen wurde. (Hornung: Unterweltsbücher, Seite 430 mit Bild des Aker) Über dieses Symbol des Doppelsphinx haben A. und R. Klein im Sokrates-Verlag Mannheim ein Referat herausgegeben: Buddha und Sokrates, darin besonders Seite 25–27.

133. Julien Offray de Lamettrie (1709–1751) war ein französischer Philosoph des Materialismus, der infolge seiner Erstlingsschrift darüber 1748 fliehen mußte und bei Friedrich dem Großen Asyl fand. Dieser schrieb nach dessen Tod eine Gedächtnisrede auf ihn. Lamettrie war Mitglied der Berliner Akademie.

134. Aus dem französischen «illuminés martinistes» läßt sich um 1862 nicht genau sagen, ob es sich um Illuminaten oder Martinisten nach Louis Claude de Saint-Martin (Anm. 6) handelt. Beide älteren Orden waren zu diesem Zeitpunkt offiziell aufgelöst. Über beide alten Orden wie auch die späteren Neugründungen berichtet ausführlich das Internationale Freimaurerlexikon von Lennhoff/Posner, aber auch Frick: Die Erleuchteten, Stichwort «Saint-Martin» für die Martinisten und «Adam Weishaupt» für die Illuminaten.

135. Das Buch von Isaac de Soria: De revolutionibus animarum, zitiert Levi in seinem Buch: Le Livre des Splendeurs, Seite 93.

136. Der französische «Roman der Rose» ist etwa 1305 erschienen. Begonnen wurde er von Wilhelm de Lorris (gestorben 1260), vollendet von Méung. Näheres darüber in Schleidens Buch: Die Rose – Geschichte und Symbolik, Seite 190, und Anmerkung Seite 218.

137. Die Novene ist eine katholische Andachtsübung an neun Tagen hintereinander, besonders zur Vorbereitung auf Feste, in Notständen oder zum Dank. Als Vorbild gilt die neuntägige Gebetszeit der Apostel und Gläubigen zwischen Christi Himmelfahrt und Pfinsten. (Apg. 1,13 f.)

138. Dieses Vorwort steht zu Beginn des Dogmas der «Transzendentalen Magie», Seite 7–48, und ist betitelt: Vorwort über die religiösen,

philosophischen und moralischen Ansichten unserer Bücher über Magie.

139. Das deutsche Wort «Pfingsten» ist erst aus dem Mittelalter belegt, geht aber auf das griechische «pentēkosté hēméra» = der fünfzigste Tag zurück, nämlich nach Ostern, an welchem Pfingsten gefeiert wird. (Der Große Duden, Band 7, Etymologie)

140. Das Wort «Jubeljahr» geht auf 3. Mos. 25, 11 zurück: «Ein Hall- oder Jubeljahr soll also jedes fünfzigste Jahr für euch sein.» Das Wort «Hall» oder eigentlich «Jobel» bedeutet den Schall der Widderhörner, die seinen Beginn ankündeten. Sicherlich ist hier auch ein Zusammenhang mit dem Widdergehörn des Moses. (Siehe Anm. 95) Das Wort «Hall» steckt auch in «Halleluja» = Jubelt dem Herrn, das aus den Psalmen auch in die Offenbarung Johannis übernommen wurde. (Offb. 19, 1–6)

141. In den Katakomben findet sich neben dem Fisch des heiligen Monogramms (siehe Anm. 81) auch häufig der Fisch aus der Jonaslegende dargestellt. Siehe Bock/Goebel: Die Katakomben, Tafel 27, Jonas-Fisch: Tafel 13, 22, 23, 42, 44, 45)

142. Nach Schneiders Lexikon alchemistisch-pharmazeutischer Symbole ist der Sulphur philosophorum nicht identisch mit dem chemischen Element, sondern nach Ernsting (1770) derjenige Teil, der mit dem Mercurio philosophorum vereinigt werden muß. Er ist der Vater aller Metalle, eine fettige Erde, die den künstlichen Samen des Steins der Weisen bei sich führt und die Fixation erwartet. Auch das philosophische Salz wird hier besprochen. Siehe auch Brief 118 und die dortigen Zeichnungen.

143. Gardiner sagt in seiner ägyptischen Grammatik (Seite 73 unten): «Die genaue Beziehung der Biene zu Unterägypten ist noch dunkel. Tatsächlich bedeutet der Titel: ‹König von Ober- und Unterägypten›», – wie es auch der Rosetta-Stein übersetzt hat. Dieser Titel wird aber auch durch das sog. Vereinigungssymbol wiedergegeben, die Hieroglyphe am Thron jedes Gottes in den großen Grabtempeln Oberägyptens – bis hin nach Abu Simbel. Es ist keineswegs ein politisches Zeichen, wie meist behauptet wird, sondern das Zeichen des als androgyner Mensch auferstandenen Gottkönigs, desjenigen, der die Chymische Hochzeit gefeiert hat, der zum Doppelsphinx Aker geworden ist. (Siehe Anm. 132)

144. François Rabelais (1483–1553) trat zunächst in den Franziskanerorden ein, wechselte 1524 zu den Benediktinern und wurde schließlich 1527 Weltgeistlicher. Berühmt geworden ist er vor allem wegen seiner satirischen Bücher über die Riesen Pantagruel und Gargantua. Die französische Romantik sah in ihm eines der Urgenies der Menschheit. Näheres Brockhaus Enzyklopädie.

145. Diese Zeilen sind der Schlußhymnos des sog. «Gloria» der katholischen Messe.

146. Das Wortspiel mit dem französischen Singularbegriff «Toussaint», der aber einen Plural meint, läßt sich deutsch nicht nachvollziehen, weil wir sagen: Tag Allerheiligen, also Pluralbegriff. Es ist etwa das Gegenstück zu unserm Pluralis majestatis, der Bezeichnung eines Fürsten durch den Plural: Wir, Wilhelm, Kaiser von Gottes Gnaden …

147. David Attenborough hat kürzlich ein Buch herausgegeben als Begleit-

text zu einer 13-teiligen Fernsehserie: Das Leben auf unserer Erde – vom Einzeller zum Menschen – Wunder der Evolution –, mit dem er den Nachweis der Entstehung des Lebens im Wasser erbringt.

148. Heinrich Zimmer schreibt zum «Fisch des Vishnu» wie folgt (Seite 22): «Jedes Manvantara ist nach seiner besonderen Manifestierung des ‹Heros der Flut› benannt. Vaivasvata Manu, der Erzeuger der gegenwärtigen Menschheit, wurde durch die Inkarnation des Gottes Vishnu als Fisch aus der Sintflut gerettet. Sein Vater war der Sonnengott Vivasvant ...» Siehe auch C. G. Jung: Aion, Seite 166f.

149. Nach der chaldäischen Mythologie lebte der Fischgott Oannes zwar im Roten Meer, wurde aber unter diesem Namen nicht von den Ägyptern verehrt. (Vollmer Seite 357) Über die Fischsymbolik in Ägypten berichtet Lurker, Seite 65. Fische wurden dort sogar in Beziehung zur Sonne gesetzt: Chromis und Abdu geleiten die Sonnenbarke und melden das Nahen der feindlichen Schlange. Der Fisch war aber auch das Gauzeichen des unterägyptischen 16. Gaues: die Gaugöttin Hatmehit wird mit einem Fisch auf dem Kopf dargestellt. Hauptstadt dieses Gaues war Mendes. (Lurker Seite 70) Siehe auch Anm. 95.

150. Über die Bedeutung der Auguren im alten Rom berichtet Vollmer, Seite 83, und beschreibt genau das Verfahren ihrer Wahrsagung. Hermanubis als Bindeglied zwischen dem griechischen Hermes, dem römischen Merkur und dem ägyptischen Anubis wird mit einer Darstellung von Vollmer auf Seite 246 gebracht.

151. Die beiden Säulen Jakin und Boas im Vorraum des Salomonischen Tempels haben bei den Freimaurern besondere Bedeutung: Boas ist die linke oder nördliche, genannt Stärke, und Jakin die rechte oder südliche, genannt Weisheit. Näheres zu diesem Thema bringen Lennhoff/Posner unter Stichwort «Säulen», Spalte 1382–1384. Wir verweisen auch auf das Buch von Lindner in Anm. 68.

152. Bei diesem «Narrenhaus» des deutschen Malers Wilhelm von Kaulbach (1805–1874), das nach einer Bleistiftzeichnung im Handzeichnungen-Kabinett Berlin von Fritz von Ostini, Abb. 6, wiedergegeben ist, handelt es sich um die naturalistische Darstellung seines Düsseldorfer Erlebnisses. Ostini schreibt dazu, daß hier ein Werk unter Schmerzen aus der leidenden Seele geboren wurde. (Seite 58)

153. Horaz (65–8 v.Chr.) ist zusammen mit Vergil der eigentliche Klassiker der lateinischen Dichtung. Vor allem in seinen Briefen handelt er von allgemeinen Fragen der Lebensbeherrschung; er neigt am meisten der Lebenskunst Epikurs zu. Das Zitat von Levi findet sich im Lexikon Horatianum von Dominicus Bo, Band 2, 25,15, Stichwort «ulcerosus». Ausführlich berichtet über Horaz die Brockhaus Enzyklopädie.

154. Caduceus heißt der von zwei Schlangen umwundene Heroldsstab des altrömischen Gottes Merkur, griechisch Hermes.

155. Zeichnungen dieses Pantakels von Theben hat Levi in Brief 12 und 48 mit den dort behandelten Zahlen gebracht.

156. Gorgone oder Gorgo ist besser als Medusa bekannt. Sie ist die sterbliche von den drei Töchtern des Phorcys und der Ceto, die wegen ihres Stolzes über ihre Schönheit in schlangenhaarige Ungeheuer verwandelt wurden; ihr Anblick war so entsetzlich, daß sie jeden, der sie ansah, in

Stein verwandelten. Da Perseus wußte, welche von den drei Schwestern sterblich war, hieb er der Medusa das Haupt ab. Näheres bei Vollmer, Seite 220.

157. Diesen Fünfstern hat Levi seinem Buch: «Geschichte der Magie» vorangestellt und ihn dort genannt: Pentagramm des Absoluten. (Seite 6)

158. Die Quäker, gegründet in England um die Mitte des 17. Jh., lehnen das hierarchisch organisierte Kirchentum, den Eid, den Kriegsdienst und alle äußerliche Lustbarkeit und Konvention ab. Sie glauben, daß alle Menschen das innere Licht haben und daher vor Gott und den Menschen gleich sind. Mehr darüber in der Brockhaus Enzyklopädie.

159. Weitere Einzelheiten über Lacenaire bringt Levi im «Schlüssel zu den großen Mysterien», Seite 283.

160. H. P. Blavatsky zitiert in allen drei Bänden ihrer Geheimlehre in unterschiedlichem Zusammenhang aus den Schriften des Marquis de Mirville, die nach dem Index, Band IV, aufzufinden sind. Ferner bespricht ihn Stanislas de Guaita: Le temple de Satan, ab Seite 387 und zitiert seine Hauptwerke Seite 43. Levi selbst erwähnt ihn im «Schlüssel zu den großen Mysterien», Seite 220 und 270.

161. Jules Michelet (1798–1874) war einer der größten und volkstümlichsten Historiker Frankreichs: Geschichte war für ihn Auferweckung des Vergangenen. Der bekannte Dichter Victor Hugo lebte von 1802–1885 und George Sand von 1804–1876, also beide Zeitgenossen von Eliphas Levi.

162. Zeus selbst verschaffte dem Ixion ein Nebelbild, das der Juno ähnlich sah. Aber als er mit der Gunst der großen Göttin prahlte, wurde er im Tartarus an ein ewig-rollendes Rad gefesselt und von den Furien gequält, zusammen mit Sisyphus und Tantalus dargestellt in Vollmers «Wörterbuch der Mythologie», Seite 289.

163. Die ersten sechs Zeilen sind ein Ausschnitt aus dem Marienhymnus: Ave, maris stella, die übrigen entstammen dem Hymnus: Salve Regina.

164. Hier spielt Levi auf das hermetische Prinzip des «Wie oben – so unten» aus der Tabula smaragdina an. Siehe auch Levi: Geschichte der Magie, Teil 1: Hermetische Magie, ab Seite 79.

165. Dieser Ausspruch stammt von Horaz: Ars poetica (Poetische Kunst), Vers 359, wiedergegeben im Büchmann: Geflügelte Worte, Seite 558.

166. Lucilio Vanini (1584–1619) lehrte eine pantheistische Metaphysik. Nach unstetem Abenteurerleben wurde er in Toulouse wegen Atheismus und Gotteslästerung verbrannt. Näheres über seine Werke in der Brockhaus Enzyklopädie.

167. Johann Kaspar Lavater (1741–1801) war ein theologisch-philosophischer Schriftsteller, der über die Erscheinungen und Aussprüche des Geistes Gablidone auch Goethe berichtet hat (Nov. 1781). Siehe auch: Lavaters Protokoll über den Spiritus Familiaris Gablidone, mit Beilagen und einem Kupfer, 1787. Es geht auf Erzählungen des österreichischen Grafen Thun zurück. (Quelle: Forssman, Seite 191–192) Levi zitiert Lavater und Gablidone auch in seinem «Schlüssel zu den großen Mysterien», Seite 213. Näheres über Lavater in der Brockhaus Enzyklopädie.

Doch die Umstellung von RIVOEL in LEO VIR (= Löwenmann) bringt auch die Erklärung seines Namens im esoterischen Pantakel von Brief 43 und 44: Osphal ist Alphos, der Löwenmensch, so daß der ganze Spruch heißt: Kommt zum Vater Löwenmensch – Aleph – erkennt die Wahrheit – Mem – und die Wahrheit wird euch befreien – Thau. Die hebräischen Buchstaben ergeben wieder AMETH = Wahrheit. Hier schließt sich die ganze jüdische und christliche Löwensymbolik an. Siehe Forstner, Stichwort «Löwe». Wegen «Alphos» verweisen wir aber auch auf Levis «Geschichte der Magie», 2. Teil, Seite 157–158.

168. «Ob» ist der passive Magnetismus der Nachtwandler, wie Levi Anfang seines Briefes 52 schreibt. Siehe auch Levi: Geschichte der Magie, 2. Teil, Seite 232, und Erklärung von de Guaita, Seite 189.

169. Das vorhergehende Buch von Gougenot des Mousseaux zitiert Stanislas de Guaita in seinem Buch: Le Temple de Satan, Seite 38 unten: Les Hauts phénomènes de la Magie, précédés du spiritisme antique. Paris, Plon, 1854, in-8. Weitere Werke zitiert er – teilweise sogar im Auszug – ab Seite 107, ferner Seite 213.

170. Über die genannten Götter berichtet ausführlich Vollmer: Thoth Seite 432–433, Osiris Seite 363–364, Helios Seite 234–235, Maja Seite 320, Dewagi Seite 163 und Isis Seite 282–283.

171. Louis Veuillot (1813–1883) war ein französischer Schriftsteller, der in der Nachfolge de Maistres (siehe Anmerkung 111) für den Katholizismus eintrat. Heiliggesprochen wurde er jedoch nicht.

172. Der Kampf Jahwes und der vier Erzengel, die hier die Fünfheit bilden, gegen die Riesen wird ausführlich beschrieben im äthiopischen Henochbuch, mit Stichworten versehen von Kautzsch, II. Band, ab Seite 240. Siehe auch Brief 163.

173. Diese beiden hebräischen Wörter bedeuten: «Es werde Licht» (1.Mos.1,3). Eine nähere Erläuterung dazu bringt Fabre d'Olivet in der Erklärung zu diesem Vers 5, Seite 33 des zweiten Teiles: The hebraic Tongue restored.

174. Lesen Sie hierzu, was Scholem in seiner «Kabbala» schreibt, vor allem Seite 200: «Die Tora schreibt am Neumondstag das besondere Sühnopfer eines Ziegenbockes vor.» Etwas später: «... habe Gott gesprochen: Bringet für mich ein Sühnopfer dar, weil ich den Mond verkleinert habe.» Schließlich unten: «So trafen denn hier in besonders sinnfälliger Weise die zwei Momente zusammen, ...: der Verfall, der das Exil ist, und die Regeneration des Lichtes nach seinem völligen Entschwinden, die eine Garantie der künftigen Wiederherstellung aller Dinge in der Erlösung bildet.»

175. Nach dem Sepher Jesirah gibt es drei sog. Mütter im hebräischen Alphabet: Aleph (1), Mem (13) und Schin (21), sieben sog. doppelte: Beth (2), Gimel (3), Daleth (4), Kaph (11), Phe (17), Resch (20) und Thau (22); alle übrigen sind nach ihrer Wertigkeit einfache Buchstaben. Wir verweisen auch auf die Tabelle der 22 Buchstaben in der Einführung. Über die Austauschbarkeit von Schin und Thau hat Levi am Ende von Brief 8 geschrieben, als er «AMETH» erklärt.

176. Der Name «Ketherielim» ist offensichtlich von Kether und «Jodielim»

von Jod abgeleitet, den sich entsprechenden kabbalistischen Bezeichnungen für die Einheit. (Siehe Tabelle der Sephiroth zu Brief 46 und Anmerkung 66) Wir weisen auch auf die Entsprechungen der im Buch Henoch genannten Erzengel bei der Verteidigung gegen diese Riesen hin. (Anm. 172)

177. Dies ist wohl eine Anspielung auf seine kurze, nicht ganz glückliche Ehe, über die Laarss berichtet (Seite 20 und 22), aber auch Frick: Licht und Finsternis, Teil 2, Seite 396. Über einen erwachsenen Sohn berichtet Laarss jedoch nicht, nur von zwei im jugendlichen Alter gestorbenen Kindern. Näheres konnte nicht in Erfahrung gebracht werden, vor allem auch nicht, ob es sicht evtl. um einen «geistigen» Sohn handelt.

178. Mit diesem Bekenntnis, die Stimme Gottes vernommen zu haben, stellt Levi sich an die Seite der mittelalterlichen Mystiker wie die heilige Hildegard von Bingen, Meister Eckehart, Jakob Böhme, Johann Georg Gichtel, aber auch antiker Mystiker wie Buddha, Sokrates, Johannes, Paulus und Augustinus, um einige wenige Namen zu nennen. Sonst vermeidet er es prinzipiell, als Mystiker zu erscheinen, wie seine Bemerkung am Schluß von Brief 149 beweist, aber auch sein Hinweis auf «mystische Bruderschaften» in Brief 158, die er danach abzulehnen scheint. – Wir werden aber hier an Dion Fortune erinnert, die ebenfalls ihre innere Stimme hörte und zu der Aussage kam, daß jede mystische Seele den Adepten überwunden hat (Seite 220–221). Adeptschaft kann man beweisen, wie es Levi mit der Berufung von Apollonius von Tyana in London tat (siehe Dogma der «Transzendentalen Magie», ab Seite 196), die innere Stimme jedoch kann nur jeder selbst hören.

179. Die Geschichte der Versteinerung der Niobe steht im 6. Buch, 303–309, von Ovids Metamorphosen. – Den Zusammenhang zwischen Diomedes und der Venus bringt Vollmer, Seite 168.

180. Das Palladium war das berühmte Bild der Pallas, von Jupiter vom Himmel auf die Erde geworfen, das Nationalheiligtum der Trojaner. Mehr darüber bei Vollmer, Seite 366.

181. Nach Homers Odyssee, 6. Buch, wird Odysseus ans Land der Phäaken verschlagen, deren mythischer Ahnherr Phaiax, der Sohn des Neptun und der Korkyra, gewesen ist. Wenn Levi hier dieses mythische Volk mit den Phöniziern gleichsetzt, so will er vielleicht damit eine Parallele zu den mythischen Aufgaben des Herkules herstellen, die gern mit den Aufgaben des Odysseus verglichen werden. Herkules wird in der Phönizischen Mythologie als Melkarth verehrt. (Siehe unter diesem Namen bei Vollmer) – Bei dem «heiligen Araber» dürfte es sich wohl um Mohammed handeln, der aus sehr ärmlichen Verhältnissen stammend, sich schließlich zum König-Priester und Propheten der Araber emporgearbeitet hat. Siehe auch Deutung Levis in seiner «Geschichte der Magie», erster Teil, Seite 248.

182. Hier benutzt Levi wieder einen mystischen Ausdruck für den vollkommenen Menschen der Zukunft, der «Gott gebären muß». Erlösung ist also nicht Passivität, da Christus für uns gestorben und unsere Sünden auf sich genommen hat, sondern Aktivität: Christus muß in jedem wirklichen Menschen geboren werden. Wir verweisen in diesem Zusammenhang auch auf Levis Andeutungen in Brief 9 und 34. Levi

verhilft dadurch auch zur Deutung des noch oft mißverstandenen Ausspruches des Mystikers Angelus Silesius:
Und wäre Christus tausendmal in Bethlehem geboren
Und nicht in dir – du wärest noch verloren.
Das Aufgehen des Christus als das «Licht der Welt» (Joh.8,12) im Menschen ist auch Gegenstand von Levis exoterischem Pantakel, welches Bild hier seine Erklärung findet. (Brief 43)

183. Michel Eyquem Montaigne (1533–1592) ist besonders als Essayist bekannt. Seine Essais sind ideell wie schriftstellerisch das bedeutendste Erzeugnis des französischen Späthumanismus. Er wollte nicht belehren, sondern anregen – wie Sokrates. Seine hier von Levi zitierte Devise «Que sais-je?» (= Was weiß ich?) stammt aus dem Zweifel an der Möglichkeit des Erkennens. Weitere Würdigung seiner Persönlichkeit in der Brockhaus Enzyklopädie.

184. Hier will Levi seinen Jünger wohl auf die Probe stellen; denn 32 + 50, wie es hier steht, ist ja nicht 72, sondern 82. Die Erklärung der doppelten zehn Begriffe hatte er aber schon in Brief 169 gegeben und wiederholt sie nochmals in Brief 178. Wir verweisen auch noch einmal auf Tabelle 1 in der Einführung mit den 22 Wegen zwischen den zehn Sephiroth, gekennzeichnet durch die Ziffern und die entsprechenden hebräischen Buchstaben.

185. Wenn Levi hier Christus den ewigen Prototypen der Menschheit nennt, so müssen wir bedenken, daß dieser griechische Begriff «Gesalbter» die Übersetzung des hebräischen Wortes «Messias» ist, das sowohl im Alten als auch im Neuen Testament verwandt wird. Die Bezeichnung «Gesalbter» wird im Alten Testament Priestern und Fürsten beigelegt, wovon viele Stellen zeugen. Im Neuen Testament ist Christus nach Joh.1,41 der im Alten Testament verheißene Messias. (Siehe auch Brockhaus Enzyklopädie)

186. Die «Ischim» gehören zu den Jesirothischen Engeln, siehe Z'ev ben Shimon Halevi: Adam and the Kabbalistic Tree (= Adam und der kabbalistische Baum), Seite 311.

187. Das von Homer besungene «hunderttorige Theben» finden wir in der Ilias IX, 381–383. Homer nennt es die glanzvollste Metropole der damaligen Welt. Eine Beschreibung hat Blackman gegeben: Das hunderttorige Theben.

188. Anubis und Typhon sind Götter aus der Osirisssage, deren Aufgabe ausführlich unter dem Stichwort «Osiris» im Lexikon der ägyptischen Kultur von Posener/Sauneron besprochen wird. Aber auch Plutarch bringt den Zusammenhang in seinem zweibändigen Werk: Über Isis und Osiris. (Siehe auch Anm. 37) Typhonische Symbole finden sich bei Levi: Geschichte der Magie, Teil 1, Seite 131.

189. Hier gesteht Levi, daß er das Zitat aus der «geheimen Philosophie» in Brief 182 selbst verfaßt hat.

190. Daß die heutigen Taufzeremonien nur ein rudimentäres Überbleibsel aus den frühen Mysterienreligionen (Eleusis, Mithra, Isis) sind, erwähnt auch die Brockhaus Enzyklopädie unter «Taufe». Es ging in diesen Einweihungen um die Überwindung der Elementarkräfte, also nicht nur Wassermysterien, um die Gottgeburt zu erreichen, wie sie in

den Auferstehungsritualen dargestellt ist. Zusätzlich zu dem Werk von Spiegel verweisen wir auf folgende Literatur: Richard Reitzenstein: Die Vorgeschichte der christlichen Taufe; Gertrud Thausing: Der Auferstehungsgedanke in ägyptischen religiösen Texten; Woldemar von Uxkull: Die Einweihung im alten Ägypten.

BIBELSTELLENREGISTER

Anmerkung: Die Zahlenangaben beziehen sich nicht auf Seiten, sondern sind Briefnummern; Anmerkungen sind als solche bezeichnet.

NAMENREGISTER

(einschließlich geographischer Bezeichnungen und biblischer Namen, wenn kein Zitat dabei steht; Zahlenangaben sind Briefnummern bzw. Anmerkungen)

REGISTER DER KABBALISTISCHEN BEZEICHNUNGEN:

Sephiroth, hebräische Buchstaben einschl. ihrer Hieroglyphen, Gottesnamen, Engelnamen und Tarot-Arkana

Zahlenangaben sind Briefnummern, bzw. Anmerkungen

ZAHLEN:

SACHREGISTER

mit den Begriffen, die nicht im Register der Namen oder der Kabbala enthalten sind; jeder Begriff ist nur in einer Grundform aufgenommen, bei der auch seine evtl. Ableitungen stehen. Immer wieder vorkommende Begriffe wurden nicht aufgenommen. Die Zahlenangaben sind nicht die Seiten, sondern die Brief-Nummern und Anmerkungen.

BIBLIOGRAPHIE

ABRAMELIN, siehe BEECKEN
AGRIPPA von Nettesheim: Magische Werke in 5 Bänden, Nachdruck der Barsdorf-Ausgabe Berlin 1924 im ANSATA-Verlag Schwarzenburg 1979
ANDREAE, Joh. Valentin: Fama Fraternitatis – Confessio Fraternitatis – Chymische Hochzeit: Christiani Rosencreutz. Anno 1459, eingeleitet und herausgegeben von Richard van Dülmen, Calwer Verlag Stuttgart, 1973
ANGELUS SILESIUS: Der Cherubinische Wandersmann (Spruch Nr. 61), Goldmann Gelbe Taschenbücher, Band 607
APOLLONIUS von Tyana, siehe Philostratus
APPEL/VORGRIMLER: Kirche und Freimaurer im Dialog, Josef Knecht Frankfurt am Main, 1975
ATTENBOROUGH, David: Das Leben auf unserer Erde – vom Einzeller zum Menschen – Wunder der Evolution, Paul Parey Hamburg und Berlin, 1979
BEECKEN, Johann Richard: Die heilige Magie des Abramelin – die Überlieferung des Abraham von Worms – nach dem hebräischen Text aus dem Jahre 1458, Verlag Richard Schikowski Berlin, 1957
BIEDERMANN, Hans: Handlexikon der magischen Künste – von der Spätantike bis zum 19. Jahrh., Akadem. Druck- u. Verlagsanstalt, Graz-Austria, 1973
BIEDERMANN, Hans: MATERIA PRIMA – eine Bildersammlung zur Ideengeschichte der Alchemie, Verlag für Sammler, Graz, 1973
BIEDERMANN/SCHWARZ-WINKLHOFER: Das Buch der Zeichen und Symbole, Verlag für Sammler, Graz-Austria, 1972
BLACKMAN, A. M.: Das hundert-torige Theben – hinter den Pylonen der Pharaonen, Leipzig, 1926 (mit 85 Abbildungen)
BLAVATSKY, H. P.: Die Geheimlehre – die Vereinigung von Wissenschaft, Religion und Philosophie, 6 Bände, Nachdruck Verlag J.J. Couvreur, Den Haag, Holland, o.J.
BO, Dominicus: Lexicon Horatianum, 2 Bände, 1965–66
BOCK, Lic. Emil: Moses und sein Zeitalter – das Alte Testament und die Geistesgeschichte der Menschheit II, Verlag Urachhaus Stuttgart, Nachdruck 1971
BOCK/GOEBEL: Die Katakomben – Bilder aus der Welt des frühen Christentums, Verlag Urachhaus Stuttgart, 1930 – 1961
BONIN, Werner F.: Lexikon der Parapsychologie und ihrer Grenzgebiete, Wissenschaftliche Buchgesellschaft Darmstadt, 1976
BRISCHAR, Karl: P. Athanasius Kircher – ein Lebensbild, Würzburg 1877
BUCHHOLZ, Erich: Schriftgeschichte als Kulturgeschichte, Verlag des Instituts für Geosoziologie und Politik, Bellnhausen über Gladenbach/ Hessen, 1965
BÜCHMANN, Georg: Geflügelte Worte – der Zitatenschatz des deutschen Volkes, 32. Auflage, Haude & Spenersche Verlagsbuchhandlung Berlin, 1972

CALDER, Nigel: Einsteins Universum, Umschau Verlag Frankfurt am Main, 1980
COMENIUS, Johann Amos: Das einzig Notwendige. Unum necessarium, Agentur des Rauhen Hauses Hamburg, 1964
DANTE: Das neue Leben – die göttliche Komödie, herausgegeben von Dr. Erwin Laaths, Deutsche Buch-Gemeinschaft Berlin-Darmstadt-Wien, 1958
DE GUAITA, Stanislas: Le Temple de Satan (= der Tempel Satans), Paris, Robert Dumas Editeur, 1975 (552 Seiten)
DION FORTUNE: Selbstverteidigung mit PSI – Methoden der Verteidigung gegen PSI-Angriffe, ANSATA-Verlag Paul A. Zemp, Schwarzenburg, 1979
D'OLIVET, Fabre: The Hebraic Tongue Restored (= Die hebräische Sprache wiederhergestellt), Samuel Weiser Inc. New York, reprint 1976
FORSSMAN, Julius: J. K. Lavater und die religiösen Strömungen des 18. Jahrh., Verlag der Akt.-Ges. »Ernst Plates«, Riga, 1935
FORSTNER, Dorothea OSB: Die Welt der christlichen Symbole, Tyrolia-Verlag Innsbruck-Wien-München, 3. verbesserte Auflage, 1977
FRANCK, A.: Die Kabbala oder die Religions-Philosophie der Hebräer, aus dem Französischen übersetzt von Ad. Gelinek, Berlin, o.J. (Vorwort von Gelinek 1844)
FRICK, Karl R.H.: Die Erleuchteten – gnostisch-theosophische und alchemistisch-rosenkreuzerische Geheimgesellschaften bis zum Ende des 18. Jh., ein Beitrag zur Geistesgeschichte der Neuzeit, Akadem. Druck- u. Verlagsanstalt Graz, 1973
FRICK, Karl R.H.: Licht und Finsternis, Teil 2: Geschichte ihrer Lehren, Rituale und Organisationen, Akadem. Druck- u. Verlagsanstalt Graz, 1978
GARDINER, Sir Alan: Egyptian Grammar, being an Introduction to the study of Hieroglyphs, 3. rev. edition, Oxfort University Press London, 1973
GOLDSCHMIDT, Lazarus: Sepher Jesirah – das Buch der Schöpfung, Wissenschaftliche Buchgesellschaft Darmstadt, 1969
HAAB, Jean: L'Alphabet des Dieux (= Das Alphabet der Götter), Editions Les Textes Essentiels, 67, rue Cartier-Bresson, 93500 Pantin, 1979
HALEVI, Z'ev ben Shimon: Adam and the Kabbalistic Tree (= Adam und der kabbalistische Baum), Rider and Company, London, 1974
HEBRÄISCH-DEUTSCHES Handwörterbuch, von Jaacov Lavy, Langenscheidt, Berlin, 1975
HENNECKE/SCHNEEMELCHER: Neutestamentliche Apokryphen in deutscher Fassung, 2 Bände J.C.B. Mohr (Paul Siebeck) Tübingen, 1959
HENOCH – das sog. Slawische Henochbuch in der längeren Redaktion, 2. verb. Auflage, Rosenkreuz-Verlag Kassel Leene + Borkowski, 1976
HENOCH, Siehe KAUTZSCH und RIESSLER
HERODOT: Historien – 2 Bände, griechisch-deutsch, herausgegeben von Josef Feix, Heimeran Verlag München, 2. durchgesehene Auflage, 1977
HORNUNG, Erik: Ägyptische Unterweltsbücher, mit 114 Illustrationen, Artemis Verlag Zürich und München, 1972

IGNATIUS VON LOYOLA: Geistliche Übungen – übertragen aus dem spanischen Urtext, Erklärung der 20 Anweisungen von Adolf Haas SJ, Herder Bücherei, Band 276
JUNG, C. G.: AION – Untersuchungen zur Symbolgeschichte, Walter Verlag Olten, 1975
KAHIR, M.: Das verlorene Wort – Mystik und Magie der Sprache, Turm-Verlag Bietigheim/Württ., 1960
KAUTZSCH, Emil: Die Apokryphen und Pseudepigraphen des Alten Testaments, 2 Bände, Wissenschaftliche Buchgesellschaft Darmstadt, 1962
KEHL, P. Dr. Alois SVD: Warum Dialog zwischen Katholiken und Freimaurern? Bauhütten Verlag GmbH, Hamburg, 1978
KIRCHER, Athanasius: Oedipus Argyptiacus, 3 Bände, Rom, 1652–1654 (noch nicht deutsch erschienen, aber angekündigt von der Edizioni del Mondo, Wiesbaden-Rom)
KIRCHER, Athanasius S.J.: Corpus Epistularum Athanasii Kircheri, Tomus I, 816 Seiten, im Großfolio-Format, Edizioni del Mondo, Wiesbaden-Rom, 1974
KIRCHER-Biographien, siehe unter BRISCHAR und REILLY
KLEIN, Agnes und Reinhold: Hieroglyphen – heilige Figuren Alt-Ägyptens – im Christentum, II. Teil: Schriftstellenvergleich, Selbstverlag Minden, 1976
KLEIN, Agnes und Reinhold: Buddha und Sokrates – Parallelen der Selbstverwirklichung, Verlag Sokrates, Postfach 32 01 02, 6800 Mannheim 31, 1979
KRICKEBERG, Walter: Altmexikanische Kulturen, Safari Verlag Berlin, 1975 (14. Tausend 1979)
KÜHNER, Hans: Lexikon der Päpste – von Petrus bis Paul VI., Werner Classen Verlag, Zürich – Stuttgart, o.J.
LAARSS, R. H.: Eliphas Levi – der große Kabbalist und seine magischen Werke, 1. Aufl. Wien, 1922, Nachdruck Verlag J. Couvreur, Postfach 307, Den Haag/Holland, o.J.
LEVI, ELIPHAS: 1. Französische Ausgaben, noch nicht ins Deutsche übersetzt (Auswahl):
L'Assomption de la Femme ou le livre de l'Amour, 1841 (Abbé Constant)
La Mère de Dieu, 1844 (Abbé Constant)
Le livre des Larmes ou le Christ Consolateur, 1845 (Abbé Constant)
Dictionnaire de la Litérature Chrétienne, 1851 (Abbé Constant)
Le Sorcier de Meudon, 1861
Fables et Symboles, 1862 (soll neu aufgelegt werden)
La Science des Esprits, Juni 1865 (neu aufgelegt in Paris)
La Sagesse des Anciens, 1874
Le livre des Splendeurs, 1894, 1902², 1975³ (Guy Trédaniel Paris)
(englische Übersetzung: The Book of Splendours, The Aquarian Press & Samuel Weiser Inc., 1973)
Les Mystères de la Kabbale ou l'Harmonie occulte des deux Testaments, 1910, Neuauflage Ed. de la Maisnie – Trédaniel, 1977
2. Deutsche Übersetzungen:
Der Schlüssel zu den großen Mysterien – nach Henoch, Abraham, Hermes Trismegistos und Salomon, 1861, O.W. Barth Verlag München, 1928 und 1966

Transzendentale Magie: 1. Teil: Dogma, 1854, 1861, 1. deutsche Ausgabe 1927, Neuausgabe Sphinx Verlag Basel, 1975
Transzendentale Magie: 2. Teil: Ritual, 1856, 1861, 1. deutsche Ausgabe 1928, Neuausgabe Sphinx Verlag Basel, 1976
Geschichte der Magie, O.W. Barth Verlag München 1926, Nachdruck Sphinx Basel 1978 französ. Nachdruck Trédaniel, 1974; engl. Übersetzung 10. Nachdruck 1974
Das große Geheimnis, O.W. Barth Verlag München, 1925
Die Salomonischen Schlüssel, O.W. Barth Verlag München, 1927
Das Buch der Weisen, O.W. Barth Verlag München, 1928
LENNHOFF/POSNER: Internationales Freimaurerlexikon, unveränderter Nachdruck von 1932, Akademische Druck- u. Verlagsanstalt Graz/Austria o.J.
LINDNER, Erich J.: Die königliche Kunst im Bild – Beiträge zur Ikonographie der Freimaurerei, mit 138 Bildern, Akademische Druck- u. Verlagsanstalt Graz, 1976
LÖWE/STOLL: Die Antike in Stichworten, VMA-Verlag, Wiesbaden, 1976
LOVE, Jeff: Die Quanten-Götter – ein neues Verständnis der Kabbalah, Eugen Diederichs Verlag, Düsseldorf-Köln, 1979
LULLUS, Siehe Raimund LULL
LURKER, Manfred: Götter und Symbole der alten Ägypter – Einführung und kleines Lexikon, Otto Wilhelm Barth Verlag, München, 1974
LURKER, Manfred: Wörterbuch Biblischer Bilder und Symbole, Kösel Verlag München, 1973
LURKER, Manfred: Wörterbuch der Symbolik, Kröner Taschenausgabe, Bande 464
MELCHERS, Erna und Hans: Das große Buch der Heiligen – Geschichte und Legende im Jahreslauf, Südwest Verlag München, 1978
MENGE, D. Dr. Hermann: Die Heilige Schrift Alten und Neuen Testaments, Privileg. Württemberg. Bibelanstalt, Stuttgart, 13. Auflage 1954
MIERS, Horst E.: Lexikon des Geheimwissens, Verlag Hermann Bauer KG, Freiburg i. Br., 1970
MOLSDORF, Wilhelm: Christliche Symbolik der mittelalterlichen Kunst, Akademische Druck- u. Verlagsanstalt, Graz/Austria, 1968
MÜLLER, Ernst: Der Sohar – das heilige Buch der Kabbala – nach dem Urtext herausgegeben – ausgewählte Texte – ohne nähere Angaben
MÜLLER, Ernst: Der Sohar und seine Lehre – Einführung in die Kabbalah, Origo-Verlag Zürich, 3. erw. Auflage, 1959
NAGY, Töhötöm Dr.: Jesuiten und Freimaurer – mit einem offenen Brief an Seine Heiligkeit Paul VI., Wilhelm Frick Verlag Wien 1969 (spanische Ausgabe 1963)
OHLY, Friedrich: Diamant und Bocksblut – zur Traditions- und Auslegungsgeschichte eines Naturvorgangs von der Antike bis in die Moderne, Erich Schmidt Verlag, Berlin 1976
OPPENHEIMER, John F.: Lexikon des Judentums, Bertelsmann Lexikon Verlag, 1971
OSTRANDER/SCHROEDER: Super-Learning – die revolutionäre Lernmethode, Scherz Verlag Bern und München, 1979

OVIDIUS, Publius Naso: Metamorphosen – Epos in 15 Büchern, herausgegeben und übersetzt von Hermann Breitenbach, Artemis Zürich, 1964 (2. Aufl.)
PAPUS: Die Kabbala, Nachdruck ANSATA-Verlag Schwarzenburg, 1976
PAPUS: Die Grundlagen der okkulten Wissenschaft, Nachdruck ANSATA-Verlag Schwarzenburg, 1977
PAPUS: Tarot der Zigeuner – der absolute Schlüssel zur Geheimwissenschaft, ANSATA-Verlag Schwarzenburg, 1979
PHILOSTRATUS, Flavius: Appolonius von Tyana, aus dem Griechischen übersetzt und erläutert von Eduard Baltzer, Scientia Verlag Aalen, 1970
PLATON – Werke in 8 Bänden griechisch und deutsch: 3. Band: Phaidon – das Gastmahl = Symposion – Kratylos, Wissenschaftliche Buchgesellschaft Darmstadt, 1974
PLUTARCH: Über Isis und Osiris – Text, Übersetzung und Kommentar von Theodor Hopfner, Wissenschaftliche Buchgesellschaft Darmstadt, 1967 (2 Bände)
POSENER/SAUNERON: Lexikon der ägyptischen Kultur, Nachdruck R. Löwit Wiesbaden o.J.
RAIMUND LULL: Leben und ausgewählte Texte, übertragen und eingeleitet von Erhard W. Platzek, Patmos-Verlag Düsseldorf, 1964
REILLY, P. Conor SJ: Athanasius Kircher SJ – Master of a hundred Arts (= Meister in 100 Künsten), Editioni del Mondo, Wiesbaden-Rom, 1974
REITZENSTEIN, Richard: Die Vorgeschichte der christlichen Taufe, Wissenschaftliche Buchgesellschaft Darmstadt, 1967
RIESSLER, Paul: Altjüdisches Schrifttum ausserhalb der Bibel, F. H. Kerle, Freiburg – Heidelberg, 4. Auflage, 1979
RITTMEYER, Charles Pfarrer: Jesu Lehre und die freimaurerischen Standpunkte, ihre überraschende Ähnlichkeit, CH-1814 La Tour de Peilz, 1967
SAINT-MARTIN, Louis Claude: Erläuterungen zu sämtlichen Schriften, von Franz Xaver von Baader, Nachdruck von 1860 durch Scientia Verlag Aalen, 1963
SELIG, Gottfried: Sepher Schimusch Tehillim oder: Gebrauch der Psalme, Berlin 1788, Nachdruck E. Schubert, Bilfingen, 1972
Sepher Jesirah, siehe Goldschmidt
SETHE, Kurt: Übersetzung und Kommentar zu den altägyptischen Pyramidentexten (6 Bände), Verlag J.J. Augustin Hamburg, 1962 (2. unveränderte Auflage)
SILESIUS, siehe Angelus
SOHAR, siehe Müller, Ernst
SOHAR-Übersetzung ins Englische in 5 Bänden: übersetzt von Harry Sperling & Maurice Simon, The Soncino Press, London-Jerusalem-New York, reprint 1973
SPIEGEL, Joachim: Das Auferstehungsritual der Unas-Pyramide, Beschreibung und erläuterte Übersetzung, Otto Harrassowitz Wiesbaden, 1971

SCHAYA, Leo: Ursprung und Ziel des Menschen im Lichte der Kabbala, Otto Wilhelm Barth Verlag, Weilheim/Obb., 1972
SCHLEIDEN, M. J. Dr.: Die Rose – Geschichte und Symbolik in ethnographischer und kulturgeschichtlicher Beziehung, Dr. Martin Sändig oHG., Walluf bei Wiesbaden, 1973 (unveränderter Nachdruck der Ausgabe von 1873)
SCHNEIDER, Wolfgang: Lexikon alchemistisch-pharmazeutischer Symbole, Verlag Chemie GmbH., Weinheim/Bergstr., 1962
SCHOLEM, Gershom: die jüdische Mystik in ihren Hauptströmungen, Suhrkamp Verlag Frankfurt am Main, 1967
SCHOLEM, Gershom: Zur Kabbala und ihrer Symbolik, Rhein-Verlag Zürich, 1960
SCHOTT, Anselm OSB.: Das vollständige Römische Meßbuch, lateinisch und deutsch, Verlag Herder Freiburg-Basel-Wien 1963
TAROT: Ancien de Marseille, avec livret explicatif, Cartomancie Grimaud, Réf. G 103
THAUSING, Gertrud: Der Auferstehungsgedanke in ägyptischen religiösen Texten, Otto Harrassowitz Leipzig 1943 (jetzt Wiesbaden)
VERHANDLUNGEN mit der katholischen Kirche 1968 – 1972 – Berichte – Dokumente – Quatuor Coronati e.V., Bayreuth, Bauhütten Verlag Hamburg 1976
VOLLMER: Wörterbuch der Mythologie aller Völker, Leipzig 1978 (Nachdruck der Ausgabe Berlin 1874)
VON ECKHARTSHAUSEN, Hofrat Karl: Die Wolke über dem Heiligtum, – ungekürzte Ausgabe der Originalausgabe, Rozekruis Pers – Haarlem – Niederlande, 1979
VON ECKHARTSHAUSEN, Hofrat Karl: Zahlenlehre der Natur oder: Die Natur zählt und spricht; was sind ihre Zahlen? was sind ihre Worte? Leipzig 1794
VON ECKHARTSHAUSEN, Hofrat Karl: Aufschlüssel zur Magie aus geprüften Erfahrungen über verborgene philosophische Wissenschaften und verdeckte Geheimnisse der Natur, Nachdruck der Ausgabe 1923 durch ANSATA-Verlag Schwarzenburg, 1978
VON OSTINI, Fritz: Wilhelm von Kaulbach – mit 143 Abbildungen nach Gemälden und Zeichnungen, Bielefeld und Leipzig, 1906
VON UNGERN-STERNBERG, Olga: Grundlagen kosmischen Ichbewußtseins – die seelengestaltende Macht des Tierkreises im Heraklesmythos, Aurum Verlag Freiburg i.Br., 1977
VON UXKULL, Woldemar: Die Einweihung im alten Ägypten – nach dem Buch Thoth, Heinrich Schwab Verlag, 7860 Schopfheim (Nachdruck von 1957)
WEINREB, Friedrich: Die Symbolik der Bibelsprache – Einführung in die Struktur des Hebräischen, Origo Verlag Zürich, 1969, 4. Auflage 1975
WILDE, Oscar: Werke in zwei Bänden, herausgegeben von Prof. Rainer Gruenter, Carl Hanser Verlag München, 1970
ZIMMER, Heinrich: Mythen und Symbole in indischer Kunst und Kultur, Rascher-Verlag Zürich, 1951

Die Symbolsprache der alten Adepten und Eingeweihten entschlüsselt

Julius Evola
DIE HERMETISCHE TRADITION
Von der alchimistischen Umwandlung der Metalle und des Menschen in Gold
260 Seiten, Ganzleinenband
ISBN 3-7157-0123-4

In diesem Buch wird in Theorie und Praxis ein Gesamtsystem vorgestellt, das antikes Mysterienwissen und Alchimie, Kosmologie und Magie, Gnosis und Bewußtseinserweiterung zu einem Ganzen zusammenfaßt. Jedem, dem Selbstbefreiung und initiatisches Wissen innere Anliegen sind, wird hier das Tiefste und zugleich Höchste im Menschen offenbart und erlebbar gemacht.

In dieser wirklich bahnbrechenden Arbeit, die ohne Vorläufer ist, zieht Julius Evola den Schleier weg von einer zum Teil nur schwer ergründbaren Symbolsprache. Anhand von Hunderten von Originalzitaten von Adepten aus allen Epochen entschlüsselt er die bisher unzugängliche hermetische Symbolik als ein uraltes, grandioses Geheimwissen über die innere Umwandlung des Menschen und der Elemente. Er erläutert den tatsächlichen Sinngehalt des großen Werkes der Alchimie und den Geist einer geheimen Lehre, die ihrer Natur nach gleichzeitig auf Weisheit ausgerichtet wie auch praktisch nachvollziehbar ist.

Der erste Teil des Buches behandelt die Symbolik und die Doktrin, der zweite die Praxis der königlichen, hermetischen Kunst. Evolas Darlegungen führen den Leser jenseits des nur intellektuellen Verstehens in eine zeitlose, über dem Denken liegende Welt und lehren ihn mit den «Ohren des Herzens» zu lauschen, ob nicht eigene, verwandte Saiten in ihm mit dieser Symbolik mitschwingen. Durch ein immer tieferes Erspüren werden ihm die hermetischen Texte auf einmal glasklar und bewirken allmählich jenes unvergeßliche, innere Aufleuchten, das von ewigen Werten zeugt.

Dies ist ein Buch, das für den wirklich seriösen Sucher neue Welten des Wissens und der Erfahrung öffnen wird, die bis jetzt als beinahe undurchdringlich, zutiefst geheimnisvoll und vor allem als kaum nachvollziehbar galten.

Initiatische Lehren erlebbar gemacht

Julius Evola / Gruppe von UR
MAGIE ALS WISSENSCHAFT VOM ICH
Praktische Grundlegung der Initiation
372 Seiten, Ganzleinenband
ISBN 3-7157-0072-6

Mit dieser Veröffentlichung wird das wohl wichtigste magische Werk des 20. Jahrhunderts in deutscher Übertragung vorliegen. Es faßt die wesentlichsten Arbeitsergebnisse der Gruppe von UR zusammen. Diese Gruppe arbeitete von 1927 bis 1929 unter der Leitung von Julius Evola in Rom und hatte sich zum Ziele gesetzt, Initiation wieder zu einer tatsächlich *erlebbaren Erfahrung* zu machen. Alle Mitglieder brachten tiefgehende Kenntnisse auf den verschiedensten esoterischen Gebieten mit und konnten vor allem auch auf eigene praktische Erfahrungen zurückgreifen, das Gemeinsame aus den westlichen und östlichen Traditionen herausarbeiten und einen klar gangbaren Weg zur Initiation aufzeigen.

Genaue Instruktionen zur Zeremonialmagie mit entsprechenden Erfahrungsberichten erlauben den direkten Kontakt mit den anderen Welten. Tiefempfundene Invokations- und Weihetexte verleihen den notwendigen Schutz. Unterweisungen über das «Gesetz der geistigen Wesenheiten», über die magischen Düfte, die geheimen «Namen der Macht» sowie über das gemeinschaftliche Arbeiten in magischen Ketten ergänzen diesen Teil des Werkes.

Es folgen sorgfältig edierte und kommentierte Originaltexte ganz seltener Art. Hier werden vor allem Texte des Tantrismus, der tibetischen Lehre vom «Diamantenblitz», des Taoismus, des Urbuddhismus, der Mantrik und der Alchemie gebracht. Besonders hervorzuheben ist die neue Übersetzung des Mithrasrituals als ein noch heute nachvollziehbares Einweihungsritual.

Das in diesem Werk vorliegende Material ist stufenmäßig aufgebaut und ergänzt sich gegenseitig. Kaum anderswo findet sich eine ebenbürtige, gleich ernteteife, so präzise und klargehaltene Sammlung westlicher und östlicher initiatischer Lehren.

Die Essenz einer Epoche voll Poesie, Weisheit und Magie

G. R. S. Mead
FRAGMENTE EINES VERSCHOLLENEN GLAUBENS
Das Geheimwissen der Gnostiker
552 Seiten, Ganzleinenband
ISBN 3-7157-0139-0

Das vorliegende Buch ist ein Nachdruck der Ausgabe Berlin 1902. Darin wird die Essenz einer Epoche nahegebracht, in der das Urchristentum in all seiner Poesie, Weisheit und Magie noch ursprünglich und lebendig war. In den fast neunzig Jahren seit dem erstmaligen Erscheinen hat es nichts von seiner Güte und Klasse eingebüßt, obwohl es in der Zwischenzeit Schriftrollenfunde gegeben hat, so vor allem in Nag-Hammadi (Oberägypten).

Der Autor erhellt das gnostische und hermetische Wissen auf dem räumlichen und zeitlichen Hintergrund des griechischen Mysterienwesens, der Alexandriner und Essener. Anhand der Fragmente der Kirchenväter werden die einzelnen gnostischen Schulen, die Lehren und deren Begründer vorgestellt. Vor dem Leser entsteht ein zutiefst aufrüttelndes Monument von verschüttet geglaubten Schöpfungsmythen, Evangelien und Riten. Berühmte Namen wie Simon Magus, Marcion, Basilides, Valentinus usw., deren gnostische Ideen eine ungeheure Ausstrahlung und Folgewirkung bis in die Jetztzeit haben, werden hier lebendig. Keines der aktuelleren Bücher zum Thema ist mit so viel Sachkenntnis, Liebe und Sympathie geschrieben worden.

Das Buch enthält ebenfalls eine große, übersichtliche Zusammenfassung der bekannten Schrift «Pistis Sophia», wertvolle Auszüge aus dem «Erlöserbuch», dem «Buche des Großen Logos nach der Mysterienlehre» und verschiedenen weiteren gnostischen Codices. Sie alle zeugen von einer Lichtregion des Geheimnisvollen, Unnennbaren.

Der «Ruf der Gnosis» kann heute noch aus den Zeilen dieses Werkes gehört werden. Es ist wie ein Ton, der in der Ferne anklingt und eine Saite im Inneren zum Mitschwingen bringt.